10|18
12, avenue d'Italie — Paris XIIIe

Sur l'auteur

Elizabeth Eyre est le pseudonyme de Jill Staynes et Margaret Storey. Amies d'enfance, elles ont écrit ensemble leur premier roman (jamais édité) à quinze ans avant de publier séparément des livres pour enfants. Elles ont ensuite créé « à quatre mains » le personnage d'un détective moderne, Robert Bone, puis celui de Sigismondo, cet homme de nulle part, tranquille, énigmatique, fin, à l'époque mouvementée de la Renaissance italienne.

RIDEAU POUR LE CARDINAL

PAR

ELIZABETH EYRE

Traduit de l'anglais
par Gilles BERTON

10|18

INÉDIT

« Grands Détectives »
dirigé par Jean-Claude Zylberstein

Du même auteur
aux Éditions 10/18

MORT D'UNE DUCHESSE, n° 3115

Titre original :
Curtains for the Cardinal

ISBN 2-264-02836-X

Les personnages du récit

A Nemora
Le duc Grifone de Nemora
Le seigneur Astorre, son fils
Le cardinal Petrucci, son premier conseiller
La princesse Corio, sœur du cardinal
Le père Torquato, neveu du cardinal
Taddeo, évêque de Colleverde
Le prévôt de l'évêque
Polissena, une dame de la ville
Bianca, sa servante
Tomaso Delmonte, son admirateur

A Montenero
Le prince Livio, seigneur de Montenero
La princesse Oralia, son épouse, sœur du duc Ludovico de Rocca

<table><tr><td>Marco
Minerva, fiancée à Astorre de Nemora</td><td>} ses enfants jumeaux</td></tr></table>

A Fontecasta, une villa proche de Colleverde
Le seigneur Giraldi, ancien propriétaire
Le seigneur Mirandola

<table><tr><td>Massimo
Gruchio, père de Massimo
Sybilla</td><td>} sa maisonnée</td></tr></table>

A Colleverde, pour les festivités
Soldats, citadins, pèlerins, bateleurs.
Parmi les pèlerins : Iacomo, tailleur de pierre
Parmi les bateleurs : Angelo, devin

Et aussi
Sigismondo, soldat de fortune
Benno, son serviteur
Biondello, un chien

CHAPITRE PREMIER

Où était son époux ?

— La princesse est à l'agonie. Elle ne peut voir personne.

En raison de sa corpulence, la femme barrait plus sûrement l'accès de la chambre que le rideau de brocart tendu en travers de l'embrasure. Son visage était une mosaïque de bourrelets — sous les yeux, aux joues — qui se terminait en une cascade de plis sous un menton quasi inexistant. Elle joignit les mains sur son ventre rebondi et considéra l'importun d'un regard noir.

— Madame, je suis envoyé par son frère. Le duc Ludovico de Rocca.

L'homme brandit la lettre dont le lourd sceau oscillait au bout de son cordon. Pour parvenir jusqu'ici, il avait déjà dû l'exhiber à trois reprises. C'était un individu de haute taille, large d'épaules et parlant d'une voix douce. Il dégageait quelque chose qui finit par instiller le doute dans l'esprit épais caché sous les replis de peau.

— Le duc Ludovico...

La matrone tendit une main aux doigts serrés comme une botte de carottes vers la lettre, qui fut aussitôt retirée. L'homme, en manière d'excuse, s'inclina légèrement.

— Sa Seigneurie a insisté pour que je la remette en main propre. Je transmets des messages confidentiels. Les habitués des palais connaissent le prix de la discrétion, un bien si rare qu'il doit généralement être acheté. La botte de carottes se referma autour du petit disque brillant que tendait le messager. La femme se tourna, écarta le rideau et, faisant signe à l'homme de la suivre, entra dans la pièce.

Celle-ci était d'une taille qui convenait à une princesse, mais les volets tirés la plongeaient dans une pénombre solennelle. Seules la clarté d'un feu de bois et la lueur d'un cierge permettaient de distinguer le sol de marbre, le plafond mouluré et les murs peints. Le lit, placé sur une estrade basse, était également de belle taille, mais la grandeur de la pièce le faisait paraître plus petit qu'en réalité. Il était surmonté d'un baldaquin sculpté reposant sur les têtes de quatre cariatides dont les yeux incrustés de pierreries luisaient faiblement.

Deux femmes, le regard fixé sur le feu qui brûlait dans la vaste cheminée, chuchotaient d'une voix monotone ; l'une d'elles jeta dans les flammes une poignée d'herbes qui alourdit un peu plus l'atmosphère. Un prêtre dont la tonsure approximative était entourée d'une fraise de cheveux blancs ébouriffés était agenouillé au pied du lit et récitait des prières par à-coups, comme s'il était sur le point de s'endormir. Lorsque le rideau de l'entrée retomba derrière l'envoyé du duc, la flamme du cierge allumé dans la niche de la Vierge, que jouxtait le lit, se coucha, vacilla et envoya une volute de fumée au visage noirci et serein de la Madone.

L'homme de haute taille qui s'avançait d'un pas posé vers le lit n'avait pas été annoncé. Les femmes tournèrent la tête pour l'observer, le prêtre sursauta et demeura un instant silencieux avant de reprendre ses prières avec une ferveur renouvelée ; toutefois, flairant une intéressante distraction, il ne quitta pas des yeux celui qui s'approchait.

Les replis du visage de la corpulente servante s'affaissèrent lorsqu'elle se pencha au-dessus des coussins pour chuchoter quelques mots à l'adresse de la femme couchée. Pour l'envoyé du duc, dont le regard restait acéré même dans cette pénombre, il ne faisait aucun doute que la princesse avait grand besoin que l'on débitât des prières au pied de son lit — à son avis, il faudrait même sous peu lui réciter celle des morts.

Tandis que le messager contournait le lit, un homme remua sur sa chaise installée dans un coin et se frotta les yeux. Son bonnet serré et sa longue robe indiquaient qu'il était médecin, et, en se levant, il dégagea un miasme où se mêlaient des odeurs d'herbes, de spiritueux et de renfermé. Sur une table auprès de lui étaient disposés des bols, des flacons, un bocal de sangsues, une coupe à saignée et une carte astrologique. A son tour, il se pencha au-dessus du lit. A lui, comme au nouvel arrivant, la pâleur de la princesse en disait long — ce voile de sueur telle une rosée, ces doigts s'agitant faiblement sur le couvre-lit. Pourtant, même dans son état, elle restait une belle femme. L'envoyé décela, dans ce pur visage hagard, une ressemblance avec son frère le duc, qu'il avait servi peu de temps auparavant.

Au prix d'un effort qui trahissait leur lourdeur, les paupières de la malade s'ouvrirent et elle chercha le nouveau venu des yeux, qu'elle avait bleus, comme le duc Ludovico, ce qui était toujours surprenant parmi tant d'yeux noirs. Mais ce bleu-là commençait à pâlir comme celui d'une fleur coupée.

— Ludovico ?

Le médecin se retira d'un pas pesant vers la cheminée. L'envoyé s'agenouilla sur l'estrade à la tête du lit. Un petit lévrier installé sur un coussin leva le museau, cligna des yeux d'un air suspicieux, mais s'abstint d'aboyer, comme conscient de l'étiquette à observer dans une chambre de malade.

Les femmes s'étaient remises à chuchoter. Le médecin se frottait les tibias dans la chaleur du feu. Le murmure des flammes, la sourde psalmodie du prêtre et le cliquètement des perles de son rosaire formaient un doux bruit de fond.

— Votre Altesse, je suis porteur d'une lettre du duc votre frère.

La nouvelle produisit en elle ce sursaut d'énergie qu'il avait eu l'occasion de constater à plusieurs reprises chez les agonisants. Levant à demi une main sur laquelle la bague tourna autour d'un doigt amaigri, elle congédia les présents.

— Sortez. Laissez-nous. Nous avons à parler.

La grosse servante faisant office d'infirmière poussa les deux femmes vers la porte. Ni le prêtre ni le médecin ne firent le moindre geste, estimant que, vu leurs fonctions, l'ordre ne les concernait pas. Mais la voix de la malade s'éleva de nouveau, péremptoire dans sa faiblesse.

— Sortez. Sortez tous.

Offusqué, le prêtre interrompit sa prière au beau milieu d'une phrase. Il était chargé de veiller à ce que la princesse meure de façon convenable. Comment le pourrait-elle sans le réconfort de ses prières ? Il se leva, se prit les pieds dans sa soutane et trébucha contre le lit, ce qui lui rappela que les démons profitent toujours des phrases inachevées. Il se signa et acheva sa prière en se dirigeant vers la porte.

Deux questions, qu'il ne formula pas, vinrent à l'esprit de l'envoyé tandis qu'il regardait sortir les deux hommes : Comment se faisait-il qu'il n'y eût pas d'évêque pour assister la princesse en ces ultimes instants ? Où était son époux, le prince Livio ?

Le rideau retomba. La princesse et le messager se retrouvèrent seuls, entre la lueur dansante des flammes et le chien endormi.

— Votre Altesse désire-t-elle que je lui lise la lettre de Sa Seigneurie ?

L'odeur de la maladie flottait près du lit, une odeur acide plus forte encore que celle de la lavande séchée répandue sur les coussins et le couvre-lit. Un vague parfum de valériane imprégnait l'air. Il y avait fort à parier que la princesse avait l'esprit engourdi.

L'envoyé lui lut la lettre de sa voix grave ; personne n'aurait pu dire ce qu'elle en comprit. Son frère lui demandait des nouvelles de sa santé, il espérait que le mal soudain qui la frappait ne serait que passager et exprimait le vœu qu'elle se rétablirait assez tôt pour pouvoir accompagner son époux au mariage de leur fille Minerva.

Ici, la princesse secoua la tête pour dire non. Le mariage de Minerva avec Astorre, le fils du duc Grifone, devait se tenir le dimanche suivant à Colleverde, dans le duché de Nemora appartenant à Grifone, et l'on était déjà mardi après-midi : il était donc fort improbable que la malade y fût présente autrement qu'en esprit.

Le duc Ludovico évoquait le deuil récent qui l'empêcherait de se rendre à la cérémonie, puis recommandait à la princesse le porteur de la lettre, qui lui avait sauvé la vie lors du complot ourdi peu de temps auparavant contre lui[1].

A la fin, le messager se tut et les paupières closes se relevèrent.

— Vous êtes l'homme dont parle mon frère ?

— Sigismondo, et votre serviteur, acquiesça-t-il d'un ton grave avec une inclinaison respectueuse de la tête.

La voix qui lui répondit était si faible qu'elle ne parvint même pas jusqu'au lévrier endormi :

— Il dit qu'il a confiance en vous... Vous lui avez

1. Voir *Mort d'une duchesse*, 10/18, n° 3115.

sauvé la vie... Il est trop tard pour que vous puissiez sauver la mienne, mais vous pouvez en épargner une autre. Écoutez-moi...

La voix faiblit, mourut. Les yeux se fermèrent. Au bout de quelques instants elle se ressaisit.

— Il y a quelqu'un à Fontecasta...

A nouveau la voix vacilla. Le silence se prolongea durant un moment, puis une nouvelle bouffée d'énergie donna aux mots non de la force mais de la célérité, un flot de paroles confuses et enfiévrées.

— Que va devenir ma fille ? Je préférerais n'avoir jamais vu cet homme, jamais. Il finit toujours par trahir, il trahit tout le monde... *Le duc refuse d'ouvrir les yeux.* Nous devons payer pour nos péchés, que Dieu protège les innocents ! Un mariage fatal, un mariage fatal — mais qu'y puis-je à présent ? Cet homme est un monstre... et pourtant je l'ai aimé autrefois... une telle jalousie ! Pauvre Fabroni... quelle souffrance !

Afin de mieux entendre, l'envoyé s'agenouilla et se pencha, la tête touchant presque l'oreiller. De l'autre côté du rideau de la porte, les femmes et le médecin se jetaient des regards exaspérés. La princesse continuait de parler mais sa voix ne produisait qu'un son presque inaudible. Sa main, qui s'agitait sur la couverture, trouva le bras de Sigismondo et le serra avec une impétuosité surprenante.

— Fontecasta. N'oubliez pas.

Sa main lâcha le bras.

— Oh, c'est trop tard, c'est trop tard ! Il est aveugle... dites-le-lui... aveugle... emmenez-le auprès de mon frère... ma fille...

— *Ma fille.*

Il y avait un évêque, tout compte fait ; c'était même un archevêque. La tapisserie suspendue derrière le lit ondoya lorsque la porte s'ouvrit et que la petite procession fit son entrée.

Ce prêtre-là n'était pas du genre à se laisser congédier. Il était vêtu d'une robe scintillant de pierres précieuses et de fils d'or, parmi une forêt de chandelles tenues par des serviteurs, sous un dais porté par des prêtres, avec l'hostie, avec l'ampoule, avec l'encensoir. Sigismondo se releva, s'inclina profondément et s'éloigna du lit. Il remit genou à terre au passage de l'hostie, puis se retira en direction de la porte par laquelle était arrivée la procession.

— Vous devez vous confesser, ma fille, annonça l'archevêque d'une voix forte. Le temps qui vous était imparti ici-bas touche à sa fin. Débarrassez-vous des soucis de ce monde et préparez votre âme à entrer dans l'autre.

Parvenu près du lit, il baissa la voix en un murmure professionnel. Sa suite resta à quelque distance afin de préserver le secret de la confession. Le prêtre aux cheveux blancs, à présent revêtu de sa plus belle robe, était revenu avec la procession et avait rétabli son autorité en la disposant selon l'ordre convenable. Le rideau de la seconde entrée était tiré de côté et des femmes agenouillées se pressaient dans l'embrasure. Le petit lévrier, qui avait décidément toute la discrétion d'un courtisan-né, rejoignit Sigismondo, mais celui-ci remarqua derrière le lit une agitation de la tenture qui trahissait la présence de chiens moins respectueux.

La voix de la princesse avait recouvré une part de sa fragile énergie, de sorte que chacun put comprendre qu'elle parlait, mais les mots de sa confession n'étaient audibles que par celui qui se trouvait près d'elle.

Soudain, à la tête du lit, la tenture fut écartée avec une telle violence que les crochets qui la fixaient au mur s'en trouvèrent arrachés. Un nuage de poussière forma comme une aura autour de l'homme qui venait de surgir dans la lueur des bougies. Il demeura quelques instants immobile, vêtu de noir et d'or, la pâleur de son visage rehaussée par ses cheveux et sa barbe noirs, ses grands yeux sombres. Il fit mine d'avancer, essaya de parler. L'archevêque avait reculé mais, comme la voix de la princesse ne se taisait pas, il se pencha à nouveau en avant sans quitter des yeux l'apparition.

Le prince venait de faire son entrée.

Son épée était coincée dans son fourreau comme ses paroles dans sa gorge. Il la dégaina tandis que l'archevêque se levait, les bras tendus pour protéger la mourante ; mais ça n'était pas après elle que le prince Livio en avait.

Comme entraîné par l'épée qu'il brandissait, il se précipita jusqu'à la porte où se tenait Sigismondo. Les jeunes garçons en chasuble et soutane s'écartèrent prestement de son chemin puis furent repoussés plus loin encore par Sigismondo qui, sur les talons du prince, entendait son marmonnement hypnotique :

— *Trahi ! Je suis trahi ! Canailles ! Canailles !*

Le prince s'enfonça dans l'obscurité du couloir voûté. Surgissant d'une porte qu'il venait de dépasser, une jeune fille n'eut que le temps de souffler : « Père ? » à l'adresse de son dos. Nuage de cheveux blonds au-dessus d'une robe d'or froissée, elle se cramponna au chambranle puis emboîta le pas à Sigismondo lorsque celui-ci fut passé.

Au bout du couloir s'ouvrait une antichambre brillamment éclairée, laquelle à son tour communiquait avec une chapelle de laquelle un groupe de courtisans sortaient. Le prince s'élança vers eux. Les visages de ces hommes et de ces femmes qui venaient de prier pour le salut de la princesse se figèrent en masques de choc et de peur lorsqu'ils aperçurent son expression et son épée. L'un d'eux s'avança, seul. Son visage, si semblable à celui de la jeune fille dans le couloir et à celui de la princesse, avec son nuage de cheveux blonds, disait clairement qu'il était le fils de l'agonisante. Son rang se lisait à sa tunique de velours brodée d'arabesques au fil d'or et à son collier de rubis luisants comme des braises.

— Père ! Est-elle...

L'épée du prince s'abattit avec violence, séparant le collier de rubis du nuage de cheveux blonds. Une dame qui, à l'irruption du prince, s'était laissée tomber au sol en une révérence terrifiée reçut la tête du jeune homme sur ses cuisses et, avec un hurlement hystérique, la rejeta par terre ; la tête roula puis s'immobilisa, fixant avec une sorte de surprise l'homme qu'elle venait d'appeler père.

Le corps s'effondra. Le sang avait jailli partout, mêlant son odeur à celles de l'encens et de la cire brûlée.

— Eugenio ! Sois maudit ! Je connais la vérité !

L'épée du prince, pointée vers la tête, s'égouttait sur les cheveux blonds. Les courtisans battirent en retraite, laissant seul un bel homme de haute taille, aussi pâle que sa chemise, qui contemplait tour à tour avec un effroi mêlé de surprise, comme s'il vacillait à l'extrême bord de l'enfer, le visage distordu du prince et la tête tranchée.

— Altesse !

L'envoyé du duc ne perdit pas de temps. Il avait entendu bouger derrière lui. La jeune fille était arrivée au seuil de l'antichambre. Elle avait tout vu et gisait à présent prostrée au pied de la porte voûtée.

CHAPITRE II

Des brigands ?

Profitant des hurlements, de l'affolement des courtisans qui se précipitaient de tous côtés et dont certains trébuchaient et tombaient, Sigismondo saisit la jeune fille et, se fondant dans l'obscurité, l'emporta jusqu'à la pièce d'où elle était sortie.

Il poussa le petit verrou de cuivre qui n'aurait pu résister à une tentative d'effraction déterminée, puis ayant allongé l'adolescente inconsciente sur le lit, jeta un regard circulaire et s'empara d'une cape sombre posée sur un coffre de bois peint. Il ouvrit les volets pour laisser entrer la lumière de l'après-midi et, après avoir inspecté les alentours, revint vers le lit. Il enveloppa la jeune fille dans la cape, la souleva et passa sur la loggia. Les fenêtres aux volets clos de la chambre de la princesse Oralia ne représentaient aucun danger, mais il y avait sous le balcon un jardinier muni d'un arrosoir qui puisait de l'eau dans le bassin d'une fontaine et allait, d'un pas pesant, arroser les parterres de fleurs. Au-delà on apercevait une porte ménagée dans une haute muraille.

Sigismondo hissa le corps inanimé sur son épaule et gagna l'extrémité de la loggia, où une robuste vigne vierge escaladait le mur. Il tournait sans cesse la tête afin de s'assurer que personne ne l'observait. Il savait qu'il serait particulièrement vulnérable pendant la descente, mais il ne pouvait se permettre de perdre une seule seconde.

De l'antichambre, l'agitation avait gagné la pièce où reposait la princesse. Le jardinier ainsi qu'un autre homme qui se trouvait sous la loggia levèrent la tête vers les volets clos. Sigismondo se rencogna dans l'ombre et, de sa cachette, les observa à travers les balustres jusqu'à ce que les deux hommes, qui s'étaient mis à discuter d'une voix forte, s'engouffrent dans le palais. La descente de Sigismondo jusqu'au sol fut une sorte de chute contrôlée. Malgré le poids de son fardeau qui avait tendance à l'entraîner loin du mur, ses pieds trouvèrent à l'aveuglette des prises dans les branches et le treillage de la vigne. Il traversa le jardin, ôta la barre de la porte et la franchit, son visage n'exprimant rien d'autre qu'une vigilance farouche.

Il rééquilibra le corps inerte sur son épaule et longea une allée de buissons taillés. La clameur en provenance du palais était peut-être le signe qu'on s'était aperçu de la disparition de l'adolescente et qu'on la recherchait, à moins que ce ne fût simplement la réaction à l'acte du prince : en tout cas, Sigismondo tenait à s'éloigner en toute hâte. Il lui fallut ôter la barre et déverrouiller une nouvelle porte au bout de l'allée ; il déboucha dans une venelle poussiéreuse. Il portait à présent la jeune fille dans ses bras, veillant à ce que la cape dissimule ses traits ainsi que sa robe de velours brodée d'or qui pouvait les trahir. Il inclina sa tête encapuchonnée sur sa poitrine et poursuivit d'un pas rapide son chemin à travers les étroites ruelles. Croyant qu'il transportait le cadavre d'un proche, une passante se signa en le croisant.

Il tourna à un coin et descendit une rue formée d'une suite de marches basses. Un oiseau chanta dans sa cage, Sigismondo passa dans l'ombre du linge mis à sécher sur des cordes tendues au-dessus de lui en travers de la rue. Une fillette en haillons, à la vue de cet individu bien habillé, lui courut après en gémissant d'une voix de mendiante jusqu'à ce qu'il s'éloigne de son territoire. Au bout de la rue, il contourna une cuve puante de tanneur et traversa une place. Les gens lui jetaient des regards intrigués, certains se signaient. Il lui était impossible de savoir, dans une ville où il n'était jamais venu, si transporter un cadavre en plein jour était, comme il l'avait parfois constaté ailleurs, un acte illégal.

Il parcourut un labyrinthe de ruelles, mais bientôt la voie s'élargit, il obliqua sur la droite et siffla en arrivant devant une fontaine environnée d'arbres.

Le soir approchait. L'horloge de la ville avait déjà sonné six heures. A vrai dire, cela faisait quelques années qu'elle s'obstinait à indiquer sa propre heure, et les citoyens de Montenero l'appréciaient pour ce qu'elle les avertissait à l'avance de l'heure qu'il allait être, ce qui leur donnait ainsi l'illusion d'être préparés. Engourdi par la chaleur du soleil et le glouglou de l'eau, le petit individu malpropre assis sur les marches de la fontaine s'était assoupi, mais le tintement de la cloche de l'horloge l'avait réveillé. Son travail consistait à être toujours prêt, et comme, depuis qu'il était au service de son maître, il avait appris qu'il ne pouvait que rarement, sinon jamais, savoir à quoi il lui fallait se préparer, il se redressa, s'aspergea le visage dans le bassin et jeta des regards autour de lui.

Au moins les chevaux étaient toujours là, au bout des rênes enroulées autour de son poignet. Malgré son air ahuri, l'homme savait qu'un poignard aiguisé aurait pu en avoir raison : s'il s'était endormi pour de bon, il aurait très bien pu constater à son réveil que les bêtes s'étaient envolées. Un gamin était d'ailleurs en train de flatter le nez du grand louvet. Benno donna une secousse aux rênes, le cheval s'ébroua et le garçon recula.

Un groupe de pèlerins à l'air las s'approchèrent de la fontaine pour se désaltérer, remplir leurs gourdes et laver leurs visages poussiéreux, tout en se querellant sur le meilleur hospice où s'arrêter pour la nuit. L'arrivée du groupe fut observée avec intérêt par une femme qui, assise sous un porche voisin avec ses paniers de pruneaux et d'olives, haussa simultanément sa voix et ses tarifs. L'un des pèlerins, une forte femme suant sous son bonnet de lin à longs rabats, se laissa tomber sur la marche à côté de Benno et se massa un pied en grognant.

— Quels chemins ! Pour sûr qu'on m'en tiendra crédit au purgatoire, de ces chemins-là !

Sur quoi elle tourna vers Benno un visage de lune écarlate et poursuivit tout en retirant sa chaussure :

— Je fais ça pour ma fille, voyez-vous. Je l'ai laissée à la maison avec ma mère, l'est trop malade pour pouvoir se déplacer.

Constatant toutefois que Benno la considérait d'un regard vide et la mâchoire pendante, elle se tut, se disant que c'était gaspiller sa salive que de commérer avec un cerveau trop rabougri pour l'entendre, et elle se remit à se masser le pied.

Benno sentit sa faim s'exacerber devant l'odorant spectacle des pèlerins mangeant bruyamment leurs olives et leurs pruneaux. Il plongea la main dans les replis de sa chemise et en sortit un oignon et un bout de fromage. Il mangea avec appétit en écoutant se chamailler les pèlerins. Entreprendre un voyage pour des raisons religieuses ne semblait pas pour autant faire de vous un saint quand vous étiez fatigué.

Il allait songer à son propre voyage quand il entendit le sifflement.

Il fut debout d'un bond. Un petit chien qui jusqu'alors trottinait de groupe en groupe, avalant tout ce qu'on lui tendait, mais aussi ce qu'il parvenait à chiper, dressa son unique oreille et s'empressa de rejoindre Benno.

Celui-ci constata avec stupéfaction que son maître transportait ce qui, d'après l'épaisseur des tissus qui l'enveloppaient et qui ne pouvaient être que des jupes, n'était autre qu'une jeune fille. Or, jusque-là, son maître n'en avait jamais été réduit à devoir voler une femme. Il s'aperçut aussi, lorsqu'il dut aider Sigismondo à la hisser devant lui sur le grand louvet, qu'elle n'avait rien d'un poids plume. S'obligeant à garder bouche close, Benno ramassa le chien Biondello et grimpa en selle à son tour. La petite troupe s'en fut, franchit les remparts par la porte la plus proche et s'éloigna sans hâte de la ville.

Sigismondo quitta la route dès qu'ils eurent atteint les bois. La fille remuait. Benno descendit de cheval et réceptionna le corps emmailloté que Sigismondo lui fit passer. Sans doute était-il préférable qu'elle n'en ait pas conscience car, de sa vie, elle n'avait à coup sûr jamais été en contact avec un individu aussi répugnant. Lorsque Benno la déposa sur une plaque de mousse au pied d'un hêtre, la cape glissa, révélant une jupe richement brodée d'or. Benno la contempla, interdit, pendant que Sigismondo descendait de cheval.

— Hum ! Parfait, Benno — pas la moindre question !

Puis, se penchant au-dessus de la fille évanouie, il ajouta :

— Tu connaîtras sous peu certaines réponses, mais attention : ne demande rien. Je me pose autant de questions que toi.

La fille ouvrit les yeux. Elle les avait fermés sur la vision de la tête de son frère gisant, le regard fixe, sur le sol de marbre ; elle les rouvrait sur deux silhouettes se découpant au-dessus d'elle contre un pâle ciel mauve visible entre les branches, et qui la contemplaient. Refusant de résoudre cette énigme et renâclant comme un cheval apeuré devant l'horrible vision qu'il avait enregistrée, son esprit l'assura qu'elle rêvait.

— Demoiselle...

Par malheur, le corps de la jeune fille s'obstinait à contredire ce que voulait lui dicter son cerveau, et elle prit conscience que la mousse sous elle était fraîche, humide même, et toute bosselée de pierres et de racines ; que le vent du soir la faisait frissonner ; et que l'homme qui se penchait vers elle et dont elle ne distinguait pas les traits venait de lui adresser la parole. Il lui prit la main et elle comprit que la tiédeur de sa peau ne pouvait appartenir à un rêve.

— Demoiselle, nous sommes vos amis. Vous devez nous faire confiance.

Elle se redressa, si brutalement que la tête lui tourna, et détacha sa main de la sienne. Des brigands ! Des voleurs ! Ils l'avaient enlevée du palais pour l'amener dans ces bois. Ils allaient demander une rançon à son père.

Une nouvelle fois, elle entendit le sifflement de l'épée, elle entendit les hurlements et revit la tête de son frère qui fixait le plafond depuis le sol éclaboussé de sang. Elle se prit le front entre les mains et aurait voulu replonger dans les ténèbres rassurantes, mais le robuste brigand la soutenait et, s'agenouillant à son côté, il pressa le goulot d'une bouteille contre ses lèvres. Elle voulut détourner la tête mais il inclina si prestement la bouteille qu'elle ne put faire autrement que d'avaler la gorgée de liquide qui s'écoula dans sa gorge. Elle n'avait jamais rien bu d'aussi fort. Elle toussa et porta la main à sa bouche tandis que l'homme l'aidait à se mettre debout.

— Nous ne pouvons pas rester ici. Votre père a dû envoyer ses gens à notre recherche.

Et voilà ! Des brigands... ? Elle revit à nouveau l'éclair de l'épée, entrevit le visage distordu de son père tandis qu'il assenait le coup. Elle leva les yeux vers son vigoureux ravisseur et poussa un cri d'effroi.

— Il l'a *tué* ! Je l'ai vu ! Il l'a tué !

— Venez, demoiselle. Nous devons partir, sinon il risque de vous tuer aussi.

Debout dans la semi-obscurité, elle fixa les deux hommes dont elle n'avait toujours pas distingué les traits.

— Pourquoi ? Pourquoi a-t-il fait cela ? Est-il dément ?

— Peut-être. Je crois qu'il pense que votre mère l'a trompé et que vous n'êtes pas ses enfants. C'est pour cela qu'il va sans doute tenter de vous retrouver et de vous tuer comme il a tué votre frère. Quant à moi, j'ai été dépêché auprès de votre mère par votre oncle le duc Ludovico de Rocca, et je compte vous mener jusqu'à lui. Venez.

Elle ne résista pas lorsqu'il l'entraîna en direction des chevaux qui paissaient à l'orée du bois. Il la retint quand elle trébucha sur le sol inégal. Mais alors qu'il était en selle et tendait le bras pour l'aider à monter, elle eut un sursaut et s'écria :

— Ma mère ? Ce n'est pas vrai ! C'est une sainte et il l'aime.

Les bras robustes la hissèrent sans effort et se refermèrent sur elle, puis le cheval se mit en marche.

— *Il l'aime !* répéta-t-elle.

La poitrine de l'homme parut vibrer d'approbation, mais en même temps il secoua la tête :

— Hum. Il l'aimait, noble demoiselle ; mais il était jaloux. Et il n'y a rien d'aussi amer que la jalousie. C'est peut-être l'idée que votre frère et vous n'êtes pas ses enfants qui lui a fait perdre la tête.

Elle avala une grande goulée d'air en se remémorant le visage déformé qu'elle avait vu, un visage qui n'était pas du tout celui de son père. Il avait dû avoir cet air-là lorsqu'il avait tué le musicien Fabroni, le joueur de luth de sa mère. Soudain elle sursauta et le bras de Sigismondo se resserra autour d'elle.

— Ma mère... Il faut que je retourne au palais, il le

faut ! dit-elle d'une voix impérieuse. Je dois la voir — elle est en train de mourir !

Levant les yeux vers le large visage noyé dans la pénombre, elle distingua pour la première fois le nez busqué et le pli de la bouche mais ne saisit que l'expression générale des traits. Elle détourna les yeux, portant son regard au-delà du paysage estompé, jusqu'au ruban orange et vert tendu sur l'horizon. Puis tout se brouilla.

— Elle est morte. Elle est morte et je n'étais pas là.

Puis, retombant dans le silence, elle contempla sans la voir la campagne environnante et, pendant un long moment, ne cessa de s'essuyer les yeux tandis qu'ils chevauchaient dans le crépuscule.

Benno se porta à leur hauteur lorsque le chemin le permit. Il avançait la tête tournée vers eux, la bouche béante, comme s'il ne parvenait pas à croire ce qu'il entendait. Il risqua un rauque murmure :

— C'est la fille de la princesse ?

Son désir de savoir lui faisait oublier la répugnance de son maître à s'entendre poser des questions. Le hochement de tête affirmatif de Sigismondo lui permit d'assembler les bribes de ce qu'il venait d'apprendre, et, devant le résultat, il lui fut tout à fait impossible de garder le silence. Un autre renseignement lui paraissait à présent vital.

— Mais, dans ce cas... où va-t-on ?

— Voir un homme dont j'ignore le nom.

— Il vit loin d'ici ?

— Nous verrons bien. L'endroit s'appelle Fontecasta.

— C'est dans cette direction ?

— En tout cas, nous allons d'abord essayer celle-ci.

Sur quoi, resserrant son étreinte autour de la jeune fille, Sigismondo éperonna son cheval.

CHAPITRE III

« Mais alors, *qui* est mon père ? »

Benno en avait suffisamment entendu pour être saisi d'un vif regret de n'avoir pas assisté à tous ces événements dramatiques, d'autant qu'il n'avait couru aucun risque de s'y voir mêlé. Il compatissait également avec la jeune fille qui venait de perdre sa mère et de voir massacrer son frère, et qui se retrouvait avec un père dément qui n'était peut-être même pas le sien. Il fut toutefois rassuré de constater que, épuisée par ce qu'elle avait enduré et bercée par le rythme régulier du cheval, elle s'était endormie.

Il jeta un coup d'œil au pâle quartier de lune qui se détachait sur un ciel presque noir.

— Ainsi ils sont après nous ? Pour la retrouver ?

— Hum... possible. Mais la princesse Oralia était très aimée.

Benno se gratta la barbe.

— Vous voulez dire qu'ils n'ont pas *vraiment* envie de nous retrouver ? Il va pourtant bien falloir qu'ils essaient, pas vrai ? Dans l'état de fureur où il est, ils vont pas aller dire au prince qu'ils ne sont pas très chauds. Vous pensez qu'il a tué d'autres personnes ?

— Qui pourrait l'arrêter ? Un prince rend sa propre justice.

Sigismondo baissa un instant la tête vers la fille endormie.

— J'ai entendu dire à Rocca que le prince Livio est sujet à de brusques accès de violence, et qu'il y a de ça un an ou deux, il a tué le joueur de luth de la princesse pour la seule raison que le musicien en était amoureux. Il croit savoir qui est l'amant de sa femme et cela m'étonnerait que cet homme soit encore en vie.

— Il *croit* savoir ?

— Peut-être a-t-il entendu la confession de la princesse Oralia, caché derrière la tenture.

— Il aurait *écouté sa confession* ? fit Benno d'un air horrifié.

— Hum-hum-hum-hum, émit Sigismondo sur une gamme descendante au ton désapprobateur.

— Mais il n'en est pas sûr ?

Un bout du manteau de Benno s'agita et le petit chien sortit la tête à l'extérieur pour regarder autour d'eux et renifler l'air nocturne, ce qui dut sans aucun doute le changer du tout au tout de ce qu'il respirait jusqu'alors. Comme par sympathie, un autre chien aboya dans le lointain.

— Vous pensez qu'il s'est trompé, alors ? ajouta Benno. Un peu tard pour le pauvre malheureux. « Oh, désolé, j'ai fait erreur, j' vous rends votre tête. »

Sigismondo interrompit son fredonnement appréciateur, retint son cheval et, rejetant d'une main son capuchon en arrière, tourna la tête et tendit l'oreille.

— Si nous voulons garder la nôtre, nous ferions mieux de nous cacher dans ce bois.

Benno, qui s'apprêtait à poser le petit chien à terre pour qu'il se dégourdisse les jambes, le rattrapa in extremis par le train arrière et le refourra sous son manteau. Le temps que l'animal se réinstalle, le devant du vêtement ballonna et fit à son maître comme une poitrine de matrone. Ils quittèrent le chemin, s'enfoncèrent sous les arbres et descendirent dans un creux de terrain providentiel. Un petit ruisseau, argenté sous la lune, courait au fond de la cuvette. Au bout de quelques minutes, les oiseaux qu'ils avaient dérangés cessèrent leurs piaillements hostiles et les deux hommes perçurent le son d'une galopade et, à travers les arbres, distinguèrent la lueur mouvante de torches venant dans leur direction.

La jeune fille s'était presque réveillée quand les chevaux s'étaient arrêtés. Sigismondo lui glissa à l'oreille quelques mots que Benno ne saisit pas, mais il en résulta qu'elle garda le silence tandis que le groupe de cavaliers passait sur le chemin. Le petit chien pointa à nouveau la tête et fronça furieusement le museau, mais il avait appris depuis longtemps qu'en cas de danger le silence était synonyme de sagesse. De toute façon, les cavaliers faisaient un tel vacarme, s'interpellant les uns les autres d'une voix forte par-dessus le martèlement des sabots sur le chemin caillouteux, qu'un petit aboiement serait sans doute passé inaperçu. En tout cas, personne ne tourna la tête lorsque le cheval de Benno frappa du pied par terre. Les cavaliers, songea ce dernier, devaient avoir beaucoup à se dire, car des événements tels que ceux qui venaient de se produire n'étaient sans doute pas très fréquents, même sous le règne de leur prince. D'autre part, comme tous ceux qui voyagent de nuit, ils devaient certainement être conscients que d'autres créatures qui pouvaient ne pas être humaines, ni même animales, erraient à la clarté de la lune, et le bruit a toujours un effet apaisant sur les nerfs. Selon toutes les apparences, ils n'étaient animés d'aucun zèle excessif pour retrouver la fille de la princesse, et devaient être surtout préoccupés de ne pas revenir auprès de leur prince avant que sa colère ne soit apaisée.

Le bruit de la cavalcade diminua et mourut.

— Attends-moi ici, Benno, fit Sigismondo avant de faire gravir à son cheval le flanc de la dépression.

Il s'arrêta sous un hêtre et, dans la lumière mouchetée, se hissa debout sur sa selle. Les rênes à la main, la fille leva un visage blafard encadré d'un nuage de cheveux argentés et le regarda grimper dans l'arbre.

Benno posa le petit chien à terre et regarda lui aussi l'ombre qui se hissait entre les ombres. Le chien courut en rond, se soulagea, but au ruisseau puis gratta son unique oreille.

Sigismondo se laissa bientôt retomber sur sa selle.

— Nous allons les suivre jusqu'à une piste que j'ai vue un peu plus loin, dit-il. Ils viennent de la dépasser — elle est trop raide pour eux, et à mon avis ils vont filer droit vers Rocca. Quant à nous, eh bien, nous allons profiter de la clarté de la lune.

Le chien décida de remonter à bord; Benno le récupéra. Pelotonné sous le manteau, il sortit à nouveau la tête et poussa un seul aboiement, comme pour saluer la jeune fille, lorsque le cheval de Benno eut rattrapé celui de Sigismondo sur le chemin. Elle jeta à l'animal un regard absent — une chose étrange de plus, mais elle en avait déjà tant vu... — puis commença à manifester une certaine curiosité.

— Je ne sais pas très bien pourquoi je devrais croire que vous m'avez sauvée, que vous me voulez du bien, et que vous êtes envoyé par mon oncle. Qui êtes-vous ?

— Mon nom est Sigismondo, demoiselle. Et je vous promets de vous conduire auprès de votre oncle le duc Ludovico de Rocca, que j'ai eu l'honneur de servir.

Benno se souvenait pourtant que son maître avait parlé de rejoindre un homme dont il ignorait le nom, dans une ville dont il semblait ne pas connaître l'emplacement. Comme le chien Biondello, Benno savait quand il valait mieux se taire. La tête inclinée sous le nuage de cheveux, la jeune fille parut songeuse.

— Pourquoi mon oncle vous aurait-il dépêché? Je ne vous connais pas.

Elle avait une nouvelle fois levé les yeux pour regarder Sigismondo, mais le visage de celui-ci était noyé dans l'ombre du capuchon. Benno se demanda quelle serait sa réaction lorsqu'elle découvrirait ses traits.

— J'étais porteur d'un message de Sa Seigneurie le duc de Rocca à votre mère. Il s'inquiétait parce qu'il la savait souffrante et qu'en raison de son deuil il ne pourrait la rencontrer à Colleverde.

Cette allusion à ce qui devait se passer à Colleverde ne fit qu'accentuer l'incertitude dans laquelle était plongée la jeune fille : son mariage... et si elle n'était pas la fille de son père... ? Tout son univers était bouleversé.

Elle versa à nouveau des larmes silencieuses, qu'elle essuya du revers de la main. Ses bagues serties de perles et de diamants se mirent à luire lorsque la lune les baigna de sa lumière laiteuse, et Benno songea avec satisfaction qu'ils n'étaient pas près de manquer de nourriture.

Il aurait préféré ne pas songer à cette question. Il n'avait rien mangé depuis l'oignon et le morceau de fromage fort qu'il avait avalés près de la fontaine, et il savait que Sigismondo pouvait se passer de manger pendant beaucoup trop longtemps. Il faudrait bien toutefois qu'il pense à sa protégée. Mais, réalisant aussitôt qu'elle aurait l'appétit délicat d'une dame, Benno se sentit envahi par le découragement. Le chien Biondello, sauvé peu auparavant de la famine, était serré contre les côtes de Benno et, n'espérant rien, dormait à poings fermés.

Pourtant, moins d'une demi-heure plus tard, Benno se sentait rassasié, chose qui, pour lui comme pour n'importe quel paysan, relevait presque du miracle. Assis devant un petit feu, il se réchauffait les tibias tout en passant ses doigts dans sa barbe dans l'espoir d'y dénicher quelque bout de saucisse qui y serait resté accroché. Biondello était assis à ses pieds, la tête entre les genoux de Benno au cas où quelque miette passerait à portée.

Sigismondo, qui les avait conduits dans ce creux de terrain parsemé de rochers à l'écart de la piste secondaire que la bande de cavaliers avait négligée, était en train de boire du vin. Il avait extirpé plusieurs choses de ses fontes de selle : pour la fille, un manteau sombre qui dissimulait complètement le velours doré à présent chiffonné et qui, plus épais que la mince cape qu'elle portait, convenait mieux à la fraîcheur de la nuit; mais aussi une miche de pain, du fromage, des œufs durs et un demi-poulet froid, ainsi que le morceau de saucisse fumée que Benno avait mangé, et enfin le vin, seule chose que la fille avait d'abord accepté d'avaler.

A la lumière du feu elle parut à Benno plus jeune que ce qu'il avait cru. Les courbes douces de la joue, du menton et du cou, le front bombé sous les cheveux frisottés recelaient plus une promesse de beauté qu'ils n'en exprimaient l'épanouissement. Benno était fier de savoir que c'était là la nièce de son duc. Il y aurait peut-être une jolie récompense une fois qu'on l'aurait ramenée à son oncle, et quand Sigismondo avait de l'argent, tous deux vivaient bien. Benno se lécha les doigts et se dit que son frère devait lui ressembler. Le duc Ludovico n'apprécierait guère de se voir priver d'un neveu; sûr qu'il allait y avoir du grabuge avec ce prince Livio.

La jeune fille se redressa.

— Mais alors, *qui* est mon père?

CHAPITRE IV

Visite à un mort

La question était abrupte et fut posée avec énergie. Le vin, après l'alcool, était peut-être monté à la tête de l'adolescente. Elle s'était tournée d'un air impérieux vers Sigismondo, et Benno se dit que les filles de princesse étaient sans doute accoutumées à ce qu'on les serve et qu'on leur réponde sur-le-champ.

Sigismondo s'essuya les lèvres du revers de la main et reboucha la bouteille tandis que la jeune fille se trémoussait d'impatience.

— C'est peut-être le seigneur Eugenio, noble demoiselle.

Elle parut surprise mais, tout bien considéré, point mécontente. Le rang et la personne du seigneur Eugenio étaient loin d'être négligeables ; qu'il ne fût pas prince était certes regrettable, mais elle n'en restait pas moins fille de princesse. Au fond, peut-être était-elle soulagée de ne pas être la fille du prince Livio, après ce qu'elle avait vu. Comme si son esprit revivait la scène, son visage se contracta brusquement.

— Est-ce que mon... le prince est-il au courant ? s'enquit-elle avec vivacité.

— Le prince pense que le seigneur Eugenio est votre père, répondit Sigismondo avec détachement. Cela n'étonnerait qu'il le laisse vivre.

La jeune fille serra les lèvres et garda le silence. Elle

avait vu le prince brandir son épée et savait qu'il n'hésiterait pas à en faire de nouveau usage. Benno se dit que c'était drôle d'apprendre qui est son père et de le perdre aussitôt.

Renonçant à quémander d'autres bouts de saucisse auprès de Benno, Biondello trottina jusqu'à la princesse et lécha la main qu'elle avait posée sur un rocher comme pour se raccrocher à quelque chose de solide dans ce monde mouvant. N'ayant rien mangé, sa main n'était pas aussi appétissante que celles de Benno, mais c'était un chien qui jetait vite son dévolu sur autrui, et peut-être faisait-il cela pour réconforter la princesse. En tout cas, elle le saisit entre ses bras.

— Vous avez dit « peut-être ». Voulez-vous dire que ce n'est peut-être pas le seigneur Eugenio ?

— Même les princes peuvent se tromper.

— Ma mère lui a-t-elle révélé la vérité ?

Sans remarquer que Biondello était un petit chien malpropre et, à présent, couvert de gras, elle le serrait contre elle et parlait par-dessus sa tête laineuse.

— Non, elle ne l'a certainement pas fait, poursuivit-elle. Elle se doutait bien que cela le mettrait en fureur et que nous ne serions plus en sécurité...

Biondello, qui gigotait de plaisir, avait réussi à lever le museau et, d'un coup de langue sur la bouche de la princesse, l'avait interrompue. Le capuchon de Sigismondo retomba en arrière tandis qu'il se tournait pour ranger la bouteille, et elle laissa échapper une exclamation de surprise.

— Vous êtes prêtre ! Ma mère s'est-elle confessée à vous ? *Savez*-vous qui est mon père ?

Sigismondo passa la main, de la nuque au front, sur son crâne rasé qui produisit un petit bruissement, puis il sourit et émit un son semblable au bourdonnement d'une abeille butinant une profonde corolle.

— Non, ma noble demoiselle. Je ne suis pas prêtre, et votre mère ne m'a pas dit qui était votre père. Peut-être désirait-elle que je le découvre.

— Il n'est donc pas mort ?

Elle était penchée en avant, serrant contre elle Biondello, dont les pattes arrière griffaient la jupe de velours.

— Menez-moi à lui ! Il me protégera contre...

Elle se tut, comme si elle défaillait. « Elle pense que sa mère aurait choisi quelqu'un capable de défier un prince, se dit Benno, alors espérons que mon maître ne va pas ruiner ses espoirs en lui apprenant qu'il s'agit d'un beau valet d'écurie. » Et encore, pas très jeune, comme valet : à en juger par l'âge de la princesse, cela devait faire au moins quatorze ans que les cornes avaient poussé au prince Livio.

— J'ignore si l'homme dont m'a parlé votre mère est votre père. Son Altesse m'a donné à entendre qu'il était en danger et qu'elle désirait que je l'emmène à Rocca. Je ne sais pas exactement où il vit. Le Ciel fasse que nous le trouvions avant le prince !

Il tendit à la jeune fille un morceau de poulet serré dans un bout de pain. Elle le saisit, quoique d'un air presque absent, comme si l'appétit lui était revenu avec la curiosité. Voir passer cette aubaine plongea Biondello dans une telle fébrilité qu'il tomba des genoux de la princesse. Celle-ci se mit à partager le poulet avec lui, mais la répartition était injuste puisqu'elle se réservait les plus grosses parts. Même un esprit traversé d'images terribles n'empêche pas toujours le corps, surtout à quatorze ans, de réclamer son dû.

Elle accepta la bouteille de vin, après qu'avec courtoisie Sigismondo en eut essuyé le goulot à l'aide du tissu dans lequel était enveloppé le pain, et elle eut même un petit pouffement lorsqu'elle l'emboucha d'un geste inexpert et qu'un peu de liquide lui coula sur le menton avant de goutter sur le velours doré de sa robe. Elle tendit la main pour qu'il lui donne le tissu et s'essuya le visage, mais sans prêter la moindre attention à la tache sur sa robe. Depuis qu'elle était sevrée, on lui avait toujours servi à boire dans un gobelet tendu avec révérence, et elle n'avait certainement jamais eu à ôter une tache d'un vêtement. Il y avait des servantes pour cela, qui se servaient de plumes trempées dans l'eau chaude; elle les avait vues faire. Elle reprit du poulet et parla avec détermination.

— Je pensais voir mon oncle le duc Ludovico ce dimanche, à mon mariage. Vous savez sans doute qu'il doit être l'hôte du duc Grifone lorsque je prendrai son fils pour époux à Colleverde.

— Lorsque vous épouserez le seigneur Astorre.

Sigismondo passa sous silence le fait que le mariage, désormais, n'aurait peut-être pas lieu.

— J'ai été fiancée à son frère aîné Ercole, qui est mort. J'avais alors huit ans. Ercole en avait quatorze et il était laid comme un pou. A cette époque déjà, j'aurais préféré épouser Astorre. Il avait onze ans et était très mignon...

Sa voix mourut au terme de cette confidence, provoquée par le vin et le choc qu'elle avait subi. Ce mariage résumait toutes les incertitudes de son existence. Il était exact que les bâtards de grands seigneurs étaient presque aussi recherchés en mariage que leurs enfants légitimes; ce qui n'était pas tout à fait vrai des bâtards de leur épouse, quoique la nièce d'un duc... Elle se sentait perdue, car ce qui était mis en question, c'était non seulement son statut social mais, plus profondément encore, les fondements même de sa propre identité. Elle commença d'un ton encore plus résolu :

— Ma mère...

Mais elle s'interrompit pour donner à Biondello le dernier morceau de poulet qu'elle s'apprêtait à porter à sa bouche.

— Ma mère m'avait amenée ici... reprit-elle avant de jeter un regard alentour. C'était à la même époque de l'année, exactement comme aujourd'hui, il faisait froid, avec un beau clair de lune. A part que la lune était pleine ; nous nous sommes arrêtées pendant le trajet de retour parce que ma mère avait aperçu au loin un homme trébuchant parmi les rochers.

— Un homme seul ? Pourquoi votre mère a-t-elle voulu s'arrêter ?

— Elle a cru qu'il était malade et avait besoin de soins, ou que des brigands l'avaient dévalisé et laissé pour mort. Ma mère était une vraie sainte, ajouta-t-elle d'un air de défi, comme pour rappeler à ses interlocuteurs que la charité chrétienne a, au bout du compte, plus de poids que l'adultère.

Sigismondo ajouta quelques brindilles dans le feu.

— Avait-il été victime de brigands ?

Elle frissonna. Encore une image qu'elle n'oublierait jamais.

— Nos gens l'ont amené jusqu'à notre litière. Je me souviens qu'ils sont revenus très lentement, et que j'étais très inquiète, s'il y avait des brigands à proximité, de voir que les hommes de notre escorte nous avaient devancées. Elle ne voulait pas que je les rappelle et je me demandais pourquoi. Les mules portant les bagages étaient loin derrière, elles s'étaient arrêtées et j'entendais les valets se quereller. Nous étions pratiquement seules... On a conduit cet homme jusqu'à notre litière et on l'a montré à ma mère. Il avait le visage couvert de sang. A la clarté de la lune, on aurait dit qu'il était noir, mais avec les torches on a bien vu que c'était tout rouge...

Biondello, que son agitation agaçait, émit un geignement plaintif, mais elle poursuivit avec une fermeté accrue :

— Bien entendu, Mère a ordonné qu'on le soigne.

— Que lui est-il arrivé ensuite ?

L'éclat du feu transforma pendant un instant Sigismondo en un démon certes amical mais impressionnant.

— Je ne sais pas, rétorqua-t-elle en haussant les épaules. Mère estimait que je n'avais pas à le savoir. Elle était bouleversée mais ne voulait pas que je me tracasse pour des inconnus, même couverts de sang. Elle m'a dit que l'on allait s'occuper de lui. Je ne l'ai jamais revu. Son visage sanguinolent a hanté mes cauchemars, mais je l'avais pratiquement oublié jusqu'à ce soir. Ce qui me l'a rappelé, c'est qu'il faisait froid aussi ce jour-là.

Elle tendit les mains pour les réchauffer mais les retira avec un « Oh ! » lorsque Sigismondo, à l'aide d'une branche dont elle pensait qu'il allait alimenter le feu avec, dispersa les braises qui perdirent aussitôt de leur éclat. Prudent, Biondello se réfugia derrière les jupes de la jeune fille tandis que Benno écrasait quelques braises du talon et jetait de la terre sur le reste. Sigismondo s'inclina avec la grâce d'un courtisan.

— Noble demoiselle, nous devons reprendre notre route. Nous avions besoin de nous reposer et de nous restaurer, mais nous devrons attendre d'être plus en sécurité avant de pouvoir dormir. Ceux qui vous poursuivent vont revenir, et même si nous avons éteint notre feu, le vent emporte très loin l'odeur de la fumée.

Elle n'éleva aucune objection. En vérité, Benno éprouva un pincement de jalousie en constatant que son rang lui donnait le droit de savoir à l'avance ce qu'on allait faire. Elle resserra le manteau autour d'elle avec une étonnante humilité. Lorsque Benno croisa Sigismondo en allant remettre en place les fontes de selle, il lui demanda à mi-voix :

— Alors, on est partis pour Rocca ?

— Je pense, fit Sigismondo dont le visage disparaissait dans l'ombre du capuchon, je pense que nous allons rendre visite à un mort.

CHAPITRE V

« J'espère que vous le rattraperez ! »

L'un des avantages de ne pas dormir, se dit Benno tandis que son cheval cheminait sur la piste caillouteuse, est que l'on ne fait pas de cauchemars. La jeune dame venant d'assister à l'assassinat de son frère, il ne fallait pas s'attendre à ce qu'elle rêve de roses et de rossignols.

Benno s'efforçait de savoir à quel point le danger était pressant. Son maître avait jugé possible de faire une halte sitôt qu'ils s'étaient trouvés assez loin de la ville, et, alors qu'ils avaient vu passer sur la route un groupe de poursuivants, de prendre le temps de manger et d'expliquer certaines choses à la princesse, et pourtant voilà qu'ils avaient passé la nuit à chevaucher comme s'ils couraient le risque d'être rattrapés, alors qu'ils suivaient un autre chemin que celui emprunté par leurs poursuivants.

Et puis qu'est-ce que c'était que cette histoire de rendre visite à un mort ? Benno n'excluait rien de la part de son maître, pas même la sorcellerie, mais qu'il se permette d'aller déranger des gens dans la tombe où ils jouissent d'un juste repos ne lui disait rien qui vaille. Dans les cuisines et les écuries où il avait entendu conter des histoires, Benno s'était forgé l'opinion que les spectres de Toscane étaient de loin les plus redoutables de tous. Il préférait ne pas les importuner.

— Dès que nous le pourrons, demoiselle, nous vous ôterons vos vêtements.

Malgré son épuisement, et aussi tourneboulée qu'elle fût par le fait extraordinaire de galoper toute une nuit dans les bras d'un homme qu'elle n'avait jamais vu auparavant — alors que toucher un autre homme que son propre père était chose inconcevable pour la fille pucelle d'un prince —, la remarque la fit sortir de sa torpeur. Elle se redressa, les yeux étincelants dans les premières lueurs de l'aube.

— Que voulez-vous dire ? Comment osez-vous !

Benno remarqua que son maître inclinait légèrement la tête après cette réprimande, mais sa voix profonde comportait une pointe d'amusement.

— Pardonnez-moi, Votre Altesse. Tout ce que je veux dire, c'est que l'on ne doit pas vous reconnaître. Votre robe attire par trop l'attention. A présent, le prince doit avoir compris que vous avez bénéficié d'aide pour lui échapper. Il a dû apprendre que la princesse votre mère avait reçu un messager en provenance de Rocca. Et il comprendra très vite que ce messager, qui s'est éclipsé si vite, a l'intention de vous conduire auprès du duc Ludovico. On va donc nous guetter sur tous les chemins qui mènent à Rocca.

— Il me semble, dit la jeune fille d'une voix lasse où les deux hommes crurent pourtant percevoir une sorte de gloussement, que je me ferais autant remarquer si je me promenais en jupons.

Sigismondo émit un fredonnement.

— Une jeune fille comme vous se ferait remarquer n'importe où.

C'était là le genre de galanterie à laquelle elle était habituée, et elle ne demanda aucune autre explication.

Une heure plus tard environ, alors que le soleil s'était levé et que l'air commençait à se réchauffer, ils rencontrèrent des pèlerins. Alors que Sigismondo et ses compagnons traversaient un bosquet d'arbres couronnant une petite colline, ils entendirent des éclats de voix et des bruits d'éclaboussures. Sigismondo scruta le bois devant eux tandis que la jeune fille vérifiait d'instinct que le manteau couvrait bien sa robe et sa tête. Elle n'avait que huit ans lors du dernier voyage qu'elle avait entrepris sur les routes et, en dehors du risque d'être reconnue, elle s'attendait à ce que tous ceux qu'elle rencontrait en dehors du palais présentent certaines caractéristiques de la bête sauvage.

Plusieurs des pèlerins qu'ils aperçurent en descendant le flanc de la colline avaient, de fait, une chose en commun avec les animaux sauvages : ils étaient nus. Ils se baignaient dans la source bénie qui jaillissait d'une gargouille de pierre pour former une mare bordée de joncs et ombragée par des genévriers. C'était cette sainte source qui les avait poussés à emprunter ce chemin incommode et caillouteux qu'ils auraient normalement évité, car s'immerger dans son eau leur assurait non seulement d'en tirer le plus grand bénéfice spirituel, mais leur permettait aussi, si grande est la grâce de Dieu, de se débarrasser de la poussière amassée lors de leur marche, et même d'apaiser les inflammations des piqûres de puces récoltées en route. Des jupons et des chemises séchaient sur les buissons de romarin qui poussaient sur le flanc de la colline. L'un des pèlerins venait d'entonner un chant plutôt triste, qu'un ou deux de ses compagnons reprirent en chœur, mais la plupart se contentaient de profiter de l'eau. Un gamin qui commença à chahuter et à asperger les autres se fit aussitôt rappeler à l'ordre par un baigneur tonsuré.

Apercevant des inconnus qui approchaient, plusieurs femmes croisèrent les bras sur leur poitrine, ou s'agenouillèrent de façon que l'eau les couvrît, mais la plupart observèrent le trio sans chercher à dissimuler ni leur curiosité ni leur nudité. Un gaillard solidement bâti, sans doute le guide qu'ils avaient engagé, se leva de derrière un buisson, tenant à la main un bourdon qui pouvait aussi bien servir d'arme. Il les héla.

— Hé, vous vous rendez aussi à Colleverde ? Pour les reliques et le mariage ?

Après les quelques consignes que lui avait glissées Sigismondo, Benno ne s'étonna pas de voir son maître arrêter son cheval, en descendre et saisir dans ses bras la fille enveloppée dans son manteau. Il la serra contre lui tout en répondant au pèlerin :

— Mon seul souci, c'est la santé de ma fille. Je suis prêt à tout tenter pour la lui rendre.

Les pèlerins rétorquèrent avec chaleur :

— Plongez-la dans cette eau : elle est placée sous la protection de saint Luc et de saint Christophe !

— Faites-la entrer dans l'eau.

— Les saints viendront en aide à la pauvre enfant.

Sigismondo s'avança, et Benno remarqua que les pieds emmaillotés se débattaient ; il avait autrefois été au service d'une jeune demoiselle et se doutait de ce que pouvait éprouver la fille d'une princesse en se sentant emporter vers une bande de rustres dénudés impatients de l'accueillir parmi eux. Son maître, toutefois, agit avec la plus extrême délicatesse, faisant du manteau un paravent et détournant la tête quand sa prétendue fille se débarrassa de la robe qui risquait de la trahir. Lorsque Sigismondo l'avait posée à terre, elle était restée rigide. Peut-être tentait-elle d'invoquer les saints protecteurs de la source afin qu'ils déclenchent un brusque glissement de terrain qui n'aurait pas même épargné son sauveur. Elle avait en tout cas refusé de faire le moindre geste pour retirer sa robe jusqu'à ce que Sigismondo lui murmure quelques mots d'une voix grave : aussitôt, les doigts de la princesse s'étaient mis à s'agiter sous le manteau. Benno espérait qu'elle était capable de se déshabiller sans ses suivantes, et en obtint la preuve lorsque, d'un coup de pied, elle expédia derrière elle, par-dessous le manteau, une boule informe de velours doré. Benno s'accroupit pour récupérer le tout, jupe, corsage et manches, et serrait les vêtements contre sa poitrine, étouffant à moitié Biondello, lorsqu'il reçut dans le dos un rude coup de la pointe d'un bâton.

— Respecte la pudeur de cette dame, fripon ! Ote ton sale nez de là !

Sigismondo remercia gravement le guide des pèlerins.

— Ce drôle n'a pas toute sa tête et c'est un incorrigible débauché.

Benno, qui avait modelé son expression pour confirmer la première partie de la phrase, n'eut aucune difficulté à laisser pendre un peu plus sa mâchoire devant l'injustice de la seconde partie.

— Je l'emmène à Colleverde dans l'espoir que les reliques auront une influence bénéfique sur sa nature, expliqua Sigismondo.

Sur quoi il lança le manteau à Benno avant de soulever la jeune fille, qui se fit toute petite dans sa chemise. Le guide les escorta jusqu'au bassin, où les pèlerins enthousiastes s'étaient regroupés près du bord. Une femme dont les cheveux étaient noués dans un fichu se montra particulièrement attentionnée. Toutes les têtes étaient tournées vers la jeune fille qui dissimulait son visage dans ses cheveux, et quand son père eut expliqué que la plonger ainsi dans l'eau risquait de lui provoquer une crise, les pèlerins proposèrent aussitôt qu'elle se contente d'en boire quelques gorgées et, les mains en coupe, la mouillèrent d'abondance sur tout le corps. Le jeune garnement se montra particulièrement assidu à cet exercice, jusqu'à ce que Sigismondo et le bourdon du guide y mettent le holà. La petite cérémonie ragaillardit le chanteur et bientôt presque tout le monde chantait de bon cœur, la voix de Sigismondo dominant toutes les autres. La jeune fille, frissonnante — de rage, peut-être —, était assise sur la berge où Sigismondo l'avait déposée. Celui-ci l'aida bientôt à se relever.

Soudain, aux échos de leur chant se mêla un claquement précipité de sabots, et tous se tournèrent pour voir si un nouveau voyageur entendait profiter des bienfaits de la source. Mais ils ne virent que Benno, courbé sur l'encolure de son petit gris, s'éloignant à toute allure sur la piste serpentant entre les arbres.

Sigismondo fut le premier à s'exclamer. Il venait de faire un tour d'inspection dans les buissons.

— Le coquin ! Il m'a volé un cheval et les habits de mon enfant !

Il revint à grandes enjambées vers la jeune fille, la souleva, l'emporta vers le grand louvet qui attendait patiemment près du chemin, défit les rênes nouées à une branche, mit la fille en selle et monta à son tour pendant que le guide des pèlerins, brandissant son bourdon, lançait :

— Vous avez de la chance qu'il ait été assez stupide pour vous laisser votre cheval !

Sigismondo esquissa un sourire tout en enveloppant de son manteau la jeune fille trempée, puis tira sur les rênes et piqua des deux. Tel un troupeau de porcelets, les pèlerins sortirent de l'eau en toute hâte afin de compter leurs vêtements.

— J'espère que vous le rattraperez ! cria une voix dans le nuage de poussière soulevé par le grand louvet lancé à la poursuite du gris.

Après avoir rassemblé et vérifié leurs habits, les pèlerins se séchèrent et se rhabillèrent tout en jacassant à propos de la scène qu'ils venaient de vivre. Ils s'estimèrent heureux de constater que l'idiot ne les avait pas dépouillés davantage. Le garnement paraissait être le seul à avoir perdu ses vêtements. L'un des pèlerins, un homme vigoureux assez aisé et prévoyant (car il était frileux) pour avoir emporté une seconde tunique, vit sa charité chrétienne mise à rude épreuve lorsque l'opinion générale l'obligea à en faire cadeau au malchanceux, avec pour toute compensation une future bénédiction de la part des saints.

CHAPITRE VI

« Il y a la sorcière »

La fille de la princesse Oralia était si furieuse qu'elle en aurait presque craché. Pour aussi ingrate et incivile qu'elle fût passée, elle aurait pu cracher au visage de son sauveur, si celui-ci était bien en vérité un sauveur, et non un vulgaire brigand comme elle l'avait tout d'abord pensé — d'ailleurs, son serviteur idiot venait pour sa part de prouver qu'il était un voleur. Elle avait subi l'humiliation d'être trempée jusqu'aux os par une bande de paysans zélés pendant qu'il assistait au spectacle et les *encourageait,* avant d'être bringuebalée, impuissante dans ses griffes, tandis qu'ils galopaient à un train d'enfer ! Difficile de taper du pied et de laisser libre cours à sa colère quand on est douloureusement juchée sur le pommeau de la selle d'un cheval au galop, le visage aveuglé par un pourpoint de cuir. Mais bientôt ils ralentirent l'allure et Sigismondo quitta la piste pour entraîner sa monture sous un bosquet. La jeune fille voulut ouvrir la bouche pour libérer sa fureur quand elle aperçut avec stupéfaction l'idiot qui les attendait, le sourire aux lèvres. Était-il stupide au point d'espérer des félicitations pour ce qu'il avait fait ?

— Bien joué, Benno.

— Bien joué ? *Bien joué ?*

Elle entendit sa propre voix s'étrangler et oublia instantanément les recommandations de sa mère concernant l'indispensable modération de ton.

— Donne-moi la robe.

Sigismondo déposa la jeune fille à terre où, pour ajouter à sa rage, elle trébucha, puis il descendit de cheval, saisit la robe et jeta un coup d'œil alentour. Le vêtement n'était plus qu'un tas de chiffons qui, de surcroît, dégageait une puanteur humide, due sans nul doute au chien gris qui émergea, petite boule laineuse, de l'habit de Benno avant de sauter sur le sol. Sigismondo s'éloigna de quelques pas sous les arbres et jeta le paquet de velours brodé dans un creux s'ouvrant entre des racines, et qu'il s'employa aussitôt à combler avec des pierres.

— Que faites-vous ? C'est ma *robe* ! Me condamnez-vous à mourir de froid ? Est-ce là votre intention ? Avez-vous oublié qui je suis ? Je ne tolérerai pas d'être traitée de la sorte !

Elle s'apprêtait à lui rappeler qui elle était, et quel titre elle portait, quand l'idée lui traversa l'esprit que son père, celui, du moins, à qui elle devait son statut, l'avait peut-être reniée.

— Je ne tolérerai pas que l'on me traite ainsi ! répéta-t-elle crânement après un instant d'hésitation.

— Est-ce qu'il vaudrait pas mieux qu'elle se tienne tranquille ? s'inquiéta l'idiot.

Sigismondo haussa les épaules.

— Si nos amis l'entendent, ils croiront qu'elle a une crise, rétorqua-t-il avant de s'adresser à la jeune fille avec une pointe de sévérité dans la voix : Demoiselle, tout cela est mûrement réfléchi. Je vous ai expliqué que vous deviez changer de tenue.

Benno était en train d'extraire un ballot informe d'une fonte de selle. Elle vit qu'il s'agissait d'habits de paysan : lin gris, toile terne, gros drap, avec des broderies rustiques en laine grossière.

— Il faudra que nous vous trouvions ou que nous

vous fabriquions des chaussures dès que possible. En attendant, vous garderez vos mules.

— Je refuse de porter ces hardes.

Benno se tourna vers elle, bouche bée, les yeux écarquillés. Il lui tendit les vêtements comme s'il n'avait pas entendu.

— Je préfère mourir de froid que de toucher ces horribles choses. Comment osez-vous y songer un seul instant ? Comment osez-vous...

— Noble demoiselle, l'interrompit vivement la voix grave. Votre vie est en danger. Le choix de mourir de froid ou par la main du prince Livio ne vous appartient plus...

Le bruit d'une épée qui s'abat résonna dans l'esprit de la jeune fille ; la tête de son frère la contemplait depuis le sol.

— ... C'est moi qui décide. Habillez-vous.

Elle tourna les yeux vers lui, croisa son regard sombre, détailla sa bouche ferme, sentit la force irrésistible de sa volonté. Au bout de quelques instants, elle tendit la main et Benno lui apporta le répugnant ballot. Elle en sépara les différentes pièces tandis que les chevaux tapaient du pied et que l'un d'eux tentait de brouter les premiers bourgeons d'un buisson. Tout d'abord, elle ne comprit pas ce qu'elle tenait entre les mains, puis soudain elle s'exclama :

— Mais... ce sont des habits de garçon !

Sigismondo fredonna. Elle le regarda et vit qu'il souriait.

— Un déguisement, fit-il d'une voix qui évoquait l'intrigue et l'aventure. Ils recherchent une fille.

Elle était prise entre sa propre répulsion et la volonté inébranlable de son sauveur de les lui voir porter.

— Je ne sais pas s'ils vont m'aller.

Sigismondo s'avéra un conseiller compétent et discret. D'abord, la jeune fille passa derrière un arbre, se sécha avec son jupon humide et enfila la chemise de garçon. Puis Sigismondo lui expliqua comment fixer les chausses à la chemise et comment lacer la tunique. Sa peau se hérissa au contact de la laine rêche et malpropre mais, quand elle eut fini, elle espéra au moins s'entendre remercier pour son obéissance. Les yeux noirs la détaillèrent.

— Savez-vous marcher comme un garçon ? s'enquit Sigismondo.

Elle s'imagina en train de se pavaner comme un jeune fat de la cour. Elle aurait l'air stupide.

— Non, répondit-elle sèchement.

Il la hissa sur sa monture, raccourcit les étrivières et s'empara des rênes. Elle s'attendait à ce qu'il rejoigne le chemin, mais au lieu de ça il explora les alentours du regard et emmena le cheval le long du flanc de la colline. Ils cheminèrent d'abord entre des rochers, puis traversèrent des arbustes et des broussailles avant de pénétrer dans une forêt de hêtres où l'épais tapis de faines résonnait sous les sabots des chevaux. A part un oiseau qui gazouillait, le bois était étrangement silencieux, et lorsqu'un pigeon s'envola brusquement, le cheval de Benno fit une embardée et la jeune fille tressaillit.

— Où allons-nous ? demanda-t-elle.

Aucun des deux hommes ne lui répondit. Elle talonna sa monture pour la faire accélérer et forcer ainsi Sigismondo à réagir, mais le cheval savait que, quel que fût son cavalier, c'était à son maître qu'il devait obéissance, et il maintint son allure. Ils grimpaient toujours, et, d'après le soleil, repartaient d'où ils venaient, mais plus haut sur la colline.

Ils se trouvaient à présent parmi les genévriers et les cyprès. Une piste, une sorte de ruisseau asséché, paraissait aller dans leur direction, et Sigismondo la leur fit emprunter. La jeune fille dut se pencher sur l'encolure du cheval lorsque le sentier se faufila sous des surplombs rocheux aux formes étranges.

Soudain Sigismondo s'immobilisa et se pencha pour tirer un poignard de sa botte. Ils attendirent en silence. Puis on entendit des galets qui s'entrechoquaient et un bruit de pas précipités. Devant eux sur la piste surgit une chèvre noir et roux qui stoppa net en les découvrant. Un garçonnet s'arrêta à sa hauteur et les détailla avec la même méfiance que l'animal. Vêtu d'une peau de chèvre et de haillons, il tenait un bâton à la main.

— Où mène ce chemin ? s'enquit Sigismondo en rengainant son poignard.

— Vous ne trouverez rien par là, répondit le jeune berger d'un ton péremptoire.

— Ça, c'est à moi d'en juger. Où va ce chemin ?

— A un village. Avec des tas de types costauds et des chiens, je vous préviens. Et ce n'est pas tout près.

Il paraissait clair que les étrangers n'étaient guère les bienvenus dans les parages.

— Quoi d'autre ?

Le garçon eut un geste rapide, puis se tâta la poitrine comme s'il portait un talisman.

— Fontecasta. Évitez la villa, c'est un conseil.

La chèvre émit un bêlement sinistre comme pour confirmer les dires du garçonnet.

— Qu'est-ce qu'il y a dans cette villa ?

Le jeune berger jeta un coup d'œil nerveux par-dessus son épaule, comme s'il craignait qu'on l'entende.

— Il y a la sorcière.

— La sorcière ? Mais encore ?

— Et des chiens qui ne sont pas des chiens. Et des diables.

— Hum, fit Sigismondo sur un ton de légère dérision.

— Vous ne vous rendez pas compte, reprit le garçon. Il vit là-bas.

— Qui ça ?

— L'homme mort.

CHAPITRE VII

« Je dois la voir »

Ils suivirent le haut mur. Le sommet en était couvert de tuiles, mais certaines avaient glissé et gisaient dans l'herbe brune. Le cheval de Benno marcha sur l'une d'elles, produisant un craquement qui fit sursauter la jeune fille. Des plaques d'enduit s'étaient détachées par endroits, laissant apparaître la brique rosâtre au-dessous.

Ils arrivèrent à l'entrée. Les ananas en pierre qui couronnaient les deux piliers étaient ébréchés, comme si quelque oiseau géant était venu les picorer.

Sigismondo aida la fille à descendre de cheval, puis lui confia les rênes. Elle éprouva une sorte de choc en les saisissant : de sa vie, c'était la première tâche manuelle qu'on lui demandait d'accomplir. Sigismondo toqua trois fois sur le panneau de bois décoloré par le soleil. Loin à l'intérieur, des chiens aboyèrent. Un oiseau lança un trille qui pouvait passer pour un cri d'alarme. Benno se signa.

Sigismondo refrappa trois coups puis recula pour évaluer la hauteur de la porte et du mur, comme s'il envisageait de l'escalader. A cet instant, la jeune fille hoqueta de surprise.

Le volet de bois derrière la grille rouillée du guichet avait coulissé sans bruit et un œil les examinait. L'œil était noir, méchant et à demi recouvert d'une paupière ridée.

Ils perçurent une voix qui marmonnait, et les seules paroles qu'ils comprirent furent :

— Allez-vous-en ou je lâche les chiens.

Jusqu'ici, la menace n'était qu'humaine, même si l'œil semblait capable de promettre bien d'autres maux.

— J'ai affaire avec ton maître. De la part de la dame de Montenero.

Le petit panneau de bois que l'on refermait déjà s'arrêta à mi-chemin, puis fut lentement rouvert. La tête se déplaça afin d'examiner chacun des membres du trio. Biondello, qui avait sorti la tête de la tunique de Benno pour voir ce qui se passait, la replongea aussitôt à l'intérieur ; il était clair que son maître aurait donné gros pour pouvoir en faire autant.

— Montenero ?

La voix, aussi rouillée que le grillage du guichet, n'était apparemment pas habituée à formuler des propos intelligibles. Sigismondo se rapprocha et, d'une voix radoucie et persuasive, ajouta :

— Nous venons de la part de la dame, l'amie de ton maître. Elle m'a chargé de lui transmettre un message, et de toute urgence. Il est en danger.

Le volet de bois se referma en claquant. Pendant quelques instants, la jeune fille crut que Sigismondo avait échoué. Mais bientôt on entendit coulisser une barre, et les battants de la porte tremblèrent. Puis vinrent les grincements et les chocs sourds de verrous qu'on tire. L'oiseau piaillait furieusement. Le portillon s'ouvrit.

La femme qui le tenait ouvert n'était pas aussi âgée que l'avait fait croire son œil. Ses cheveux blancs dépassant du bonnet étaient encore drus, et ses gestes empreints de vigueur. Si Benno avait ignoré qu'il s'agissait d'une sorcière, il aurait pu juger que, derrière son air renfrogné, le visage rougeaud n'était point déplaisant. Elle avait à la main une houe qu'elle tenait comme une arme. La lame en était maculée de terre.

La houe pointa vers Sigismondo et, marmottant entre ses dents, la vieille indiqua la maison du menton. Baissant la tête, Sigismondo franchit le portillon sans un regard en arrière. La houe fut brandie de manière menaçante devant les deux autres tandis que le panneau se refermait. Benno et la fille restèrent là, le regard fixe, pendant que les verrous étaient bruyamment remis en place. La fille tendit aussitôt les rênes du louvet à Benno. Pas question de jouer les pages devant quiconque. Benno libéra une main et la plongea dans sa chemise, où il trouva une médaille sainte qu'il pressa contre ses lèvres. On aperçut un instant la tête du petit chien, mais il ne la sortit pas. Benno appuya la médaille sur le front et le museau de l'animal qui éternua d'un air dévot.

La fille avait froid. Elle n'avait pas l'habitude d'avoir les jambes si peu couvertes, et, à l'ombre du mur et des arbres qui le dominaient, elle regretta ses jupes habituelles qui lui procuraient chaleur et confort. Et dire que ce malotru les avait tout bonnement jetées ! Par ailleurs, son incrédulité envers les superstitions paysannes concernant les sorcières avait été quelque peu ébranlée par la vision de la vieille. Elle avait fait remonter à la surface des images de l'enfance trop profondément enfouies pour être évoquées avec netteté.

« Mon maître tout craché ! » se dit Benno. Tout en fouillant sa personne et son précieux sac en quête de quelque chose à manger, il se dit qu'avoir découvert l'homme mort n'avait après tout rien d'étonnant. Il était fier du flair de son maître. D'un geste de l'avant-bras, comme une matrone rectifiant la position de sa poitrine, il souleva Biondello pour tenter de retrouver un morceau de pain qu'il pensait avoir fourré sous sa chemise. Il admira l'intelligence de son maître qui, pour les amener jusqu'ici, avait eu l'astucieuse idée de remonter le cours du ruisseau qui alimentait la « fontaine sacrée » des pèlerins afin d'en trouver la source, la source pure, la *fonte casta*, qu'il avait naturellement fini par découvrir.

Il parvint à retrouver un quignon, tiédi par la chaleur combinée de son propre corps et de celui de Biondello, du pain tout rassis qu'avaient heureusement bonifié leurs deux transpirations. Il le grignota tout en observant la jeune fille.

Elle s'était mise à aller et venir en se frottant les bras, s'entraînant à adopter une démarche de garçon. Elle ne voulait pas frissonner — non qu'elle s'inquiétât de ce que cet idiot pensait, mais il est un fait qu'elle était réfrigérée et affamée. Deux jours auparavant, elle savait parfaitement quel était son monde. A présent, son foyer même semblait s'être dissous derrière elle. Son passé mais aussi son avenir paraissaient s'être volatilisés. D'ici à quelques jours, elle aurait dû se marier, et voilà qu'elle se retrouvait orpheline, perdue, déguisée, décontenancée — mais bien décidée à ne pas pleurer.

Alors que Sigismondo foulait les pavés moussus de la cour à la suite de la vieille, un couple de tourterelles s'envola du toit de tuiles dans un battement d'ailes qui résonna au-dessus de leurs têtes. Les aboiements des chiens étaient à présent plus proches et Sigismondo entendait cliqueter leurs chaînes tandis qu'ils tentaient de se libérer pour goûter à cet étranger. A part cela, aucun signe de vie. Personne aux fenêtres, personne accourant pour voir ce qui faisait aboyer les chiens.

La vieille poussa un des hauts battants d'une double porte qu'abritait le fronton de la façade aux volets clos, sous un blason que Sigismondo ne connaissait pas. Personne dans le hall obscur. Le long des murs s'alignaient des niches garnies de bustes d'empereurs romains écarquillant leurs yeux de pierre devant l'intrus qui osait pénétrer dans ce royaume des morts. Le hall donnait sur plusieurs pièces vides pratiquement dépourvues de meubles, au sol jonché de paille et de feuilles mortes, et que les volets fermés plongeaient dans la pénombre. Un froid humide régnait partout.

La vieille avait posé sa houe à la porte et marchait en trottinant devant Sigismondo, les bras croisés sur la taille, sans cesser de marmotter entre ses dents comme un animal occupé à dévorer une proie grogne pour éloigner ses congénères.

L'extrémité du hall était ornée de fresques écaillées représentant des scènes de chasse : une Artémis diaphane au bain, Actéon dévoré par ses chiens, le tout sur un ciel de terre cuite. Sigismondo suivit la vieille dans un escalier qui épousait la courbe du hall, mais qui n'avait rien de monumental. En haut, un homme pointa la tête sous une voûte.

— Qui est là ?

Il était de petite taille mais bâti en force, le crâne dégarni, avec des yeux bruns au regard intense. On avait l'impression que quelque tourment intérieur avait bosselé son front, poussé sa mâchoire en avant et éclairci ses cheveux crêpelés.

En saisissant dans le galimatias de la vieille le seul mot qui fût compréhensible, « Montenero », l'inconnu considéra Sigismondo avec une suspicion redoublée. Une de ses mains reposait déjà sur le manche du poignard à sa ceinture ; il tendit l'autre paume en l'air.

— Le signe de reconnaissance ?

Serrant ses coudes dans ses mains, la vieille haussa les épaules et débita avec colère un nouveau baragouin. Ses propos hostiles firent froncer les sourcils de l'homme, qui avança d'un pas. Il n'avait pas quitté des yeux Sigismondo, qui décida alors d'intervenir.

— La dame de Montenero ne m'a confié aucune preuve, cette fois-ci. Elle est morte.

Comme s'il venait de recevoir un coup, l'homme releva brusquement la tête.

— Morte !

Il se signa pendant que la vieille se dandinait d'un pied sur l'autre en marmonnant ce qui pouvait aussi bien être des insultes que des prières.

— Comment est-elle morte ? Pourquoi êtes-vous venu ? Qui êtes-vous ?

La voix était râpeuse et la main n'avait pas quitté le manche du poignard. Elle semblait parfaitement habituée à cette position.

— Mes messages sont destinés à votre seul maître.

On entendit une voix derrière la porte entrouverte, une voix rude, posée, pleine d'autorité.

— Laisse-le entrer, Massimo. Je vais le recevoir.

— Oui, maître. Bien sûr.

Le ton de Massimo s'était fait servile, un chien qui obéit à la voix.

— Un instant, je vous prie.

La remarque pouvait s'adresser à l'homme qui se tenait derrière la porte, ou à Sigismondo, car Massimo entra dans la pièce dont il referma la porte au nez de Sigismondo. Il en ressortit quelques instants plus tard, s'inclina et tint la porte grande ouverte devant le puits d'ombre de la pièce.

— Mon maître a les yeux fragiles, messire. Son médecin lui a fermement déconseillé de les exposer à la lumière du jour. Voulez-vous entrer ?

Sigismondo ne demanda pas à Massimo pour quelle raison son maître devait éviter la lumière du jour seulement lorsqu'il avait de la visite. Il avait entendu que l'on tirait les rideaux. Il entra et referma derrière lui la porte que Massimo tentait de retenir.

Sigismondo resta quelques instants immobile pendant que ses yeux s'accoutumaient à l'obscurité presque totale. Un interstice à la limite d'un des rideaux laissait pénétrer une lumière grisâtre qui lui permit de distinguer, assis dans une chaise à dossier haut, un homme qui penchait légèrement la tête de côté, comme s'il prêtait l'oreille. La voix rude résonna à nouveau.

— Je vous ai entendu dire que la princesse était morte.

Sigismondo s'avança et s'inclina.

— Je l'ai vue mourir, seigneur. Ses dernières pensées ont été pour ses enfants et vous. Elle craignait pour eux et pour vous.

— Son mari sait-il que vous êtes là ?

C'était une question pertinente formulée d'une voix traînante. Si le prince Livio connaissait Fontecasta, il ne s'écoulerait pas longtemps avant que la source bénie soit souillée du sang de cet homme.

— Je pense que le prince ne sait rien.

Cela, toutefois, dépendait du temps qu'il avait passé derrière la tenture proche du lit de l'agonisante. La confession de la princesse n'était peut-être pas la seule chose qu'il ait entendue.

— Il ne fait aucun doute qu'il mettra les serviteurs de la princesse à la question. Je vous conseille de quitter cet endroit. La princesse Oralia a exprimé le souhait que je vous escorte à Rocca, auprès du duc Ludovico.

Maintenant que sa vue s'était adaptée à l'obscurité, il distinguait un profil vigoureux qui se découpait sur l'ombre plus profonde régnant au-delà. Le visage se tourna légèrement quand Sigismondo se rapprocha de la fenêtre. L'homme étudia sa proposition en silence.

— Y a-t-il vraiment danger ?

Le ton de la question était empreint d'une pointe d'amusement acide, comme si l'homme connaissait la réponse mais voulait entendre l'avis de son interlocuteur.

— Le prince Livio a tué le fils de la princesse et le seigneur Eugenio.

Abasourdi, l'homme tourna vivement la tête.

— La mort de sa femme l'aurait-elle rendu fou ? Ce ne serait pas la première fois que la jalousie le pousse à tuer; j'ai toujours su que je représentais un danger pour elle.

La voix étrange se brisa comme si, pour la première fois, l'homme laissait transparaître l'effet qu'avait sur lui la mort de la princesse. Sigismondo secoua la tête en fredonnant.

— C'est possible. Il pensait que la princesse l'avait trahi et que le seigneur Eugenio était le vrai père de ses enfants.

— Par le sang du Christ ! La fille est-elle morte elle aussi ?

Il s'était levé d'un bond et faisait face à Sigismondo.

— Je l'ai emmenée avec moi, seigneur, déguisée en garçon pour plus de sûreté. Je la conduis à Rocca, auprès de son oncle, selon le souhait de la princesse.

— Elle est avec vous ? Je dois la voir.

La voix était empreinte d'un ardent désir et d'une indomptable énergie. Sigismondo avait déjà saisi d'une main le rideau de velours. Il en souleva sans bruit un pan, éclairant en plein le visage du maître des lieux. C'était un noble et beau visage, aux traits nettement dessinés, encadré de cheveux bruns tachetés de gris, mais dans leurs orbites les yeux n'étaient que des ombres sans vie. Cet homme ne verrait jamais qui que ce fût.

CHAPITRE VIII

L'arrivée du cardinal

La poussière soulevée par la procession était visible à des kilomètres. Vu la saison, les voyageurs avaient toutefois de la chance de ne pas cheminer sous la pluie ou dans la boue. Parler de « chance » n'était toutefois pas approprié : ils ne pouvaient oublier qu'ils voyageaient sous la protection divine. Ils transportaient des saintes reliques.

La poussière annonçait leur progression, mais cela était inutile. Le bruit s'en était répandu depuis longtemps ; et les gens ne se contentaient pas d'abandonner leur travail aux champs pour venir s'agenouiller au passage de la procession. Par groupes, parfois en petite foule, les fidèles avaient quitté leurs foyers dans les villages et les bourgades pour la suivre, de sorte qu'elle s'étirait, la tête étincelante, la queue épaisse et grisâtre. Les pèlerins en route pour Colleverde s'étaient empressés de la rejoindre, soucieux de ne rien perdre des saintes bénédictions.

En attendant l'arrivée du duc Grifone, leur acquéreur, les reliques devaient être hébergées en la cathédrale de Colleverde. Le duc leur avait réservé comme destination finale une niche dans l'autel de la cathédrale encore inachevée qu'il construisait dans sa capitale, Nemora, mais jusqu'à la consécration du bâtiment, elles devaient rester à Colleverde. Là, elles assureraient la bénédiction du mariage de son fils Astorre avec la fille du prince Livio de Montenero. Les pèlerins qui affluaient en direction de Colleverde étaient donc tout autant attirés par les ripailles auxquelles le mariage donnerait lieu que par les bienfaits spirituels qu'ils pourraient retirer de la présence des reliques.

Le duc Grifone possédait déjà un nombre respectable de reliques. Mais il menait une telle existence que l'intercession d'un saint vraiment puissant était devenue une nécessité urgente. Or, par agrément populaire aussi bien que par consensus au sein de l'Église, sainte Bernardina figurait parmi les personnages les plus haut placés des troupes célestes. Si les différents fragments de son anatomie qui voyageaient parmi les chants des processionnaires étaient finalement honorés à Nemora et placés dans la niche de sa cathédrale, un seul mot d'elle pourrait faire bénéficier le duc Grifone d'un long séjour, certes ennuyeux, au Purgatoire au lieu de la damnation certaine à laquelle il était voué. Il avait fait brûler vif suffisamment de gens pour apprécier la différence.

Les sujets du duc y voyaient l'occasion d'expier leurs propres péchés et considéraient comme une mesure de bon sens que leur duc ait souscrit une telle assurance sur la vie maintenant que, contre toute attente, il avait atteint la quarantaine. A son train actuel, il y avait désormais une chance sur deux pour que sa vie soit écourtée par la maladie ou par la vengeance des proches d'une de ses victimes. Lors de la mort récente de son confesseur, on avait vu un certain nombre de ceux qui étaient éligibles pour le poste se désister avec une modestie exemplaire.

Cependant, la plupart de ses sujets restaient philosophes. Ils reconnaissaient volontiers, puisqu'ils n'avaient pas la chance de vivre sous l'autorité du duc Ludovico, le prince inhabituellement bienveillant qui régnait sur la ville voisine de Rocca, qu'ils n'auraient su choisir entre leur propre duc et le prince Livio de Montenero. Ceux qui se souvenaient du vieux duc, le père de Grifone, pleuraient sa perte — lui et ses conseillers étaient restés en termes amicaux avec le duc Ludovico et d'autres seigneurs voisins, et son règne, contrairement à celui de son fils, n'avait connu aucun soulèvement populaire ; il est vrai que le duc Grifone et son redoutable cardinal Petrucci avaient, par le fer et le feu, imposé à Nemora une paix qui n'était pas du goût de tous. Ainsi il est possible qu'au passage de la procession quelques prières aient été formulées pour une mort rapide du tyran, dans l'espoir que son fils se révélerait un plus doux seigneur. Mais une majorité plus cynique estimait que les tyrans sont bons pour les affaires, car ils assurent la paix, et que c'est en temps de paix que l'on fait de l'argent.

Les différents morceaux de sainte Bernardina voyageaient dans une petite maison dorée aux fenêtres grillagées ornées de rubis et d'émeraudes, et surmontée d'une flèche de diamants. Elle était transportée sur une civière recouverte de velours écarlate et avait été placée pour la durée du voyage sous une mitre de velours écarlate brodé et orné de galons. La civière, suffisamment pesante pour allier mortification et privilège, était portée par des prêtres en soutane bleue bordée d'or qui se relayaient par groupes de quatre. Derrière venaient des fragments mineurs de saints secondaires, portés sur des brancards plus modestes, tandis que devant allaient les porteurs d'encensoirs dont la fumée se confondait avec la poussière. Des bannières à l'image des saints étaient brandies devant chaque civière, et en tête de tout cela s'avançaient le cardinal Petrucci et son équipage.

A la suite des reliques marchaient d'autres prêtres, ainsi qu'un groupe appartenant à l'escorte du cardinal, recruté à Rome et vêtu de sa livrée écarlate et gris ; sa garde personnelle avait été envoyée à son palais de Nemora, afin d'éviter à sa sœur, la princesse Corio, la charge d'avoir à héberger tout ce monde à Colleverde. Après eux ahanaient les mules bâtées et les serviteurs nécessaires à l'entretien de toute cette pompe, et enfin, en queue de cortège, venaient les pèlerins et les fidèles. Un chant ininterrompu s'élevait avec la poussière, bien que, parmi les hommes debout au bord du chemin avec le capuchon rejeté en arrière ou le chapeau serré sur la poitrine, nombreux fussent ceux qui gardaient le silence. Les yeux écarquillés, ils ne voulaient rien perdre de cette gloire. Les femmes hissaient leurs enfants à bout de bras et parfois l'un d'eux se débattait et hurlait de terreur devant l'étrangeté du spectacle.

Cheminant en tête, le cardinal n'était guère importuné par la poussière et le brouhaha. Ce qui constituait une grande nouveauté pour les paysans n'était que routine fastidieuse pour l'homme chargé d'aller chercher les reliques à Rome. Le trajet aller s'était déroulé en un délai raisonnable, mais le retour s'avérait une autre paire de manches. Le cardinal était d'un tempérament actif. Son corps comme son esprit abhorraient la lenteur — même à présent, alors que l'on attaquait la côte montant de la rivière qui marquait la limite entre Nemora et Montenero et que l'on apercevait au loin la vallée dans laquelle se nichait Colleverde, il explorait les alentours du regard pour trouver un moyen de quitter la procession et s'offrir un petit trot rapide d'une demi-heure en compagnie de quelques-uns de ses conseillers. De sa cravache il désigna une piste qui commençait par serpenter entre des arbres clairsemés avant de s'enfoncer dans une épaisse forêt, et il se pencha pour poser une question au page qui l'accompagnait. Le garçon, dont il savait qu'il était originaire de Colleverde, lui assura que la piste, quoique mal entretenue et effectuant un long détour pour contourner une colline, rejoignait la route de Nemora juste avant Colleverde. La mule du cardinal, une belle bête d'un gris argenté sous son harnachement écarlate, était parfaitement capable de couvrir la distance à temps pour permettre au cardinal de reprendre la tête de la procession lorsqu'elle effectuerait sa lente entrée dans la ville.

Le cardinal chargea le page de transmettre ses instructions afin d'éviter que la longue colonne ne s'engage aveuglément à sa suite et, après un bref signe de son gant rouge à l'adresse de ses suivants immédiats, il piqua la mule de ses éperons d'or et s'engagea à vive allure sur la piste. Sa cape écarlate prit le vent et, s'élevant de la croupe de sa monture, flotta comme une voile derrière lui.

Son neveu Torquato le suivit avec soulagement. Il partageait l'aversion de son oncle pour les foules, sauf lorsqu'il ne s'agissait que de brèves cérémonies, mais aussi son goût pour l'art plus intime de l'intrigue, qui se pratique de préférence parmi un nombre restreint de personnes, sans tenir compte de ses effets ultérieurs sur le plus grand nombre. Tout au long de ce voyage monotone, Torquato n'avait pas cessé un seul instant de regretter Rome et les négociations délicates qu'ils avaient dû mener avec le pape afin de fixer un juste prix pour les ossements de sainte Bernardina proposés à la vente.

Plusieurs discrètes séances de marchandage avaient été nécessaires ; quoique considérable, la somme confiée par le duc Grifone s'était révélée insuffisante pour acheter toutes les reliques que souhaitait acquérir le duc, de sorte qu'à plusieurs reprises on avait dû se résoudre à marchander des bouts de vêtements plutôt que des fragments de membres. Son oncle avait employé Torquato comme intermédiaire afin de mettre la main sur le plus grand nombre possible d'ossements de saints, ou de leurs vêtements, sans dépenser tout l'or qu'ils avaient apporté. Il avait su se procurer à bon prix un éclat de bois provenant de la roue sur laquelle avait péri sainte Ursule, mais en une autre occasion il avait dû se contenter d'une phalange au lieu du doigt entier qu'il convoitait. Un jour, il avait exulté après avoir réussi à se procurer un ongle appartenant au centurion guéri par Notre-Seigneur.

Au cours de ces transactions, il avait rencontré plusieurs princes de l'Église et, sans se vanter, était certain d'avoir fait bonne impression. Rome était une ville excitante ; pendant la messe à la basilique Saint-Pierre, il avait parcouru du regard les centaines de têtes inclinées devant le Saint-Père et s'était senti transporté par une vague d'ambition presque physique. Des prêtres plus obscurs que lui étaient devenus papes. Il est vrai que certains devaient patienter jusqu'à ce qu'ils soient si vieux que la curie ne les considérait plus que comme de commodes expédients en attendant de trouver mieux. Beaucoup de ces expédients, toutefois, avaient été à ce point stimulés d'être élevés au pontificat qu'ils avaient non seulement repris vigueur mais, de demi-portions dociles et marmonnantes qu'ils étaient, s'étaient transformés du jour au lendemain en vieillards tyranniques d'une incroyable agressivité. Torquato n'avait aucune intention d'attendre aussi longtemps pour exercer son propre pouvoir.

C'était déprimant de retourner à Nemora, avec sa cathédrale inachevée et son duc qui, il fallait bien l'admettre, était devenu à demi fou. Grifone avait éliminé toute opposition, réelle ou supposée — Torquato avait appris qu'un de ses conseillers était mort enfermé dans une cage suspendue aux remparts ; qu'un autre avait été écartelé par quatre chevaux de labour sur la grand-place de la ville ; qu'un autre encore avait été jeté aux loups après qu'on lui eut crevé les yeux et tranché les mains. Le démembrement d'un certain nombre de malheureux avait familiarisé Grifone avec la notion de reliques.

La voix de son oncle tira Torquato de ces absorbantes pensées.

— As-tu déjà vu la villa de Fontecasta ?

Petrucci avait fini par ralentir l'allure et lui avait fait signe de le rejoindre. Le cardinal avait défait sa cape en raison du soleil brûlant de l'après-midi et il regardait avec intérêt autour de lui, son mince visage moucheté par l'ombre légère des arbres qui les dominaient.

— Fontecasta ? Nous avons passé le village il y a peu, Éminence, ainsi que la source bénite. Il y a aussi une villa ?

— Il y en avait une, en tout cas. Elle appartenait à un homme du nom de Giraldi, une très vieille famille qui avait des liens avec Rocca.

Le cardinal retira ses gants écarlates et les confia à son neveu.

— Ce n'est qu'un pavillon de chasse, mais extrêmement agréable. Je me souviens que feu le duc Ercole y avait été reçu un jour par ce Giraldi. Il doit être très âgé à présent — je crois même que ta tante m'a dit qu'il était mort.

La tante de Torquato, la princesse Corio, était la sœur du cardinal. C'est en son palais de Colleverde qu'ils séjourneraient. Quand elle prononçait une remarque, quelle qu'elle fût, cela signifiait soit que la chose était vraie, soit qu'il était préférable, d'un point de vue politique, de faire mine de le croire.

— Vraiment ? Le vieil homme avait-il des héritiers ?

Torquato coula un regard de côté à son oncle, non par sournoiserie, mais par habitude. Il n'avait aucun besoin d'entendre énoncer clairement que son oncle, plus féru de chasse que ce qui convenait à un homme d'Église, était séduit par l'idée d'un pavillon situé près de Colleverde. Il y avait des sangliers dans les collines environnantes.

— C'est ce que nous allons essayer de savoir.

Le cardinal éperonna à nouveau sa monture et montra de la pointe de sa cravache un mur que l'on distinguait à présent au-delà du bois, un mur dont s'étaient détachées par endroits des plaques d'enduit, et dont le sommet présentait des tuiles manquantes.

CHAPITRE IX

Dans le noir

L'expérience passée avait chevillé en Benno une profonde confiance dans la capacité de son maître à sortir indemne, et même à son avantage, de situations impossibles. Sans cette confiance, le temps que la jeune fille et lui passèrent devant les portes de la villa aurait été encore plus angoissant.

Il fit marcher les chevaux, laissa Biondello se dégourdir les pattes et se demanda, maintenant qu'ils avaient vu la sorcière et que Sigismondo, selon toute probabilité, était en train de découvrir l'homme mort, si les diables qu'avait évoqués le jeune berger allaient surgir. La pleine clarté du jour rassurait Benno, mais cela ne l'empêchait pas de jeter des regards anxieux autour de lui, vers le sommet du mur, par exemple, d'où il s'attendait à voir s'élever de la fumée, ou pointer des cornes ou les dents d'une fourche.

Il avait tenté d'échanger quelques mots avec la jeune fille — qu'il ne parvenait pas, comme le lui avait enjoint Sigismondo, à considérer comme un garçon —, mais elle l'avait ignoré. Il est vrai que ce n'était pas à lui d'adresser la parole à la fille d'une princesse avant qu'elle en ait pris l'initiative; il comprenait qu'elle ne lui réponde pas, mais en même temps elle avait l'air si misérable, assise sous un arbuste devant la porte, les bras serrés autour des genoux, qu'à son avis les choses auraient été plus faciles s'ils avaient pu partager leur malheur.

Il regrettait aussi de ne pouvoir apprendre une prière à Biondello. Cela l'aurait protégé. Il posa les doigts sur la médaille sainte maintenue par une lanière de cuir et eut une vision de cauchemar : la porte piétonne s'ouvrait et Sigismondo en sortait, devenu à son tour un homme mort.

Le grincement des verrous les fit sursauter tous les deux et la porte piétonne s'ouvrit ; Benno retint sa respiration jusqu'à ce qu'il constate qu'il s'agissait à nouveau de la sorcière qui marmonnait d'un air furieux. Tout en produisant entre ses dents de petits bruits d'explosion, *po-po-po*, elle adressa un signe à Benno, puis celui-ci sentit avec horreur qu'elle le tirait par la manche. Observant ses gestes et saisissant le mot « porte » dans le galimatias de la vieille, il comprit qu'elle lui demandait d'ouvrir les grands battants afin de laisser entrer les chevaux. Benno aurait préféré voir Sigismondo en chair et en os et avoir la certitude que telle étaient bien ses instructions, mais on ne contrarie pas une sorcière. Il attacha donc les chevaux à l'anneau fixé au mur et fit ce qu'on lui demandait.

Il aida la vieille à refermer les battants une fois que les chevaux furent entrés et que la sorcière eut poussé sans ménagement la jeune fille — enfin, le jeune garçon — à l'intérieur, chose qui, il put le constater, ne fut pas du tout du goût de cette dernière.

Quoi qu'il se passât en ces lieux, et quoi qu'il s'y trouvât, ils y étaient maintenant impliqués jusqu'au cou. Si son maître avait constitué le dîner de l'homme mort, la fille et lui seraient servis comme dessert.

La sorcière les poussa devant elle à travers la cour pavée comme des détritus devant son balai. Elle désigna, à côté de l'abreuvoir, un anneau où Benno devait attacher les chevaux, puis fit entrer Benno et la jeune fille dans la villa, où, après avoir longé un couloir, ils gravirent un escalier. A peine Benno eut-il le temps de jeter quelques regards apeurés à des portes entrouvertes qu'il éprouva un grand soulagement à entendre les intonations calmes et graves de son maître en train de converser avec quelqu'un. Arrivés sur le palier de l'escalier, un petit homme costaud penché sur un trou de serrure se releva vivement et leur lança un regard furieux. Son expression ne s'adoucit pas en les découvrant, mais il ouvrit la porte à contrecœur et, suivant les ordres de son maître, fit entrer la jeune dame. D'une main sur la poitrine, l'homme arrêta en revanche le benêt de valet qui, vaillamment, voulait la suivre dans le puits d'ombre de la pièce.

— Reste où tu es, avorton. Personne ne t'a sonné.

Benno s'immobilisa avec un sentiment de profonde gratitude. Il ne doutait pas que Sigismondo sût comment s'y prendre avec les hommes morts, mais ce n'était pas là une technique qu'il était pressé d'apprendre.

— Hum. Benno.

Grand, imposant, Sigismondo apparut dans l'embrasure. L'amusement qui se lisait sur son visage était infiniment rassurant. Il referma la porte derrière lui et Benno eut pitié de la jeune fille abandonnée dans l'obscurité à l'être, quel qu'il fût, qui se trouvait à l'intérieur. Sigismondo s'adressa au petit homme agressif.

— Massimo, ton maître désire que l'on serve du vin et de la nourriture à ses hôtes.

Massimo resta immobile quelques instants, peu disposé à exécuter un ordre qu'il n'avait pas reçu directement, mais, après avoir jaugé Sigismondo, décida d'obtempérer. Il se tourna et dévala l'escalier. La sorcière avait disparu, sans doute à l'étage inférieur. Benno essaya d'imaginer sa cuisine : quel genre d'objets étaient suspendus aux poutres ? Quelles concoctions alignées sur les étagères ? Serait-il obligé de manger ce qu'elle leur préparerait ?

— Hé, arrête de te ronger les sangs, Benno, entendit-il en sentant la main de son maître se poser sur son épaule. Elle n'est pas encore née, la chauve-souris dont tu ne pourras boire le sang. Fais-lui sentir le bout de fromage que tu gardes sous l'aisselle et tu parviendras peut-être même à la ressusciter.

Entraînant Benno par l'épaule, il le guida le long du couloir et le fit sortir sur une loggia qui dominait la cour et l'entrée de la villa. En bas, au son de sa voix, les chevaux hennirent et piaffèrent. Sigismondo croisa les bras sur la balustrade et regarda dans la cour.

— Tu as des questions à poser. Pose-les. Je ne veux pas te voir exploser sur ce balcon et effrayer les chevaux.

Benno se hâta de mettre à profit cette humeur expansive. Il se rapprocha de Sigismondo et, jetant un coup d'œil dans le couloir, désigna d'un hochement de tête la porte d'où était sorti son maître.

— *Celui-là*, fit-il en baissant instinctivement la voix. Il y a un mort là-dedans ? Dans le noir ? J'imagine que s'il est mort, il n'a nul besoin d'y voir.

— Il n'y voit pas, en effet.

Sigismondo prononça sa réplique d'un ton enjoué, mais Benno eut du mal à déglutir.

— Ça ne craint rien, de la laisser seule avec lui ?

Sigismondo se pencha pour ramasser quelque chose qu'il venait de heurter du pied entre les piliers de la balustrade. Il fit tourner l'objet entre ses mains avant de le montrer à Benno. C'était une citrouille, à peu près de la grosseur d'un crâne humain, avec des triangles évidés à la place des yeux et une entaille en guise de bouche. Il la retourna pour montrer à Benno la fumée de bougie qui noircissait l'intérieur. L'objet empestait le suif.

— Quand tu arrives de nuit à la villa, Benno, à la villa où vit l'homme mort, qu'est-ce que tu vois ?

— Des diables, répondit aussitôt Benno.

— Hum-hum-hum, fit Sigismondo en posant la citrouille sur la balustrade. Et qui observe le visiteur à travers la grille du guichet ?

— La sorcière.

— Ce sont là d'excellentes protections. Des trucs pour les enfants, mais ça marche.

Une haute porte s'ouvrit sous une voûte de la cour et un petit homme vigoureux aux cheveux blancs en émergea. Il détacha les chevaux et les fit entrer à l'intérieur. La porte se referma. Sigismondo posa à nouveau ses bras croisés sur la balustrade. Si la loggia où ils se trouvaient était à l'ombre, le soleil dardait ses rayons sur l'entrée de la villa, de l'autre côté de la cour.

— Massimo et la vieille le protègent, mais nous devons faire mieux. La princesse Oralia m'a dit de mener le propriétaire de ces lieux auprès de son frère, et elle a évoqué la jalousie de son mari. Ce sont de bonnes raisons pour que cet homme passe pour mort.

Benno se gratta la poitrine tout en digérant ces nouvelles. Il avait posé Biondello à terre et celui-ci, occupé à explorer la loggia, s'immobilisa le temps d'arroser une poterie ventrue où poussait un laurier-rose.

— Cet homme était donc l'amant de la princesse ? Dans ce cas, le prince Livio lui trancherait la tête sur-le-champ s'il le découvrait, n'est-ce pas ?

— Hum-hum. D'autres que lui le tueraient volontiers s'ils ne le croyaient pas mort. C'est un ami de Rocca — et le duc Ludovico ignore tout du complot qui semble se tramer. La princesse m'a dit : « *Le duc refuse d'ouvrir les yeux* », mais de quel duc voulait-elle parler ?

Il se pencha pour caresser la petite croupe de Biondello, qui avait glissé la tête entre les piliers de la balustrade et reniflait avec enthousiasme autour de lui pour faire provision d'air frais avant de se retrouver sous la chemise de Benno.

— Qui est-ce ? s'enquit Benno avec un hochement de tête en direction du couloir.

— Hum-hum. La princesse Minerva avait huit ans quand elle fut fiancée, il y a environ six ans. Or, à la même époque, le vieux duc Ercole de Nemora mourut, et son fils Grifone lui succéda. Il semble qu'une conspiration contre le nouveau duc fut éventée par l'évêque de Nemora, devenu depuis le cardinal Petrucci.

— Celui qui rapporte les reliques de Rome à Colleverde ?

— Celui-là même. Le seigneur Mirandola était le conseiller le plus écouté du duc Ercole, ainsi qu'un ami de Rocca. Petrucci le dénonça parmi d'autres comme conspirateur. Grifone ordonna qu'on lui crève les yeux et qu'on l'emmène dans la forêt pour y être dévoré par les loups.

— J'en ai entendu parler, intervint Benno avec un air de délectation. Il lui avait fait également trancher les mains.

— Si notre mort est bien celui auquel je pense, ce détail est inexact. Le duc Grifone ne voulait sans doute pas que notre ami meure avant que les loups viennent chercher leur souper. Tu te souviens de ce que nous a raconté la fille de la princesse au sujet de cet homme au visage sanguinolent que sa mère avait secouru ?

— C'est elle qui l'a sauvé ? La princesse Oralia lui aurait sauvé la vie ? Mais pourquoi ne l'a-t-elle pas envoyé aussitôt à Rocca auprès de son frère ?

— Peut-être parce qu'il était trop mal en point pour voyager, ou qu'il souffrait trop. Ou pour d'autres raisons qu'il nous reste à découvrir. Il n'est pas facile de voyager avec un aveugle, surtout lorsqu'il vient juste de perdre la vue.

— Nous devons donc lui faire quitter le territoire de Nemora en toute discrétion, n'est-ce pas ? Pensez-vous que quelqu'un le reconnaîtrait aujourd'hui ?

— En tout cas, nous devrons éviter Colleverde, car le cardinal Petrucci comprendrait aussitôt.

D'un bond, Benno mit la main sur Biondello qui s'apprêtait à aller explorer le couloir.

— Et moi qui voulais voir ces reliques... sans compter le mariage, qui aurait été une bonne occasion de s'amuser, fit-il d'un ton plaintif mais résigné.

— Hum. J'ai entendu dire que Petrucci adorait la chasse, or aucun chasseur n'apprécie que sa proie lui échappe.

Sigismondo tendit le bras pour pincer un pied de thym qui poussait dans un des pots ornant la balustrade et renifla ses doigts. Mais soudain il releva la tête. Les deux hommes prêtèrent l'oreille. Le vent leur apportait un faible bruit de sabots accompagné d'un cliquetis de harnachements.

Sigismondo s'engouffra dans le couloir. Alors qu'ils arrivaient devant la pièce où le seigneur Mirandola s'entretenait avec la fille de la princesse, la porte s'ouvrit et Benno entendit pour la première fois la voix rêche si particulière qui donnait ses ordres d'un ton pressant.

— La princesse se trouve mal. Venez m'aider, elle a perdu conscience.

A cet instant, ils comprirent que le groupe de cavaliers s'était engagé sur le chemin longeant le mur extérieur.

CHAPITRE X

« Nous allons tuer ton maître »

Le cardinal Petrucci était ravi. Ce petit détour valait la peine. Son neveu avait fait entendre raison à la vieille de l'entrée en la menaçant de lui allumer quelques fagots sous les pieds. Lorsqu'elle avait aperçu derrière Torquato la soutane écarlate du cardinal, elle s'était enfuie en poussant des cris d'orfraie. Au bout d'un long moment d'attente, il commençait à se dire que son neveu ne s'était peut-être pas si bien débrouillé que cela, lorsque deux manants bourrus étaient venus ouvrir les portes pour les laisser entrer.

Les proportions de la villa étaient parfaites. Tandis qu'ils y pénétraient, accompagnés de la battue des sabots sur les pavés, le cardinal jeta des regards satisfaits autour de lui. Quelques ouvriers de Colleverde auraient largement le temps de restaurer et de repeindre toute la maison de façon qu'il puisse y recevoir le duc avant l'été. Celui qui vivait ici, maintenant que le vieux Giraldi était mort, n'avait de toute évidence pas les moyens d'entretenir les lieux et serait donc enchanté de s'en débarrasser. Le cardinal avait dépensé tout l'argent du duc pour acquérir les reliques, mais lui-même était loin d'être sans le sou.

— Qui est ton maître, l'ami ?

Incroyable comment ces paysans pouvaient avoir l'air mal dégrossis. Celui-ci ressemblait à quelque animal féroce aux abois, avec sa face prognathe et ses yeux incandescents.

— Le seigneur Giraldi, Éminence.

Le titre fut articulé dans un bredouillement étouffé, comme s'il avait quelque difficulté à parvenir aux lèvres de ce drôle. Il était probable qu'il n'avait guère eu l'occasion de le prononcer jusqu'ici.

— Je croyais qu'il était mort.

Une autre voix se fit entendre à l'entrée de la villa, et Petrucci tira sur le mors pour lui faire face.

— Pas encore, Votre Éminence, mais c'est tout comme.

Cette fois-ci, l'accent, quoique étranger, n'avait rien de rustique. L'homme qui était apparu sur le seuil, à présent éclairé par les rayons du soleil déclinant, était très différent de ces paysans trapus. Il avait la carrure d'un guerrier, la taille et la largeur d'épaules propres à porter l'armure, mais le crâne rasé de quelqu'un qui a prononcé ses vœux. Le cardinal était cependant accoutumé à la compagnie des prêtres et, en dépit de ses vêtements, il ne pensait pas que l'homme en fût un. L'expression du visage était difficile à déchiffrer : le nez fort indiquait la volonté, les yeux sombres luisaient d'intelligence, voire de calcul ; quant à la bouche, son dessin sensuel semblait trahir la faiblesse, mais la lèvre inférieure, moins pleine et comme retenue, contredisait cette impression. C'était là un homme selon son cœur, un homme de secrets. Que pouvait-il bien faire ici, dans cette villa délabrée ? Le cardinal avait vu à Rome, et même à la curie, des visages moins remarquables.

— Pas mort, mais presque ? répéta Petrucci en descendant de cheval et en confiant les rênes à un rustaud. Y a-t-il un prêtre à son côté pour les derniers sacrements ?

— Un prêtre est venu, Éminence, mais il est reparti. L'agonie de mon seigneur se prolonge.

Sur quoi l'homme s'avança et effectua une inclinaison du buste digne d'un courtisan accompli.

— Il peut à peine parler et doit reposer dans l'obscurité car la moindre lumière lui fait mal aux yeux. Son âme a du mal à le quitter.

Le cardinal, debout sur les pavés, était moins grand que son interlocuteur. Il désigna la porte de son fouet.

— Je voudrais le voir.

Il devrait être aisé de conclure une bonne affaire avec un agonisant, de le persuader de faire don à l'Église, ou du moins à son représentant, de ce qui, sinon, échoirait à ses héritiers, en échange de quoi le cardinal s'engagerait à lui obtenir une rémission de son temps au purgatoire. C'était une excellente affaire pour les deux parties, et Torquato servirait de témoin de ce que l'homme pourrait être amené à dire.

— Je regrette, Votre Éminence, mais c'est impossible.

Petrucci le fixa du regard. Torquato laissa échapper une exclamation. Les hommes de leur escorte se regardèrent d'un air embarrassé. Nul ne se permettait de dire à un cardinal que telle ou telle chose était impossible. Et pourtant, cet étranger plein d'assurance se contenta de s'incliner une nouvelle fois, les sourcils froncés.

— Nous n'en sommes pas encore sûrs — car le seigneur Giraldi refuse de consulter un médecin — mais nous redoutons une contagion ; nous craignons que son mal soit dangereux pour autrui. Aujourd'hui, un serviteur s'est trouvé mal. Il est à présent alité avec la fièvre.

Petrucci demeura quelques instants immobile, puis saisit le flacon de parfum en or fixé à sa ceinture et le porta à ses narines. Si le vieillard ne décédait pas de causes naturelles, et Dieu sait que l'âge qu'il avait à présent atteint était une cause suffisante, s'il se consumait d'une fièvre maligne... Le mot *peste* se faufila dans son esprit...

— Mes gants, s'il te plaît, dit-il à Torquato.

Il les enfila, s'empara des rênes et remonta en selle.

— Quelle est votre fonction ici ? demanda-t-il à l'homme sur le seuil. Majordome, je suppose ?

L'homme s'inclina. Petrucci aimait les échines souples.

— Vous viendrez en personne nous informer de sa santé demain au palais Corio. Peut-être pourrai-je dépêcher un médecin.

Lequel saurait abréger les souffrances du malheureux. Mais le cardinal n'enverrait pas son médecin personnel, bien sûr. S'il y avait risque de contagion, mieux valait en envoyer un autre.

Le cardinal fit faire demi-tour à sa mule et, d'un pas vif, emmena sa suite hors de la cour. Un serviteur à cheveux blancs alla, d'un pas clopinant, fermer la porte derrière eux.

Massimo se précipita vers Sigismondo, lui prit la main et la baisa. Puis il leva vers lui son regard farouche et déclara :

— *Je l'aurais tué!*

Tout en se retournant vers la maison, Sigismondo fit entendre un fredonnement désapprobateur.

— Je l'aurais fait ! insista-t-il en serrant les poings. Il aurait été capable de nous brûler vifs ! Savez-vous ce qu'il a fait il y a un an à San Sevino ? Les gens de là-bas contestaient les impôts du duc Grifone et lui tenaient tête. Quand la ville tomba, tous se réfugièrent dans le donjon, hommes, femmes et enfants, vieillards et malades.

Massimo s'interrompit, comme si le souvenir le faisait encore étouffer de rage, puis ajouta soudain :

— Il y a mis le feu ! Il a incendié le donjon ! Ses hommes taillèrent en pièces ceux qui tentaient de s'échapper par les fenêtres. Tout a brûlé.

Il approcha son visage de celui de Sigismondo et ajouta d'une voix rauque :

— Il ne restait pas âme qui vive dans toute la ville quand cet homme de Dieu est reparti.

Benno, debout dans le couloir, serra Biondello contre lui. Il avait ouvert un peu plus grand la bouche pour mieux ingurgiter le récit.

— Hum-hum-hum, fit Sigismondo. Si tu l'avais tué, les autres auraient sans doute incendié la villa, et ton maître avec. Mais c'est autre chose qui m'inquiète. Que venait-il faire ici ?

Sigismondo réfléchit un moment, l'index sur la lèvre, tandis que Massimo et Benno l'observaient avec sur le visage à peu près la même expression de confiance aveugle. Les yeux sombres se tournèrent en direction des deux hommes, et Sigismondo sourit. Benno eut l'obscur sentiment que les nuages s'étaient dispersés.

— Ça y est ! Il n'a aucune raison de soupçonner l'identité de l'occupant de ces lieux. Ce qu'il veut, c'est cette villa. Avez-vous vu comment il l'a détaillée du regard ?

— Qu'allons-nous faire ?

Massimo, impatient et plein d'espoir, était prêt. Cet homme qui, pour il ne savait quelle raison, venait de sauver son maître, était suffisamment avisé pour continuer à le protéger.

— Mais... nous allons lui *donner* cette maison, bien sûr.

— La lui donner... ? Mais... et mon maître ? Que va-t-il devenir ?

— Nous allons tuer ton maître, Massimo. Aujourd'hui même, peut-être.

Massimo fit un pas en arrière, le visage déformé par la suspicion et la colère, la main au poignard. Sigismondo leva les bras en un geste d'apaisement, une lueur d'amusement dans le regard.

— Ton maître a déjà connu la mort, et cela lui a très bien réussi. Le cardinal Petrucci risque d'envoyer un médecin ou l'un de ses hommes pour espionner la maison. Il faudra qu'il trouve une tombe. Allez en creuser une.

CHAPITRE XI

Les reliques arrivent en ville

Le jour de l'arrivée des reliques à Colleverde avait été déclaré férié par le conseil municipal. Tous les citoyens revêtirent leurs plus beaux habits et se préparèrent à la fête.

Certains, munis de nourriture et de vin, allèrent se poster à la porte ouest, par où devait arriver le cardinal, afin d'accueillir et de rejoindre la procession, mais la plupart se rassemblèrent sur le parvis de la cathédrale, où les reliques seraient placées en attendant que le duc puisse les emporter dans sa capitale, Nemora.

Des rumeurs couraient selon lesquelles le duc serait en retard. Certains donnaient comme explication qu'alors qu'il était en train de châtier un prisonnier à l'aide d'un fouet hérissé de pointes, il l'avait manqué et s'était écorché le mollet ; d'autres affirmaient que ses jambes avaient, en bonne logique, refusé de laisser un corps à ce point chargé de péchés s'approcher d'une chose aussi sacrée que les reliques. L'opinion des habitants de Colleverde au sujet de leur duc était partagée, mais en tout état de cause la plupart lui savaient gré de passer le plus clair de son temps à Nemora et de ne rendre que de rares visites à ses autres cités. Un nombre non négligeable de citoyens étaient fiers de la réputation du duc, car elle dissuadait les autres princes de tenter de grignoter les territoires de Grifone. Il convenait d'admirer, disaient-ils, un prince qui, depuis son accession au trône, était parvenu à commettre un si grand nombre d'exactions en si peu de temps.

En ville, les jeunes filles de bonne famille non encore mariées s'étaient soudain faites rares; les parents prévoyants avaient pensé que ces journées printanières étaient une excellente occasion pour aller passer quelques jours dans un domaine campagnard ou pour rendre visite à des parents dans de lointains couvents.

Chacun convenait, presque avec satisfaction, que nul n'avait plus besoin de l'intercession de sainte Bernardina que leur duc. La bénédiction de la sainte rejaillirait d'ailleurs sur le mariage de son fils, le dimanche suivant, ce qui ne serait pas de trop si le seigneur Astorre prenait le même chemin que son père.

Dans la foule se trouvaient aussi des personnes qui, ayant elles-mêmes un besoin urgent de l'intercession de la sainte, étaient bien déterminées à se ménager une place sur le chemin de la procession. Quelques coupe-jarrets, qui avaient récemment assassiné plusieurs voyageurs sur la route de Montenero et qui flânaient en ville pour certaines raisons douteuses qu'ils préféraient taire, jouèrent des coudes avec la même efficacité qu'ils maniaient la dague, et se rapprochèrent suffisamment du trajet de la procession pour recueillir les premiers bénéfices de la bénédiction avant que son effet ne se disperse dans la foule. L'un d'eux, qui avait repoussé une grosse femme en arrière, s'empara de son enfant et, afin d'attirer l'attention de la sainte, le jucha, inquiet mais satisfait, sur ses épaules. Dans le même but, son compère tira à grand-peine un handicapé jusqu'au premier rang et emprisonna son bras dans le sien.

Des tailleurs de pierre, qui revenaient de leur travail à la cathédrale de Berano pour rentrer chez eux à San Sevino, se trouvaient également en ville pour des raisons qu'ils tenaient à garder secrètes. Mais avec la préparation des festivités qui marqueraient la célébration du mariage du fils du duc, ils s'estimaient en sécurité.

Le temps lui-même était béni. Les averses printanières s'étaient interrompues et le ciel était assez ensoleillé pour que l'on puisse rester des heures dehors sans avoir besoin de s'abriter ; une brise plutôt fraîche agitait toutefois les béguins des femmes, faisant comme une crête d'écume sur les vagues de la foule massée sur la place et où, ici et là, un voile gonflé par un courant d'air se mettait soudain à flotter comme un étendard. Beaucoup de ces tenues de fête étant composées d'épaisses couches de velours et de fourrure de lapin, il avait fallu, pour pouvoir les exhiber sans risque, détourner, en leur graissant la patte, la curiosité inquisitoriale des contrôleurs fiscaux du duc. Heureusement, la fraîcheur de la brise empêchait la sueur de leurs propriétaires de les abîmer. Elle encourageait également à boire du vin épicé, à dévorer saucisses chaudes, châtaignes, pieds de cochon, bref, tout ce que l'on pouvait se procurer à bas prix et vendre rapidement. Le moindre morceau que des doigts graisseux laissaient échapper était aussitôt récupéré par les chiens errants. Les cochons, charognards habituels des rues citadines, ne reculaient même pas devant le cannibalisme lorsqu'ils trouvaient à terre des fragments de membres de leurs congénères.

Les mendiants étaient venus en force. Le duc n'avait pas écouté les plaintes des marchands au sujet de l'effet déplorable que leur présence ne manquait pas d'avoir sur le commerce. Ses hommes se contentaient d'extorquer une taxe à chacun d'entre eux, aux invalides comme à ceux qui prétendaient l'être, à ceux qui s'étaient amputés eux-mêmes comme à ceux qui, enfants, avaient été mutilés. Tous se réjouissaient d'avance de cette journée. La sainte les guérirait peut-être, ce qui leur vaudrait l'aumône émue des témoins ;

et dans le cas contraire, ils profiteraient à coup sûr des largesses ostentatoires des badauds qui cherchaient à impressionner la sainte. Afin de produire un effet maximum, on avait débarrassé les moignons de leurs bandages, enduit les plaies de sang frais recueilli devant les abattoirs où les bouchers le déversaient dans le caniveau ; d'autres, se jugeant insuffisamment mutilés, s'inventaient des blessures à l'aide d'un peu de cire à bougie volée.

En plus des pèlerins, mendiants, coupe-jarrets, marchands et simples habitants de la cité, de nombreux bateleurs avaient afflué à Colleverde, attirés d'instinct par la foule et conscients que son désir de spectacle, même motivé par des reliques, des célébrations religieuses ou un mariage, ne pouvait être entièrement satisfait par une procession, quelle que fût sa magnificence, ni même, en l'espèce, par la présence d'ossements, aussi sacrés fussent-ils, cachés à la vue par la soie incrustée, la cannetille, l'émail et toutes sortes de pièces d'*orfèvrerie*[1].

Le spectacle se doit d'être immédiat et aussitôt renouvelable.

Un ours danseur s'était avéré si populaire que la foule des spectateurs grossit autour de lui au point que les gardes de la ville décidèrent de la disperser afin de ménager un passage à la procession. Pour ce faire, ils se disposèrent en double file, fendirent la foule parallèlement au trajet de la procession, puis les hommes de chacune des deux files exécutèrent un quart de tour vers l'extérieur, abaissèrent leurs piques à l'horizontale devant eux et avancèrent de six pas en repoussant les badauds. Cela eut pour effet de comprimer la foule, et certains spectateurs objectèrent à se retrouver si près de l'ours. Son propriétaire fut contraint de l'éloigner, ce qui lui fit rater la procession.

1. En français dans le texte. *(N.d.T.)*

Ceux qui auraient le meilleur point de vue sur le cortège étaient les marcheurs sur échasses, sauf celui d'entre eux qui par inadvertance avait renversé le brasero et, du même coup, enflammé la colère d'un vendeur de marrons chauds, lequel l'avait aussitôt fait chuter avant de lui coller le derrière sur les braises. Le malheureux s'était ensuite vu conseiller en termes grossiers de présenter ses fesses à la sainte pour qu'elle les guérisse.

Ayant découvert qu'une maison faisant face à la cathédrale était en réparation, une bande de nains se servait des échafaudages comme d'une petite scène où ils présentaient des tableaux évoquant différents épisodes de la vie de sainte Bernardina. Le rôle de la sainte était joué par un nain de sexe masculin, pudiquement voilé et vêtu d'enveloppes de traversin blanches. La scène où des anges empêchaient la sainte d'être violée par son mari décidé à ne pas respecter sa virginité, et celle où la sainte acceptait de se faire tourmenter par des diables armés de fourches et affublés de masques grotesques afin d'épargner à son père cruel quelques années de purgatoire furent celles qui obtinrent les plus vifs applaudissements du public et le plus grand nombre de pièces de monnaie.

Avant que la presse ne les empêche de procéder à leurs activités, des lutteurs et des danseurs avaient fait des démonstrations de leur art. Un chien, aussi petit et aussi malpropre que Biondello mais muni de ses deux oreilles, avait dansé avec une fraise peinte passée autour du cou, laquelle avait étouffé bon nombre de ses puces. Un diseur de bonne aventure remportait plus de succès que les autres, d'abord parce qu'il dansait avec grâce au son d'un tambourin avant de proposer aux amateurs de leur lire les tarots, mais aussi parce qu'il avait les traits et les cheveux dorés d'un ange. Il était également assez astucieux pour voir dans les cartes non seulement les malheurs passés que chacun croit avoir endurés, mais encore les spectaculaires améliorations qui n'allaient pas tarder à se produire, ce qui coïncidait précisément avec ce que tout le monde attendait des reliques.

Les balcons et les fenêtres des maisons entourant la place étaient occupés par les propriétaires, leurs familles et leurs amis. On avait suspendu des tapis sur les balustrades et le rebord des fenêtres et préparé des rafraîchissements. On avait sorti les oiseaux en cage afin qu'ils profitent des bénédictions, les enfants couraient entre les jambes des adultes et crachaient les sucreries qu'ils n'aimaient pas sur la foule massée à leurs pieds. Un marchand qui avait ôté son chapeau de velours pour pouvoir se gratter le crâne à son aise crut un instant que le temps avait changé, mais il s'aperçut que ce qu'il prenait pour de la pluie provenait d'un gamin qui se soulageait à travers les balustres au-dessus de lui.

Les personnalités les plus importantes — à l'exception de l'évêque — étaient déjà réunies à l'intérieur de la cathédrale. La princesse Corio (sœur du cardinal Petrucci, elle avait perdu depuis de longues années son mari le prince Corio, un homme aussi riche qu'insignifiant) bénéficiait de la meilleure place parmi celles réservées aux laïques, et ce non seulement en vertu de son droit, mais aussi parce que personne ne se serait aventuré à la lui contester. Elle attendait dans la dignité, consciente que, jusqu'à l'arrivée des reliques, c'était sur elle que se concentrerait l'attention générale. Parée de velours lie-de-vin brodé d'arabesques au fil d'or, la tête enturbannée d'un long voile doré orné de colliers de perles, une énorme croix en or rehaussée de rubis suspendue sur sa poitrine, elle était fin prête à recevoir ladite attention.

Tandis qu'elle se tenait, scintillante, dans la clarté des cierges qui illuminaient la cathédrale, une partie de son esprit était certes absorbée par l'arrivée imminente de son frère, mais, reconnaissons-le, une autre partie se demandait si son intendant était parvenu à se procurer suffisamment de feuilles d'or pour couvrir les plats du magnifique dîner qu'elle donnait ce même soir, et aussi ceux du repas fin qu'elle organisait le lendemain, repas pour lequel elle devait trouver le compromis adéquat entre splendeur et exigences du vendredi. Il lui fallait garder beaucoup de choses de côté pour la fête qu'elle avait l'intention d'offrir dimanche au duc et aux invités du mariage, mais elle était résolue à faire honneur à son frère. Elle avait en tout cas prévu pour le lendemain un plat d'alouettes, le mets préféré du cardinal, entourées d'une farce sur laquelle seraient apposées des écailles de poisson en or.

Le cardinal Petrucci était également présent à l'esprit de l'évêque Taddeo, qui était allé se poster à la porte ouest afin d'attendre les reliques et les accompagner, au côté du cardinal, jusqu'à la niche qui leur était réservée dans la cathédrale. L'évêque était un homme d'un tempérament doux à l'extrême, et qui ne demandait guère plus à la vie que de lui permettre de remplir ses devoirs avec un minimum de complications. Et c'était son destin, en tant qu'évêque de Colleverde, d'être obligé de vivre dans la même ville que la princesse Corio, une femme dont la douceur était loin d'être le trait principal et qui semblait considérer comme de son devoir de surveiller le moindre agissement de l'évêque afin de signaler à son frère, établi à Nemora, ce qu'elle jugeait trop indulgent ou peu orthodoxe. Le cardinal était devenu par voie de conséquence un véritable croque-mitaine pour l'évêque, qui avait parfois des cauchemars où il le voyait écumer de colère sacerdotale sous son chapeau écarlate. L'évêque Taddeo n'était donc pas vraiment impatient de revoir le cardinal en chair et en os, et était soulagé de n'avoir pas eu à organiser la fête de ce soir. Si la princesse, au lieu d'hôtesse, avait figuré parmi les invités, tout aurait été de travers.

Dans la ville, on attendait les reliques. Celles-ci approchaient à un rythme solennel de la porte ouest, où l'évêque, en arrangeant ses robes, patientait également. La cathédrale avait été apprêtée avec soin pour accueillir les restes sacrés, mais dans Colleverde se préparaient par ailleurs de sinistres événements dont la foule ignorait tout.

CHAPITRE XII

Examiner les dents du lion

L'expérience de Benno en matière de tombes se limitait à celle, sommaire, qu'il avait ménagée sous un rosier à l'intention du prédécesseur de Biondello[1], mais un seul regard à Massimo et à son père Gruchio suffit à lui faire oublier les objections qu'il aurait pu soulever pour ne pas les aider à creuser celle de leur maître.

Gruchio ressemblait beaucoup à son fils. Dans son visage ridé, les yeux étaient même encore plus petits et plus rapprochés, et la bouche pointait en avant comme si on lui pinçait les joues, lui conférant une jovialité qui ne trompait personne. De l'avis de Benno, l'idée que se faisait Gruchio d'un spectacle vraiment comique consistait à regarder un condamné se faire rompre sur la roue.

Ils creusèrent la sépulture en silence et Benno fut soulagé de voir que Biondello, qui explorait le petit cimetière attenant à la chapelle, se tenait à distance prudente. Gruchio aurait très bien pu, en matière de plaisanterie, saisir le chien par une patte et le balancer au fond du trou avant qu'ils le remplissent de terre. Tout en creusant, il avait d'ailleurs suggéré entre deux

1. Voir *Mort d'une duchesse, op. cit.*

grognements de laisser la tombe ouverte jusqu'à l'arrivée du médecin du cardinal, qu'ils auraient alors précipité dedans afin que leur travail n'ait pas été accompli pour rien. Massimo et lui ne cherchaient pas à dissimuler leur ardent désir de se débarrasser de quiconque était en relation avec le cardinal, et si c'était en effet Petrucci qui avait ourdi la chute et la mutilation de leur maître, Benno se sentait entièrement d'accord avec eux. Toutefois, le but de l'opération étant de convaincre le cardinal que le nommé Giraldi n'existait plus, l'idée fut abandonnée afin que le médecin, au cas où il se présenterait, puisse lui en rapporter la nouvelle.

Qu'arriverait-il au seigneur Mirandola si le cardinal décidait de s'approprier la villa ? A moins que Sigismondo ne décide de l'escorter jusqu'à Rocca, le seigneur aveugle n'avait que peu de chance d'en réchapper.

Benno médita sur la dévotion dont le père et le fils faisaient preuve à l'égard de leur maître, puisqu'il ne s'agissait plus du Giraldi qu'ils avaient servi, mais d'un inconnu relatif, confié à leur ancien maître par la princesse Oralia. Cette dévotion en disait long sur l'ancien conseiller du duc de Nemora.

Une autre chose était aussi éloquente. Le meilleur plan pour Sigismondo aurait été de prendre la route cette nuit même et d'emmener le seigneur aveugle et le garçon-fille-princesse à Rocca avec toute la célérité qu'auraient permise le temps qu'il ferait et la discrétion nécessaire. Et c'est ce qu'il aurait fait si la jeune fille n'avait pas été terrassée par la fièvre et si l'homme mort n'avait pas refusé de la voir emmaillotée comme un paquet et juchée sur la selle devant Sigismondo. Il avait été intéressant d'entendre l'autorité de sa voix — il fallait être né noble et avoir beaucoup donné d'ordres avant d'acquérir une telle autorité — et de voir Sigismondo s'incliner en silence.

Cela signifiait qu'à présent la jeune fille reposait

dans un lit — le meilleur, avait insisté l'aveugle — et que la sorcière s'occupait d'elle. En raison de ce dernier point, Benno n'enviait pas le moins du monde la jeune malade. Il avait assisté à un curieux dialogue entre Sigismondo et la sorcière autour de la table de la cuisine, dialogue comportant plus de bruits divers que de paroles, puisque la vieille n'avait cessé de grommeler son habituel galimatias, ponctué çà et là de rares mots compréhensibles ; pendant ce temps, Sigismondo émettait des fredonnements approbateurs en tâtant les herbes qu'elle proposait, ou en reniflant celles, séchées, que la vieille conservait dans des bocaux. Il commentait à voix basse : mille-feuille, bon contre la fièvre, à adoucir avec du miel ; agripaume, pour apaiser l'agitation nerveuse ; quintefeuille, pour le mal de gorge et scutellaire, contre l'hystérie. Impressionné par l'entente de ces deux improbables herboristes, Benno comprit que les décoctions envisagées étaient celles qui convenaient à une jeune fille qui avait passé la nuit dehors, seulement vêtue de chausses au lieu de robes, et qui éprouvait quelque difficulté à oublier qu'elle avait vu décapiter son frère.

Benno fut heureux de constater que son maître connaissait suffisamment les herbes pour pouvoir vérifier ce que concoctait la sorcière ; il n'aurait jamais osé demander où Sigismondo avait acquis ses connaissances, pas plus qu'il n'avait cherché à savoir où il avait appris à manier la hache à double tête avec la dextérité que Benno avait eu l'occasion d'admirer. Ces deux talents paraissaient à Benno faire partie des facettes naturelles d'un homme capable d'entreprendre n'importe quoi. Benno n'aurait nullement été surpris de voir Sigismondo exceller dans l'art du plain-chant, de la fauconnerie, de la logique ou de la broderie.

Et c'est sans surprise qu'il apprit qu'ils partiraient le lendemain à Colleverde.

— Vous allez faire ce que le cardinal vous a dit de

faire, aller lui dire en personne qu'il est mort ? fit Benno en hochant la tête en direction du monticule de terre qu'examinait Sigismondo. Est-ce que le médecin qu'il envoie ne peut pas le lui dire ?

— S'il vient. Son Éminence aura des tas de choses à faire aujourd'hui à Colleverde. Il est probable qu'il oubliera ses pavillons de chasse jusqu'à ce qu'il ait plus de temps.

— Alors, cette tombe n'est qu'une mesure de précaution ?

Sigismondo effleura la plaque moussue gravée au nom de Giraldi sur le mur percé de niches et examina une tombe éloignée de quelques pas.

— Les Giraldi devaient encore utiliser cet endroit comme villégiature d'été il n'y a pas si longtemps, dit-il.

Il pénétra dans la chapelle, Benno sur les talons, et plia le genou devant l'autel, pourtant vide. Ensuite il resta un moment à regarder autour de lui, observant les fresques pâlies, le sol jonché de feuilles mortes, un petit pot de brins de romarin posé devant une plaque fixée au mur.

— Quelqu'un, médecin ou pas, viendra ici tôt ou tard. Si le cardinal a du temps après les cérémonies, il ne le passera pas entièrement à prier. Il se souviendra. Et il semble que nous devrons rester ici jusqu'à ce que dame Minerva aille mieux.

Benno avait fléchi le genou et marmonné sa prière habituelle pour le salut de ses parents, qu'il n'avait pas connus puisqu'ils s'étaient empressés de l'abandonner dès sa naissance. Il s'approcha de la plaque fixée au mur.

— Le seigneur Giraldi, fit Sigismondo. Si les villageois avaient eu le courage de venir jusqu'ici, ils auraient pu constater qu'en définitive leur homme mort gisait bien dans sa tombe.

Il examina les dalles inégales du sol.

— *Ça*, fit Benno en hochant la tête en direction de la plaque, ne leur aurait rien appris du tout, comme à moi. Qui a déposé le romarin, à votre avis ?

— Je suppose que c'est la vieille Sybilla. En tout cas, ce n'est certainement pas Massimo.

Benno fut moins surpris que son maître ait appris le nom de la sorcière que par le fait qu'elle en eût un.

De l'une des cours de la villa s'élevèrent les aboiements lugubres des chiens de garde, comme s'ils pleuraient eux aussi le décès de leur maître. Benno supposa que le véritable seigneur de ces lieux était décédé peu après l'arrivée de l'actuel « Giraldi », ce qui avait donné naissance à la bien utile illusion selon laquelle le défunt continuait à vivre. D'un pas traînant, Benno suivit Sigismondo dans le jardin et se tint à son côté, contemplant la vallée jusqu'à l'horizon bleuté où le soleil déclinant caressait les murs blancs de Colleverde qui s'étageaient sur les flancs d'une colline. A son sommet brillait la pierre dorée de la cathédrale avec son toit rouge, masquant presque le palais de l'évêque situé dans le vieux château, lequel avait été démoli par le grand-père de Grifone lorsqu'il avait pris la ville, et reconstruit en partie par son père. La ville était trop proche des frontières de Rocca et de Montenero pour qu'un homme avisé la laissât sans défense.

— Vous allez vraiment aller voir le cardinal ? Je sais que c'est un grand homme, un prêtre et tout ça, mais à moi il m'a fait l'impression d'un vrai serpent. N'allez-vous pas vous précipiter dans la gueule du lion ?

Benno ignorait ce qu'était une métaphore, de sorte qu'il ne comprit pas pourquoi Sigismondo lui décocha son large sourire bienveillant.

— Quelle meilleure occasion d'examiner les dents du lion ? La princesse Oralia m'a dit que le duc était aveugle. Si elle voulait évoquer un complot en préparation contre son frère, j'aurai plus de chance d'ouvrir les yeux du duc Ludovico si je connais la nature du danger qui le menace.

Il s'interrompit un instant et fredonna.

— Et si elle parlait d'un autre duc, ce sera toujours utile de le savoir. Les ducs ne s'élèvent ni ne tombent forcément ensemble, mais si l'un d'eux tombe, il peut en entraîner un autre dans sa chute.

S'ils allaient à Colleverde, Benno espérait qu'ils auraient l'occasion d'apercevoir les reliques. Ainsi il pourrait implorer la sainte de protéger le pauvre seigneur aveugle, et de faire en sorte que la jeune fille retrouve bientôt son oncle. Il ne voyait pas ce qu'il pourrait demander pour lui-même ; autrefois, il aurait pu souhaiter plus de nourriture et plus de distractions dans sa vie, mais à présent qu'il était au service de Sigismondo, il ne manquait ni de l'une ni des autres. Non, il était inutile d'aller enquiquiner la sainte, sauf peut-être pour lui faire part de son souhait d'assister au mariage.

— Que fera-t-on du seigneur aveugle si les hommes du cardinal viennent pendant votre absence ?

— Massimo sait ce qu'il faut faire.

Voyant la fermeté avec laquelle Sigismondo referma la bouche, Benno comprit qu'il valait mieux ne plus le questionner.

CHAPITRE XIII

Une menace

C'était une vaste pièce. Les panneaux de chêne luisaient de cire d'abeille, le plafond était décoré de motifs géométriques en stuc, et les armoiries en pierre du cardinal étaient apposées sur la hotte de la cheminée, surmontées du chapeau ecclésiastique, avec les glands alignés de chaque côté. C'était là, dans son propre palais, un hommage coûteux que rendait sa sœur au cardinal. Il y avait une étagère garnie de livres et de manuscrits, un coffre de vieux bois patiné par le temps, un ou deux tabourets, une table sculptée devant laquelle le cardinal était assis dans sa chaise à haut dossier, pareillement ornée de sculptures ; une tapisserie de Suzanne et les deux vieillards, dans laquelle les exigences du tissage ou les maladresses du dessin faisaient paraître le corps nu de la jeune femme plus rondouillard que voluptueux ; un lit haut à rideaux rouges ; enfin, un prie-Dieu. Un riche tapis recouvrait la table.

Si Benno, qui gardait les chevaux dans la cour du palais Corio, avait pu voir la façon dont le cardinal, sa sœur et son neveu dévisageaient Sigismondo, il aurait sans doute pensé qu'il avait affaire à toute une famille de serpents. Tous trois étaient pâles, minces et distingués, mais aucun n'aurait su inspirer confiance ou affection. Torquato, debout derrière le cardinal et vêtu de sa soutane noire, était le plus effacé ; il tenait la tête légèrement inclinée en présence de son oncle, comme pour feindre la déférence.

Tous trois avaient les paupières tombantes, le sourcil dédaigneux, le nez étroit et la bouche mince, et même si la princesse Corio, vêtue ce matin-là de soie damassée verte, présentait plus de ressemblance avec un cobra que son frère, c'était le cardinal, occupé à faire tourner un coupe-papier en or sur la table, qui paraissait le plus dangereux.

Les hommes dangereux ont toujours besoin de protection. Sigismondo avait gravi l'escalier escorté d'un des gardes du cardinal, impressionnant dans sa livrée écarlate et gris. Deux autres gardes, tout aussi vigoureux, se tenaient en faction devant la chambre du cardinal, et c'est un autre encore qui avait annoncé Sigismondo. Son Éminence paraissait avoir choisi les individus les plus patibulaires qu'il ait pu trouver pour asseoir son autorité spirituelle.

Le cardinal immobilisa le coupe-papier du plat de la main, puis, soupesant sa lame, la pointa sur Sigismondo.

— Eh bien, maintenant que Giraldi est mort, vous voilà sans travail.

La princesse Corio, le dos raide, les mains croisées devant elle comme pour les empêcher de s'agiter, considéra l'homme debout devant elle. Elle s'en était rapprochée de deux pas et son regard s'attardait à présent sur les larges épaules, sur le visage grave et secret.

Un sourire inattendu étira sa bouche. Il n'était pas à proprement parler charmant, car son visage élégant était sévère et le sourire de simple politesse, mais ses yeux exprimaient une indéniable approbation.

— Il y a toujours du travail pour les hommes tels que lui, dit-elle. Je pourrais l'engager... Depuis combien de temps étiez-vous au service du seigneur Giraldi ?

Sigismondo ouvrait la bouche pour répondre lorsque, dans un bruissement de soie, le cardinal se pencha soudain en avant, les yeux étrécis. Sa ressemblance avec un serpent était frappante.

— *Sigismondo...* le Sigismondo qui a travaillé pour le duc Ludovico de Rocca lorsque son épouse la duchesse est morte[1] ?

Ce n'était guère le lieu, parmi ces gens qui conspiraient peut-être contre lui, pour reconnaître servir fidèlement le duc de Rocca, mais Sigismondo n'avait pas le choix. Le cardinal entretenait sans nul doute des informateurs à Rocca, et ceux-ci lui avaient certainement décrit l'homme du duc. Sigismondo s'inclina en signe d'acquiescement.

Qu'un agent du duc Ludovico joue les majordomes auprès de l'insignifiant propriétaire d'une villa délabrée pouvait fort bien n'être qu'une couverture pour un espion. Ludovico vivait en bons termes avec Nemora, mais tout État est susceptible d'être saisi par l'ambition et la volonté d'agression; tout État entretient des espions en dehors de ses frontières. En un bel ensemble, les paupières des trois paires d'yeux qui l'observaient s'étaient légèrement abaissées, mais l'effet produit n'avait rien de comique.

— Votre Éminence, j'ai travaillé pour le duc de Rocca à l'occasion de la mort de la duchesse. Il m'a ensuite chargé de porter un message à sa sœur à Montenero, et l'un de ses conseillers m'a demandé de m'arrêter en chemin à Fontecasta pour obtenir des nouvelles d'un proche, expliqua Sigismondo avant de hausser les épaules. Je n'y serais pas autant resté si j'avais réalisé que la princesse Oralia avait si peu de temps à vivre; je me serais hâté de rejoindre Montenero. Je pensais m'y rendre en allant chercher un emploi à Rome.

1. Voir *Mort d'une duchesse, op. cit.*

L'évocation de la mort de la princesse Oralia alourdit le silence qui suivit. L'assassinat de son fils par son mari devait également être présent à l'esprit de toute personne ayant quelque influence à Nemora. La nouvelle ne s'en était pas encore répandue, mais il paraissait évident que des personnes bien moins avisées que les trois qui observaient Sigismondo avec une si grande attention considéreraient qu'en l'absence de la promise il risquait de manquer un petit quelque chose au mariage. Toutefois, la fuite de dame Minerva avait pu être signalée avec une telle discrétion, voire tue, que l'union prévue entre Nemora et Montenero pouvait continuer à paraître envisageable et devenait même, considérant le nouveau statut d'héritière de la future mariée, encore plus séduisante.

Le cardinal fut le premier à briser le silence.

— Vous ne travaillez plus pour le duc ?

— Je suis un agent en disponibilité, Éminence.

Le mot « agent » était un terme dangereux à employer dans ces circonstances. Il y eut un bref silence avant que la princesse Corio gagne la fenêtre dans un frou-frou de soie et regarde dehors. Son mouvement parut destiné à la rapprocher de Sigismondo, puisqu'elle se tourna ensuite vers lui pour le regarder droit dans les yeux. Ce jour-là, la croix sur sa poitrine était en émail décoré de fleurs et sertie de diamants taillés en table qui luisaient faiblement au rythme de sa respiration. Lorsqu'elle bougeait, la princesse dégageait un parfum de musc et de bois de santal.

— Vous n'allez donc plus à Montenero ?

Sigismondo tourna la tête vers le cardinal qui, comme son neveu, continuait de l'observer avec un extrême intérêt.

— Quand je suis arrivé devant vos portes, les gardes parlaient des événements survenus à Montenero. Maintenant que la sœur du duc Ludovico est morte...

Sur quoi il haussa une nouvelle fois les épaules. On eût dit qu'il avait appris la chose à l'instant, et qu'il ne paraissait aucunement concerné.

— Qu'elle repose en paix, fit le cardinal avec un froncement de sourcils.

Il se signa ensuite avec une telle solennité que les autres, qui l'avaient d'instinct imité, exécutèrent leur signe de croix avant que lui-même en ait terminé. La princesse Corio les ramena cependant à des considérations plus pratiques.

— Vous êtes donc resté quelque temps à Fontecasta. La villa est-elle vraiment en mauvais état ?

— On a veillé à la protéger des fuites et à effectuer les réparations indispensables. Je pourrais, princesse, vous donner une description détaillée...

— La famille de Giraldi en obtiendra un bon prix, déclara le cardinal en prenant son bréviaire.

Sa sœur, les doigts posés sur le bras de Sigismondo, l'entraîna vers la porte.

— Qui y avait-il à la villa en matière de personnel ? demanda-t-elle en scrutant son visage.

— Deux hommes valides — dont un n'est plus très jeune ; la cuisinière, une vieille femme étrangère ; un vieux serviteur, qui a perdu la vue ; et un page, qui est malade.

— Un page ? Jeune ?

— Oh, un enfant, princesse.

— Pauvre petit. Il faudra me l'amener. Je connais les médications.

— Nous craignons que sa maladie ne soit contagieuse.

— Allons !

Elle se tourna vers son frère, qui leva des yeux attentifs ; le mouvement de ses jupes dégagea une fois de plus des effluves de musc et ses mains saisirent les plis de ses vêtements comme si elles sentaient qu'on allait bientôt leur fournir une occupation.

— L'année dernière, n'ai-je pas guéri mon propre frère de la peste en le plaçant entre deux brasiers destinés à consumer l'air vicié ?

Le cardinal confirma le fait d'un air distant.

— Revenez plus tard, dit-elle en tapotant le bras de Sigismondo pour souligner son ascendant, et je vous exposerai les arrangements que j'ai prévus pour m'occuper de ce garçon.

Rien sur le visage ni dans l'attitude de Sigismondo ne trahit la gravité de la catastrophe que cet ordre signifiait.

CHAPITRE XIV

Le collier de Benno

Benno n'était pas dans la cour. Sigismondo l'explora du regard : comme on pouvait s'y attendre pour un endroit placé sous l'attention pointilleuse de la princesse Corio, l'esplanade était en ordre et soigneusement balayée, et les gens qui la traversaient vaquaient à leurs occupations avec un air affairé. Son cheval, le grand louvet, ainsi que le petit gris de Benno étaient toujours attachés aux anneaux fixés à proximité de l'abreuvoir. Sigismondo pensa fugitivement que Benno, totalement déplacé dans un endroit aussi soigné, en avait été chassé à coups de balai, mais il perçut au même moment du bruit et de l'agitation en provenance de la rue, et il savait que Benno adorait le bruit et l'agitation.

Depuis la porte de la cour, Sigismondo jeta des regards à droite et à gauche, mais ne vit qu'un homme poussant une charrette chargée de légumes, un autre vendant des alouettes en cage et deux femmes qui, le châle passé par-dessus le bonnet, bavardaient au coin de la rue. Un chat qui prenait le soleil sur le rebord d'une fenêtre de la maison d'en face arqua le dos en surveillant un petit chien qui clopinait le long du mur, un petit chien laineux et malpropre à qui manquait une oreille.

Biondello se hâta de traverser la rue en boitillant

jusqu'à Sigismondo, leva le museau vers lui et, tout frissonnant, se mit à geindre.

Si Biondello était apparu, blessé et sans Benno, il y avait de grandes chances pour que Benno lui-même se trouvât en pire condition encore. S'étant assuré de l'attention de Sigismondo, Biondello l'entraîna clopin-clopant en direction de la place de la cathédrale, tournant de temps à autre la tête pour s'assurer que Sigismondo le suivait.

Biondello lui fit longer la rue pavée puis traverser le parvis, toujours envahi par les fidèles venus voir les reliques, mais aussi par tous ceux désireux de satisfaire les besoins de ces derniers en nourriture, boisson et distractions, pieuses comme séculières, et enfin par ceux qui souhaitaient éprouver le vertueux soulagement que procure le don d'aumônes. A un moment, ayant perdu Biondello de vue, Sigismondo le retrouva en repérant dans quelle direction mendiants et pèlerins dirigeaient leurs coups de pied. Biondello s'attirait les coups de pied aussi sûrement que son maître.

Mais cette fois-ci, Benno s'était attiré plus que de simples coups de pied. Voyant Biondello retomber sur le sol en gémissant après qu'une botte l'eut envoyé en vol plané, Sigismondo s'engouffra sous la voûte d'où était parti le coup, et dont la clé portait les armes gravées de l'évêque, et se retrouva dans le hall du prévôt dudit évêque. De hautes fenêtres laissaient pénétrer de timides rayons de soleil qui venaient éclairer des murs noirs de suie, une immense cheminée portant elle aussi les armoiries de l'évêque, et enfin, au centre d'un groupe vociférant, Benno, les bras immobilisés, une corde autour du cou.

Sigismondo fut accueilli avec joie, aussi bien par Benno que par les gens du groupe qui, quoique à présent habillés, n'étaient autres que les pèlerins qui s'étaient baignés dans la source bénite. Benno était recouvert d'une couche supplémentaire de poussière et son nez avait saigné.

— Le voici ! Voilà enfin le plaignant !

— Regardez, nous avons attrapé votre voleur !

— Où est votre fille, chère âme ?

Cette dernière question lui fut posée par la femme qui, les cheveux noués dans un chiffon à la manière d'un gâteau, avait montré tant d'empressement à arroser d'eau bénite « l'enfant malade » de Sigismondo. Sous son large chapeau de pèlerin, sa tête était à présent enserrée dans une coiffe beaucoup plus élaborée, et son visage luisait de fatigue et d'enthousiasme. Elle serrait d'un gros poing vigoureux l'extrémité de la corde passée autour du cou de Benno.

— Avez-vous présenté votre fille à la sainte ? Ce coquin n'avait plus sa robe.

Sur quoi elle donna une secousse à la corde, et Benno aurait fait un brusque bond en avant si les hommes du prévôt ne l'avaient retenu. Voyant que Benno étouffait, ils eurent la présence d'esprit de desserrer la corde.

— Et il a pas mes habits non plus ! ajouta le garnement que l'excitation faisait sauter sur place.

Les pèlerins, de joyeuse humeur, se congratulaient et félicitaient Sigismondo pour la très satisfaisante façon dont toute cette affaire allait se conclure.

L'homme chargé de la conclure était le prévôt, un individu que Sigismondo n'avait jusqu'alors pas remarqué, un petit homme nerveux et impatient qui jugea venu le moment de parler.

— Eh bien, ne perdons pas de temps. Vous êtes la victime du vol, ceux-là sont témoins, emmenez-le dehors et pendez-le avec l'habituelle proclamation concernant le sort réservé à ceux qui volent des pèlerins. Il ne sera pas le seul aujourd'hui.

Il leva les yeux vers Sigismondo avec la répugnance instantanée du petit homme insignifiant devant un individu à la taille et à la carrure impressionnantes, et l'amertume de l'homme investi d'autorité qui sent fort bien qu'il en a moins que celui à qui il s'adresse.

— Qu'attendez-vous ?

Il faillit enfoncer son doigt dans la poitrine de Sigismondo mais jugea plus prudent de n'en rien faire.

— J'attends qu'on me donne une raison pour le pendre.

La voix posée de Sigismondo interrompit les efforts des pèlerins pour pousser Benno en direction de la porte et des accueillants gibets dressés sur la place. Ceux-ci avaient été érigés deux jours auparavant face à la cathédrale pour montrer à tous ses visiteurs que Colleverde était prête à les protéger. Seules cinq personnes avaient été pendues jusqu'ici, dont deux, comme aimaient à le faire remarquer les badauds, étaient des pèlerins coupables d'avoir volé d'autres pèlerins.

— Une raison ? Quelle raison ? Il vous a volé une robe, il a volé les habits de ce garçon...

— J'ai été obligé de lui donner ma tunique de rechange, précisa une voix épaisse.

Le prévôt agita la main.

— ... les habits, disais-je, de ce garçon. Les ordres de l'évêque sont clairs : il faut protéger les pèlerins. Emmenez-le.

Le garde se précipita pour prendre la corde des mains de la femme au visage couleur brique qui refusait de la céder. Sigismondo se tenait immobile, planté devant le prévôt dont il soutenait le regard courroucé.

— J'ai retrouvé la robe et lui ai pardonné son vol. De plus, il ne sait même pas ce qu'il a fait ; pourquoi serait-il puni pour des actes qu'il ne comprend pas ?

Sigismondo saisit Benno par les épaules et le tourna face à ses accusateurs. La mâchoire pendante et le regard vide de son serviteur semblèrent confirmer le jugement de Sigismondo. Le prévôt, toutefois, ne l'entendait pas de cette oreille.

— Même idiot, un voleur reste un voleur. L'expédier dans l'autre monde le fera réfléchir. Les flammes de l'enfer lui apprendront ce qu'est le vol. Emmenez-le.

Sur quoi il adressa un signe de tête aux gardes et agita la main devant Sigismondo comme un prestidigitateur qui aurait voulu le faire disparaître mais n'était pas très sûr de ses pouvoirs.

— Vous, messire, pouvez peut-être lui pardonner, mais qu'en pense ce garçon qu'il a dépouillé ? Je ne suis pas là pour faire le prêtre, mais pour administrer la justice. *Écartez-vous.*

Il s'aperçut toutefois qu'il n'était en mesure ni d'écarter Sigismondo ni de l'empêcher de reprendre la parole.

— Demandons donc son avis à la sainte. Que sa justice nous guide en ce jour de joie. Allons à la cathédrale et prions devant les reliques. Sainte Bernardina nous montrera ce qu'il convient de faire.

Il avait visé juste. L'idée séduisit aussitôt les pèlerins, qui se mirent à acclamer, à applaudir et à répéter à tue-tête différentes versions de sa proposition, tandis que le prévôt constatait son impuissance à faire passer la justice de l'évêque avant celle de la sainte. Il essaya à plusieurs reprises de parler, mais la femme qui tenait toujours la corde de Benno entraînait déjà le prisonnier vers la porte dans un tourbillon de capes de pèlerin. Le seul à ne pas manifester d'enthousiasme était le garçon qui s'était fait voler ses vêtements, déçu de ce que la pendaison de Benno dût attendre que la sainte ait donné son accord. Le prévôt ordonna d'un air pincé à deux de ses hommes d'accompagner le groupe, puis se tourna avec soulagement vers un individu qu'on avait surpris la main dans la bourse d'un badaud. L'affaire était simple : il aurait le poignet tranché avant d'être conduit au gibet. Le prévôt, qui aimait les choses bien faites, ordonna également qu'on lui épingle sa main coupée sur la poitrine avant de le pendre.

Dans le vaste intérieur de la cathédrale, les gardes de l'évêque se révélèrent fort utiles pour dégager le passage. Il n'y avait pas de messe en cours, mais un murmure permanent de prières accompagnait les allées et venues incessantes des fidèles. Une partie du sol était encombrée par des rangées de pèlerins qui, par contrition, avaient choisi de rejoindre les reliques en se prosternant à chaque pas. Comme certains d'entre eux étaient arrivés de leur village natal à plat ventre sous les averses, non seulement ils avaient à peine figure humaine sous leur couche de crasse pénitente, mais la douceur du sol de marbre, après toutes ces lieues de poussière, de boue et de cailloux, ainsi que leurs prières répétées leur avaient fait atteindre un état quasi somnambulique ; ils ne semblaient même pas sentir les coups de manche de pique qu'ils recevaient dans les côtes.

La femme entraînait Benno parmi les pèlerins qui, tour à tour, se dressaient, se laissaient tomber en avant et restaient allongés face contre terre. Sigismondo, tout en donnant l'impression de l'aider, l'empêchait en réalité d'une poigne de fer de resserrer la corde autour du cou de son serviteur. Si Benno trébuchait sur un pénitent, il risquait fort de s'étrangler avant d'arriver au gibet. Deux prêtres, qui avaient revêtu leurs resplendissants habits vert et or en l'honneur de la sainte, fendaient la foule agenouillée afin de s'assurer qu'il ne se passait rien d'incongru. Voyant que deux gardes de l'évêque encadraient le groupe, l'un des prêtres pensa qu'il s'agissait d'un problème du ressort de leur maître et emmena Sigismondo et les pèlerins jusqu'à un espace relativement dégagé devant les grilles de l'autel. Au-delà, plongé dans la méditation devant les arches dorées des reliquaires, était agenouillé l'évêque de Colleverde en personne.

Le triptyque de l'autel était fermé et l'on avait dressé devant une image de sainte Bernardina, debout sur des démons grimaçants. Son doux visage était illuminé par les cierges, dont la lueur éclairait aussi ses robes et son auréole.

Le désordre causé par le passage du groupe de pèlerins ainsi que par la vision du sinistre collier de Benno avait suscité un certain intérêt parmi les fidèles qui, comme c'était le cas de la grande majorité, n'étaient pas entièrement absorbés par leurs prières. Jusqu'à l'évêque qui, après s'être signé avec dévotion, tourna la tête avec curiosité pour connaître la cause de cette agitation.

L'homme était habituellement coiffé de sa mitre, mais, comme il n'officiait pas pour l'instant, il ne la portait pas. Des mèches de cheveux blond-roux dépassaient de son bonnet de soie pourpre, aussi incongrues que la soutane pourpre passée sur ses épaules voûtées. Ses yeux légèrement proéminents et un tic craintif qui lui faisait froncer le nez et tordre les lèvres rappelaient plus un lapin qu'un évêque, mais c'était un homme bon dont le seul défaut était d'aimer le confort ; et Colleverde aimait son évêque, même si parfois ses citoyens étaient contrariés d'apprendre qu'il avait dû céder devant la volonté de la princesse Corio. Pour l'instant, il semblait redouter quelque scandale et il regardait tour à tour l'idiot et le groupe de ses accompagnateurs, dont la plupart tentaient, avec respect et à mi-voix, de lui exposer la situation. Ce fut pour lui un soulagement lorsque l'homme de haute taille vêtu de noir et au crâne rasé s'avança d'un pas et, saisissant sa main molle, s'inclina pour baiser son anneau.

— Monseigneur, nous sommes venus nous soumettre à la volonté de la sainte. Voici un pauvre idiot que j'ai pardonné pour le vol qu'il a commis...

Ici le jeune pèlerin commença à marmonner mais les autres le firent taire aussitôt.

— ... et que nous avons amené ici pour que sainte Bernardina elle-même lui accorde son pardon.

C'était là un programme que l'évêque comprenait, même si l'homme qui venait de l'exposer paraissait un peu trop confiant dans son issue. De plus, cela ne devrait pas prendre bien longtemps. L'évêque Taddeo embrassa l'autel d'un geste du bras, comme pour offrir au groupe l'hospitalité de la sainte. Croisant les mains sur la rondeur de sa bedaine, il enveloppa d'un regard bienveillant les pèlerins qui s'agenouillaient. Surpris de se retrouver seuls debout, et de surcroît si près des reliques, les gardes finirent par les imiter. Afin d'éviter la strangulation à Benno, Sigismondo s'empara à nouveau de la corde lorsque la femme qui la tenait se laissa tomber à genoux avant d'élever les mains, et la corde, vers l'image de la sainte et le reliquaire scintillant.

Les flammes des cierges vacillèrent dans les mouvements d'air et la femme, lâchant soudain la corde, s'assit sur les talons en étouffant un hoquet plaintif. Quelques-uns de ses compagnons relevèrent vivement la tête et la virent tendre les bras au ciel avec un cri retentissant, puis se mettre à osciller d'avant en arrière en émettant des sanglots aigus.

— *Elle a bougé!* Bénie soit sainte Bernardina ! Elle a souri, elle a hoché la tête ! Je l'ai vue baisser la tête ! Voyez comme elle sourit ! Elle pardonne au voleur, que Dieu en soit remercié !

Un brouhaha parcourut la foule tandis que ceux qui n'avaient rien vu ni entendu jusqu'alors demandaient ce qui se passait, et que ceux qui étaient au courant se mettaient à lancer des cris de joie. A ce spectacle, l'évêque Taddeo prit une sage décision. Il leva les bras devant Benno.

— Tu es libre, mon fils. Tu as été pardonné comme Notre-Seigneur a pardonné au larron en croix le jour du vendredi saint. Il t'a pardonné par l'entremise de sainte Bernardina. Bénie soit la sainte qui nous fait un tel honneur, et bénie soit Notre-Dame, mère de toute compassion.

Un des prêtres en vert et or s'avança alors et entonna

un *Ave Maria*, repris avec ferveur par la foule, et le chant joyeux se propagea sur la place, où certains s'y joignirent en apprenant ce qui s'était passé, d'autres sans qu'ils aient besoin de raison particulière. La nouvelle du miracle se répandit comme une traînée de poudre dans Colleverde, même si sa nature exacte se trouva controversée.

Sigismondo aida l'objet de ce miracle, le voleur repentant à l'esprit simplet, à se relever et le libéra de sa corde. La femme qui avait montré tant d'empressement à le voir pendu haut et court le serrait à présent dans ses bras, son visage rougeaud ruisselant de larmes, embrassait sa barbe broussailleuse, l'étreignait de toutes ses forces. Plusieurs de ses compagnons se sentirent obligés de suivre son exemple, même si certains estimèrent qu'embrasser Benno était la pire mortification qu'on pût exiger d'eux, et le garçon qui s'était fait dérober ses vêtements se débrouilla pour se faufiler jusqu'à lui et lui expédier un coup de pied accidentel dans le tibia.

La femme qui avait lancé cette pénitence d'embrassades n'entendait pas s'en tenir à sa victime potentielle maintenant qu'elle avait été touchée par la grâce de la vision de sainte Bernardina. Délaissant Benno, elle se tourna vers la personne bien plus intéressante à embrasser qu'était Sigismondo, dont elle attira le visage vers elle pour y coller ses lèvres. Conscient de ce à quoi les extases religieuses pouvaient donner lieu, le prudent évêque préféra s'éloigner hors de portée. La cathédrale résonnait de joyeux *Ave Maria*.

Lorsque, bien à contrecœur, la femme finit par lui lâcher le visage et qu'il put redresser la tête, Sigismondo vit se relever un homme qui était resté jusque-là prostré sur le côté de l'autel. Il était vêtu d'un costume de deuil entièrement noir, de bonne qualité, mais sans que rien ne laisse deviner son rang. Il tourna un visage cireux, aux traits presque sauvages, avec des yeux sombres scintillant dans de profondes orbites, en direction du groupe de pèlerins comme s'il trouvait leurs singeries du plus mauvais goût. Son regard dédaigneux s'attarda quelques instants sur Sigismondo, puis se détourna sans, apparemment, le reconnaître. La dernière fois que Sigismondo l'avait vu, il venait de décapiter le fils de sa propre femme. C'était le prince Livio.

CHAPITRE XV

Le message urgent

Massimo fit irruption dans la cour du palais Corio avec une précipitation qu'en dépit de sa prudence il était incapable de refréner. Il se trouve qu'il demanda à voir Sigismondo auprès d'un page et non d'un palefrenier, et l'expérience dudit page lui conseilla la courtoisie à l'égard de cet inconnu aux vêtements poussiéreux et au regard farouche. Il alla aussitôt se renseigner. Massimo étant trop nerveux pour s'asseoir sur le banc que le page lui avait indiqué, il se mit à arpenter la cour et vit un jeune garçon ramasser un tas de crottin fumant abandonné par le gris de Benno juste avant qu'on l'emmène à l'écurie en compagnie du louvet de Sigismondo. Il passait sous une fenêtre lorsqu'il entendit une phrase qui le fit stopper net :

— ... iront demain à Fontecasta.

— Où est-ce ?

— Pas très loin d'ici. C'est là où ce vieillard a eu la bonne idée de mourir.

— Juste au bon moment, en tout cas, après toutes ces années.

— Je connais quelqu'un qui voudra sûrement en savoir plus.

Massimo ne songea pas que l'on faisait allusion au fait que la disparition du vieillard arrangeait le cardinal Petrucci. Il comprit que l'on considérait avec suspicion une mort dont il savait qu'elle n'était pas survenue. Lorsque le page lui adressa la parole, Massimo tourna vers lui un visage qui le fit reculer.

— Les... les hommes que vous cherchez ne sont pas ici. Ils...

Le page, qui était sur le point d'ajouter que les deux hommes reviendraient le soir même au palais, resta interdit en voyant Massimo se précipiter sans un mot en direction de la rue. Avec ce qu'il venait d'entendre, il fallait qu'il trouve Sigismondo de toute urgence.

Ne l'apercevant pas dans la rue, Massimo partit en toute hâte en direction de la grand-place. Comme tout le monde, Sigismondo et Benno étaient certainement allés à la cathédrale. C'était logique, à cause des reliques.

Ce n'était pas la raison qui dirigeait alors l'esprit de Massimo. Il ne pouvait songer qu'au danger imminent qui menaçait son maître — des hordes vengeresses lancées par ce maudit cardinal à l'assaut de Fontecasta.

Il était rarement venu à Colleverde, et lors des séjours qu'il y avait effectués, il avait trouvé une petite bourgade paisible et somnolente. Or voilà qu'il se trouvait noyé dans un vacarme de foire, dans des rues encombrées d'une foule excitée. Il distinguait des échos de chants religieux, le son séculier des flûtes et des tambours, le brouhaha des badauds. Au débouché de la rue, il s'immobilisa. Entre l'endroit où il se trouvait et la cathédrale s'étalait une marée humaine. Les gens allaient et venaient; des groupes mangeaient, assis sur des bancs de pierre; des fidèles se dirigeaient vers la cathédrale ou en sortaient; certains vendaient, d'autres achetaient, d'autres encore suivaient les spectacles des bateleurs ou regardaient avec des yeux ronds les gibets où cinq cadavres se balançaient en guise d'avertissement; un attroupement s'était formé devant une façade au pied de laquelle était présenté quelque divertissement. Les nains attendaient leur tour pendant que la guilde des cordonniers interprétait une pièce religieuse.

Massimo s'avança en direction des deux tours et de la façade en pierre dorée creusée de niches de la cathédrale.

Il eut quelque difficulté à fendre la foule et, parvenu à la porte de la tour nord, alors qu'il s'imaginait déjà repérant facilement la haute stature de Sigismondo parmi les fidèles agglutinés à l'intérieur, il fut brusquement stoppé par le bedeau qui contrôlait les entrées ; au bout d'un moment, il comprit qu'une pièce lui faciliterait l'accès et en glissa une dans la main du laïque.

Il promena son regard à l'intérieur du vaste édifice. Il se faufila, au son des cantiques, entre les fidèles agenouillés ou prostrés ; il scruta le moindre recoin, mais nulle part, pas même dans les chapelles latérales, il n'aperçut la tête reconnaissable entre toutes de Sigismondo. Enfin il se laissa entraîner par le flot compact de ceux qui sortaient par la porte de la tour sud et se retrouva sur les marches de l'édifice, décontenancé, n'apercevant pas plus de Sigismondo sur la vaste esplanade que dans la cathédrale. Il fut poussé en avant par un groupe de dévots transportés de bonheur et grimpa sur la base d'une colonne, dont il délogea presque un mendiant.

— Ne vous préoccupez pas de moi, mon bon messire. Je ne suis qu'un pauvre infirme.

— Aurais-tu aperçu...

Avant de poursuivre, Massimo pencha la tête pour s'assurer que l'homme ne souffrait pas de cécité.

— ... deux hommes sortant d'ici, l'un grand et le crâne rasé, l'autre petit et malpropre ?

— J'en ai vu des centaines, messire. Comment étaient-ils habillés ?

L'infirme retira un haillon que la brise avait soufflé et qui dissimulait l'affreux moignon qu'il avait à la place de la jambe, puis leva la tête.

— Le grand est en noir...

— Comme des centaines d'autres !

— ... le petit est barbu, avec un justaucorps taché de gras et des chausses crasseuses.

— On en voit des centaines !

Inquiet, le regard balayant la place, Massimo rassembla ses souvenirs.

— Et si je te disais qu'ils étaient accompagnés d'un petit chien à une seule oreille ?

— Un chien à une seule oreille ?

— Le chien ! fit un homme affligé d'une difformité compliquée en émergeant de derrière la colonne.

Au pied des marches, un mendiant aveugle portant un gobelet métallique autour du cou croassa avec rudesse :

— Le chien !

— Ce chien, bon messire, voulait à tout prix entrer dans l'église !

— Croyait p't'être que sainte Bernardina allait lui recoller une oreille !

— Il s'est fait sortir... virer à coups de pied.

L'aveugle, grimaçant et bavant, mima un choc, puis l'éparpillement de ses pièces.

— C'est vrai, il a atterri sur Nello, qu'il a failli renverser. Il a réessayé d'entrer après ça.

— Drôlement excité qu'il était ! Pensait que sainte Bernardina allait lui donner...

— ... une oreille toute neuve, exact. Et quand ils sont sortis...

— Les deux hommes ?

— Ben, qui d'autre, à votre avis ? Quand ils sont sortis, cette boule de laine, est-ce qu'elle a pas sauté dans les bras du plus petit pour l'embrasser comme un vrai chrétien ?

— Par où sont-ils partis ?

— Partis ? Z'auriez dû le voir sauter d'un bond sur la poitrine du plus petit et...

— *Par où sont-ils partis ?*

— Et puis y a eu le miracle, intervint Nello qui s'efforça de compenser son handicap avec force salive et énergie. Oublions pas le miracle.

Tous les présents s'essuyèrent le visage. Massimo sortit une pièce de sa poche et s'accroupit devant l'unijambiste. Il fit sauter la pièce dans sa main et répéta en séparant bien les mots :

— Dans quelle direction sont-ils partis ?

Il faut porter à son crédit qu'il s'abstint de secouer le malheureux comme un prunier, mais ce n'est pas tant la pièce qui décida l'infirme que la tension qui se lisait sur le visage de Massimo, car dans son esprit les sbires du cardinal étaient déjà à Fontecasta.

A cet instant, les deux coupe-jarrets qui, tout à l'heure, avaient attiré l'attention de la sainte à son entrée dans la ville, l'un à l'aide d'un nourrisson, l'autre d'un infirme, bousculèrent Massimo. Ils venaient de sortir de la cathédrale, l'allure déterminée, sur les talons d'un homme en noir qu'ils suivirent à travers la foule, menaçant du regard quiconque risquait de contrecarrer ce qu'ils avaient ourdi à l'intention de celui qu'ils suivaient. Celui-ci continuait son chemin, l'air absorbé, le teint pâle, drapé dans son tourment intérieur.

Massimo reprit sa place et le mendiant tendit le bras.

— Ceux que vous cherchez sont partis vers les arcades qu'on voit là-bas, en face.

Massimo posa la pièce dans la main tendue et, au moment où il se retournait pour partir, faillit être renversé par quatre nains exubérants qui dévalèrent les escaliers avant de se fondre dans la foule.

Il se dirigea vers les arcades. Que font les gens une fois qu'ils ont accompli leurs devoirs religieux ? Ils se procurent de la nourriture et du vin ; et sous les arcades s'alignaient en effet boutiques et étals de restauration. Les voir en si grand nombre ne fit toutefois qu'accroître l'anxiété de Massimo.

A présent plus averti, il mentionnait le petit chien sitôt qu'il parvenait à attirer l'attention d'un passant. Une femme souriante et couverte de sueur lui dit « Un moment » et disparut. Il s'entendit ensuite répondre « Un moment » à plusieurs reprises, puis un homme tenant un étal se souvint du chien, qui avait tenté de lui chiper un chapelet de saucisses, mais ne gardait aucun souvenir de l'homme qui l'accompagnait. Il se contenta de faire un geste vague en direction de la foule.

Un peu plus loin sous les arcades, alors que Massimo s'énervait à interroger un boulanger, Sigismondo alla chercher une seconde cruche de vin, emplit leurs gobelets et se rassit à côté de Benno, qui avait calmé Biondello en le berçant entre peau et chemise. A la suite des attentions que lui avait témoignées Biondello, le visage de Benno paraissait plus propre qu'il ne l'avait été depuis plusieurs semaines ; ses yeux couleur boue étaient emplis de larmes.

— J'oublierai jamais comment elle m'a sauvé. Dieu bénisse sainte Bernardina. Je la prierai toute ma vie. Quelle chance que cette femme l'ait vue remuer la tête... Quoique... ça ne peut pas être de la chance, n'est-ce pas ? C'est la sainte qui lui a ouvert les yeux, vous ne croyez pas ?

Sigismondo s'abstint de lui dire que, s'ils n'avaient pas eu cette chance, il aurait eu lui-même la même vision... Mais il estimait qu'il avait été largement préférable que ce soit cette femme qui ait sauvé Benno. A ce moment-là, Sigismondo avait demandé pardon à sainte Bernardina pour l'intention qu'il avait eue et accueilli avec gratitude de ne pas avoir eu à s'y résoudre. Il ne doutait pas un instant de la réalité de la vision de la femme. Ce qui le préoccupait, c'était ce qu'il avait vu par ailleurs dans la cathédrale.

— Et maintenant, on va rentrer à la villa ? Mais on a laissé nos chevaux au palais. Il faut y retourner, pas vrai ?

Benno examina la patte écorchée de Biondello, qu'il avait recouverte d'une toile d'araignée trouvée dans un coin de mur.

— J' me demandais s'ils allaient me pendre avant que vous arriviez, mais je me suis dit que si c'était le cas, vous vous occuperiez de Biondello.

Il donna au petit chien un morceau de pain trempé dans l'huile d'olive et le regarda avec tendresse n'en faire qu'une bouchée.

— C'est l' plus futé des toutous, ça, pas vrai ? Tu savais qui il fallait prévenir... Vous vous rendez compte de la chance que j'ai ? J'ai pu voir les reliques de près, plus près que j'aurais jamais pensé. D'ailleurs, j'aurais même jamais cru que j'entrerais dans Colleverde, vu le train où on a filé...

— Nous sommes toujours aussi pressés par le temps, mais nous ne pouvons pas partir avant que j'aie revu la princesse. Espérons qu'elle ne nous fera pas languir trop longtemps.

Sigismondo versa le reste de la carafe de vin dans leurs gobelets et vida le sien. Benno, dont l'appétit était stimulé par la pensée qu'il avait failli ne plus jamais pouvoir le satisfaire, comprit qu'il était temps de partir. Il fourra des deux mains les restes du pain dans sa bouche, constellant sa barbe de miettes que Biondello lécha aussitôt.

— Allons voir l'horloge.

Benno ne demanda pas d'explication à cette subite nécessité de connaître l'heure, mais Sigismondo, tout en se levant, y apporta de manière inattendue un début de réponse.

— J'ai aperçu quelqu'un qui s'intéresse peut-être autant à notre jeune homme qu'il s'intéressait à son frère.

La bouche de Benno, qui n'avait pas encore avalé tout le pain, s'affaissa à sa manière habituelle lorsque, traduisant « notre jeune homme » par « dame

Minerva », il saisit le sens du message. Un roulement de tambour domina le brouhaha de la foule massée sur la place.

— Je ne peux qu'espérer que l'humeur de cette personne aura changé.

Sigismondo abaissa son capuchon et un discret fredonnement en sortit.

— Il était en deuil, et prostré dans sa pénitence. Les saints sont capables de bien des miracles.

Lorsqu'ils sortirent dans les ombres allongées de la fin d'après-midi, la cloche de l'horloge se fit entendre.

— Il nous reste un peu de temps, remarqua Sigismondo.

Le son du tambour redoubla d'intensité, puis les nains, qui étaient déjà en train de représenter l'histoire du miracle de l'après-midi, s'écrièrent :

— Oh, voyez la source bénie ! C'est Dieu qui l'a fait jaillir ici !

Les gens habitués à composer des vers rimés deviennent vite d'une habileté diabolique à les trouver, et même si certaines consonances étaient approximatives et la scansion hésitante, la foule ne boudait pas son plaisir. Les nains qui jouaient le rôle des pèlerins se regroupèrent et, tout en ôtant bottes et pourpoints, se lancèrent des remarques piquantes sur tout le bien que leur ferait un petit décrassage. Ils avaient tendu sur le devant de l'échafaudage une toile peinte figurant une mare dans laquelle, en descendant sur une planche située sous le niveau de la scène, ils donnaient l'impression de se tremper. L'un d'eux, en criant : « Non, je n'attendrai pas dans cette onde claire de m'y plonger », descendit l'échelle jusqu'à ce qu'on ne voie plus que sa tête, et se mit à lancer l'un après l'autre ses vêtements sur la scène. Ses chausses atterrirent sur le visage d'un autre « pèlerin », qui tomba lourdement sur le derrière (« Pouah, que ces chausses puent, l'ami ! A moi l'eau pure, ou je perds la vie ! »). A ce moment, une silhouette jusqu'alors dissimulée derrière un des piliers de l'échafaudage en émergea, courbée en deux et levant haut les pieds, s'empara du vêtement et traversa la scène à toutes jambes pour disparaître de l'autre côté. Le reste de la troupe, qui ne pouvait se lancer à la poursuite du voleur en raison du sol caillouteux grossièrement représenté sur les décors (« Je m'écorcherai les pieds, à courir sur ces rudes sentiers ! »), se rassembla avec force cris et vociférations. Le pèlerin qui était censé être dans l'eau en émergea en tirant sur sa chemise pour respecter la pudeur (« Hélas, je n'ai plus de vêtement ! Qui en prêtera à un pauvre enfant ? »).

Fasciné de se voir représenté en scène, Benno s'était immobilisé et Sigismondo, par sympathie ou par véritable intérêt, s'était également arrêté pour regarder. Les nains passèrent à leur compagnon une succession de tenues inadéquates (« Ne comptez pas sur moi, fripons, pour m'affubler d'un jupon ! ») avant de se remettre en route. Un rapide changement de décor les amena aussitôt « à Colleverde », où ils s'emparèrent du voleur et le poussèrent, la corde au cou, accompagné d'un lent roulement de tambour et d'une avalanche de rimes affreusement tirées par les cheveux, hors de la scène puis, au grand ravissement de la foule qui s'écartait pour les laisser passer, en direction du gibet. On enroula l'extrémité de la corde à la poutre pendant que le voleur priait à tue-tête.

A cet instant, soulevée de manière aussi visible que précaire par en dessous, apparut une silhouette en fanfreluches pailletées, coiffée d'une longue chevelure en filasse surmontée d'une auréole oscillant dans la légère brise, et qui écarta les bras en un geste bienveillant (« Voyez-le à présent ce gibier de corde, de la sainte implorant la miséricorde »).

Un nain monté sur échasses faisait la quête avec un sac. Sigismondo y jeta une pièce dont la couleur suscita une profusion de remerciements qu'il préféra fuir.

— C'est pas juste de vous avoir oublié, hein ? fit Benno, ravi de voir qu'il n'était pas pendu, à l'adresse de Sigismondo.

Sur quoi, après l'avoir tenu à bout de bras pour qu'il ne manque rien du spectacle, il coinça Biondello sous son bras. Sigismondo fredonna.

— Je préfère ça. Moins on sait ce que je fais, mieux c'est.

Son attention venait d'être attirée par un scintillement de poignards qui évoluaient en arc de cercle au-dessus de la foule rassemblée au pied du mur à l'autre l'extrémité de la place.

CHAPITRE XVI

« Le diable ! Le diable ! »

Toujours aiguillonné par le danger qui pesait sur Fontecasta, Massimo continuait à demander à des gens affairés s'ils avaient vu les deux hommes sans oublier, à la suite de son expérience avec les mendiants, de mentionner également le petit chien. Non, lui répondait-on ; non, non et non. Une femme ralluma ses espoirs en se souvenant qu'elle les avait vus entrer dans la cathédrale.

— Mais c'était avant le miracle, précisa-t-elle.

— Quel miracle ? s'enquit-il avant de poursuivre ses recherches.

Lui-même avait grand besoin d'un miracle, mais il sentait que seul Sigismondo était capable de le produire. Il grimpa sur le rebord d'une fontaine pour mieux observer la foule. Il ne vit nulle part le crâne nu et brun pâle. Il glissa sur la pierre humide, lâcha un juron et se retrouva, tel un héron, un pied dans le bassin, avec de l'eau qui lui emplissait la botte.

— Sortez vos pieds crasseux de notre fontaine ! s'écria une femme en le fouettant avec une serviette humide qui lui enflamma l'oreille.

Le pied clapotant dans sa botte, il s'éloigna en toute hâte pour reprendre ses recherches. Il trouvait que les gens étaient de plus en plus désobligeants. Il ne s'apercevait pas que leur hostilité provenait du ton de plus en plus furieux sur lequel il les interrogeait ; si, pour lui, c'était la vingtième fois qu'il posait sa question, c'était toujours la première de leur point de vue.

— Vous n'auriez pas vu... ?

Il approchait de l'extrémité des arcades. Le patron du débit de vin était un homme rondouillard au tablier maculé de taches violettes. Il se tourna vers Massimo.

— Vous n'auriez pas vu deux hommes, l'un grand et le crâne rasé, l'autre...

— Avec un petit chien à qui manque une oreille ?

— Oui, oui !

— Eh bien, vous avez de la veine. Ils étaient assis là tout à l'heure. Ils ne sont pas restés longtemps, remarquez. Ils viennent juste de partir.

Massimo pivota sur les talons pour s'en aller, mais son bras se retrouva emprisonné dans l'étreinte du gargotier, un homme habitué à transporter des barriques de vin.

— L'homme au crâne rasé.

— Oui, eh bien ?

— Il a remonté son capuchon.

De sa main libre, l'homme fit le geste de rabattre un capuchon sur son front.

— Inutile de chercher à repérer son crâne.

Sur quoi il libéra un Massimo bouillant d'impatience qui replongea aussitôt dans la foule. « Un capuchon, se dit-il, comme en portent la moitié des hommes à Colleverde ! Sainte Bernardina, vous n'auriez pas un petit miracle de reste ? Ils viennent de partir, ils ne peuvent pas être loin. » Massimo, clopinant, poursuivit son chemin avec obstination. Il entendit des applaudissements du côté de l'échafaudage, et quelques instants plus tard un tambour se mit à battre sur un rythme lent. Un nain juché sur la scène improvisée mit ses mains en porte-voix et cria quelque chose. Massimo accéléra l'allure.

Il tira la manche d'un homme de haute taille coiffé

d'un capuchon noir, mais qui en se retournant lui présenta un visage barbu. Un autre, un peu plus loin, s'avéra lui aussi un inconnu. La foule épaississait, comme si elle se tassait pour dégager le passage à quelque chose. Massimo fut repoussé au pied du gibet. Il éprouvait de telles difficultés à marcher dans sa botte trempée qu'il se pencha pour la retirer et en vider l'eau qui restait avant de sécher ses orteils comme il le put. Voyant que la foule, accompagnée de hurlements sinistres et du lent battement de tambour, ne relâchait pas sa pression, il remit sa botte. Des gens s'étaient réfugiés sous le gibet. Il se baissa et se joignit à eux, puis se hissa pour promener son regard furibond au-dessus de la marée humaine, sans se rendre compte qu'en agissant ainsi il faisait irruption comme figurant surprise dans la seconde représentation du miracle — et sans même se rendre compte que le pendu qui se balançait doucement au-dessus de lui effleurait ses cheveux de son pied nu. Le cadavre avait été depuis longtemps dépouillé de ses chaussures car les citoyens de Colleverde détestaient le gaspillage.

Un mugissement sauvage accueillit l'apparition de Massimo, qui coïncida avec l'élévation de « sainte Bernardina » accourue pour sauver le voleur de l'enfer. Avec ravissement et talent, les acteurs intégrèrent aussitôt ce nouveau personnage à leur jeu. Comme Massimo abritait ses yeux d'une main, un des nains s'écria d'une voix de fausset : « Voyez, Satan cherche un péché, pour nos bonnes âmes emporter ! »

Une pierre atteignit Massimo à l'oreille tandis que la foule hurlait sa joie de voir apparaître le diable. Décontenancé et furieux, Massimo replongea sous l'échafaudage, où des mains le saisirent avant de le traîner sans ménagement vers un brasero installé au pied du gibet, et reçut en plein visage une tarte piétinée par la foule. Hurlant et ricanant, ses bourreaux le jetèrent au milieu de la foule en criant : « Le diable !

Le diable ! », et il tenta de leur échapper parmi les coups de poing et de pied, dont quelques-uns seulement étaient amicaux.

Soudain il trébucha sur le corps prosterné d'un pèlerin et s'étala de tout son long en se cognant violemment le front sur le pavé. Sans cesser de marmonner ses prières, le pèlerin se releva, fit un pas en direction de la cathédrale et se prosterna une nouvelle fois. Ce n'était pas son premier accident. Les autres pouvaient en faire ce que bon leur semblait, mais lui, il offrait ses ecchymoses à sainte Bernardina.

En moins d'une minute, Massimo faillit se faire voler sa bourse et fut à moitié dépouillé de ses vêtements, mais un passant compatissant l'aida à regagner la fontaine. Le gros homme au tablier taché d'éclaboussures violettes l'aperçut alors que l'autre l'aspergeait d'eau et qu'il tentait désespérément de se relever.

— Pauvre de lui ! Les deux types qu'il cherchait ont dû lui tomber dessus, dit-il. Hé, amenez-le ici. Il n'a qu'à se reposer sur ce banc jusqu'à ce qu'il ait repris ses esprits.

— Tiens, voilà la cloche qui sonne, remarqua quelqu'un.

Massimo, qui avait d'abord cru que le son ne cognait que dans sa tête, en fut soulagé, jusqu'à ce que le même homme ajoute :

— S'il vient d'en dehors de la ville, il devra passer la nuit ici. On ferme les portes.

Le maître de Massimo avait insisté pour qu'il trouve Sigismondo de toute urgence ; si cela s'avérait impossible, Massimo devait agir seul.

— Où se trouve le palais Corio ? demanda-t-il.

CHAPITRE XVII

« Je connais votre secret »

Lorsque Sigismondo et Benno arrivèrent, les poignards avaient disparu. Ils tombèrent sur un groupe de badauds attirés comme eux par l'étal d'un jeune homme qui disait la bonne aventure.

Dans une autre ville, dans un autre État, cette activité aurait peut-être été interdite, mais la princesse Corio reprochait notamment à l'évêque Taddeo son laxisme, bien que d'un certain côté il ne fît qu'imiter le duc, qui, selon la mode d'alors, recourait fréquemment à la consultation des cartes et des étoiles. Le prévôt, quant à lui, était connu pour un jour faire respecter un règlement et le lendemain en ignorer la violation, ce qui poussait nombre de gens à risquer leur chance, voire, dans certains cas, leur cou.

Celui du devin était en partie dissimulé par des cheveux d'un blond factice encadrant des traits d'une telle beauté que plusieurs femmes de l'assistance le considéraient, tête inclinée, avec une expression qui paraissait de bon augure pour la bourse du jeune homme. Il avait étalé ses cartes devant lui sur une planche posée en travers d'un tonneau et débitait d'une voix douce un boniment marqué d'un fort accent qui, encore que difficilement identifiable, n'avait rien à voir avec le pur accent toscan.

Sa tunique était bleue à droite et jaune à gauche ; un

tambourin était posé sur la planche à côté de sa main, mais de ses poignards il n'y avait plus trace, quoique subsistât l'impression plutôt désagréable qu'il pouvait instantanément en produire un ou deux, et qu'ayant démontré qu'il était capable de les envoyer là où il voulait, lui chercher noise serait une erreur funeste.

Si un ange déchu avait pris la peine de venir à Colleverde pour lire l'avenir, il aurait beaucoup ressemblé à ce jeune homme.

— C'est *Angelo*[1] !

Benno, tout excité, se mit à taper dans ses mains, puis sortit la tête de Biondello de sous son justaucorps avachi, de sorte que le jeune homme finit par lever vers lui des yeux aussi pâles que son visage ; il poursuivit toutefois son boniment comme si de rien n'était et son visage ne trahit pas le moindre signe de reconnaissance. Une jolie jeune fille, parée de ses plus beaux atours en l'honneur des reliques, poussa son fiancé au premier rang pour qu'il lui offre une séance de divination. Angelo étala les cartes devant lui à une vitesse ahurissante.

— La reine de coupes.

Il retourna la carte et leva les yeux vers la jeune fille, dévoilant à peine des dents tordues qui étonnaient dans un visage d'une si parfaite régularité.

— Cela dénote une nature douce comme le miel et un cœur équitable ; et le jugement : une période de changement s'annonce, belle dame, et vous pourriez connaître un bonheur encore plus grand.

Le fiancé blond de la jeune fille rougit sous le regard scrutateur du devin, et ce n'est pas sa remarque suivante qui lui mit du baume au cœur :

— Ah, le roi d'épées ! Une personne brune prendra plaisir à votre compagnie. Et vous, messire ?

Trois nouvelles cartes apparurent dans la main d'Angelo.

1. Voir *Mort d'une duchesse, op. cit.*

— Sept de coupes, vous allez connaître le plaisir, messire. Et là, n'est-ce pas le sept d'épées ?

Il continua à se moquer copieusement du jeune homme avant de le consoler par des flatteries. Angelo rafla l'argent qu'ils avaient posé sur la planche et étala une nouvelle série de cartes à l'intention d'une matrone qui attendait son tour avec impatience.

— L'impératrice ! Voici, ma dame, la carte d'une véritable maîtresse de maison, d'une cuisinière capable de faire saliver ses hôtes, et à bon escient puisqu'elle sera en mesure de les régaler. Décorez votre maison de verdure, vous aurez sous peu l'occasion de vous réjouir. Ah, mais voici la tempérance...

Il secoua ses cheveux blonds.

— N'essayez pas d'en faire trop. Laissez votre mari se reposer de temps à autre.

La foule était ravie ; la femme gloussa et se mordit la lèvre. Angelo jeta un regard circulaire et vit que Sigismondo s'était faufilé au premier rang tandis que Benno jouait des coudes pour se tenir à son côté.

— Et le trois de coupes ! La carte du réconfort et de la joie — chère dame, vous avez souffert. Les saintes reliques vous soulageront de vos douleurs, quelle que soit leur origine.

Sur quoi ses doigts firent disparaître comme par enchantement les pièces que sa cliente avait posées devant lui.

— A vous, messire...

En étalant les cartes, il leva la tête vers Sigismondo qui le dominait de toute sa taille, puis baissa les yeux et retourna la première carte d'un geste habile.

— Ah, le six de coupes. Une vieille connaissance pourrait vous aider à réaliser un nouveau projet.

Sigismondo fredonna son approbation tandis que les yeux clairs se levaient à nouveau vers lui. La tête blonde indiqua la carte suivante.

— Ensuite... la maison Dieu.

Benno fixa le rectangle de carton sur lequel une tour de briques était coiffée d'un nuage d'où tombaient des disques dorés. Un homme vêtu de bleu et battant désespérément des jambes plongeait vers une mort certaine. Cela parut de très mauvais augure à Benno, mais la voix douce poursuivit sans exprimer la moindre appréhension :

— Un accident est possible. Mon bon messire, gardez-vous des surprises.

Angelo retourna la dernière carte. Benno distingua une femme en robe rouge, un livre sur les genoux et un drôle de chapeau sur la tête.

— Ah, la papesse. Veillez à votre santé, messire, un danger vous menace. Les cartes ne mentent jamais.

Ses doigts ratissèrent les pièces sur la planche tandis qu'il murmurait ce qui pouvait signifier : « Disent-elles la vérité ? »

Sigismondo se pencha comme pour mieux observer les cartes.

— Hé, voilà qu'il me met en garde ! J'ignorais même qu'elle fût mariée !

Seul Benno aurait pu surprendre ce que Sigismondo ajouta dans un murmure :

— Un danger ? Rien de bien nouveau, pas vrai, beauté ? Reste dans les parages, nous pourrions avoir besoin de tes services.

A quoi Angelo répondit par un large sourire qui lui découvrit les dents.

La première fois que Benno avait rencontré le jeune homme, il avait failli, à la suite d'un malentendu, recevoir un de ses couteaux entre les reins. Et bien qu'ils se fussent quittés les meilleurs amis du monde à Rocca, Benno sentit le bas de son dos tressaillir tandis qu'il s'éloignait en compagnie de Sigismondo. La foule, ravie de ces prédictions funestes comme il est d'usage lorsque le malheur concerne autrui, les regarda partir avec compassion. S'emparant du bras de Sigismondo, une femme le supplia d'aller implorer sur-le-champ la protection de la sainte. Benno se fit la remarque que la femme ignorait tout ce que la sainte avait déjà accompli pour eux. Serrant Biondello contre lui, il trottina sur les talons de Sigismondo.

Les cartes tirées par Angelo ne lui disaient rien qui vaille, mais il est vrai qu'il éprouvait quelque difficulté à se souvenir d'un seul moment, depuis qu'il connaissait Sigismondo, où le danger ne les menaçait pas. Et pourtant son maître était toujours là. Quant à la pauvre jeune fille, elle serait en péril tant que le prince Livio demeurerait en ville — et s'il prenait goût aux décapitations, maintenant qu'il avait commencé ? —, mais tant qu'elle restait à Fontecasta elle serait en sécurité. Et le seigneur aveugle était déjà dans un tel guêpier, même si Benno n'arrivait pas à comprendre qui l'y avait mis, qu'il avait dû vivre en cadavre plusieurs années de sa vie ; si la mort réelle le rattrapait, il était possible qu'il ne s'aperçoive même pas de la différence.

Mais Sigismondo les sortirait de là ; et puis la sainte était avec eux. Benno regrettait beaucoup de ne pas l'avoir vue bouger. Dire qu'elle avait daigné s'intéresser à lui...

La nouvelle de l'intervention de la sainte dans les affaires humaines — le miracle à la cathédrale — était déjà connue au palais Corio lorsque Sigismondo et Benno y arrivèrent. Autorisé à attendre dans la vaste pièce où les palefreniers se rassemblaient et bavardaient en nettoyant les harnachements, Benno entendit toute l'histoire du voleur sans que personne ne réalise qu'il s'agissait de cet idiot assis dans un coin avec son chien, en train de mâchonner sans grandes manières le pain qu'on lui avait donné.

De l'avis général, on estimait qu'un miracle était une excellente chose pour Colleverde. Cela donnerait un coup de fouet aux affaires même une fois que les reliques auraient été transférées à Nemora. Certains soutenaient que puisque l'image miraculeuse de la sainte avait été peinte ici, c'est ici qu'elle devait demeurer ; après tout, c'était elle qui avait bougé. Les autres, quoique approuvant l'idée, étaient d'avis que le duc Grifone ne la laisserait sûrement pas lorsqu'il emporterait le reste.

Quelqu'un suggéra, sous de bruyantes approbations, que l'évêque s'était peut-être mis dans de sales draps avec la princesse Corio pour avoir laissé se dérouler un miracle à un moment où elle n'était pas là pour y assister.

La princesse Corio était toutefois de fort bonne humeur lorsque Sigismondo fut introduit auprès d'elle. Restée assise à la table du banquet, elle buvait du vin et grignotait des noix et des sucreries en compagnie de son frère et de son neveu. Dispensant un peu de chaleur dans la vaste pièce voûtée par cette froide soirée du début de printemps, un grand feu brûlait dans la cheminée surmontée des armoiries des Corio : un blason tenu par des griffons, et sur lequel un petit animal ressemblant à une hermine venait de connaître une fin tragique, empalé sur la pointe d'une dague. La lueur des flammes et des bougies disposées sur la table conférait des reflets de rubis à la robe de soie rouge du cardinal et parvenait presque à rendre chaleureux son visage acéré et intelligent. La princesse Corio était vêtue ce soir-là de vert et de damas argenté, et la lumière jouant sur le matelassé de sa longue manche lui faisait comme des écailles scintillantes. Leur neveu Torquato, vêtu de noir comme à son habitude, paraissait tout à la fois furieux et narquois ; peut-être l'arrivée de Sigismondo avait-elle interrompu quelque querelle familiale. Comme pour se consoler, il avait tiré à lui un plat à dragées en argent et gobait de petites pâtisseries confites à l'eau de rose enrobées de feuilles d'argent; le cuisinier de sa tante avait envoyé des *manus Christi* pour le dessert du cardinal.

— Vous étiez à la cathédrale ? demanda la princesse Corio à Sigismondo. On raconte qu'il y a eu un miracle ?

— On a vu l'image de la sainte sourire et incliner la tête. L'innocence d'un voleur était en jeu, il fut pardonné au milieu des prières.

— Vous y étiez ?

Une fois encore, trois paires d'yeux convergèrent sur lui.

Il s'inclina.

— Avec beaucoup d'autres, princesse. C'est une femme pèlerin qui a eu cette vision.

— Quel ecclésiastique était présent ? L'évêque ? s'enquit-elle d'un ton qui s'était durci.

— Monseigneur était en train de prier.

— Il aurait dû me faire prévenir. Nous faire prévenir, dit-elle comme pour elle-même avant d'abattre sa paume sur la table.

Dans un grand bruissement de soie, le cardinal se leva, présenta un instant ses mains devant les flammes et se retourna.

— Cela n'a aucune importance. J'interrogerai cette femme demain. D'autres qu'elle ont-ils eu la même vision ?

C'était le professionnel qui parlait. Un miracle, s'il était avéré, était du ressort de Rome. Torquato s'était levé à la suite de son oncle et, tout en suçant sa confiserie, observait Sigismondo du coin de l'œil.

— Personne n'en a fait état sur le moment, Votre Éminence.

Le cardinal eut un imperceptible sourire.

— Bah, demain il pourrait s'en présenter plusieurs. Ils affirmeront avoir été trop bouleversés sur le moment pour en parler. Où est le voleur ?

Sigismondo haussa les épaules.

— Il a disparu, Éminence.

— Et je suis bien certaine qu'on ne le retrouvera pas !

Le ton sur lequel la princesse prononça sa phrase semblait suggérer que si elle avait été là, elle aurait pu interpréter le message de la sainte d'une manière bien différente. Un sourire et un hochement de tête pouvaient aussi bien signifier le pardon que l'approbation d'une pendaison.

— Nous verrons. Demain, avant que le duc arrive, nous aurons le temps de régler beaucoup de choses. Pour ce soir, chère sœur, je vais me retirer dans ma chambre et souhaite ne pas être dérangé dans mes méditations.

Le cardinal se pencha et embrassa sa sœur sur le front, tendit la main vers Sigismondo, qui s'empressa de mettre genou à terre pour baiser son anneau, et se dirigea, ses robes flottant derrière lui, vers la double porte à l'autre extrémité de la pièce. Deux serviteurs empressés en ouvrirent les battants au moment précis où il les atteignait, de sorte qu'il passa dans la chambre attenante sans modifier en rien son allure. Des bougies brûlaient déjà sur le bureau. C'était la pièce où Sigismondo avait été reçu plus tôt dans la journée.

— Je vous souhaite le bonsoir, mon neveu, fit la princesse à l'adresse de Torquato qui faisait mine de se rasseoir. Je dois discuter de certaines choses qui ne feraient que troubler votre repos.

Torquato serra les lèvres. Sigismondo avait remarqué tout à l'heure qu'il avait tenté de suivre son oncle mais que celui-ci l'en avait empêché d'un geste, et à présent il se voyait exclu une nouvelle fois des affaires familiales. Si sa tante et Sigismondo devaient parler de Fontecasta, où il s'était rendu en personne, il aurait peut-être quelques questions pertinentes et utiles à poser. Il se doutait probablement que les simples détails domestiques ne constitueraient pas l'essentiel de la conversation entre sa tante et un ancien agent du duc de Rocca, un homme qui pouvait très bien connaître des secrets pour lesquels n'importe quel État serait prêt à payer une fortune. Ou à sacrifier une vie — celle de Sigismondo, par exemple.

Il déposa un baiser sans chaleur sur le front de sa tante, inclina avec froideur la tête en direction de Sigismondo et s'empara au passage du dernier *manus Christi* avant de se diriger vers une autre porte.

Les serviteurs de son oncle avaient abandonné leur faction à la porte de sa chambre et s'apprêtaient à débarrasser la table lorsque la princesse les congédia d'un geste. Après leur départ, elle désigna un tabouret trapu garni de tapisserie en face de la chaise dans laquelle elle s'assit auprès de la cheminée.

— Peut-être aimeriez-vous du vin ? Ou un fruit ? fit-elle en hochant la tête vers la table.

Sigismondo se contenta toutefois de s'asseoir, le visage dépourvu d'expression, puis posa les mains sur ses genoux et attendit.

La princesse saisit sa coupe de vin et, sans boire, y plongea le regard comme pour discerner son avenir. Si tel était le cas, celui-ci sembla lui convenir. Depuis qu'il l'avait revue ce soir, Sigismondo avait remarqué que son humeur était totalement différente de celle qu'elle présentait le matin. Il s'était passé quelque chose qui avait provoqué en elle un sentiment d'allégresse et d'excitation aussi puissant que les effluves musqués qui flottaient autour d'elle.

Elle but une gorgée et tourna ses yeux noirs étincelants vers Sigismondo.

— Je connais votre secret, messire.

CHAPITRE XVIII

« Nous devons songer à l'avenir »

Pas un seul muscle ne tressaillit dans le visage souriant de Sigismondo.

— Vraiment, princesse. Et de quel secret s'agit-il ?

Elle renversa en arrière sa tête voilée de gaze d'argent et parsemée d'émeraudes, éclata de rire et frappa dans ses mains, dont les bagues s'entrechoquèrent.

— Si seulement j'avais le temps d'en découvrir plus ! Et je crois bien, ajouta-t-elle en pointant un doigt sur Sigismondo, je crois bien que ce secret est moins le vôtre que celui de feu le seigneur Giraldi.

Sigismondo haussa les sourcils et inclina la tête de côté en mimant l'incompréhension polie. Elle agita son doigt.

— Mon médecin m'a tout raconté, reprit-elle en partant d'un nouveau rire. Le pauvre homme pourrait bien avoir succombé à l'épuisement. Ne me dites pas, messire, que le secret était à ce point bien gardé que vous ignoriez que le page — le page malade dont vous m'avez parlé — était une fille ?

Sigismondo haussa les épaules.

— Je n'étais pas auprès d'elle. C'est une vieille femme qui s'en occupait.

— J'avais entendu dire qu'il était mort depuis longtemps ; une rumeur qu'on a fait courir, je suppose, pour éloigner les curieux susceptibles de découvrir sa manière de vivre.

Son ton devint soudain sévère.

— Pourquoi n'a-t-elle pas été chassée de la maison lorsque le seigneur Giraldi a procédé à sa dernière confession ?

— Elle était trop malade pour être transportée, princesse.

Celle-ci frappa une nouvelle fois dans ses mains.

— Vous vous trahissez, messire. Vous saviez qu'on aurait dû la faire sortir de la maison en un moment pareil. Vous saviez qu'elle n'était pas un page.

Sigismondo inclina la tête avec un sourire complice.

— Impossible de vous tromper, Votre Altesse.

— Bah, cela n'a plus d'importance à présent.

Sa main se posa sur un papier plié posé sur la table à côté d'elle. Elle en aplanit le bord de ses doigts.

— Il est inhumé, espérons qu'il sera pardonné pour sa Sulamite. Tout homme cherche sa propre consolation en ce bas monde.

Sur quoi elle lui jeta un regard perçant.

— Le duc Ludovico va-t-il se mettre en quête d'une autre duchesse ?

— Princesse, cela ne fait que quelques semaines...

— Oui, oui, je sais. Je ne parle pas de chagrin, mais de politique. Un prince doit songer à son État avant toute chose. S'il n'en allait pas ainsi, nous ne nous apprêterions pas, ici à Nemora, à célébrer cette alliance avec Montenero.

Elle plongea son regard dans le feu et sourit, un sourire adressé plus à elle-même qu'à l'homme assis face à elle, figé dans une immobilité interrogative. D'un air absent, elle toucha à nouveau le papier puis tourna la tête vers Sigismondo.

— Pensiez-vous que le mariage serait reporté ? Le prince Livio nous a assuré qu'il nous amènera comme convenu sa fille à Colleverde, en dépit du terrible accident dont a été victime son fils.

Rien dans l'expression grave de Sigismondo ne montra qu'il appréciait l'euphémisme qui faisait d'une décapitation un simple geste malheureux ; pas plus qu'il ne parut s'étonner que le prince Livio parlât toujours de présenter à son promis une jeune fille dont il ignorait où elle se trouvait, ni, plus curieusement encore, qu'il persistât à l'appeler sa fille.

Une rafale de pluie vint soudain tambouriner contre les volets.

— Nous espérions depuis longtemps cette union. Peut-être ignorez-vous que la princesse Minerva a été fiancée au fils aîné de notre duc, qui est mort il y a deux ans ; mais Nemora désirait si ardemment ce mariage que le duc Grifone lui a proposé son second fils, le seigneur Astorre, proposition que le prince Livio a acceptée.

Sur quoi, comme si elle ne pouvait supporter plus longtemps l'inaction, la princesse se leva et, voyant Sigismondo faire mine de l'imiter, le fit rasseoir d'un geste. Elle se mit à arpenter la pièce dans un murmure de tissus scintillants. L'horloge de la cathédrale fit entendre ses coups mats par-dessus les toits.

— A présent que le fils du prince Livio est mort...

Elle n'en dit pas plus. A présent que le prince Livio n'avait plus d'héritier mâle, et au cas où une éventuelle seconde épouse ne lui en donnerait pas, dame Minerva se retrouvait héritière, de sorte qu'Astorre pouvait être en droit d'espérer régner à la fois sur Nemora et sur Montenero, la ville de sa femme.

— Bien sûr, le mariage ne sera pas célébré comme il aurait pu l'être. Le prince Livio est frappé d'un double deuil.

— Cet accident... Le prince doit être terriblement peiné, n'est-ce pas ?

La princesse regagna sa place, s'assit, saisit sa coupe et, la trouvant vide, la remplit.

— La perte de sa femme l'a rendu fou de douleur. Il avait déjà été victime de ce genre de crise.

Elle se tamponna la bouche avec une serviette en lin brodée et s'empara du papier posé sur la table.

— Il ne savait plus ce qu'il faisait lorsqu'il a quitté le chevet de sa femme agonisante. Il n'aurait pas fallu que ce pauvre enfant le croise en ce moment fatal ! Mais les voies du destin sont impénétrables, n'est-ce pas ?

— Elles le sont en vérité, princesse.

Sigismondo se demanda si elle savait quel destin funeste avait également frappé le seigneur Eugenio. La lettre du prince avait dû arriver tout récemment, mais les rumeurs vont encore plus vite que le courrier des princes.

— L'astrologue du prince l'avait mis en garde contre une conjonction néfaste de Mars et Vénus qui faisait peser un danger sur son État, mais, hélas ! c'est son fils qu'il a perdu...

Sigismondo admira l'impression d'inadvertance qu'exprimait la phrase. Elle leva une main couverte de bijoux et toucha la gaze prise dans les épaisses tresses noires enroulées autour de sa tête.

— Mais nous devons songer à l'avenir. Le monde aura pitié de lui.

Sigismondo murmura ce qui pouvait passer pour une approbation, mais la princesse paraissait surtout impatiente de connaître son opinion sur la réaction du duc Ludovico à la brutale disparition de son neveu.

— Ludovico nous a fait savoir qu'il ne pourrait assister au mariage en raison de la mort récente de son épouse. Maintenant que sa sœur Oralia est morte aussi, Rocca et Montenero ne seront plus liées par le même lien. Le prince Livio le regrette sûrement...

Sa voix mourut.

— Il semble qu'il soit en train de tisser un lien de nature différente, princesse, remarqua Sigismondo.

Le regard qu'elle lui jeta l'étonna. Elle le fixa avec intensité, puis éclata de rire.

— Oui, en vérité ! La princesse de Nemora deviendra...

Sigismondo renifla bruyamment, deux fois de suite, et la princesse ne put dissimuler sa surprise. Aucun manuel de savoir-vivre à l'usage des courtisans ne recommandait le reniflement comme forme civilisée de communication. Brusquement, sans même lui en demander la permission, Sigismondo se leva et tendit le bras.

De sous la porte de la chambre du cardinal s'élevait un nuage de fumée qui se dispersait pesamment dans l'air de la pièce. La princesse distingua alors les craquements et les sifflements d'un feu. Elle poussa un hurlement et agita frénétiquement la cloche posée sur la table tandis que Sigismondo se précipitait vers la porte. Elle était fermée de l'intérieur. Hurlant toujours, la princesse le rejoignit au moment où il enfonçait les panneaux à grands coups de pied. Elle s'immobilisa, muette, fixant sans y croire le spectacle qui s'offrait à ses yeux.

Son frère, ligoté sur sa chaise à haut dossier au centre de la pièce, la regardait d'un air terrifié au-dessus du bâillon qui dissimulait la moitié de son visage. Des flammes du même écarlate que sa robe l'enveloppaient de la tête aux pieds.

CHAPITRE XIX

« Nous devons connaître quelques-uns de ces secrets »

Sigismondo se dirigea aussitôt vers le lit et s'empara du rideau le plus proche, qu'il décrocha d'une puissante secousse. Pendant ce temps, un serviteur à cheveux gris qui était entré en courant dans la pièce — la princesse Corio, comme médusée, les mains devant la bouche, hurlait entre ses doigts — saisit une cruche et en vida le contenu sur le brasier. Il y eut un sifflement, puis des flammes bleuâtres qui redoublèrent d'ardeur. La cruche était pleine de vin.

Sigismondo jeta le lourd rideau sur le cardinal et l'en enveloppa en tentant d'étouffer les flammes. L'épaisse fumée prenait à la gorge, il flottait une écœurante odeur de chair, d'huile et de tissu brûlés. L'eau projetée sur le brasier sifflait, des serviteurs éteignaient les flammes qui serpentaient sur le parquet.

Lorsque enfin le feu parut maîtrisé, Sigismondo, dont le redoutable poignard était apparu comme par magie dans sa main, trancha les liens qui emprisonnaient le cardinal. On débarrassa son corps du lourd rideau qui l'enveloppait.

Toutefois, lorsque cela fut fait, on s'aperçut qu'il ne restait de lui que son corps, vêtu de lambeaux de robe : ses yeux, dépourvus de cils et de sourcils, étaient grands ouverts mais morts. La princesse Corio, tout en donnant frénétiquement des ordres pour que l'on apporte des bandages, du blanc d'œuf, de l'huile, du poireau, défit le bâillon avec des doigts tremblants et découvrit que l'on avait bourré de tissu la bouche de son frère.

Elle avait recouvré, sinon le contrôle de soi, du moins son ascendant sur les serviteurs. Elle leur ordonna de porter le cardinal jusqu'à son lit et les pressa d'apporter les médicaments.

— Princesse, Son Éminence est morte, lui souffla Sigismondo.

Elle se tut, penchée vers son frère, tandis que la pièce s'emplissait de domestiques, certains portant des bandages et des cruches, d'autres, le regard fixe, chuchotant et sanglotant.

Sigismondo recula à l'écart, balaya la chambre du regard. Il constata plusieurs petits changements par rapport à la première fois où il y était entré. Sur la table les papiers avaient été déplacés, froissés et dispersés ; certains avaient peut-être servi à alimenter les premières flammes. Il remarqua également sur le bureau un coffret recouvert de velours lie-de-vin qui semblait fait pour contenir quelque objet précieux, même s'il paraissait un peu grand pour des bijoux. Le lit sur lequel on avait allongé le cardinal avait été défait auparavant, la couverture était tirée et un oreiller, d'abord masqué par le rideau qu'avait arraché Sigismondo, avait glissé. De l'autre côté de la pièce, une porte ménagée dans les panneaux de bois couvrant les murs était entrebâillée.

La princesse chassa les serviteurs des abords du lit. Ils cédèrent la place à des ecclésiastiques, parmi lesquels figurait Torquato. Sigismondo s'empara de quelques bandages en lin que remportait une servante, fit couler de l'eau d'une petite citerne en majolique installée dans un coin et plongea le tissu dans la cuvette disposée au-dessous sans cesser d'observer avec attention ce qui se passait dans la pièce. Tout en enveloppant les bandages autour de sa main gauche et de son poignet droit brûlés, il entendit le médecin confirmer le décès, ce qui déclencha des exclamations horrifiées parmi la domesticité et un début de panique, vite enrayé par une voix qui, fort à propos, entonna une prière. Tandis que tous s'agenouillaient dans la chambre et la pièce attenante, Sigismondo franchit subrepticement la porte entrouverte.

Un étroit escalier très raide descendait vers une lanterne allumée. Le couteau à nouveau dans la main, il s'y engagea.

En bas s'ouvrait un petit vestibule. Un homme s'y tenait à plat ventre, les mains à hauteur de la tête, tel un fidèle devant l'autel. La porte extérieure était entrebâillée. Sigismondo enjamba l'homme étendu et explora du regard la rue silencieuse. La clarté de la lune se reflétait dans les flaques laissées par la pluie récente et faisait luire la fourrure d'un petit animal indistinct qui se nourrissait dans le caniveau. Sigismondo ferma la porte, inséra la lourde barre dans ses supports et tourna la clef.

Il s'accroupit pour voir si l'homme allongé avait quelque chose à dire. Son poids sur le bras de Sigismondo, un poids qui insistait pour retomber au sol, en disait déjà long, mais si l'homme lui-même avait quelque chose à ajouter, il n'avait plus guère les moyens de le formuler. L'écarlate de la livrée du cardinal était d'un rouge plus profond encore tandis que le gris disparaissait sous un liquide chaud et gluant. La gorge avait été tranchée net d'un geste que Sigismondo jugea être celui d'un professionnel. Il reposa doucement l'homme à terre. Un banc était scellé au mur. Dessous, repoussées dans l'ombre, gisaient une paire de socques de femme avec des empeignes de cuir teintes en vert et rouge ; l'une d'elles reposait sur le flanc, et la boue qui maculait la semelle de liège était encore molle au toucher.

Lorsque Sigismondo remonta l'escalier, il perçut à nouveau l'odeur, un miasme écœurant d'huile brûlée, de chair carbonisée et de fumée auquel venait se mêler l'odeur aigre des vêtements des serviteurs. En entrant il constata que valets d'écurie et palefreniers étaient accourus et, roulant des yeux ronds, s'étaient joints aux prières. D'autres serviteurs, au premier rang desquels il distingua Benno, étaient agenouillés au-delà de la porte. Près du lit, Torquato, vêtu d'une étole, et le confesseur du cardinal administraient les derniers sacrements.

Sigismondo s'agenouilla à son tour. Il se trouvait près du bureau et, tout en ânonnant les répons, examina du coin de l'œil le coffre posé sur le tapis turc recouvrant la table, avec sa garniture de velours lie-de-vin et ses charnières de cuivre ouvragées. Le cardinal s'apprêtait-il à payer quelque chose ? Venait-il lui-même d'être rémunéré ? Les prières rappelèrent toutefois que, désormais, ce n'était plus avec de l'argent que le cardinal Petrucci devait rendre des comptes.

Lorsque les prêtres interrompirent leurs prières, auxquelles les répons marmonnés et les sanglots faisaient un refrain respectueux, Sigismondo se leva, s'attirant aussitôt le regard de la princesse Corio. A genoux près du lit, elle se releva avec la menaçante vivacité d'un cobra et, la bouche comme pincée par le dégoût, promena son regard sur la foule. Une telle populace n'avait jamais jusqu'ici pénétré dans le sanctuaire du cardinal. Elle ouvrait déjà la bouche pour la chasser lorsqu'elle remarqua Sigismondo qui se faufilait dans sa direction. Elle attendit, le vit s'incliner et perçut son chuchotement :

— Princesse, ne serait-il pas préférable que personne ne sorte du palais pour l'instant ? Vous ne devriez pas laisser se propager la nouvelle avant d'en savoir plus. Son Éminence connaissait ses assassins. Il attendait leur visite. Votre Altesse et moi-même n'avons entendu ni cri ni bruit de lutte.

Elle le dévisagea puis hocha la tête. Son regard, comme reflétant celui de son frère, devint fixe : le choc commençait à se faire sentir. Mais, même parcourue de frissons, elle gardait encore une parfaite maîtrise de soi.

— Le garde de la porte dérobée donnant sur la rue a été tué, lui annonça Sigismondo.

Elle eut un nouveau hochement de tête, comme si la nouvelle était dans l'ordre des choses. Elle posa la main sur la manche de Sigismondo et un autre frisson la parcourut tandis que son regard se reportait sur le lit.

— Il sera fait comme vous l'entendez. Je vous charge de retrouver les coupables.

Ses yeux s'étrécirent.

— Mon frère, ajouta-t-elle d'une voix claire, sera vengé. J'y veillerai. Ses assassins subiront la même mort que lui ; mais pas avant d'avoir longtemps hurlé dans les flammes.

Formulées dans un quasi-murmure, ses paroles n'en acquéraient que plus de force. Elle croisa les mains devant elle, comme pour les empêcher de griffer, pincer et tourmenter quiconque serait susceptible d'avouer la vérité. Elle avait trouvé l'homme qui servirait ce dessein.

Quelques instants auparavant, Benno, qui observait les prêtres, dévotement agenouillé avec les autres serviteurs, avait, parmi les pensées qui se bousculaient dans son esprit, conçu l'hypothèse que son maître avait fort bien pu brûler le cardinal dans un but que Benno n'imaginait même pas pouvoir saisir. Il flottait dans la pièce une odeur que lui-même trouvait un peu forte. Il apercevait le bras noirci du cardinal sur le lit, mais regretta que l'on ait recouvert le reste du corps d'une couverture.

Levant les yeux, il distingua au plafond les belles moulures de plâtre à présent maculées de fumée et toutes craquelées. L'espace d'un moment, il ne vit trace de son maître nulle part, mais Benno, qui serrait un Biondello frissonnant contre sa poitrine, gardait confiance ; d'ailleurs, voici que Sigismondo apparaissait à la porte dérobée et s'agenouillait avec les autres. Puis il échangea quelques mots avec la princesse. Celle-là, songea-t-il, mieux valait ne pas la contrarier. Elle avait une expression farouche. Si le meurtre était, comme certains le prétendaient, l'œuvre de démons, elle-même avait tout l'air d'en faire partie.

Son maître et elle se dirigèrent vers le bureau et soulevèrent le couvercle d'un coffret qui y était posé. Il n'était pas verrouillé. En s'ouvrant, il masqua le contenu du coffre à Benno et à ceux qui se tenaient dans la pièce, mais, vu l'expression qui se peignit sur son visage, la princesse parut surprise ; même son maître leva les sourcils. Il posa une question à la princesse, qui se contenta de hausser les épaules avant de plonger les doigts dans le coffre d'un air songeur pour en examiner le contenu. Le bruit de pièces d'or s'entrechoquant ne ressemble à aucun autre, et Benno crut bien le percevoir. Si le coffre en était plein, il y avait là de quoi acheter quelques fermes et, avec le reste, meubler un palais. Benno savait peu de choses concernant les cardinaux. Dans son esprit, de tels coffres n'étaient là que pour la décoration, mais en revanche il connaissait bien les gens de maison et savait qu'ils avaient bien trop peur de l'excommunication pour avoir osé le toucher sous le couvert de la confusion.

La princesse referma le couvercle d'un coup sec et leva un doigt à l'adresse d'un valet qui s'apprêtait à quitter la pièce. L'homme était trapu comme un ours. Après qu'elle lui eut glissé quelques mots à l'oreille, il s'empara du coffre avec un effort qui fit saillir les muscles de sa mâchoire et, aidé d'un autre serviteur appelé par la princesse, l'emporta hors de la pièce pour le placer, selon toute vraisemblance, dans une chambre forte.

Une fois les serviteurs congédiés, Benno fourra le petit chien dans sa chemise et se plaqua contre le mur de la vaste salle en espérant se rendre invisible. Il y parvint pendant un moment. Il vit le neveu du cardinal, tel un furet enveloppé d'un nuage noir, sortir de la pièce d'un air important, suivi d'autres prêtres et ecclésiastiques ; il vit son maître quitter la chambre du meurtre en compagnie de la princesse Corio et converser quelques instants à voix basse avec elle près de la cheminée. Mais lorsque, tournant la tête, il adressa un signe à Benno, la princesse s'aperçut soudain de la présence de ce dernier et s'exclama :

— Quelle est cette créature ?

— Mon valet, princesse.

Un sourire, un doigt tapotant la tempe, puis :

— Ne me voyant nulle part, il a dû se croire perdu.

Gêné par Biondello, Benno s'inclina gauchement devant la princesse avant de suivre Sigismondo hors de la pièce avec une démarche de crabe. Il était habitué à ce que les nobles le considèrent comme s'il venait de surgir à l'instant d'un tas de fumier.

Sigismondo s'était immobilisé en haut de l'escalier et observait la foule des serviteurs qui se retiraient. Les discussions allaient bon train, même si le respect les faisait converser à mi-voix ; ces chuchotis, mêlés au piétinement des chaussures, produisaient un étrange brouhaha. Certains, obéissant aux ordres, allaient se coucher, d'autres avaient encore des tâches à accomplir. Deux femmes vêtues du gris de la maison Corio montaient les marches, la plus âgée, coiffée d'un bonnet de lin blanc amidonné, essuyant ses larmes du dos de la main. La plus jeune portait une cruche d'eau, des serviettes pliées sur son épaule et une corbeille contenant des bandages et de la laine brute. Sigismondo s'effaça devant elles et les vit traverser la longue pièce avant de disparaître dans la chambre du cardinal. Benno se demanda qui pouvait avoir besoin de se laver, puis réalisa qu'elles allaient procéder à la toilette du mort. Benno ne les enviait pas. Ce devait être comme de préparer un quartier de porc rôti. Il se gratta le nez et dit d'une voix étouffée :

— Quelqu'un devait vraiment le détester, pas vrai ? Je veux dire, ils auraient pu se contenter de le poignarder, enfin, faire ça d'une manière normale.

Curieux de savoir ce qui allait se passer, il leva les yeux vers le visage impassible de Sigismondo. Il trouvait qu'ils avaient déjà assez de pain sur la planche avec la protection de dame Minerva et du seigneur aveugle sans se voir refiler en plus ce plat de cardinal grillé.

— C'est quand même pas des gens de la maison, à votre avis ?

— Hum. Si tel est le cas, ils sont arrivés par la porte de la rue.

Deux autres serviteurs, le visage fermé et tendu, gravissaient les escaliers, portant un brancard sur les épaules.

— Un homme gardait la porte donnant sur l'escalier privé du cardinal. Ils vont sans doute le chercher. Celui ou ceux qui sont entrés par cette porte ne voulaient pas être reconnus.

— Alors ils l'auraient tué pour l'or ? Celui qu'était dans le coffre ?

— Si c'est la raison, pourquoi l'avoir abandonné en repartant ? La princesse ignore d'où provient cet argent. Il y en a pourtant pour une petite fortune. Tu pourrais même estimer qu'il s'agit d'une grosse fortune. Peut-être quelqu'un a-t-il payé pour avoir le plaisir de voir brûler Son Éminence. Cela fait beaucoup de questions à poser.

Sigismondo se pencha au-dessus du large escalier et ajouta :

— Je commencerai par les serviteurs. Tout homme, même un cardinal, a des serviteurs qui savent presque tout de lui.

« Sauf moi », se dit Benno, tout fier de constituer une exception. Son maître représentait pour lui un mystère aussi épais que ceux qu'il résolvait, et Benno ignorait même de quel pays il était originaire. Ce n'était pas l'Italie, en tout cas ; même si Benno avait entendu parler italien dans des dialectes qu'il comprenait à peine, Sigismondo prononçait le toscan d'une façon bien particulière. Benno n'avait qu'une idée très vague de la diversité des pays étrangers. Jusqu'à récemment, il n'avait presque jamais quitté les limites de sa ville et avait été émerveillé d'apprendre l'existence d'autres contrées.

Il était pourtant en possession d'une information qu'il communiqua volontiers.

— Dans ce cas, commencez donc par Battista. Le serviteur personnel du cardinal. Il mène tout le monde à la baguette, on dit qu'il est aussi dur que la princesse. Il est au service de Son Éminence depuis des années. Un des palefreniers disait qu'il aurait été viré depuis longtemps s'il ne connaissait pas autant de secrets.

— Excellent, Benno, fit Sigismondo en posant son bras sur les épaules de Benno. Trouve-moi ce Battista. Dis que c'est un ordre de la princesse. Nous devons connaître quelques-uns de ces secrets.

— Nous aussi, nous en avons quelques-uns, pas vrai ? rétorqua Benno avec fierté en songeant à Fontecasta.

— Espérons-le, fit Sigismondo en se retournant pour s'appuyer sur la balustrade sculptée. A moins qu'ils n'aient été éventés. La princesse m'a appris qu'il n'était pas question de reporter le mariage du seigneur Astorre et de dame Minerva, en dépit de la mort de sa mère et de son frère.

Benno ouvrit de grands yeux.

— Mais c'est impossible ! Elle est...

Sigismondo le fit taire d'un doigt sur la bouche.

— C'est du moins ce que nous pensons. Mais il

n'est pas difficile de soutirer des renseignements d'un homme ou d'une femme à qui l'on inflige le fouet. Il espère peut-être avoir retrouvé la fille à temps.

Voyant que Benno ouvrait la bouche, Sigismondo posa à nouveau son doigt sur ses lèvres.

— Oui, j'ai confiance en Massimo. En cas de danger, il suivra mon plan et tous seront en sûreté dès cette nuit. Demain matin, à l'ouverture des portes, nous les ferons entrer en ville.

— J'avais cru que...

Le ton de Benno était exempt de reproche, mais ses réflexions l'avaient inquiété.

— J'avais cru vous entendre dire que le...

Il allait dire « le prince », mais, voyant un nouveau serviteur approcher, Sigismondo hocha la tête et Benno poursuivit dans un murmure :

— ... qu'il avait tué le garçon parce qu'il pensait qu'il n'était pas son fils ; or ils sont jumeaux, donc elle... enfin, je veux dire, elle ne peut pas être...

Sigismondo souriait.

— C'est cela, la politique. Si tu as besoin d'une fille pour faire alliance avec un autre État et que tu n'as pas le temps d'en engendrer une, tu te débrouilles avec ce que tu as.

— Et quand on verra qu'elle n'est pas avec vous ?

— Il a jusqu'à dimanche ; aujourd'hui vendredi, nous nous occuperons de résoudre le problème présent. Laissons-le à ses interrogations. La princesse Corio est d'humeur à écorcher le premier qui lui tombera sous la main... Nous commencerons par ce Battista.

CHAPITRE XX

« Je veux parler de magiciens »

S'il connaissait les secrets du cardinal, Battista n'était pas du genre à les dévoiler. Comme entraînés par le poids d'un invisible cadenas, les coins de sa bouche s'affaissèrent dans son visage amer et sillonné de rides.

— Son Éminence ? Je n'ai rien à dire au sujet de Son Éminence. Qui vous a envoyé me questionner ?

Ses yeux, ronds et étonnamment pâles, avec des paupières inférieures tombantes, fixaient son interlocuteur avec une profonde méfiance.

— La princesse, répliqua la voix grave de ce dernier, m'a ordonné d'enquêter sur la mort de son frère. Elle souhaite, comme tous ceux qui aimaient Son Éminence, amener devant la justice ceux qui ont commis ce forfait.

Battista trempa les doigts dans un bol de graisse d'oie qu'un jeune garçon venait d'apporter des cuisines et en enduisit les cloques qu'il avait aux mains. Une tache de fumée noire assombrissait son front sous la courte frange de cheveux gris. Sigismondo, dont la main gauche et le poignet droit étaient encore enveloppés de linges trempés dans l'eau froide, attendit. Sa longue expérience lui avait enseigné que l'art de l'interrogatoire résidait souvent dans le fait de ne pas poser de questions. Le silence sait susciter ce que des questions auraient masqué. Au bout de quelques instants, soit qu'il fût irrité, soit qu'il souffrît de ses brûlures, Battista émit un grognement.

— On ne les attrapera jamais, avec une ville pleine de pèlerins et d'étrangers, dit-il.

Le regard qu'il jeta à Sigismondo souligna qu'à ses yeux celui-ci faisait irrémédiablement partie de ces derniers.

— Les portes sont fermées pour la nuit.

— Et demain ?

Le ricanement paraissait une expression toute naturelle sur le visage de Battista.

— Pensez-vous, poursuivit-il, que le prévôt prendra la peine de vérifier lui-même chaque chargement de légumes ? Il y a des tas de façons d'entrer et de sortir de n'importe quel endroit.

Sur quoi il hocha la tête comme quelqu'un qui connaissait bien la question.

Sans en demander l'autorisation, Sigismondo pénétra dans la minuscule pièce et prit place sur le tabouret. Battista se retourna et le fusilla du regard pour son audace. Les deux hommes se touchaient presque : Sigismondo était de taille respectable et la pièce, contiguë à la chambre du cardinal, tenait plus du placard que de l'alcôve. Elle comportait quelques étagères avec des vêtements pliés, une paillasse roulée, ainsi que des coupes et des assiettes de l'espèce convenant à un cardinal ; sur le rayon du bas, le plus large, était posé le bol de graisse d'oie, à côté d'une cruche de vin, d'une coupe en faïence et de quelques châtaignes répandues sur une assiette en majolique colorée de jaunes et de bleus vifs, sur laquelle Ève acceptait la pomme que lui tendait le serpent, tous deux d'un vert acide. L'assiette avait peut-être été écartée d'un plus noble usage en raison de la longue fissure qui la traversait. Sigismondo se fit la réflexion qu'elle s'était probablement fendue lorsqu'on l'avait lancée à la tête de Battista.

Il tendit la main pour prendre une châtaigne. Agacer les gens peut également les inciter à parler.

— Vous avez donc une idée de l'identité de ces scélérats.

— Une idée ? A quoi servirait une idée ? Son Éminence est morte.

Sigismondo mangea la châtaigne avec grand plaisir et en prit une autre juste avant que Battista ne l'en empêche en s'appuyant contre l'étagère à côté de l'assiette.

— Hé, on l'a même brûlé vif ! Qui serait capable de faire ça à un saint homme ?

La voix de Sigismondo était exempte de sarcasme, mais sa remarque lui valut un vif regard de Battista.

— Qui ? Quelqu'un qui a déjà vu un homme brûler vif.

Sigismondo hocha lentement la tête en considérant l'hypothèse.

— Un hérétique ?

Battista renifla.

— Les hérétiques ! C'est en Espagne qu'on les brûle. Je veux parler de magiciens. De magie noire...

Il s'interrompit brusquement en réalisant qu'il était en train de *parler*.

— Hum-hum. Le cardinal aurait condamné un magicien au bûcher ?

Battista, cependant, lui tourna le dos et, un pli amer à la bouche, se remit à passer de la graisse d'oie sur ses blessures. Il jeta un coup d'œil par-dessus son épaule en entendant Sigismondo éclater de rire.

— Ainsi le magicien se serait relevé de son bûcher tel le Phénix et serait venu brûler le cardinal ? Gardez ce conte pour les cuisines, ou pour faire peur aux palefreniers. Ce sont des mains humaines qui ont ligoté Son Éminence à son siège, qui l'ont bâillonnée et arrosée d'huile avant de mettre le feu. Deux paires de mains humaines au moins.

— Bien sûr que c'étaient des hommes. Ils n'ont pas pu sauver Antonello des flammes, mais ils ont su le venger.

— Antonello ? C'est le magicien ? Son art ne lui a pas permis de se libérer et de monter au ciel, hein ?

— C'était un imbécile, en tout cas — il avait dit à Son Éminence qu'elle mourrait avant le milieu de l'été.

Sigismondo hocha lentement la tête. Les deux hommes se regardèrent.

— Quelqu'un a aidé cette prophétie à s'accomplir, Battista. Qui cela pourrait-il bien être ?

— Je ne connais pas leurs noms, fit Battista en écartant ses mains luisantes qu'il contempla un instant avant d'ajouter : Des assassins, des bandits. Des hommes menés par Achille Malvezzi, un ami des hérétiques.

— Pourquoi ces hommes auraient-ils voulu venger Antonello ?

Sigismondo se rencogna confortablement contre le mur. De l'avant-bras, Battista poussa vers lui l'assiette de majolique puis, d'un geste que la douleur rendit délicat, saisit lui-même une châtaigne.

— Parce qu'il avait prédit le succès à Malvezzi, et qu'il avait guéri son fils d'une fièvre qui allait l'emporter.

— Cet Antonello était aussi médecin ?

— C'était un magicien, vous dis-je. Il guérissait à l'aide de sortilèges. Il y a un an, Son Éminence était tombée malade et ses médecins furent incapables de le soigner. On fit venir Antonello — en secret, naturellement. Il a en effet guéri Son Éminence, mais il commit l'erreur d'en faire plus que ce qu'on lui demandait.

Battista renifla une nouvelle fois.

— L'imbécile. Personne n'aime s'entendre prédire sa propre mort.

D'un air songeur, Sigismondo fit courir sa main sur son crâne nu de la nuque au front avant de demander :

— Et ces bandits, ont-ils tenté de sauver Antonello avant qu'on l'envoie au bûcher ?

— Oh, ils sont arrivés trop tard ! Leur plan était très mal calculé et un des hommes de Malvezzi fut arrêté et pendu.

— Une raison de plus pour se venger, remarqua Sigismondo.

Sur quoi il s'absorba dans ses réflexions et Battista, appuyé contre l'étagère, l'observa, la lueur de la petite lampe à huile dansant sur son visage. Les yeux noirs se levèrent vers les yeux pâles.

— Où cela a-t-il eu lieu ?

— A Bibbiena. Et nous avons traversé la ville il y a à peine une semaine en rapportant les reliques de Rome.

Battista se tut un instant pour donner tout son poids à ce qu'il ajouta :

— Un inconnu avait cloué un papier sur la porte de l'église de Bibbiena avec la pointe d'un couteau. Le message disait : « Les flammes de l'Enfer t'attendent, Petrucci. » Son Éminence en avait été contrariée.

Sigismondo fredonna sur une gamme descendante en se remémorant le visage intelligent et hautain avant qu'il soit défiguré.

— N'y a-t-il personne d'autre qui puisse espérer profiter de la mort de votre maître ? Personne ne le détestait dans sa maisonnée ou dans sa famille ?

— Le neveu ? fit Battista avec un reniflement dédaigneux. Celui-là, il voudrait chasser Dieu le Père de son trône. Rien de ce que Son Éminence pouvait faire pour lui ne lui suffisait. Le cardinal n'allait tout de même pas lui donner son chapeau !

— Il serait sans doute allé loin avec l'appui de Son Éminence, n'est-ce pas ?

— Ce qui lui importe n'est pas tant d'aller loin que d'aller vite. Il n'a aucune patience. Il sollicitait sans arrêt Son Éminence pour obtenir de l'avancement.

Sigismondo secoua la tête et se leva comme pour partir, sa carrure occupant presque tout l'espace de la petite pièce. Battista s'écarta pour le laisser passer.

— Et la femme ? Celle qui était là ce soir.

— Une femme ?

Battista prit une nouvelle châtaigne et, tout en la mâchonnant, répondit avec désinvolture :

— Son Éminence s'était retirée pour la nuit. Elle n'aurait permis à aucun quémandeur de la déranger.

Sigismondo émit un fredonnement désapprobateur.

— Je ne parle pas de quémandeurs. Dans ce cas précis, si quelqu'un demandait des faveurs, c'était peut-être Son Éminence.

L'hypothèse hérissa Battista.

— Le cardinal n'a jamais eu à demander les faveurs d'une femme ! Ce sont elles qui se jetaient sur lui.

Prenant soudain conscience qu'il s'aventurait sur un terrain miné sur le plan moral, il se tut. Sigismondo enchaîna aussitôt.

— Les cardinaux sont des hommes comme les autres. Tout le monde comprend cela. Le Saint-Père lui-même est un homme.

Il posa le doigt sur la poitrine de Battista.

— Que savez-vous de l'argent ?

Battista lui jeta un regard surpris.

— L'argent ? Quel argent ?

— Le cardinal s'apprêtait-il à rémunérer quelque service ce soir ?

Sans ses blessures aux mains, Battista se serait sans doute gratté le crâne.

— Si telle était son intention, il ne m'en a pas parlé. Pourquoi cette question ?

— Savez-vous si quelqu'un devait rendre un service à Son Éminence ? Un service payé avec un coffre d'argent de cette taille ? fit Sigismondo en indiquant de ses mains les dimensions du coffre.

Battista le regarda d'un air furieux.

— Recouvert de velours lie-de-vin ? précisa Sigismondo.

— Je ne sais rien de cet argent, ni de ce coffre.

La voix de Battista était empreinte de surprise, mais aussi d'indignation suscitée par cette surprise. C'était le genre de chose qui n'aurait pas dû lui échapper.

— Ce coffre n'a pas voyagé avec nous. Je l'aurais su. Lors de notre voyage à Rome, nous transportions beaucoup d'or, pour payer les reliques. Mais cela n'était pas de ma responsabilité, nous avions des gardes. A part pour les petites sommes que Son Éminence gardait dans son bureau, je possède la clef de tout le reste, fit Battista en tapotant le devant de sa tunique, laissant une empreinte graisseuse sur l'insigne portant le chapeau de cardinal. Son Éminence me faisait confiance.

C'était là une vantardise désespérée, peut-être même vaine dans la mesure où le coffre était là pour la contredire.

— La femme de ce soir. Était-elle déjà venue ?

Battista hésita. La proximité de Sigismondo était écrasante. Lui répondre semblait inévitable. Il haussa les épaules, s'écarta le plus loin possible de Sigismondo et se remit à enduire de graisse sa paume endolorie.

— Il la voyait chaque fois qu'il venait à Colleverde. C'était sa favorite.

— Vous la connaissez donc.

— Une courtisane. Polissena. Très discrète.

— Et l'homme qui gardait la porte de la rue. Avait-il ordre de la laisser entrer ce soir ?

— Son Éminence ne me racontait pas tout dans le détail.

Au vu du ressentiment qu'exprimaient la voix et le visage de Battista, il était possible qu'aient existé quelques frictions à ce sujet entre Battista et le garde qui venait de se faire égorger.

Sigismondo lui adressa un large sourire en guise de bénédiction et produisit, comme surgie de nulle part, une pièce d'or qu'il glissa sous la main blessée posée sur l'étagère.

— J'informerai la princesse de l'aide précieuse que vous m'avez apportée. Je pense qu'elle vous trouvera une place dans sa maisonnée.

La bouche affaissée de Battista trahit ce qu'il pensait de cette éventualité, mais il mit la pièce d'or dans sa bourse avec un grommellement qui pouvait passer pour un remerciement. Sigismondo gagna la porte, souleva le rideau de cuir et se retourna.

— Étiez-vous depuis longtemps au service de Son Éminence ?

— Depuis onze ans.

— La tâche était-elle aisée ?

— Il exigeait le meilleur et n'a jamais gardé un imbécile dans son entourage, répondit Battista avec un air de défi.

Sigismondo inclina la tête en réponse à cette auto-congratulation. Sa dernière question parut plutôt anodine.

— Pourquoi avez-vous jeté du vin sur le feu ?

— Vous pensez que je l'ai tué ? Habituellement, la cruche contenait l'eau pour sa toilette. Il la posait toujours là. Je me suis aperçu de mon erreur lorsque je l'ai vidée sur les flammes. Moi, le tuer ? Où vais-je aller à présent ? Que vais-je devenir, si je n'ai plus de maître ?

Sur quoi il tira le rideau de cuir en travers de la porte pour s'isoler.

Sigismondo demeura immobile un instant avant de s'éloigner. Il perçut un son étouffé de sanglots. Si Battista avait cru être au courant de tous les secrets de la vie du cardinal, il semblait qu'il ne connût pas ceux de sa mort.

CHAPITRE XXI

« Nous tenons l'assassin ! »

Sigismondo levait la main pour toquer à la porte d'en face, celle de Torquato, lorsqu'un vacarme lui parvint de l'étage inférieur. En quelques enjambées il fut sur le palier dominant le hall d'entrée. En se penchant il découvrit des torches, des serviteurs et une grande agitation. L'évêque Taddeo était présent.

Comme le but principal de l'évêque en ce bas monde était de mener une vie paisible en évitant autant que possible la princesse Corio, les événements en cours constituaient pour lui un véritable cauchemar. Maintenant que le cardinal était mort, assassiné de surcroît d'une façon inutilement ostentatoire, il lui incombait, en tant que plus haut ecclésiastique de Colleverde, la responsabilité de découvrir ses assassins. Cela impliqua naturellement que sur l'ordre — beaucoup plus qu'à l'invitation — de la princesse il dut voir le corps (on le conduisit à l'étage), exprimer son horreur (laquelle était considérable), prier au chevet du défunt (d'où il se retira dès que la décence le permit) et assurer la princesse que son prévôt interrogeait d'ores et déjà les étrangers dans les pensions et auberges, « et tous ceux qui ne sont pas des pèlerins *bona fide*, pourvus d'un *testimoniale* en bonne et due forme de leur évêque ».

— Imaginons que les coupables de ce forfait se fassent passer pour des pèlerins...

Dans les dix minutes après son arrivée, la princesse lui fit sentir son incompétence et, au bout de quinze minutes, il s'efforçait de chasser de son esprit le regret bien peu chrétien que, pendant qu'ils y étaient, les assassins n'aient pas ajouté la sœur du cardinal à leur petit feu de joie.

— Le corps de mon frère sera exposé dans la cathédrale.

L'évêque contempla d'un air morne les restes du cardinal, allongé sur son lit et apprêté du mieux possible par les femmes de la maisonnée de la princesse. Le visage carbonisé, dépourvu de cils et de sourcils, donna à l'évêque une idée très désagréable de ce qu'il ne voyait pas, ainsi qu'une notion des flammes de l'enfer plus précise que jusqu'alors ; raison pour laquelle peut-être les prières qu'il avait marmonnées étaient aussi ferventes. Il lui était difficile de s'empêcher de spéculer sur le fait de savoir si l'âme du cardinal connaissait présentement un sort plus enviable que son corps. Son Éminence, supposait-on non sans angoisse, était mort sans avoir reçu l'absolution ; et il était connu pour apprécier les choses de ce monde.

Un problème pratique turlupinait toutefois l'évêque : comment faire pour assurer un aspect solennel à la dépouille du cardinal ?

— Oui, oui. Bien sûr. J'enverrai des gens. Nous ferons tout ce qu'il faut, princesse. Son Éminence bénéficiera de tout ce que la sainte Église peut offrir. On dit déjà des messes pour lui à la cathédrale, car dès que j'ai appris...

— Bien sûr. On doit avertir tout de suite le Saint-Père.

— J'envoie un message sur-le-champ à Rome.

L'évêque, la tête légèrement penchée de côté en signe de propitiation, s'inclina devant la princesse tout en réprimant l'envie de sortir son flacon de parfum pour chasser de ses narines l'horrible puanteur de chair brûlée que les onguents, les herbes jetées au feu et l'encens ne parvenaient pas à dissimuler.

Il se dit que cela manquerait de tact.

Une autre voix se mêla à la conversation.

— Ne serait-ce pas mieux, ma tante, si c'était *moi* qui allais à Nemora ? Il serait préférable que le duc apprenne cette terrible nouvelle de la bouche d'un membre de la famille, de quelqu'un qui était présent dans la maison lorsque c'est arrivé.

A son tour, Torquato s'inclina devant la princesse, les mains jointes comme s'il priait toujours, et coula un regard de côté en direction de l'évêque, comme pour insinuer que tout message de sa part serait inutile.

— J'ai besoin de vous ici. Vous aurez beaucoup de choses à faire, répondit la princesse avant que l'évêque puisse approuver la proposition. Vous aiderez messire Sigismondo à retrouver les scélérats qui ont tué votre oncle.

Plus encore que d'habitude, l'expression de Torquato semblait indiquer qu'il venait de croquer un citron vert. Il était clair qu'il n'envisageait pas de gaieté de cœur de jouer une fois encore le rôle de bonne à tout faire.

— Est-ce bien avisé, ma tante, de confier cette enquête à un étranger ?

— Il a sauvé le duc de Rocca de ses ennemis, mon neveu.

— Les ennemis de Rocca ! Ce ne sont pas les ennemis de Nemora ! Et puis d'ailleurs, n'aurait-il pas été envoyé ici pour commettre lui-même ce forfait ?

— Il était avec moi quand c'est arrivé, idiot.

— Des hommes de main ont pu le faire à sa place.

— C'est lui qui a détecté la fumée, il a éteint les flammes de sa propre main. Je ne veux plus rien entendre à ce sujet, mon neveu. Je lui ai confié l'enquête et ne reviendrai pas sur ma décision.

L'évêque avait assisté à ce dialogue familial avec un air d'aimable perplexité.

— Sigismondo ? fit la princesse en faisant un signe de l'index.

De la foule qui se pressait à la porte émergea un homme de haute taille, large d'épaules, au crâne rasé, qui raviva de récents souvenirs chez l'évêque. Alors que l'homme posait le genou à terre pour baiser son anneau, ses souvenirs prirent forme.

— Le miracle de tout à l'heure ! Vous étiez avec la femme pèlerin qui a vu bouger la sainte. C'est vous qui avez amené le voleur pour solliciter le jugement de la sainte.

L'évêque était fort satisfait, d'une part de s'être souvenu de Sigismondo — entre autres choses pour lesquelles il n'était pas doué, il faisait un très mauvais physionomiste — et d'autre part de retrouver l'homme ayant rendu possible le miracle. Un miracle permettrait de revigorer la foi des mécréants et des renégats, dont son expérience épiscopale lui avait appris qu'ils étaient nombreux à Colleverde.

— Oubliez cela. Ce qui importe, c'est que vous ordonniez à votre prévôt de l'aider.

— Ah, très bien.

Tel que l'évêque connaissait son prévôt, il ne s'attendait pas à une collaboration sans nuage.

— Avez-vous une idée, messire, de qui a pu commettre un acte aussi horrible ?

— Pour l'instant, monseigneur, il est impossible de le dire. Mais je ne doute pas qu'avec l'aide de Dieu nous finirons par le découvrir.

L'évêque fut rasséréné par la voix tranquille de cet homme calme et d'allure imposante. En l'écoutant, il aurait presque pu croire que justice pouvait être obtenue, même s'il paraissait indispensable de bénéficier de l'assistance divine pour dénicher le coupable dans Colleverde. L'évêque comptait benoîtement sur un nouveau coup de pouce de la sainte.

— Que Dieu soit avec vous et seconde vos efforts,

mon fils. Le diable n'a aucune chance de l'emporter quand on a la protection de notre sainte mère l'Église.

Sigismondo s'agenouilla une nouvelle fois et inclina la tête. L'évêque lui donna sa bénédiction tandis qu'à son côté la princesse Corio trépignait d'impatience en serrant ses poignets. Lorsque l'évêque en eut terminé, elle prit Torquato par le bras, ce qu'il n'apprécia visiblement pas, et le tourna vers Sigismondo qui venait de se relever.

— Racontez-lui tout ce que vous avez vu, mon neveu, sans omettre le moindre détail.

Son expression semblait indiquer que c'était, à ses yeux, tout ce qu'il serait capable de fournir.

— Même les détails les plus insignifiants peuvent se révéler utiles, n'est-ce pas ?

— Princesse, fit Sigismondo en s'inclinant.

A présent, l'évêque semblait pressé de s'en aller, dans l'espoir de pouvoir prendre un peu de repos avant que l'aube n'apporte son cortège de nouveaux soucis et de nouvelles directives de la part de la princesse, laquelle ne manquerait pas de lui demander aussitôt où en était son prévôt. La seule consolation de l'évêque était qu'elle paraissait désireuse de confier l'essentiel des responsabilités à l'étranger de haute taille qui avait assisté au miracle, et il pria pour que la sainte n'étende pas à ceux qui brûlaient des cardinaux la charité dont elle avait témoigné envers un homme qui avait volé des vêtements à un pèlerin. La charité chrétienne devait avoir des limites. L'idée lui traversa l'esprit — mais il la chassa aussitôt — qu'au moins il n'aurait pas affaire au cardinal en ces pénibles circonstances. Par bonheur, il n'avait pas encore réalisé qu'en raison de la mort de ce dernier c'est à lui-même que reviendrait la tâche de célébrer le mariage du fils du duc Grifone, sous l'œil du duc et celui de la princesse.

Pendant que celle-ci raccompagnait l'évêque à la porte, Sigismondo saisit ce qui serait sans doute l'unique occasion de questionner le neveu sans interférence de la part de sa tante. Il suivit donc Torquato jusqu'à sa chambre, laquelle, comme celle du cardinal, faisait office à la fois de bureau et de chambre à coucher, même si elle était plus petite et moins richement meublée. Quelques livres étaient empilés sur le rebord de fenêtre au-dessus du bureau, encombré d'un fouillis de papiers dont certains étaient roulés. La carpette étendue devant la table était plus usée que le velours du prie-Dieu qui se tenait dans un coin, sous le crucifix fixé au mur. En face, et se prolongeant au-delà du lit, était tendue une tapisserie dont les verts et bruns maladifs assombrissaient la pièce. Le sujet, classique mais d'un affreux à-propos, montrait Héraclès se tordant de douleur dans la tunique de Nessus. Torquato se tenait devant, apparemment inconscient du rapport ; il n'y faisait sans doute plus attention depuis longtemps. Il considéra Sigismondo d'un air contrarié.

— Je crains, messire, que ma tante ne vous ait induit en erreur en laissant entendre que j'avais quelque chose à vous apprendre.

A la lueur de la lanterne, le beau visage acéré était plus pâle que jamais.

— En vérité, j'en ai vu moins que vous, puisque j'ai été alerté par les cris de ma tante et n'ai eu le temps que d'assister au tragique dénouement.

— Vous étiez donc ici, dans cette chambre, quand l'alerte a été donnée ?

— Bien sûr, répondit Torquato, aussi indigné que si Sigismondo lui avait demandé s'il se trouvait dans les cuisines ou aux écuries. Mon oncle n'est... n'était pas le seul à travailler tard le soir, ajouta-t-il en désignant d'un geste le bureau. Je dois préparer un rapport sur la réception des reliques à l'intention du cardinal Zampata à Rome. Il enquête sur les tendances à l'athéisme dont certaines rumeurs font état à propos de Nemora.

Torquato fournit cette explication avec une pointe de

condescendance, afin de faire remarquer qu'il jouissait de la confiance de personnages importants. L'étranger qu'il avait en face de lui avait été témoin de l'attitude de la princesse à son égard. Mais l'homme avait l'air grave et plein de respect.

— Pensez-vous, mon père, que Son Éminence votre oncle ait pu être victime de ces libres penseurs ?

Son crâne rasé, allié à ces larges épaules, donnait à l'étranger une allure étrange — celle d'un soudard éduqué. Torquato s'étonna que sa tante, qui, comme son frère, soupçonnait tout le monde, accordât à cet homme une confiance qu'elle refusait à son propre neveu. L'homme pouvait toutefois se révéler utile.

— C'est possible. Mon oncle avait des ennemis — tout grand homme se crée des ennemis.

Il parut se souvenir de quelque chose et regarda Sigismondo par en dessous.

— Mon oncle ne prêtait pas attention aux menaces. Il en a reçu une à Bibbiena lors de notre retour de Rome.

Il fronça les sourcils en entendant le brouhaha des prières en provenance de la pièce voisine.

— Un tel forfait ne peut être que l'œuvre du Malin. Quels individus auraient pu le commettre ici, dans le palais, avec tant de monde à portée de voix ?

— Quelqu'un qui y avait ses entrées. Quelqu'un qui connaissait l'escalier privé. Quelqu'un dont la visite n'a pas surpris Son Éminence. Beaucoup de gens sont-ils au courant de l'existence de l'escalier privé ?

Torquato haussa légèrement les épaules.

— Mon oncle ne parlait pas beaucoup de ses affaires.

Il parut contrarié, comme s'il était déçu qu'elles n'aient pas été aussi les siennes.

— La femme en tout cas devait le connaître, fit Sigismondo d'un air dégagé.

Torquato avala une goulée d'air puis pencha la tête

et examina ses doigts entrelacés. Il était trop fin pour faire mine, comme Battista, d'ignorer les relations féminines de son oncle, et beaucoup trop sophistiqué pour lui chercher des excuses.

— Son Éminence recevait-il des informateurs par cet escalier ?

— Bien sûr.

— Mon père, savez-vous s'il devait payer l'un d'eux pour ses services, ce soir ?

C'était verser du sel sur la plaie, et Torquato ne put que secouer la tête devant cette nouvelle preuve du manque de confiance de son oncle. Pourtant sa curiosité était éveillée.

— Pourquoi cette question ? Pensez-vous qu'il s'agisse d'un meurtre politique ?

— Nous ne devons négliger aucune hypothèse, mon père. Ainsi que vous l'avez dit, Son Éminence avait des ennemis, comme tout personnage important. Il était sur le point de conclure une alliance entre Nemora et Montenero. Il est possible que cette alliance ait déplu à certains.

— La mort de mon oncle n'y changera rien. Le prince Livio...

Il s'interrompit et contempla une nouvelle fois ses mains. Sigismondo ne saurait rien des informations que Torquato avait pu recueillir en écoutant aux portes ou en surprenant des bribes de conversation entre son oncle et sa tante. Peut-être avait-il perçu, comme Sigismondo, le bruissement des robes de velours noir de la princesse Corio qui parut bientôt en tenue de deuil. Ignorant son neveu, elle fit signe de l'index à Sigismondo d'approcher.

Torquato avait cependant une dernière carte à jouer. Il s'approcha d'elle, ajoutant le noir de sa soutane à celui des vêtements de sa tante, et coula un regard de côté à l'homme qui venait de le questionner.

— Avez-vous songé, ma tante, que messire Sigismondo a pu être dépêché ici par le duc de Rocca ? La mort de mon oncle élimine une pièce importante de l'échiquier — elle affaiblit le duc de Nemora en le privant de son premier conseiller. N'est-ce pas *nous* qui devrions l'interroger ?

La princesse eut un regard calculateur, comme si elle reconsidérait et la situation et son interlocuteur. Peut-être convenait-il, après la disparition de son frère, de promouvoir son plus proche parent masculin ? Il se pouvait même qu'il ait hérité d'une partie de l'intelligence familiale et qu'elle ferait mieux, pour une fois, de tenir compte de son opinion. Elle considéra tour à tour Torquato et Sigismondo de ses yeux aux paupières tombantes, mais sa réplique fut dépourvue de toute ambiguïté.

— Il répondra sur sa vie de l'affaire que je lui ai confiée. Il est dans son intérêt de retrouver les assassins.

Porté par le vent leur parvint le son de l'horloge de la cathédrale qui sonnait minuit, marquant le terme de ce vendredi funeste. La princesse parla par-dessus le tintement des cloches.

— Le duc Grifone sera là aujourd'hui et il voudra être mis au fait des progrès de l'enquête. Priez, messire, pour que vous puissiez lui en présenter certains.

Elle s'interrompit pendant que Sigismondo s'inclinait.

— Maintenant, allez voir le messager du prévôt. Il a quelque chose à vous dire.

En bas, dans le hall d'entrée, observé par un groupe de serviteurs parmi lesquels se trouvait Benno, le messager du prévôt s'approcha sans hésitation de Sigismondo.

— Nous tenons l'assassin ! annonça-t-il d'un air triomphal.

— C'est bien, n'est-ce pas ? Ils l'ont trouvé.

Benno, qui portait l'une des torches, trottinait au côté de Sigismondo, la tête de Biondello tressautant sous son menton. L'autre torche, tenue par l'homme du prévôt, les précédait. Les deux torches crépitaient et puaient la poix. Des ombres dansaient sur les façades des maisons de la rue menant à la place et la boue luisait, en partie en raison de la pluie tombée dans la journée, en partie à cause de ce qu'avaient jeté de leurs fenêtres les gens soucieux de leur intérieur mais qui se moquaient des éventuels passants. Un des hommes du prévôt resta à la traîne le temps de décoller quelque chose de sa semelle.

— Vous n'y croyez pas, qu'ils l'ont trouvé, hein ?

Bien souvent, Benno se trouvait confronté à un silence qu'il devait s'efforcer d'interpréter, chose pour laquelle il commençait à être assez doué. Sigismondo lui répondit de sous son capuchon.

— Hum... cela serait si facile, Benno. Moi, j'ai l'impression que ça ne va pas être facile du tout.

— Battista vous a rien dit ?

— Il m'a parlé d'une menace proférée récemment contre le cardinal. Il est possible que quelqu'un ait voulu venger la mort d'un certain Antonello, que Son Éminence avait condamné au bûcher pour blasphème et magie noire.

— Mais Son Éminence serait quand même pas restée assise là sans réagir, si ? Ah, vous venez vous venger ? Parfait... Vous voulez que je m'asseye sur cette chaise et que je ne fasse pas de bruit jusqu'à ce que vous m'ayez bâillonné ?

Sigismondo renversa la tête en éclatant de rire. Son capuchon glissa et la lueur des torches fit luire son crâne nu.

— Il a dû recevoir ses visiteurs en toute confiance, pas vrai ?

— Mon Benno ! Tu as tout compris. Celui ou ceux qui sont montés par cet escalier étaient attendus. Si ça n'avait pas été le cas, la princesse et moi dans la pièce voisine, Battista dans son réduit et Torquato dans sa chambre, nous aurions entendu Son Éminence se faire agresser.

— Ce qui est étonnant, c'est qu'il ait pas crié avant qu'on le bâillonne.

Encouragé par les félicitations, Benno posa de nouvelles questions tout en élevant la torche afin d'observer le visage de Sigismondo. Le vent faisait voleter devant eux étincelles et flammes.

— Il aurait dû avoir le temps.

— Imagine qu'un homme vienne se placer derrière toi pendant que tu es en train de parler à quelqu'un et que tu ne soupçonnes ni l'un ni l'autre.

— Je vois, fit Benno qui demeura silencieux quelques instants avant de reprendre : Et l'or ? Vous avez appris quelque chose sur cet or ?

— Il semble que personne ne sache comment il a atterri là. Un cadeau de quelque fée, sans doute...

— Dans ce cas, ça sera plus qu'un tas de plomb quand le matin viendra. C'est de la sorcellerie, pour sûr.

Une pensée frappa Benno et les ombres dansèrent autour de la torche.

— La sorcière de là où vous savez... Vous ne pensez pas que... ? Personne là-bas ne portait le cardinal dans son cœur.

Sigismondo fredonna.

— Un manche à balai se serait brisé sous le poids de ce coffre, Benno. Et puis, aurait-on laissé entrer une sorcière ? Nous verrons si le prisonnier du prévôt a des cornes, ainsi nous saurons.

Ils traversaient la place de la cathédrale, leurs pas résonnant sur les pavés. A ce bruit, au crachotement de la poix enflammée et aux grincements du gibet vint s'ajouter le glouglou de la fontaine, dont l'eau rougeoya dans la lueur des torches. Le sympathique museau d'un dauphin se transforma en monstre au visage renfrogné creusé d'ombres noires. Sigismondo s'arrêta un instant pour mouiller les bandages qu'il portait à la main et au poignet.

— Ça vous fait mal ? s'enquit Benno.

— Pas trop. Ça ne me lance presque plus.

Il y avait du mouvement sur les marches de la cathédrale. Des silhouettes en longues robes, sans doute des prêtres, y étaient plongées en grand conciliabule. Une des hautes portes de l'édifice était entrebâillée derrière eux et un son d'origine indéterminée résonnait à l'intérieur. De l'autre côté de l'étendue en pente douce de la place aux pavés luisants, on apercevait la porte grande ouverte du bureau du prévôt. Des torches étaient fichées dans les appliques fixées dans l'embrasure, d'où des gardes observaient d'un air ensommeillé les deux hommes qui approchaient. Comme ils atteignaient la porte d'où Benno, plus tôt dans la journée, était sorti avec un nœud coulant autour du cou, un long hurlement en provenance de l'intérieur fit sursauter jusqu'aux gardes, qui se retournèrent pour voir ce qui se passait, et fit taire un instant les prêtres de l'autre côté de la place. Sigismondo tendit la torche de Benno à l'un des gardes, qui ne la prit qu'à contrecœur.

— Viens, Benno. Le prévôt tient son homme. A présent il recueille ses aveux.

Le long des murs de la vaste salle, sous les armes de l'évêque gravées sur la cheminée, s'alignaient des gardes, certains tenant une pique. Ils regardaient un groupe de trois personnes qui se tenaient au centre de la pièce : le prévôt lui-même, un secrétaire, tout en noir, debout devant son pupitre et prêt à prendre note, et un homme, le dos tourné, qui avait les bras liés derrière lui. Il avait la tête rentrée dans les épaules, en partie à cause de la douleur, en partie à cause de la corde qui lui enserrait le haut des bras et qui était attachée à la poutre qui traversait la pièce. Le prévôt essayait l'estrapade.

Tandis que Sigismondo entrait, Benno resta près de la porte en se disant que le prévôt risquait de piquer une colère en revoyant le coquin qui avait échappé de si peu à la pendaison. Toutefois, plus il observait la scène, plus Benno était intrigué par le dos de l'homme que l'on torturait. Lorsque Sigismondo parvint jusqu'à lui, le prisonnier tourna un visage où se lisait un entêtement forcené. Du sang ruisselait d'une entaille au-dessus de l'œil.

C'était Massimo.

CHAPITRE XXII

« Prêt à quelque mauvais coup »

La première pensée de Benno fut : *il est coupable.* Pour quelle autre raison aurait-il abandonné son maître pour venir à Colleverde ? Benno se remémora le visage de Massimo, déformé par la haine lorsque Petrucci était reparti de la villa, disant à Sigismondo : « *Je l'aurais tué.* » Il se souvint de Massimo et Gruchio creusant une fausse tombe pour leur maître, et leur attitude qui disait clairement, même sans l'exprimer, qui ils auraient aimé y jeter. Brûler vif le cardinal n'était peut-être pas une réplique équitable aux yeux arrachés du seigneur Mirandola, mais Benno avait le sentiment que Massimo n'était pas du genre à se montrer pingre en matière de vengeance ; il serait plutôt du genre à rendre deux yeux pour une dent. De plus, l'élimination du cardinal permettait d'éloigner de son maître un danger pressant.

Bien sûr, cette hypothèse n'expliquait pas la présence du coffre d'or, mais dans l'esprit de Benno cela expliquait pourquoi il était resté sur place. Si Massimo avait grillé le cardinal, il n'aurait certainement pas songé un seul instant à l'or.

— Je peux me porter garant de cet homme, déclara Sigismondo au prévôt qui s'était levé de sa chaise et, comme pour se rassurer quant à son autorité, tripotait la chaîne qu'il portait autour du cou et qui symbolisait sa fonction.

Son expression aigre indiquait qu'il savait que l'évêque avait autorisé Sigismondo à mener une enquête qui aurait normalement dû être placée sous sa seule responsabilité.

— Il vit à Fontecasta, à deux lieues d'ici, dans la villa où je travaillais comme majordome auprès de feu le seigneur Giraldi. Ce n'est pas un criminel.

Le visage du prévôt exprimait une obstination aussi inflexible que celle de Massimo. Il s'avança en clignant des paupières.

— C'est l'homme que vous cherchez. Regardez son bras.

A l'aide de son couteau, Sigismondo trancha les cordes qui enserraient les poignets de Massimo. Le prévôt fit la moue devant ce geste théâtral qui gaspillait du bon matériel. Sigismondo examina l'avant-bras de Massimo, rosâtre et boursouflé de cloques. Cela expliquait l'odeur de graisse d'oie.

— Vous voyez ?

Le prévôt enfonça une des cloques d'un doigt triomphal. Massimo, avec une grimace de douleur, lui jeta un regard furieux avant de tourner vers Sigismondo un visage d'animal pris au piège et incapable d'appeler à l'aide. Le prévôt le piqua une nouvelle fois du doigt.

— Des brûlures. Il prétend s'être blessé à un *brasero* ! Il dit avoir trébuché sur un pèlerin et être tombé sur un brasero ! fit le prévôt d'une voix nasillarde, sincèrement amusé par ce mensonge. Il allait justement me dire comment il s'était réellement fait ces brûlures quand vous êtes arrivé. *Que faites-vous ?*

Sigismondo avait défait le nœud de la corde emprisonnant les épaules de Massimo, qui, les articulations douloureuses, se tassa sur lui-même et entreprit de se masser en évitant de toucher son avant-bras boursouflé.

— Hum-hum. Je ne peux pas interroger un homme incapable de me consacrer toute son attention.

— Mais comment découvrir la vérité sans torture ?

Le prévôt était stupéfait devant une procédure aussi peu orthodoxe, mais Sigismondo fit asseoir Massimo sur un tabouret, à la grande contrariété du secrétaire qui l'utilisait lorsqu'il n'était pas debout devant son pupitre. Sigismondo s'appuya au rebord de la table et croisa les bras en examinant Massimo.

— Pourquoi te trouves-tu ce soir à Colleverde et non à Fontecasta ?

Une rage impuissante contracta les traits de Massimo au point qu'il fut incapable d'ouvrir la bouche pour répondre. Le prévôt, qui s'était empressé de reprendre place derrière son bureau de peur que Sigismondo n'usurpe aussi ce symbole de son autorité, hocha la tête d'un air entendu devant ce silence qui prouvait de façon éclatante la nécessité de la torture dans les interrogatoires.

— Je vous cherchais, finit par articuler Massimo.

Sigismondo hocha la tête avec gravité.

— Tu voulais à tout prix me donner des nouvelles de notre jeune malade.

Massimo parut au bord de l'apoplexie.

— La maîtresse de feu ton maître. Il était inutile de t'inquiéter. Le médecin de la princesse Corio lui a rapporté qu'il avait examiné la jeune fille — ce qui lui a naturellement permis de découvrir qu'il ne s'agissait pas d'un garçon, comme le prétendait ton maître. Il lui a trouvé une légère fièvre. Tu as eu raison de venir me le dire. Je pense comme toi que son mal est dû en grande partie à la peine que lui a causée la mort du vieil homme.

Benno comprit que Massimo venait de se voir fournir une histoire plausible et il se demanda s'il l'avait bien comprise. Le prévôt se moquait de ces efforts pour rassurer un suspect. Sa chaîne cliqueta contre le bois de la table lorsqu'il se pencha en avant.

— Où as-tu passé la soirée d'hier ?

Le ton sur lequel il posa sa question signifiait clairement qu'il lui demandait en réalité : *Où vas-tu prétendre avoir passé la soirée d'hier ?*

Massimo jeta un coup d'œil à Sigismondo comme pour solliciter la permission de répondre, mais le prévôt frappa de la paume sur sa table.

— Dis-le-lui, fit Sigismondo.

— Par terre, dans une boutique à vin.

La voix était rauque et réticente.

— Quelle boutique ?

— Je n'en sais rien. Je suis étranger dans cette ville.

Le prévôt se redressa brusquement contre son dossier avec le froncement de sourcils contrarié de quelqu'un qui, dans des circonstances normales, aurait ordonné qu'on applique les poucettes au prisonnier. Sigismondo, qui se grattait légèrement le menton du bout de l'index, reprit la parole.

— Était-ce une boutique qui se trouve sur la place ? Près de la cathédrale ?

Massimo acquiesça à chacune des questions, mais le mouvement raviva la douleur de ses épaules et il grimaça avant de préciser :

— Sous les arcades.

— Le propriétaire pourra-t-il te reconnaître ?

Les rides du front de Massimo disparaissaient sous ses cheveux en désordre.

— C'est possible. Il a demandé à une fille de m'apporter quelque chose pour mes brûlures, dit-il en baissant la tête sur la chair rosâtre de son avant-bras écorché.

— Les brûlures du brasero ?

— Oui. Et j'aimerais bien mettre la main sur ce vendeur de châtaignes. Il m'a flanqué des coups de pied alors que j'étais à terre. Je vous jure que je le retrouverai, par tous les saints...

S'il y avait une chose qui n'était en rien diminuée

chez Massimo, c'était sa capacité à en vouloir à quelqu'un. Si le prévôt avait su le ressentiment qu'il nourrissait à l'égard de Petrucci, Massimo aurait fini la nuit dans une mare de sang, à moitié démembré et, vu le zèle du prévôt, privé de cette langue qui refusait d'avouer.

— Les portes de la ville étaient-elles déjà fermées quand tu es entré dans la boutique de vin ?

Massimo étrécit encore ses yeux déjà petits, au point qu'on ne les distingua presque plus.

— Les portes... j'ai entendu quelqu'un parler des portes quand j'ai repris mes esprits après m'être fait ce coquard.

D'un geste que la douleur obligea à n'être qu'ébauché, il désigna la bosse qu'il avait au front.

— On disait qu'elles n'allaient pas tarder à fermer.

— Tu étais déjà brûlé à ce moment-là ?

Si cela n'avait pas été aussi douloureux, Massimo aurait haussé les épaules. Il considérait ce détail horaire, pourtant crucial, comme dénué d'importance.

— Mensonges !

Le prévôt se leva d'un bond et sa chaise recula sur le sol de pierre avec un raclement qui fit grincer les dents.

— Maintenant, nous connaissons l'histoire qu'il voudrait nous faire avaler ! Il est temps de la mettre à l'épreuve.

Une agitation du côté de la porte empêcha Sigismondo de répliquer. Trois gardes, deux poussant et l'un tirant, amenaient un homme qui avançait en trébuchant et qu'ils firent pivoter face au prévôt.

— Il n'était pas couché quand nous nous sommes présentés, prévôt ! Il était debout, habillé et prêt à quelque mauvais coup.

Le garde qui tenait le bras de l'homme le secoua d'un air ravi.

— Vous voyez, messire, dit le prévôt à l'adresse de

Sigismondo en désignant le prisonnier. Quand il y a un problème, c'est toujours un juif qui en est à l'origine.

L'homme les considéra avec une expression de dignité mélancolique, mais sa bouche avait un pli moqueur. Ses vêtements étaient d'un riche tissu couleur cannelle bordé de fourrure. Ses mains, qu'il avait croisées devant lui à présent que les gardes l'avaient lâché, brillaient de lourds anneaux d'or. Il ne portait pas d'étoile cousue à son habit ni de chapeau distinctif : le duc Grifone avait trop de dettes pour maltraiter ses juifs. Certes, le risque existait, au cas où ses dettes deviendraient trop lourdes, qu'il mette sur le dos des juifs quelque fait odieux — la disparition d'un enfant d'une famille honorable, par exemple, ou une épidémie de peste — de façon à pousser la population au pogrom et, ainsi, voir lesdites dettes aussitôt effacées.

Les yeux noirs comprenaient ce genre de problème. L'homme s'inclina avec courtoisie devant le prévôt et, d'un regard, inclut Sigismondo dans sa question.

— Puis-je savoir pour quelle raison on m'a dérangé en ce jour de sabbat ? Comment puis-je être tenu pour responsable de quoi que ce soit dans une ville protégée par de saintes reliques ?

Son intonation était dépourvue de tout sarcasme, mais ses yeux exprimaient une ironie infinie.

Le prévôt, qui ne prêtait pas la moindre attention au regard de son prisonnier, contourna la table pour venir brandir son poing sous le nez du juif.

— C'est ta revanche sur sainte Bernardina, maudit porc ! Je t'ai vu frémir de dégoût pendant la messe à laquelle tu étais contraint d'assister. L'évêque te fera pendre pour ce sacrilège ! C'est bien le moins que tu mérites !

De façon irritante, le juif ne cilla pas le moins du monde devant le poing du prévôt et se contenta de fixer Sigismondo comme s'il avait compris qui détenait l'autorité.

— Sacrilège ? Messire, que s'est-il donc passé ?

— Ce qui s'est *passé*? s'exclama le prévôt en s'étouffant presque d'indignation.

Cependant, Sigismondo s'était redressé et s'inclina avec la même courtoisie dont avait fait preuve le prisonnier.

— Une chose terrible, messire. La princesse Corio, chez qui c'est arrivé, m'a demandé d'enquêter sur la question. Le cardinal Petrucci a été assassiné il y a quelques heures.

— Assassiné ? fit le juif en haussant la voix et les sourcils.

— Assassiné ? répéta Massimo avec un couinement de porc qu'on égorge.

Oubliant la douleur de ses épaules, il joignit les mains comme pour applaudir à la bonne nouvelle. Sigismondo secoua la tête.

— Il faut prier, quand de telles choses arrivent. Messire, je dois vous demander ce que vous avez fait ce soir.

Le juif écarta les bras.

— Comme d'habitude un jour de sabbat. J'ai dîné avec ma famille, nous avons observé ce qui est la coutume d'observer...

— Blasphèmes ! marmonna le prévôt.

— ... et aucun d'entre nous n'est sorti après la tombée du jour.

— Quand avez-vous vu le cardinal Petrucci pour la dernière fois ?

— A la messe célébrant l'arrivée des reliques, à laquelle notre communauté a été obligée d'assister hier.

Le prévôt intervint.

— Tu lui as parlé après ! Je t'ai vu lui parler !

Il frissonnait comme un terrier qui vient de dénicher un rat.

— Que lui disais-tu ?

— C'est lui qui m'a abordé, messire. Il voulait m'entretenir d'une question d'argent.

— Il voulait vous en emprunter ? s'enquit Sigismondo.

Cela expliquerait la présence du coffre sur le bureau du cardinal, le coffre que les assassins avaient si étrangement abandonné sur place.

— Il ne s'agissait pas d'un emprunt, messire. Son Éminence souhaitait me confier une grosse somme sur laquelle il pourrait prélever en fonction de ses besoins.

Sigismondo siffla entre ses dents. Ainsi, le cardinal attendait l'or mystérieux. Il s'agissait de toute évidence d'un paiement qui *lui* était destiné. Mais pour quelle raison ?

— Quand devait-il vous remettre cette somme ?

— Il avait prévu de le faire aujourd'hui, mais je lui ai dit que je ne pouvais conclure aucune affaire le jour du sabbat. Nous sommes convenus que j'irais le voir avant l'arrivée du prince Livio ce dimanche.

Il se tourna vers le prévôt et lui demanda d'un ton poli :

— Il viendra, n'est-ce pas ? On dit que le fils du prince est mort ; peut-être que toutes ces questions seront reportées en raison du deuil.

Le prévôt se tourna vers lui, gonflé d'importance et de dédain.

— Tu ne sais rien, juif. Son Éminence elle-même, Dieu ait son âme, fit-il avec une expression de surprise — comme s'il réalisait à l'instant que le cardinal ne dirait plus jamais rien, ni sur cette affaire ni sur aucune autre —, m'a dit que tout se déroulerait comme prévu. Le duc Grifone et le seigneur Astorre arriveront samedi après-midi pour le mariage — c'est-à-dire tout à l'heure. Et le prince Livio arrivera au même moment, lorsque j'aurai fait dégager les rues menant à la porte est afin de permettre au cortège nuptial de se rendre à la cathédrale.

Se rendant soudain compte qu'il dévoilait ses préparatifs devant deux individus suspects, le juif et Sigismondo, le prévôt conclut sa tirade en croisant les bras et en les considérant tous deux d'un regard furieux.

— Pardonnez-moi, prévôt, mais il nous reste peu de temps avant l'aube et nous avons encore un suspect à interroger. Je suggérerais que vous renvoyiez le sieur...

Il interrogea le juif du regard, qui lui donna son nom.

— ... le sieur Ispano chez lui, où nous savons désormais le trouver. Le duc voudra peut-être l'interroger lui-même lorsqu'il sera là.

Le prévôt rumina la proposition. Il était douloureusement conscient de l'attitude conciliante du duc Grifone à l'égard de ses juifs, et s'il y avait bien quelque chose que le prévôt ne voulait pas avoir à affronter, c'était un duc furieux ordonnant que l'on pende un prévôt avec la même désinvolture que lui-même pendait le premier voleur venu. A contrecœur, il adressa donc un signe aux gardes.

— Remmenez-le chez lui, ordonna-t-il avant de se tourner, l'air mauvais, vers Massimo. Quant à celui-là, jetez-le dans un cachot. Nous verrons bien ce que le duc décidera à ton égard.

Benno remarqua que le garde qui s'avança veillait à ne pas brusquer le bras brûlé de Massimo, et comprit que le prévôt n'avait pas été le seul à déduire des remarques de Sigismondo qu'il était préférable d'agir avec circonspection dans cette affaire. D'après ce qu'avait entendu dire Benno, ce duc Grifone qui ne tarderait pas à arriver à Colleverde n'en repartirait probablement pas sans avoir fait clouer quelques crânes de plus aux portes de la ville. S'il était résolu à découvrir qui avait fait rôtir son cardinal, tout le monde, y compris son maître, serait bien avisé d'être sur ses gardes.

CHAPITRE XXIII

« Un avenir très bref »

La servante noire de Polissena, que celle-ci avait bien entendu baptisée Bianca, fut contrariée de voir son petit somme interrompu par des coups frappés à la porte. Elle était certaine que sa maîtresse n'attendait pas de visite à cette heure, pour la bonne raison qu'elle se trouvait déjà avec quelqu'un. Il importait cependant de ne jamais froisser les clients. Tandis qu'elle entrebâillait le judas et jetait un coup d'œil dehors, elle s'efforça de ne pas laisser paraître sa contrariété.

— Qui est là ? s'enquit-elle d'une voix alerte.

Un serviteur tenait une torche qui éclairait le visage d'un homme debout sur les marches. C'était un visage qui en imposait — mieux valait se montrer polie avec le visiteur.

— Par ordre du prévôt de l'évêque, je viens voir ta maîtresse Polissena.

Le prévôt de l'évêque était, de l'avis de tous, un imbécile, mais son pouvoir pouvait en faire un imbécile dangereux. Bianca ôta les verrous de la porte. Elle se demanda quelle nouvelle stupidité se préparait, mais se dit que si l'évêque s'était mis en tête de leur signifier quelques nouvelles objections morales, le cardinal lui ferait bien vite entendre raison. Sa maîtresse avait la faveur de ce dernier, de sorte que rien ni personne, à Colleverde, ne pouvait l'atteindre. Elle ouvrit la porte.

— Vous devez patienter. Ma maîtresse est occupée.

Le serviteur avait laissé sa torche dehors, dans l'applique de fer, et à présent celle de Bianca éclairait en plein l'étranger qui, lorsqu'il laissa tomber son capuchon sur ses épaules, dévoila un crâne rasé. Cela ne surprit aucunement Bianca, habituée à recevoir des ecclésiastiques. Elle alluma une chandelle qu'elle laissa sur une petite table dans l'entrée, puis disparut dans l'appartement pour aller prévenir sa maîtresse.

Resté dans le vestibule en compagnie de Sigismondo, Benno regarda autour de lui avec le plus vif intérêt. C'était la première fois qu'il entrait dans la maison d'une courtisane, même si chez lui à Rocca on lui en avait montré une fort célèbre et qu'il se soit félicité de ne rien avoir à débourser pour pouvoir la regarder. Dans une étroite niche près de la porte se trouvait un vase en majolique avec des plumes de paon violet et vert qui luisaient à la clarté de la bougie comme si elles étaient pailletées d'or. Il se demanda si la fille ignorait que le paon portait malheur; sauf, supposait-il, quand on le mangeait, mais il avait entendu dire que sa chair n'était pas très savoureuse, de sorte que le seul malheur qu'il provoquait peut-être était une indigestion.

L'homme qui apparut alors semblait souffrir pis que d'une indigestion. Un maigrelet jeune et pâle, doté d'un gros nez et dépourvu de menton, s'affairait à nouer les lacets de ses chausses tout en protestant à mi-voix. Une cape fourrée était posée de guingois sur ses épaules, comme si quelqu'un d'autre l'y avait jetée. Il réclamait en grommelant qu'on lui rembourse son argent en raison de cette interruption. Voyant qu'il n'obtiendrait pas satisfaction, il envisagea de déverser sa mauvaise humeur sur le client à cause de qui il se voyait chasser, mais il remarqua le visage puis les épaules de Sigismondo, et il se contenta de filer, marmonnant toujours, mais un ton plus bas et comme pour lui-même.

Les jupes de Bianca effleurèrent le bas de la porte lorsqu'elle réapparut ; elle fut déçue de voir que le client n'avait pas laissé de pourboire. Elle explora le dessus de la table de ses paumes, comme si elle ne parvenait pas à le croire.

— Il y a des gens qui n'ont vraiment aucune manière... Ma maîtresse vous attend, messire.

Benno resta seul avec Bianca. Il se fendit d'un sourire aimable et s'accroupit contre le mur faisant face à la table. Son imagination suivit son maître chez la belle Polissena.

Et belle, elle l'était. Sigismondo n'en attendait pas moins du cardinal et, après avoir fermé la porte derrière lui, il resta quelques instants immobile pour contempler à loisir la scène qu'elle avait préparée. Le lit était pourvu d'un baldaquin bordé de soie festonnée qui reposait sur de délicates colonnes semblables à des sucres d'orge. Sur le lit, étendue sur des traversins de brocart lie-de-vin et éclairée par plusieurs chandelles ainsi que par le feu crépitant dans la large cheminée, était allongée Polissena.

Les courbes de sa poitrine et de ses hanche se devinaient à travers la robe de soie verte translucide qu'elle avait tirée sur elle. Ses cheveux blonds, qu'elle avait dû tresser avant de les faire sécher afin d'obtenir cet effet, retombaient en vagues régulières sur ses blanches épaules. Le visage était celui d'un chaton espiègle, avec des yeux en amande et un menton pointu. Deux fossettes creusaient ses joues et la bouche passée au rouge dessinait un sourire malicieux. Les herbes que Bianca venait de jeter dans le feu dégageaient dans la chambre une douce odeur rappelant la lavande en plein soleil.

— Quelle hâte, étranger ! Avez-vous ordre de me mener auprès du prévôt dans la tenue où je suis ? Ou bien vous suit-il ?

— Il a été assez stupide pour ne pas saisir une si belle occasion.

Sigismondo s'avança avant de s'incliner de cette manière qui avait retenu l'attention du cardinal Petrucci.

— Je m'appelle Sigismondo et suis votre serviteur, madame. J'ai quelque espoir que vous puissiez m'aider.

Elle se redressa sur un bras et, avec une discrète indiscrétion, la gaze verte glissa un peu plus sur son épaule gauche. Le petit chat ronronnait à présent. Elle haussa légèrement le menton.

— Vous aider, vous, *Sigismondo* ? Venez m'expliquer cela en détail, fit-elle en tapotant le drap.

Il posa le pied sur l'estrade où était juché le lit et se laissa tomber à son côté avec un sourire aussi malicieux que le sien. Elle tendit la main et la posa doucement sur la poitrine de Sigismondo.

— Qu'est-ce que c'est que cette histoire de prévôt de l'évêque ? Rien, fit-elle en lui tapotant la poitrine de l'index, *rien* ne me fera croire que vous travaillez pour le compte du prévôt de l'évêque. S'il ne tenait qu'à lui, ce bon à rien ne serait même pas capable de se faire respecter d'une puce.

Elle sentit, du bout du doigt, le tressautement du rire silencieux qu'il retenait. Elle posa alors son doigt sur la bouche de Sigismondo.

— Maintenant, dites-moi la vérité. Qu'est-ce que le prévôt de l'évêque a à voir avec votre présence ici ?

— Nous agissons tous deux selon les ordres de la princesse Corio.

Elle ouvrit de grands yeux en mimant une fausse frayeur.

— C'est *elle* qui vous envoie ?

— Elle m'a chargé de trouver les scélérats qui ont assassiné son frère.

Elle retira la main comme si les lèvres de Sigismondo la brûlaient. Elle se redressa brusquement, le voile de gaze s'affaissa autour d'elle sans qu'elle y prît garde.

— Son frère... ? Le cardinal ? Le *cardinal* ? *Assassiné ? Quand ?*

Sigismondo ne voulait pas quitter son visage des yeux, mais il jouissait d'une excellente vision périphérique.

— Il est possible, dit-il, que cela soit arrivé peu de temps après que vous l'avez quitté ce soir.

Tout en observant la jeune femme, ses doigts jouaient avec la gaze tombée en travers de sa cuisse. Polissena le fixa en silence, toute blanche sur le brocart rouge.

— Vous avez oublié vos socques là-bas.

Elle haussa les épaules, provoquant un très agaçant tremblement de chair.

— Et je suppose que Nardo a dit qu'il m'avait fait entrer.

— Difficile de dire quoi que ce soit quand on vous a tranché la gorge.

Elle eut un hoquet et écarquilla encore les yeux. Elle détourna le regard, petit chat qui s'aventure prudemment sur le territoire d'un gros matou. Comme si elle avait soudain froid, elle lui prit des mains la gaze et la serra sur sa gorge.

— Battista m'a dit que vous étiez attendue. Quand avez-vous quitté Son Éminence ?

— Lui a-t-on aussi tranché la gorge ?

Sigismondo eut un bref fredonnement songeur.

— On l'a ligoté sur une chaise et brûlé vif.

Elle porta la gaze à sa bouche et l'y laissa.

— Quand avez-vous quitté Son Éminence ? répéta-t-il d'un ton aussi détaché que possible.

Elle répondit d'une voix tremblante, à travers la gaze.

— Nous avons entendu l'horloge de la cathédrale. Je ne sais pas quelle heure elle sonnait. Il m'a aussitôt dit de prendre ma cape et de m'en aller. Il avait l'air très pressé.

— Il attendait quelqu'un.

— Il ne m'a rien dit.

Elle abaissa la gaze et ajouta avec une pointe d'indignation rétrospective dans la voix :

— Il a appelé Nardo pour que celui-ci me raccompagne sur-le-champ. On m'a pratiquement *jetée* dehors ! Je me suis retrouvée dans la rue avec Bianca et Pietro sans avoir pu récupérer mes socques. Bianca voulait retourner les prendre, les rues étaient encore humides, mais je savais que cela ferait des histoires, alors je suis rentrée.

— Vous saviez que cela créerait des problèmes ?

— Il aime que les gens fassent ce qu'il dit. Sur-le-champ veut dire tout de suite, pas question d'aller faire des histoires pour une paire de chaussures. Et pour ce qui est de faire des histoires, Bianca sait s'y prendre.

— Vous n'avez donc vu entrer personne après votre départ.

Elle regarda le feu.

— La rue était déserte. Nous n'avons vu personne en rentrant, à part un ivrogne qui vomissait dans le caniveau. J'aurais pu économiser ce que j'ai donné à Pietro : c'est Bianca qui nous en a débarrassés à coups de pied dans le derrière.

Elle se tut un instant et frissonna.

— Qui a pu faire une chose pareille ? Le brûler vif ? Son assassin devait le haïr.

— Et vous ? Le détestiez-vous ?

La question, posée d'un ton négligent, la fit réagir avec vigueur.

— Si je le détestais ? C'était un de mes meilleurs clients ! J'attendais ses visites en ville avec impatience. Il payait bien.

— Ce soir, comment vous a-t-il payée ?

— Il a pris quelques pièces dans un tiroir de son bureau, un petit tiroir dans lequel il garde de l'argent. Ça s'est passé comme d'habitude.

— Y avait-il un coffre, de cette taille, sur le bureau ? demanda Sigismondo en écartant les mains.

Elle parut surprise.

— S'il y en avait un, je ne l'ai pas vu. Pourquoi ? S'est-il fait aussi dévaliser ?

— Pas du tout, justement. On a laissé le coffre sur place.

Elle haussa les sourcils et fit une grimace incrédule.

— Ils l'ont laissé ? Ça ne peut être que l'œuvre de fous. Mais... cela s'est passé chez sa sœur. Il n'a pas crié ? Comment se fait-il que personne n'ait rien entendu ?

Sigismondo eut un sourire et, voyant s'incurver ses lèvres, elle sourit aussi. Il secoua la tête.

— Je suis venu poser des questions, et non me faire interroger. Vous saurez toute l'histoire demain au marché, avec ce qu'on aura brodé dessus. Dites-moi, avez-vous remarqué autre chose dans la pièce ? Quelque chose d'inhabituel ?

Elle parut se remémorer la scène puis, après quelques instants, secoua la tête. Une fossette réapparut timidement sur sa joue.

— Son Éminence monopolisait toute mon attention.

Elle lâcha la gaze et sa main vint se poser sur la cuisse de Sigismondo.

— Sa mort me désole. Il venait me voir chaque fois qu'il séjournait en ville. Un bon client et un homme très séduisant. Chez certains grands hommes, le charme s'arrête au bord des draps. Ce n'était pas son cas.

Si la remarque surprit Sigismondo, il ne le montra pas. Il saisit la main posée sur sa cuisse et la retourna pour en examiner la paume, dont il suivit les lignes de son pouce. Les fossettes se creusèrent. Elle se pencha pour observer.

— Que voyez-vous dans ma paume, messire ? On m'a dit que mon mont de Vénus était très bien formé. Quel avenir y lisez-vous ?

Il retourna brusquement la main.

— Un avenir très bref, si vous ne me dites pas tout.

— Mais... je vous ai tout dit. Que puis-je ajouter ?

Elle se renversa sur les traversins et ses cheveux retombèrent en cascade sur la gaze, la voilant un peu plus.

— Croyez-vous que je mente ?

Sigismondo fredonna.

— Vous avez pu choisir d'oublier quelque chose. Qui était dans la rue quand vous êtes sortie, en dehors de l'ivrogne dans le caniveau ?

Elle en resta interdite.

— Qu'est-ce qui vous fait penser que j'ai vu quelqu'un ?

— Vous avez détourné le regard avant de me répondre. Vous ne rassembliez pas vos souvenirs : vous vous efforciez de les *oublier*.

L'expression amusée disparut.

— *Qui était-ce ?*

Elle sursauta ; elle était tendue mais fixa la bouche de Sigismondo en lui répondant :

— Que ferez-vous, Sigismondo, si je ne vous le dis pas ?

— Il ne s'agit pas de moi. Je vous rappelle que le prévôt de l'évêque est un homme consciencieux.

Il lui reprit la main et la regarda en secouant la tête d'un air de regret avant d'ajouter :

— Il ne se contentera pas des poucettes. Le duc Grifone doit arriver dans quelques heures et j'ai entendu dire que la patience n'était pas son fort.

Elle retira sa main, rejeta ses cheveux derrière ses épaules et se redressa comme si elle avait besoin de plus d'air dans ses poumons.

— C'est sans importance. Je ne l'avais pas mentionné, je crois, parce que je suis trop habituée à sa présence. Tomaso Delmonte. Il me suit depuis des mois.

— Un client ?

— Oui, mais bizarre. Il veut m'épouser.

Elle fit une grimace mi-amusée, mi-contrite.

— Toujours la même histoire. Giovanezza, une amie, une collègue, pourrait-on dire, m'a affirmé que cela arrivait de façon régulière. C'est absurde. J'ai répondu à Tomaso que cela ne se faisait pas d'épouser une courtisane, que sa famille le renierait. J'ai tout fait pour le décourager. Mais il entretient une véritable obsession à mon égard. Il m'écrit des poèmes. C'est impossible de le raisonner. Il me couvre d'argent, il me supplie de partir avec lui, à Rome, en France, n'importe où.

— Il a donc de l'argent, pour vous en couvrir ?

— Oh, il est riche ! Sa famille est riche et il est la prunelle des yeux de son père. Je lui ai dit que son père changerait vite d'avis sitôt qu'il me verrait. Tomaso serait privé de l'argent qu'il lui verse, et ensuite comment vivrions-nous, à Rome ou ailleurs ? *Sur mes revenus ?*

— Ce soir, vous a-t-il suivie jusque chez vous, ou est-il resté là-bas ?

— Je lui ai dit que je ne tolérerais pas qu'il me suive, que désormais je le lui interdisais. Et il a obéi, aussi étonnant que cela puisse paraître. J'ai attendu que nous ayons tourné le coin de la rue, pour éviter tout scandale devant la porte du cardinal, surtout s'il attendait de la visite. J'étais furieuse de voir qu'il m'avait suivie jusqu'au palais Corio. Le cardinal déteste les ragots. Quand nous avons tourné au coin de rue suivant, il était resté là où nous l'avions laissé.

— Non loin de la porte privée du cardinal.

— N'allez pas penser que... Tomaso ne ferait jamais ça. Il ne ferait pas de mal à une mouche.

— J'ai connu des gens qui savent épargner la vie d'une mouche mais n'hésitent pas à tuer un homme. L'obsession engendre des monstres. Le cardinal connaissait-il Tomaso ?

— J'en doute. Les Delmonte sont de riches marchands ; il connaissait peut-être le père de Tomaso, mais je n'imagine pas la princesse Corio invitant la famille pour lui présenter son illustre frère. Pourquoi ?

Sigismondo rit.

— Encore une question ? Parce que ceux qui ont assassiné le cardinal étaient attendus. Nardo savait qu'il devait les laisser entrer.

Brusquement, elle eut un sourire radieux et se rallongea sur les traversins.

— Alors ce n'était pas Tomaso. Je ne vois pas Nardo le laisser entrer après moi.

Elle pouffa.

— Son Éminence aussi était pressée, et personne ne sera jamais impatient de rencontrer Tomaso.

— Ce n'est peut-être plus vrai à l'heure qu'il est.

Une ride se creusa entre les deux sourcils parfaitement épilés.

— Que voulez-vous dire ?

— Je veux dire que si Tomaso a vu la personne que le cardinal attendait, il risque de subir le même sort que Nardo.

Elle se redressa d'un air soucieux.

— Oh ! Ne pouvez-vous pas le sauver ? Pauvre Tomaso.

Susurrée d'une voix douce, la phrase aurait fait une épitaphe parfaite, comme pour un toutou.

— Si les assassins pensent qu'il les a vus, il est sans doute déjà mort, or les hommes du prévôt ont passé toutes les rues voisines du palais Corio au peigne fin. Ils n'ont trouvé aucun cadavre. Espérons que Tomaso, privé de votre compagnie et sous le coup de vos reproches, est rentré tout de suite chez lui. Peut-être avait-il en tête un poème qu'il aura voulu noter aussitôt.

Elle s'étendit à nouveau en riant de bon cœur, dévoilant de parfaites petites dents.

— Ces poèmes ! Je ne vous dirai pas à quoi Bianca les utilise. J'ai dit cent fois à Tomaso qu'il ne faisait que gaspiller du bon papier, mais il n'y a de pire sourd que celui qui ne veut pas entendre. Alors, qu'allez-vous faire ? Puis-je vous aider en quoi que ce soit ?

Elle glissa sur les traversins, et la gaze glissa plus qu'elle. Elle tendit les bras devant elle en frissonnant, comme un chat qui s'étire.

Sigismondo se leva, remit une bûche dans le feu qui s'éteignait et, après avoir regagné le lit, emplit une coupe de vin à l'aide de la cruche décorée en argent qui se trouvait sur la table de chevet et la lui proposa. Elle refusa d'un geste gracieux de la main. Sigismondo vida la coupe sans quitter la jeune femme des yeux, tandis que le feu embrasait ardemment le morceau de bois.

Depuis qu'il avait évité à dame Minerva de laisser sa tête par terre à Montenero, les choses étaient allées vite et les dangers s'étaient multipliés. Il était responsable de la vie de plusieurs personnes, et ces vies seraient gravement menacées avec l'arrivée du duc cet après-midi même. Toutefois, tout ce qui était dans le domaine du possible avait été fait, et Sigismondo n'était pas homme à gaspiller son énergie en anticipant des problèmes dont il savait, comme le lui avait enseigné l'expérience, qu'il saurait les régler au moment où ils surgiraient. La dernière fois qu'il avait dormi, c'était à Fontecasta, dans la nuit de jeudi, et il espérait bien prendre quelques heures de repos avant l'aube de ce samedi. En attendant, il y avait Polissena.

CHAPITRE XXIV

« Oseriez-vous déranger les morts ? »

Bianca avait été conquise par Benno. Elle aimait son attitude dépourvue d'embarras et son mutisme ; et puis il lui avait adressé un sourire amical. Elle était décidée à passer un bon moment avec lui.

Pourtant, quand elle voulut s'approcher de lui, quelque chose l'arrêta. Ses narines se dilatèrent, puis se refermèrent tandis qu'elle reculait d'un pas. Elle le détailla, puis une vague de gaieté irrésistible l'envahit. Elle mit les poings sur les hanches et se pencha en ramenant les épaules en avant de façon à faire bâiller l'échancrure de son corsage.

— Est-ce que je te plais ?

Benno eut un hoquet. Jamais une femme ne lui avait fait une telle proposition, et il doutait même qu'elle fût sincère, mais il était bien décidé à saisir sa chance. Curieusement, il ne pensa pas une seconde à l'argent, peut-être parce qu'il lui semblait évident que tout le monde comprenait en le voyant qu'il n'en avait jamais.

— *Bien sûr* que tu me plais !

— Alors tu dois faire ce que je te dis. Sans discuter. Compris ?

— Je dois être ici quand mon maître sortira.

— Je connais ma maîtresse et j'ai vu quel genre d'homme est ton maître. Elle ne va pas le laisser filer comme ça, et un homme qui a une bouche comme la sienne ne lui dira pas non. Il ne doit pas trouver le temps long quand il est avec une femme, est-ce que je me trompe ?

Elle se trémoussa un peu. Les yeux de Benno n'en perdaient pas une miette.

— Qu'est-ce que je dois faire ? s'enquit-il.

Bianca se redressa, fit demi-tour et, ouvrant une porte, commanda :

— Par ici.

Benno la suivit. La modeste chambre n'était éclairée que par la lueur d'un petit feu. Elle était meublée d'une grande baignoire, d'une paillasse et d'un paravent où était suspendu un drap. Bianca se tourna et, avec des gestes prudents, défit le justaucorps de Benno.

— Attention, fit-il.

Elle s'immobilisa en voyant émerger la tête de Biondello, dont les narines frémirent en découvrant les senteurs d'herbes et de parfum qui flottaient dans la pièce.

— Mon Dieu ! J'ai cru que tu avais une chemise de rechange là-dessous... Je suis sûre qu'il a des puces, lui aussi.

— Oui, acquiesça Benno. C'est vrai.

Ce n'est que tout récemment qu'il avait acquis une chemise de rechange, la première de sa vie, et elle était pliée dans la fonte de sa selle.

— Déshabille-toi.

Benno ôta son justaucorps et posa Biondello à terre. Après avoir rapidement exploré et reniflé la pièce, celui-ci alla s'installer près du feu et entreprit de se mordiller les flancs. Ses puces s'étaient réveillées en même temps que lui.

— Allons, enlève tout.

— Tout ?

Benno retira ses bottes et Bianca se mit à dénouer les liens de ses chausses.

— Pourquoi donc ? ajouta-t-il.

— Parce que je te le demande.

Elle lui fit passer sa chemise par-dessus la tête. Avec la chemise vinrent une avalanche de miettes, un tissu tout gras et chiffonné, une prune moisie et desséchée, une demi-douzaine de noisettes, une figue sèche écrasée, un morceau de fromage, un oignon et une pomme. Comme galvanisé, le museau en bataille, Biondello s'approcha. Jusqu'alors il n'avait pu que lécher avec dévotion la chemise dans laquelle étaient enfermés ces trésors.

— Hé ! s'exclama Benno en voyant disparaître un morceau de pain.

— Hé ! fit Bianca en retirant sa robe.

Se désintéressant du sort de ses provisions, Benno s'avança vers elle. Elle s'écarta et désigna la baignoire.

— Là-dedans.

Il tourna la tête.

— Mais c'est plein d'eau !

Elle garda le doigt tendu. Intrigué mais décidé à faire preuve de bonne volonté, Benno entra dans l'eau parfumée. Elle lui arrivait aux genoux, tiède en surface, chaude au fond.

De sa vie il n'avait encore jamais vu de femme nue, et cette souple Noire lui brouillait l'esprit. Elle lui commanda de s'asseoir, puis entra dans la baignoire et s'assit en face de lui.

Ils étaient serrés, mais c'était loin d'être désagréable. Pendant quelques instants, Benno s'inquiéta d'entendre Biondello fourrager dans le tissu enveloppant le bout de viande, mais bientôt Bianca monopolisa toute son attention. Elle le lavait.

Il s'était souvent demandé pourquoi les nobles prenaient un bain de temps à autre, et à présent un sourire séraphique s'étirait au milieu de sa barbe.

Au cours de l'heure suivante, entrecoupée d'interruptions tour à tour pratiques — comme lorsqu'elle devait se pencher hors de la baignoire au risque de perdre l'équilibre afin de remettre une branche dans le feu, ou qu'il devait empêcher Biondello de venir se joindre à leurs jeux — et érotiques, Bianca le récura de la tête aux pieds. Les seules expériences que Benno avait connues avec les filles s'étaient déroulées contre un mur ou dans la paille d'une écurie. Prendre ainsi tout son temps pour cela était aussi nouveau pour lui que le fait de tremper dans un bain. Il était aux anges.

Tandis que Benno profitait à fond de son premier bain, la grande cuisine de Fontecasta semblait abriter une soirée familiale. La vieille femme était accroupie devant le feu qui crépitait, profitant de sa lumière pour trier des herbes ; l'aveugle, assis sur le banc à haut dossier, écoutait la lecture que lui faisait la jeune fille ; et, à moitié noyé dans la pénombre, le vieil homme somnolait sur un banc.

Le seigneur Mirandola savait gré de sa lecture à dame Minerva, parce que sa voix harmonieuse et sa compréhension du latin qu'elle lisait augmentaient considérablement son plaisir à l'écouter. Sa lectrice précédente, décédée depuis trois ans, lisait d'une voix monocorde, se satisfaisant de prononcer les mots sans se soucier de leur sens, et il devait supporter en silence nombre d'erreurs phonétiques.

Il lui en était également reconnaissant car cela distrayait son esprit de l'anxiété. Que Massimo ne soit pas encore revenu signifiait qu'il était resté enfermé dans la ville, et Mirandola craignait qu'il ne lui soit arrivé pire encore. La découverte du médecin avait affolé l'aveugle. La fille avait fait de son mieux pour le tromper. Mirandola l'avait entendue se plaindre comme un garçon malade et grognon, mais par un malheureux coup du sort, le médecin avait un faible pour les mignons petits garçons, de sorte que, sans se contenter des saignées et collectes d'urine habituelles, il avait procédé à un examen qui fut fatal et à la pudeur de Minerva et au rôle qu'elle jouait. Il ne faisait aucun doute que ce maudit docteur était allé porter la nouvelle à Colleverde. Pour Mirandola la présence d'une jeune fille chez lui, alliée à sa propre relation avec la princesse sa mère, rendaient inévitable que l'on devine sa véritable identité. Il ne pouvait pas savoir que Sigismondo avait nié auprès du cardinal s'être rendu à Montenero, de sorte qu'il n'existait aucun lien apparent avec la princesse Oralia. Mais Sigismondo n'était pas revenu, pas plus qu'il n'avait répondu à son message urgent. Tous ceux qui se trouvaient à Fontecasta seraient en danger sitôt que les portes de la ville s'ouvriraient le lendemain matin.

La jeune fille interrompit sa lecture et remarqua :

— Les chiens aboient beaucoup.

— Ils hurlent à la lune. C'est pour ça qu'ils ne font pas de bons chiens de garde. Ils aboient tout le temps.

Elle portait toujours ses habits de garçon, à la seule différence, notable, que Sybilla les lui avait lavés pendant qu'elle était alitée. Elle s'était en outre enveloppée d'un fin châle blanc que sa mère avait envoyé au seigneur Mirandola, et, bien qu'elle n'ait plus mal à la gorge, Sybilla avait insisté pour qu'elle noue un tissu écarlate autour de son cou afin de le protéger de l'air nocturne. Sybilla prit un bol de céramique qui se trouvait près la cheminée, se leva et vint le présenter à la jeune fille avec un marmottement réprobateur où il était question de « gorge » et de « voix ».

— Buvez, noble dame, fit Mirandola d'un air amusé.

Elle était en train de boire, et la vieille attendait pour récupérer le bol, quand Mirandola leva la main d'un air inquiet. Les deux femmes le regardèrent, virent qu'il tendait l'oreille, et tous se figèrent, laissant leurs gestes en suspens.

— Dans le verger? fit la voix rauque d'un ton étouffé. Là, dehors... en train de creuser...

Ils avaient un flambeau et une lanterne. Deux hommes creusaient, leurs pioches éventrant la terre, un troisième gardait les chevaux près de la grille dégondée du mur et un quatrième attendait, enveloppé de son manteau, les yeux étincelants. Ils ne s'inquiétaient pas du bruit qu'ils pouvaient faire; aucune lumière ne se montrait dans la maison, éloignée d'une centaine de mètres, et les aboiements monotones des chiens n'alertaient personne. On aurait dit que l'immense cyprès derrière eux reproduisait en beaucoup plus grand la silhouette de leur flambeau. Les arbres noueux du verger disparaissaient dans l'obscurité. Tout en creusant, et tandis que leur haleine formait de petits nuages, les hommes jetaient de temps à autre un regard à la maison silencieuse. Après les pioches ils se servirent d'une pelle, mais ne remontèrent que des pierres brisées.

Soudain, dans un bruissement d'ailes — *hoosh* –, un immense oiseau passa juste au-dessus d'eux. Ils s'accroupirent et restèrent un moment immobiles; l'espace d'une seconde on crut entendre les battements de cœur de l'un d'entre eux.

— *Continuez.*

Ils se remirent à creuser, jetant des pierres sur le tas de gravats et dans l'herbe voisine. Ils examinèrent le fond du trou, qu'ils éclairèrent avec la lanterne pour être tout à fait sûrs. Puis ils se redressèrent et, sans un mot, se tournèrent vers l'homme enveloppé dans son manteau. A la lueur de la torche ils virent qu'il serrait son vêtement autour du cou; le scintillement des broderies d'or de son gant trahissait une respiration rapide.

— Pas de cadavre?

— Rien du tout, seigneur. Que des pierres. On a atteint le fond.

Ils entendirent le sifflement de l'épée qu'il dégaina.

— *C'est donc qu'il est vivant.* Prenez vos pioches. Toi, donne-moi ça.

Tandis que les hommes se hissaient hors de la tombe, il s'empara du flambeau.

— A la maison !

Depuis qu'ils étaient arrivés, les aboiements étouffés n'avaient pas cessé. Ils se firent brusquement plus proches et ne tardèrent pas à être sur eux. C'étaient deux molosses, le corps lourd, le poil hirsute, la mâchoire agressive. Une pioche en cueillit un à la tête. Le chien fut soulevé et retomba dans l'herbe en se convulsant. Un coup de torche sur le museau stoppa l'autre, qui recula en glapissant tandis que la lueur du flambeau et la clarté de la lanterne découvraient un homme armé d'une hallebarde, un homme vigoureux à l'air résolu, qui cria :

— Par tous les diables, que faites-vous ici ? Ignorez-vous qu'il y a des fantômes ici ? Oseriez-vous déranger les morts ?

Gruchio, que ses succès passés rendaient confiant, avait négligé le plan d'urgence recommandé à la maisonnée par Sigismondo ; mais cette fois, il n'avait pas affaire à de simples paysans déjà apeurés par la réputation de l'endroit. Il eut à peine le temps de le réaliser, et de voir ce qui était arrivé aux chiens, avant que sa poitrine soit transpercée par le fer d'une pioche.

Le trio attendit quelques instants pour voir si une nouvelle attaque survenait ; le chien brûlé se frottait le museau de sa patte et l'enfonçait dans la terre, mais après un nouveau coup de torche assené par l'homme qui tenait l'épée, il fila en glapissant sans demander son reste. Puis l'homme pointa son épée en direction de la maison.

Trop confiant, Gruchio avait laissé la porte entrebâillée. L'homme à l'épée l'ouvrit en grand, et l'un de ses sbires leva la lanterne qui oscilla au bout de sa chaîne. Ils se trouvaient à l'entrée d'un petit couloir. Au bout, se découpant contre un rideau, absolument immobile, le visage encadré de boucles blondes, se tenait un jeune garçon dont on distinguait le corps à travers une mince et ondulante substance blanchâtre, et dont la tête était séparée du corps par une profonde entaille rouge vif. En oscillant, la lanterne replongea le bout du couloir dans l'ombre. Quand elle revint à sa position initiale, le couloir était désert.

Avec un hurlement de bête, le chef du trio se retourna et s'éloigna en vacillant. Les paroles de Gruchio résonnèrent dans sa tête : « *Il y a des fantômes ici ! Oseriez-vous déranger les morts ?* »

Derrière lui, ses acolytes avaient aperçu eux aussi la silhouette diaphane avant qu'elle disparaisse entre deux oscillations de lanterne, et, terrifiés par son hurlement, ils filèrent en toute hâte vers leurs chevaux. L'un d'eux faillit tomber dans la tombe ouverte lorsqu'un nuage masqua la lune ; l'autre, ne parvenant pas à dénouer les rênes de la branche où il les avait attachées, arracha la branche et l'emporta au galop avec lui. Affolé par le hurlement, l'homme qui était resté surveiller les chevaux bondit sur le sien et détala.

Tandis que ses complices tentaient de monter en selle, l'homme à l'épée courait en trébuchant dans le verger, où il finit par s'affaler en frissonnant. Tandis que le bruit des sabots s'évanouissait au loin, il resta à se débattre dans l'herbe comme un poisson hors de l'eau, ses doigts griffant le tas de terre qu'ils avaient sorti de la tombe.

La lune émergea du nuage et répandit de façon impartiale sa clarté sur l'homme qui se débattait ainsi que sur l'autre corps, étendu non loin de lui, qui ne se battrait plus jamais.

CHAPITRE XXV

« Le diable est entré à Colleverde »

L'aube du samedi fut agitée, à Fontecasta comme à Colleverde.

Minerva, que Sybilla avait fait rentrer en toute hâte dans la cuisine tandis qu'elle se tenait figée dans la lueur oscillante de la lanterne des intrus, avait passé la nuit à la cave, sous une trappe verrouillée dissimulée dans le sol de la cuisine. Elle n'avait presque pas dormi. Le visage du prince Livio, l'homme qu'elle croyait son père depuis sa naissance, celui dont elle avait connu depuis quatorze ans, comme tous ceux qui l'entouraient, les élans d'affection et les reproches, le désintérêt, le dédain et la violence de tempérament, celui qui, la dernière fois qu'elle l'avait vu, avait décapité son frère sous ses yeux, ce visage était devant elle et l'empêchait de dormir. Il la fixait. Il l'avait reconnue. Il reviendrait. Elle ne comprenait pas pourquoi il ne lui avait pas tranché la tête séance tenante.

Transie, inconfortablement installée sur des sacs de légumes, elle sombra dans un demi-sommeil juste avant l'aube et rêva. Elle rêva qu'elle se tenait debout, les mains autour du cou, contemplant sa propre tête à ses pieds. Elle se réveilla en sursaut avec un gémissement qui fit remuer Sybilla, endormie sur un tas de sacs, qui dodelinait de la tête en serrant à deux mains la fourche qu'elle avait en travers de sa poitrine. Si quelqu'un avait réussi à trouver et à ouvrir la trappe secrète, Sybilla, prête à vendre chèrement ce qui lui restait à vivre, aurait donné au premier homme qui se présentait l'occasion de contempler son propre foie.

Dans la pénombre, Minerva distinguait à peine, allongé sur une vieille table à tréteaux, enveloppé d'un manteau, Mirandola qui, s'il ne dormait pas, était en tout cas silencieux. Aucun intrus n'avait pénétré dans la maison, mais Gruchio n'était pas rentré. Ils le considéraient comme mort, mais à l'heure qu'il était, personne n'aurait couru le risque de sortir pour vérifier. Les chiens n'avaient pas aboyé ; ni Sigismondo ni Massimo n'étaient revenus. Tous deux avaient peut-être péri à Colleverde.

Minerva savait ce qu'elle avait à faire. Sa lecture des classiques lui avait dévoilé de nombreux récits de sacrifice, d'hommes et de femmes qui risquaient leur vie, et souvent la perdaient, dans l'intérêt d'autrui. Elle-même portait le nom de la déesse de la guerre, coiffée d'un casque, portant la lance et le bouclier. Le titre le plus émérite que les hommes pouvaient donner à une femme n'était-il pas celui de « virago » ? Elle serait une nouvelle Caterina Sforza. Elle montrerait au monde que rien ne pouvait l'intimider. Elle se procurerait un cheval et se rendrait en personne à Colleverde pour voir si Sigismondo et Massimo étaient toujours en vie. S'ils étaient morts, elle irait à Rocca demander à son oncle Ludovico de se porter au secours de Mirandola.

Elle était la seule à pouvoir le faire. C'est à elle qu'il revenait de protéger l'aveugle et la vieille femme. Cinq jours auparavant, dans le monde désormais disparu de Montenero, lorsqu'elle était encore la fille chérie de la princesse Oralia, elle n'aurait pas prêté plus d'attention à cet aveugle et à cette vieille femme qu'aux mendiants qui se pressaient aux portes du palais. Désormais, elle faisait partie de leur monde. Elle s'était même prise d'amitié pour la vieille sorcière qui avait soigné sa fièvre, qui la houspillait avec un torrent de reproches incompréhensibles, qui ressemblait à un personnage surgi de quelque lointain passé, comme une vieille nounou, sévère mais affectueuse, dont on se souvient à peine.

Quant à Mirandola, elle était touchée par sa courtoisie et sa considération, mais le soupçonnait par ailleurs d'être celui à qui elle aurait dû, toutes ces années, en lieu et place du prince Livio, témoigner de son amour filial. Il y avait de l'affection dans sa voix quand il s'adressait à elle ; et puis, pourquoi sa mère se serait-elle donné la peine de protéger un homme qu'elle aurait seulement pris en pitié ? D'abord choquée et dégoûtée lorsqu'elle avait appris l'aveu d'infidélité de sa mère, Minerva avait changé. Elle se sentait la gardienne d'un secret romantique. A quatorze ans, cela lui donnait la force d'aller affronter des dragons.

Pendant que Minerva et Sybilla contemplaient d'un air horrifié le corps de Gruchio gisant sur le dos dans l'herbe du verger couvert de rosée, Sigismondo avait les yeux baissés sur un autre corps allongé, celui de Benno sur la paillasse de Bianca. Bien que nu et endormi, Benno avait un avantage sur Gruchio : il était vivant.

Une fois réveillé, il aurait toutefois pu jurer qu'il revenait du paradis. Il adressa un sourire confus à son maître tandis que Bianca lui empilait ses vêtements sur l'estomac tout en faisant la révérence à Sigismondo.

— Hum-hum. Je vois que je vous dois également l'hospitalité pour mon serviteur, remarqua-t-il en lui donnant comme pourboire deux fois plus que ce qu'elle espérait.

Certains individus sont des gentilshommes de nature et savent comment se comporter avec autrui sans qu'il soit nécessaire de leur faire un dessin.

Le petit chien à qui manquait une oreille se frottait contre les chevilles du gentilhomme en agitant la queue en signe de bienvenue. Il avait dévoré la plus grande partie de ce que contenait la chemise de Benno, ainsi que, comme Bianca n'allait pas tarder à s'en apercevoir, une jolie part de brioche qu'elle avait préparée pour le petit déjeuner de sa maîtresse.

— Soyez prudent quand vous sortirez en ville, messire, dit-elle à Sigismondo. On raconte que le diable est entré dans Colleverde. Vous avez appris l'horrible nouvelle de ce qui est arrivé à Son Éminence ?

— Je suis venu en faire part à ta maîtresse. C'est Benno qui t'en a parlé ?

— Quoi ? Il était au courant ? Il n'en a pas soufflé mot !

— J'imagine qu'il avait d'autres préoccupations en tête. Qu'est-ce que c'est que cette histoire de diable ?

Quoique déçue de ne pas avoir pu révéler la nouvelle la plus grave, Bianca en avait heureusement d'autres en réserve, et tandis que Benno remettait ses vêtements, tout heureux de retrouver leur odeur familière, elle posa les poings sur les hanches et raconta :

— C'est Pietro qui nous l'a appris en nous livrant l'eau ce matin. La ville ne parle que de ça ! C'est une vengeance à cause des reliques, vous comprenez : Satan contre la sainte. Comme c'est le cardinal qui a apporté les reliques, c'est lui qui a souffert le premier. Et comment aurait-il pu brûler comme ça dans la maison de sa sœur si c'était pas l'œuvre du diable ?

— Comment le prévôt de l'évêque va-t-il s'y prendre pour arrêter le diable ?

Bianca secoua la tête avec énergie, ce qui délogea un coin du fichu de soie couleur corail dans lequel elle avait enroulé ses cheveux.

— Bah, celui-là, il arrêtera le premier venu pour avoir l'air de faire quelque chose, rétorqua-t-elle en remettant le tissu en place. Et d'ailleurs, le diable n'est pas bien loin.

Elle se pencha en avant, les mains posées sur les cuisses, et, baissant la voix, jeta un coup d'œil à Benno pour s'assurer que lui aussi entendait bien cette nouvelle de premier choix :

— On raconte qu'il vient de Fontecasta. Sous les traits d'un *homme mort*.

Elle se redressa et les regarda tout en renouant son turban, consciente d'avoir produit son effet. Sigismondo l'observa d'un air impassible, mais une expression horrifiée se peignit sur le visage de Benno lorsqu'il émergea de la chemise qu'il était en train d'enfiler.

— Oui, parfaitement ! Un homme mort ! On dit que des individus se sont présentés à la porte est ce matin au point du jour, à moitié fous et parlant d'une tombe vide à côté de cette villa, là où il y a des fantômes.

— Fontecasta, fit Sigismondo qui avait croisé les bras et se caressait la lèvre supérieure du bout de l'index. Comment savaient-ils qu'il y avait là-bas une tombe vide ?

Bianca haussa les épaules. Elle avait l'habitude, lorsqu'elle faisait cela, que les hommes lorgnent l'échancrure de sa robe, mais ces deux-là gardèrent les yeux fixés sur son visage.

— Comment le saurais-je, messire ? Il y a des gens qui aiment faire ce qui est interdit. On dit que les cadavres ont un grand pouvoir. Le prévôt doit faire surveiller le gibet la nuit, sinon les gens vont y voler des morceaux de cadavre — il est logique de penser que si des reliques de saints peuvent faire du bien, des morceaux d'individus qui n'avaient rien de saint sont capables de causer du tort. Et il y a des gens qui veulent causer du tort. Mais brûler Son Éminence, voilà une liberté que seul le diable aurait pu prendre.

Sur quoi elle alla déverrouiller la porte, qu'elle tint ouverte devant les deux hommes. D'en bas leur parvenait le bruit joyeux de cochons fourrageant dans la cour.

— Messire, dites au prévôt de l'évêque qu'il ferait bien d'aller faire un tour à Fontecasta.

Lorsque Benno fut arrivé au bas de l'escalier, Biondello dévalant les marches derrière lui, il s'adressa en un murmure pressant à Sigismondo.

— Qu'est-ce que vous allez faire ? Maintenant, tout le monde va savoir que le seigneur aveugle n'est pas mort, n'est-ce pas ? Vous croyez que le prévôt va se rendre à Fontecasta ?

Il regarda Sigismondo et se tut aussitôt. Dans la demi-clarté matinale, et à moitié dissimulé dans l'ombre du capuchon, le visage de son maître était intimidant. Lorsque Sigismondo avait pris Benno à son service, il l'avait averti de ne pas poser de questions. Or Benno venait d'en poser trois d'affilée.

Sigismondo posa la main sur son épaule et le regarda droit dans les yeux comme pour éprouver sa détermination.

— Benno, tu dois aller à Fontecasta avant le prévôt. Ramène tout le monde ici à Colleverde.

Il fronça les sourcils.

— Je voulais persuader le prévôt de relâcher Massimo afin qu'il puisse repartir à Fontecasta dès l'aube, mais nous avons été devancés. Espérons que Gruchio aura eu le temps de mettre nos amis à l'abri dans la cave.

— S'ils s'étaient fait égorger, on l'aurait su, non ? On dirait bien que la sorcière les a fait fuir une nouvelle fois.

Le visage sombre de Sigismondo parut se détendre et il tapota amicalement le crâne de Benno.

— On dirait que Bianca t'a aussi lavé le cerveau. Mais les choses vont plus vite que je croyais. Je me suis réveillé ce matin avec en tête les paroles du prévôt : *Le prince Livio arrivera au même moment.* Pourquoi le cardinal aurait-il convoqué le prévôt au palais Corio pour lui dire que tout se passerait comme prévu ?

Imaginons qu'il ait voulu dire que le duc Grifone et son fils arriveront aujourd'hui, comme prévu, et que le prince arrivera *au même moment* ?

— Autrement dit, pas dimanche.

— Pas dimanche. Ce qui veut dire que le prince Livio s'attend à récupérer dame Minerva cet après-midi, ou bien qu'il vient avec une épouse de remplacement.

— S'il doit arriver d'un instant à l'autre à Colleverde, est-ce que ce n'est pas dangereux que dame Minerva et les autres viennent ici ? Le duc Grifone connaît sûrement le seigneur aveugle, n'est-ce pas ? Et s'il a autrefois ordonné qu'on le jette aux loups, il tiendra à finir le travail, non ?

— Quand on est confronté à deux dangers, il faut jongler avec eux pour voir lequel est le plus léger.

Les yeux de Sigismondo s'étaient détournés de Benno et semblaient observer quelque chose que lui seul pouvait voir.

— Je dois rester ici, mais toi, tu as besoin d'aide. Viens.

Perplexe, Benno emboîta le pas à Sigismondo avec la même foi aveugle dont faisait preuve Biondello, qui trottinait derrière eux. Ils arrivèrent sur la place de la cathédrale. Bien que le jour ne fût pas encore complètement levé, les marchands s'interpellaient, on installait des étals, des lampes brûlaient çà et là, une foule de gens portant des seaux se pressait autour de la fontaine et un brouhaha de voix enveloppait toute la place. Un flot continuel de pèlerins convergeait vers la cathédrale. Sur leur estrade, les nains répétaient leur nouvelle pièce improvisée sur la visite du diable au cardinal. Tandis que Sigismondo passait devant eux tout en parcourant la foule du regard, il les entendit discuter bruyamment du danger que présentaient, pour la scène elle-même et pour les bâtiments alentour, les torches avec lesquelles ils voulaient, grâce à une ouverture dans le plancher de la scène, faire mine de rôtir le cardinal.

Les nains n'étaient pas les seuls artistes à répéter. Non loin des pendus qui se balançaient de façon déprimante au bout de leur corde, et de leurs gardiens somnolents, la lumière rosâtre du matin fit étinceler des lames de couteaux projetés en l'air.

— Angelo, fit Sigismondo tandis que le jeune homme aux cheveux d'or rattrapait habilement le dernier poignard et l'escamotait dans quelque repli de vêtement. Angelo, nous avons besoin de toi.

Les pâles yeux gris examinèrent les deux hommes. Benno paraissait ni plus ni moins stupide que d'habitude ; Sigismondo avait l'air calme. Angelo ne s'attendait pas à autre chose, mais que ces deux-là l'appellent à l'aide signifiait qu'il y avait urgence.

— Voyons combien vous me proposez, fit Angelo.

CHAPITRE XXVI

Visible un instant, invisible le suivant

Ce qui se passait à Fontecasta relevait également de l'urgence. Élevée comme une princesse, habituée à agir selon son bon vouloir et aiguillonnée par ses rêves héroïques, Minerva avait eu raison des tentatives de Mirandola visant à l'empêcher de partir. Loin d'essayer de l'en dissuader, Sybilla aurait souhaité l'accompagner, et c'est seulement l'impossibilité d'emmener Mirandola, tout comme de le laisser seul, qui la décida à rester.

Même si elle n'avait pas eu l'air de l'aimer beaucoup quand il était en vie, Sybilla était furieuse de la mort de Gruchio ; peut-être, à vrai dire, sa colère était-elle dirigée contre lui, pour s'être fait tuer. Cela parut lui insuffler l'énergie nécessaire pour l'enterrer. Elle ne jugeait ni sain ni prudent de le laisser sans sépulture. Ses gestes ainsi que les rares paroles intelligibles qu'elle prononçait traduisaient sans équivoque sa crainte de voir revenir les terribles visiteurs de la nuit, de sorte que Minerva l'aida à tirer le corps du vieil homme jusqu'à la tombe dans laquelle, faute de cordes pour l'y déposer en douceur, elles le firent rouler. Minerva dut détourner la tête pendant que Sybilla jetait des pelletées de terre et de pierres sur le visage cireux et sanguinolent encadré de cheveux blancs qui gisait au fond. Mirandola insista pour se faire conduire au cimetière du verger afin de prononcer une prière, puis, une fois que cela fut fait, Sybilla se signa et débita un long et sonore monologue dans un galimatias compréhensible d'elle seule, après quoi elle nettoya la pelle. Minerva crut toutefois discerner quelques mots dans le charabia de la vieille, mais ce n'était assurément ni du latin, ni de l'italien, ni, si elle se fiait à sa connaissance rudimentaire de cette langue, du grec, de sorte qu'elle en conclut que c'était pure invention de la part de la vieille femme.

Celle-ci l'aida ensuite à seller le plus en forme des deux canassons de la villa, ce qui n'était pas plus mal car en entrant dans l'écurie Minerva était restée debout à regarder les deux bêtes en se disant que, d'habitude, les chevaux qu'elle montait n'avaient pas qu'un simple licou, et que le harnais suspendu au mur n'allait sûrement pas se mettre en place tout seul. Sybilla avait bouclé la sangle en expédiant son poing dans le ventre de l'animal et en serrant la lanière juste au moment où il se contractait de surprise. Minerva partit pour Colleverde par la piste que lui montra Sybilla, laquelle ne se contenta pas de donner des coups en l'air du tranchant de la main, mais consentit à prononcer les mots : « Tout droit. »

Pendant ce temps, Angelo louait des chevaux pour se rendre à Fontecasta. Sigismondo lui avait dit qu'il y avait assez de chevaux à la villa pour emporter l'aveugle et Gruchio, et que la fille pourrait monter derrière l'un ou l'autre ; quant à la vieille, si elle ne voulait pas voyager sur la même monture que Gruchio, elle n'aurait qu'à prendre l'âne parqué dans le verger.

— Tu auras affaire à des gens très têtus, l'avait prévenu Sigismondo.

Angelo s'était contenté de dévoiler ses dents, comme un autre aurait pu faire luire la lame d'un poignard. Benno, loin de se sentir froissé de ce qu'on ne lui fît pas confiance pour aller seul à Fontecasta, était profondément heureux de la compagnie d'Angelo. S'il y avait quelqu'un, à part son maître, capable d'affronter un seigneur défunt et une sorcière, c'était bien Angelo.

Le sentier étroit et pierreux que suivait Minerva, zigzaguant parmi des arbres et d'énormes rochers, était plus adapté à des chèvres qu'à des chevaux. Par ailleurs, le poing de Sybilla n'avait pas frappé assez fort, et la selle ballottait. Enfin, privée de la protection de ses jupes habituelles, Minerva commença à avoir mal aux cuisses.

Finalement, sa monture se mit à boitiller.

Elle descendit de cheval et, tout en regrettant de ne pas savoir à quelle distance se trouvait encore Colleverde, prit l'animal par la bride et poursuivit son chemin. Bientôt un nouveau problème surgit. Elle avait aux pieds les bottes de Gruchio. Les petites mules qu'elle portait quand Sigismondo l'avait emmenée avec lui ne convenaient qu'aux sols de marbre ou de parquet poli. Dès qu'elle l'avait vu marcher dans le verger, Sybilla avait compris qu'elle aurait besoin d'autres chaussures et avait retiré ses bottes à Gruchio pour les lui offrir. Minerva avait d'abord renâclé. Jamais au grand jamais elle ne pourrait les porter. Puis elle s'était souvenue qu'elle était désormais une héroïne et les avait enfilées. Mais à présent, progressant du même pas clopinant que celui de son cheval, elle se dit que porter les bottes d'un mort n'était peut-être pas une chose recommandable. La laine que Sybilla y avait fourrée afin de les adapter à son pied s'était tassée en boules douloureuses. Après sa nuit sans sommeil, elle commençait à avoir des vertiges, et ses élans d'héroïsme s'étaient considérablement calmés. Mais la pensée cauchemardesque ne la quittait pas que son père... enfin, le prince Livio reviendrait à coup sûr la chercher à la villa ; et que lorsque cela arriverait, il serait infiniment préférable qu'elle se trouvât à Colleverde.

A Colleverde, le prévôt de l'évêque, qui marchait de long en large en agitant nerveusement les doigts, ne savait quelle attitude adopter face aux rumeurs horrifiées qui couraient au sujet de la mort du cardinal. Lui-même manquait trop d'imagination pour céder à la superstition, mais si cette villa de Fontecasta n'avait pas été le théâtre d'un événement surnaturel, il fallait tout de même convenir que quelqu'un avait tout mis en œuvre pour le faire croire. Cela méritait punition. Il ne pouvait enquêter lui-même, étant déjà fort occupé en ville — avant tout, naturellement, par les préparatifs de l'arrivée du duc Grifone, mais aussi parce qu'il voulait garder à l'œil ce singulier individu engagé par la princesse Corio. Il devait tenter de retrouver les hommes qui étaient à l'origine de la rumeur concernant Fontecasta ; il entendait les interroger de manière approfondie — peut-être trop approfondie à leur goût — dès qu'on les aurait identifiés, mais les gardes postés aux portes de la ville n'avaient fourni qu'une description des plus vagues. Ces drôles avaient sans doute beaucoup contribué à la propagation des rumeurs, et il était probable, en dépit de ce qu'ils prétendaient, qu'ils les avaient laissé entrer avant l'aube, car ils avaient avoué qu'il faisait « trop sombre » pour distinguer leurs traits... La seule chose à faire était d'envoyer à Fontecasta quelques-uns de ses propres hommes, dont, pourtant, Dieu savait qu'il ne pouvait se passer, afin de voir s'il s'y trouvait bien une tombe vide — car il était peu probable que les fantômes se montrassent à la lumière du jour — et d'emmener pour interrogatoire quiconque se trouvait à la villa.

C'est ainsi que les hommes du prévôt, beaucoup plus perméables que lui à la superstition et, en conséquence, guère enthousiastes à l'égard de leur mission — car ils se disaient que quelque fantôme pervers pourrait bien en réalité *préférer* la clarté du jour à la nuit —, sortirent de Colleverde par la porte nord et prirent la direction de Fontecasta par la route de Nemora, celle, précisément, par où le duc Grifone et son fils devaient arriver dans la journée. Ils n'étaient pas pressés et, quoiqu'ils l'ignorassent, n'avaient aucune chance de dépasser Benno et Angelo, qui avaient pris la même route une bonne demi-heure auparavant, et n'avaient eux-mêmes aucune chance de rencontrer Minerva.

Ils auraient toutefois pu la rattraper lors de leur retour à Colleverde, par la route qu'elle avait empruntée, si elle ne les avait entendus arriver. Le raccourci de la villa à la porte est n'était pratiquement pas fréquenté et elle n'avait croisé personne, de sorte que, dès qu'elle entendit un bruit de sabots, elle s'alarma et le visage du prince Livio surgit dans son esprit. Peut-être qu'il était retourné à la villa, qu'il avait torturé Sybilla et le seigneur Mirandola jusqu'à ce qu'ils lui disent où elle était partie, et qu'il s'était lancé à sa poursuite, l'épée dégainée.

Par bonheur, quand elle entendit le piétinement de sabots elle ne se trouvait pas sur la piste, mais sur la rive pierreuse d'un ruisseau coulant sous un antique pont en dos d'âne, où elle était descendue pour faire boire son cheval et baigner ses pieds couverts d'ampoules. Elle avait ôté les horribles bottes de Gruchio et trempait avec ravissement ses pieds dans l'eau lorsqu'elle dut se relever d'un bond et tirer le cheval à l'abri du pont, où elle s'accroupit, tenant d'une main le museau de l'animal en espérant qu'il ne hennirait pas. Mais la pauvre bête paraissait trop abattue pour cela. En entendant au-dessus d'elle le martèlement des sabots, auquel se mêla une voix dotée d'un fort accent étranger, elle se mit à prier et attendit un long moment avant de se risquer hors de sa cachette.

Angelo avait eu quelques difficultés avec Sybilla, mais pas la moindre avec le seigneur aveugle qui, sitôt qu'il eut entendu la voix de Benno et compris que Sigismondo avait envoyé Angelo les escorter, s'en remit à eux en toute confiance. Il les prévint qu'il n'avait pas monté depuis longtemps ; mais sans crainte pour sa propre sécurité, et très inquiet de celle de Minerva, il accueillit avec joie cette occasion de la suivre.

Après avoir enveloppé Angelo d'un regard furieux, comme si elle percevait la présence des poignards que celui-ci avait en effet disséminés sur sa personne, Sybilla avait fini, pour autant qu'ils aient bien interprété les hochements de tête accompagnant son galimatias, par accepter de les suivre. Toutefois, lorsque le seigneur Mirandola eut expliqué que Gruchio ne pourrait être des leurs, et qu'on l'eut aidé à monter en selle, la vieille avait disparu. Le seigneur aveugle fut fort contrarié d'entendre Angelo déclarer qu'il lui faudrait se débrouiller seule, car il avait ses instructions et devait ramener l'aveugle à Colleverde le plus vite possible. La vieille n'aurait qu'à prendre l'âne. Angelo, lui, devait se mettre en route sur-le-champ.

Benno fit remarquer que dame Minerva courait un plus grand danger que la vieille femme, qu'il estimait tout à fait capable de prendre soin d'elle-même, et précisa que la piste que Sigismondo et lui-même avaient empruntée l'autre jour pour se rendre à Colleverde était plus rapide que celle qu'ils avaient prise pour venir. Sans un mot, Angelo avait saisi les rênes du seigneur Mirandola, éperonné son cheval et pris la direction indiquée par Benno.

Sybilla était en train de rassembler les chèvres qui, attachées chacune à son piquet, paissaient au bas de la colline. Elle voulait les enfermer avant de partir, car les chèvres étaient des biens trop précieux pour être abandonnées aux bêtes sauvages. L'une d'elles avait arraché son piquet et Sybilla était partie à sa recherche quand les hommes du prévôt arrivèrent à la villa.

D'après la rumeur, la tombe vide se trouvait près de la petite chapelle dans le verger à l'arrière de la maison, et comme toutes les portes et barrières étaient ouvertes, ils n'eurent aucune difficulté à la trouver.

Sauf que la tombe n'était pas vide. Elle était occupée.

Le sentiment général devant la découverte d'une tombe fraîchement creusée et recouverte d'un monticule de terre fut un sentiment de soulagement — ceux qui avaient parlé d'une tombe vide l'avaient fait par bêtise ; par malveillance ; ils avaient tout imaginé, voilà tout. Les hommes rassemblés sur l'herbe mêlée de terre demeurèrent quelques instants silencieux.

— Eh bien, il n'y a rien d'anormal, finit par lâcher l'un d'eux.

Un nouveau silence s'ensuivit, que brisa une autre voix :

— Le prévôt voudra un rapport complet. Il ne sera pas satisfait d'un simple constat. Je ne tiens pas à revenir me balader par ici.

Plutôt confiants, mais non sans jeter de temps à autre un regard du côté de la chapelle et de la villa afin de s'assurer qu'aucun fantôme n'encombrait le paysage, ils s'emparèrent de la pelle et de la pioche soigneusement adossées à un arbre voisin et, sous l'œil intéressé de l'âne attaché près du mur, entreprirent de déblayer la terre. Les investigations auxquelles le prévôt s'était livré en ville ayant permis d'établir que le seigneur Giraldi avait été inhumé dans cette tombe quelques jours auparavant, avec tous les rites d'usage, ils ne s'attendaient pas à exhumer quelque chose de première fraîcheur. Lorsqu'ils eurent mis au jour un fragment de tissu et nettoyé le reste, ils éprouvèrent un choc désagréable qui les fit ressortir précipitamment du trou.

Il n'y avait ni cercueil ni linceul. Le visage d'un blanc cireux qu'ils contemplaient n'était pas mort depuis plusieurs jours. Il avait l'air d'avoir cessé de respirer depuis quelques heures à peine. D'un doigt tremblant, l'un des hommes désigna la bouche du défunt. Du sang avait coulé aux coins des lèvres (ce qui ne les aurait guère étonnés s'ils avaient su que l'homme avait eu la poitrine transpercée par un coup de pioche) comme s'il s'agissait d'un mort-vivant.

Sans prendre le temps de se consulter, ils lâchèrent leurs outils, coururent à leurs chevaux et les cravachèrent tout le long du trajet jusqu'à Colleverde.

Les entendant déguerpir alors qu'elle ressortait de la grange où elle venait d'enfermer les chèvres avec de l'eau et du fourrage, Sybilla se rendit dans le verger avec une fourche afin de chasser les intrus. Elle fut grandement contrariée de voir la tombe ouverte et gâché tout le travail qu'elle avait dû faire pour enterrer Gruchio. Elle posa la fourche contre un arbre, ramassa la pelle et, tout en jurant à chaque pelletée, entreprit de recombler le trou. Ses imprécations, qui se mêlaient aux chants des oiseaux et aux commentaires occasionnels de l'âne, s'adressaient à part égale aux intrus — quelques idiots du village, supposa-t-elle — et à Gruchio, qui s'avérait tout autant un fardeau dans la mort qu'il l'avait été vivant. Pourtant, quand elle eut fini et qu'il fut à nouveau décemment recouvert de terre, elle récita une prière avant de récupérer la fourche, ainsi que la pelle et la pioche dont la nuit lui avait fait cadeau, et alla les mettre en lieu sûr.

Avant de revenir chercher l'âne, elle fit le tour de la villa, dont elle bâcla ou verrouilla tous les volets et les portes. Elle rassembla un sac de nourriture, éteignit le feu dans la cuisine, ferma à clef la porte d'entrée et, remontant ses jupes, mit la clef dans sa poche. Dans la cour, elle trouva un solide gourdin et un gros clou rouillé qu'elle emporta dans le verger, où, sous le regard inquiet de l'âne, elle ramassa une pierre pour enfoncer le clou à une extrémité du gourdin.

Elle était prête à partir pour Colleverde.

Une heure plus tard, après une discussion avec la princesse Corio qui se termina bien entendu à son désavantage, l'évêque cheminait sur la route de Fontecasta avec le saint sacrement et de l'eau bénite. Il aurait dû, comme il l'avait fait remarquer, se trouver dans peu de temps à la porte nord afin d'y accueillir le duc Grifone avec tous les honneurs, mais la princesse avait insisté sur le fait que l'ambiance régnant à Colleverde exigeait des mesures immédiates de la part du plus haut ecclésiastique présent; or, maintenant que son frère était mort, c'était malheureusement à l'évêque que revenait cet honneur. Celui-ci devait donc se rendre immédiatement à la villa afin d'y exorciser ce qu'il y avait à exorciser. Le duc Grifone serait furieux s'il apprenait que l'évêque avait négligé ses obligations.

C'est pourquoi l'évêque, assis sur sa mule, tenant le saint sacrement devant lui et suivi de serviteurs qui s'étaient prudemment munis de pieux pour se protéger des morts-vivants, trottinait d'un pas vif sur la route en priant d'être revenu à temps pour accueillir le duc.

Mais au moins il savait ce qui l'attendait : une maison ouverte et une tombe ouverte.

CHAPITRE XXVII

« Au grand jour »

Ainsi que le constatèrent Benno et Sigismondo, la nouvelle de la mort du cardinal s'était répandue dans toute la ville dès les premières lueurs du jour. Comme il arrive avec les mauvaises nouvelles qui ne vous concernent pas, celle-ci fut transmise avec délectation de pas de porte en fenêtre et de boutique en échoppe avant de circuler tout autour de la fontaine. Lorsque se mit à enfler la rumeur selon laquelle le diable était venu en personne de Fontecasta afin d'y rôtir le cardinal, plusieurs orfèvres en matière de ragots y avaient ajouté des détails qui auraient rendu perplexe tout témoin oculaire de l'événement.

Ceux qui n'aimaient pas beaucoup le cardinal Petrucci ou qui appartenaient au clan des anticléricaux chuchotaient qu'il avait pris feu spontanément alors qu'il était en état de péché, en train de jouer, ou de forniquer, ou les deux, de la même façon qu'un homme peut être littéralement consumé par sa propre conscience. Mais c'était là la première version, qui devait être ensuite supplantée par celle mettant en scène Satan lui-même, ouvrant le toit du palais à l'aide d'un éclair qui était allé frapper le cardinal en pleine copulation. La première version était celle qu'avait entendue Iacomo Bardelli lorsqu'il était allé acheter aux aurores le pain pour ses compagnons.

Faisant irruption dans leurs quartiers avec le pain et la nouvelle, il avait balancé son pourpoint à terre avant d'y sauter dessus à pieds joints.

— Il est mort ! Petrucci est mort ! *Brûlé vif* hier soir au palais Corio.

Sa véhémence le fit tousser.

Ses trois amis — l'un assis à la table en train de couper un morceau de fromage qu'il comptait manger avec le pain, les deux autres qui émergeaient à peine du tas de paille sur lequel ils avaient dormi — le contemplèrent d'un air horrifié. A en juger d'après leur expression, c'était là la pire nouvelle qu'ils aient jamais entendue. Et ils ne se sentirent pas du tout rassurés quand Iacomo expliqua que les hommes du prévôt sillonnaient la ville en interrogeant tous les étrangers, et emmenaient quiconque ne pouvait justifier clairement sa présence à Colleverde. Avec l'arrivée du duc prévue dans quelques heures à peine, la cueillette des suspects allait bon train : après tout, il n'y avait aucune raison pour que des individus capables de brûler un cardinal hésitent à faire de même avec un duc.

Ils décidèrent donc de quitter au plus vite leur logement, sans prendre le temps de déjeuner, afin de se fondre dans l'anonymat de la foule déambulant dans la rue. Iacomo se refusa toutefois à abandonner les outils de son art, et c'est alors qu'il les rassemblait qu'il fut lui-même interpellé et emmené, sans ses outils, par les hommes du prévôt. Il se retrouva devant ce dernier, qui lui déplut aussitôt, et devant un homme au crâne rasé vêtu d'un pourpoint de fin cuir noir. Celui-ci ne harcela pas Iacomo comme le fit le prévôt, pas plus qu'il n'exprima d'animosité à son égard, mais il réussit pourtant à convaincre Iacomo qu'il était de son intérêt non seulement de fournir des réponses immédiates, mais de le faire avec politesse.

— Pourquoi es-tu à Colleverde ?

Après la voix acide et hostile du prévôt, celle de l'étranger était grave et impersonnelle.

— Eh bien, mais... pour voir les reliques, comme tout le monde, messire. Et aussi le mariage, bien sûr.

— Tu es un pèlerin ? Tu as une lettre de ton évêque ?

Iacomo hésita.

— Euh... non. Mes amis et moi nous ne faisions que passer, comme on dit. Nous rentrions chez nous, ajouta-t-il.

— Où habitez-vous ?

— A San Sevino.

L'homme en noir avait les bras croisés. Il se passa le bout de l'index sur les lèvres.

— Et vous rentriez chez vous ? fit-il.

Il y avait une pointe d'amusement dans sa voix, mais aucune sur son visage.

— Nous faisions un détour, à vrai dire.

— D'où veniez-vous, et pour quelle raison y étiez-vous ? intervint le prévôt.

Il n'entendait pas rester en dehors de l'interrogatoire, et son ton paraissait traduire sa certitude que Iacomo ne pourrait fournir d'explication convaincante. La réponse de ce dernier, toutefois, avait été soigneusement répétée, et fut formulée du ton le plus naturel qui soit :

— Nous sommes deux tailleurs de pierre et deux apprentis, voyez-vous, et nous travaillions sur le nouveau transept de la cathédrale de Berano.

— On vous a renvoyés ?

Pour *faute professionnelle*, impliquait la voix du prévôt.

— Oui, à vrai dire, on nous a virés comme des malpropres.

— Ha !

— Il est arrivé un tailleur de pierre qui avait déjà travaillé pour le duc Grifone à Nemora, et ils ont préféré le prendre à notre place. Je crois qu'il était le cousin de quelqu'un, vous savez comment ça se passe.

Sigismondo s'était avancé et emparé des mains de Iacomo, dont il examina les ongles brisés et les phalanges écrasées avant de les retourner et d'en étudier les paumes calleuses. Iacomo toussota avec nervosité.

— As-tu jamais travaillé pour le cardinal Petrucci ?

— Je n'ai pas eu cette chance. Nous avions entendu dire qu'il avait largement rémunéré le compagnon qui a taillé ses armoiries au-dessus de l'entrée de son palais de Nemora. Du beau travail.

Sigismondo acquiesça d'un hochement de tête, puis retourna s'appuyer à la table du prévôt, dans une position légèrement différente. Sigismondo lui cachant le suspect, le prévôt tendit d'abord le cou pour le voir avant de décider de déplacer sa chaise.

— Es-tu né à San Sevino ?

— Est-ce que je suis né... ? Oh, non, pas à San Sevino.

Sigismondo étudia le visage de l'homme qui lui faisait face comme il avait examiné ses mains. C'était un visage ouvert, franc, tanné par le soleil et le grand air, avec de vifs yeux sombres et une bouche qui paraissait trop petite pour le nombre de dents qu'elle contenait. On suit sans difficulté le passage d'un nuage dans un ciel dégagé ; Iacomo finit par se résoudre à clarifier la question de son lieu de naissance.

— Je suis né à Bibbiena. Une ville charmante.

Sur quoi il toussa avec énergie, masquant sa bouche de sa paume.

— Y étais-tu récemment ?

Lèvres entrouvertes, Iacomo se demanda s'il était conseillé de reconnaître s'être trouvé récemment à Bibbiena, lorsque Sigismondo ajouta une précision qui le décida.

— Y étais-tu quand on a cloué la menace de mort contre le cardinal sur la porte de la cathédrale ?

— Impossible, messire. Cela fait une éternité que je n'ai pas été à Bibbiena.

Il regarda Sigismondo avec l'ardeur du chien désireux de plaire et d'anticiper les désirs de son maître. Sigismondo fredonna, un son que Iacomo n'était pas en mesure d'interpréter, mais qui provoqua chez le prévôt une agitation de la jambe, dont la botte vint frapper en cadence la barre de la table. Une bonne séance de poucettes réglerait l'affaire et éviterait tous ces bavardages inutiles. Il restait très peu de temps avant que le duc Grifone veuille savoir qui avait brûlé son cardinal. Et puis le prévôt tenait à sortir inspecter la disposition des gardes le long du trajet ; on ne pouvait pas se fier aux subordonnés.

— Amenez Tomaso Delmonte.

Les gardes jetèrent un regard à leur chef avant d'obéir à l'ordre de Sigismondo, ce qui améliora grandement l'humeur du prévôt. Peut-être sentit-il également que l'heure de l'action était proche. Même si la raison pour laquelle ce Sigismondo avait eu recours à ses hommes pour arrêter le nommé Delmonte lui demeurait mystérieuse, il lui avait cependant demandé l'autorisation de le faire, et le prévôt était homme à apprécier que l'on respecte son autorité.

Tomaso Delmonte paraissait très jeune. Il avait plus l'air d'un gamin monté en graine que d'un homme voulant épouser une courtisane. Il avait une tête de chiot, avec de grands yeux et de grosses joues, et sa manière de froncer les sourcils et les lèvres exprimait une obstination qui laissait entendre qu'il serait très difficile à Polissena ou à quiconque de le faire renoncer à son rêve.

Pour le moment, il était en colère, de la colère d'un jeune homme de bonne famille et du fils d'un père riche.

— Qu'est-ce que cela signifie ? Savez-vous qui je suis ? Vous n'avez pas le droit de me traiter de la sorte. J'en appellerai à la loi.

— La loi, c'est *nous*.

Ravi de ce défi, le prévôt quitta son siège et vint se placer à côté de Sigismondo, qu'il imita inconsciemment en croisant les bras. Il savait que les Delmonte étaient une riche famille et se targuait de sa propre réputation d'incorruptible. Son prédécesseur était célèbre pour l'inventivité dont il faisait preuve pour amasser les pots-de-vin. Ce gamin allait être cruellement déçu s'il s'attendait à un traitement de faveur.

Sigismondo désigna Iacomo.

— Avez-vous déjà vu cet homme ?

Désemparé de voir que ses récriminations n'avaient aucun effet et de s'entendre poser une question simple d'une voix paisible, Tomaso se tourna vers l'ouvrier qui le regardait d'un air embarrassé.

— Comment le saurais-je ? Pourquoi ?

Le chiot tentait de s'imposer.

— Pourquoi voulez-vous le savoir ?

Il fronça les sourcils et observa Iacomo comme si on lui avait demandé d'examiner un étron.

— Où aurais-je bien pu le rencontrer ?

Il voulait signifier que les Delmonte ne fréquentaient aucun cercle, même vicieux, dans lequel évolueraient des individus du genre de ce Iacomo. Sigismondo lui vint en aide.

— Dans la rue, derrière le palais Corio ? Hier soir, juste après que l'horloge de la cathédrale eut sonné dix heures ?

Tomaso parut, à vrai dire, le plus stupéfait des deux hommes. Ce prêtre-assassin avait des pouvoirs surnaturels. Dieu sait que l'on parlait déjà suffisamment du diable à Colleverde. Le prévôt se frotta les mains ; une chose qu'il savait déceler et approuvait, c'était de voir les gens pris au piège.

— Qui vous a dit que je m'y trouvais ? Est-ce que cet homme m'a espionné ?

La colère vint à la rescousse de Tomaso lorsque l'idée lui traversa l'esprit que ses faits et gestes étaient surveillés et rapportés. Aucun jeune homme consumé d'un amour non réciproque n'apprécie d'être observé en train de coller aux talons de sa bien-aimée. Il jeta un regard à Iacomo, qui examinait ses pieds d'un air coupable comme s'il souhaitait qu'ils l'emmènent loin d'ici.

— Je ne le remarquerais nulle part, sauf à lui marcher dessus.

Iacomo rétorqua avec une flambée de colère inattendue :

— Vous ne me remarqueriez pas, hein ?

En se montrant hostile à quelqu'un qui était en mesure de le faire punir, il abandonnait sa prudence habituelle. Les pouces dans la ceinture et sa généreuse dentition entièrement dévoilée, il inclina le buste et ajouta d'un air railleur :

— C'est sûr que vous, personne ne risque de vous rater, à courir les rues dans votre manteau de zibeline...

La voix grave intervint, ce qui fit sursauter jusqu'au prévôt.

— Portiez-vous ce manteau en zibeline hier soir ?

Tomaso en bégaya.

— Je... c'est possible.

Puis, se ressaisissant, il ajouta :

— Et pourquoi pas ? Ce n'est pas un crime de porter un manteau en zibeline pour sortir le soir, que je sache ? Si vous entendez me coller une amende pour avoir violé une loi somptuaire ou je ne sais quoi, mon père s'en acquittera. C'est faire une histoire de rien.

Il se tut en voyant que le prévôt, comme Sigismondo, souriait.

— On les tient ! On les tient tous les deux ! s'écria le prévôt d'un air ravi en se tournant vers ce dernier. Ils y étaient, tous les deux ! Ils sont complices !

Sa propre perspicacité l'enthousiasmait. Il saisit le bras de Sigismondo.

— Tout est clair ! Ils se donnent rendez-vous derrière le palais. Tomaso frappe à la porte sous un prétexte ou un autre — il sait que son nom lui ouvrira aussitôt la porte de Son Éminence —, il fait entrer ce coquin pour qu'il égorge le garde — vous avez dit qu'il y avait un complice : le voilà — et ils montent ensemble chez le cardinal pour le brûler.

Sur le visage de Tomaso se peignit une expression encore plus horrifiée que celle de Iacomo. Il porta une paume à sa bouche comme s'il craignait que ce qui pourrait en sortir l'incriminât plus encore. Le prévôt se dirigea d'un air important vers l'assortiment d'instruments suspendus au mur de brique : des tenailles énormes ; une botte métallique ouverte sur des pointes acérées, une autre, fermée, ne montrant que les vis avec lesquelles on enfonçait peu à peu les pointes ; des tenailles plus petites pour les ongles et les dents ; des marteaux où subsistaient des traces de sang ; des cordes simples et des cordes à nœuds soigneusement enroulées à des crochets, eux-mêmes riches d'étonnantes possibilités. Sur tout cela veillait un homme au crâne rasé et au cou de taureau, vêtu de cuir auréolé de sueur, telle une caricature grossière de Sigismondo. L'homme se leva avec une expression d'anticipation ravie sur le visage tandis que le prévôt approchait.

— Maintenant nous allons arriver à quelque chose ! déclara ce dernier. Nous allons recueillir les aveux.

Les bredouillements de protestation de Iacomo et de Tomaso furent interrompus par l'entrée de deux gardes escortant un petit homme à la barbe rousse qui paraissait être dans une grande agitation. Benno se glissa à leur suite dans la salle et se colla contre un mur. Sans attendre que l'on explique sa présence en ces lieux, Barberousse pointa l'index sur Iacomo en s'écriant :

— C'est lui ! Il avait dit qu'il reviendrait ce matin pour débarrasser la cave, mais j'ai vu personne ! J' lui avais pourtant bien dit que j'avais besoin de la place pour stocker le vin que j'allais faire rentrer — avec la ville pleine de monde, le mariage et tout le reste, qu'est-ce qu'il croit ? Que j'allais le laisser encombrer ma cave avec son misérable petit bois ?

— Du petit bois ?

— Très dangereux, surtout avec les barriques de poix qu'il y avait mises. Si vous devez coller une amende à quelqu'un pour les avoir laissées dans la rue, collez-la à lui ! Je l'avais prévenu : les barriques devaient être parties dès le lever du jour, eh bien, c'est moi qui les ai sorties.

Il se tut, haletant, la barbe parsemée des postillons de son indignation.

— De la poix ? Du petit bois ?

Le prévôt parut être sur le point de serrer le petit homme dans ses bras.

— Vous voyez ? fit-il en se tournant d'un air radieux vers Sigismondo. Voilà les preuves !

Sigismondo resta appuyé contre la table, curieusement impassible. Il finit toutefois par hocher la tête.

— Des preuves, sans doute, prévôt ; mais qui prouvent qu'il avait peut-être *l'intention* de brûler quelqu'un ou quelque chose, pas qu'il l'ait fait.

Il jeta un coup d'œil à Iacomo, qui, sous le coup de l'accusation, recula en secouant la tête jusqu'à ce qu'il bute contre le garde qui se tenait debout derrière lui. Le tortionnaire, certain qu'on n'allait plus tarder à faire appel à ses services, était en train de préparer la paire de poucettes que le prévôt lui avait indiquées et qui s'ouvrirent avec un grincement sinistre, comme si le métal lui-même protestait contre ce qu'on voulait lui faire faire.

— Je n'ai rien fait, je n'ai pas... Ce petit bois, je voulais le vendre. Je voulais vendre du bois et de la poix. Rien n'interdit la vente de bois et de poix, n'est-ce pas ?

Iacomo plaidait frénétiquement sa cause auprès de son plus proche voisin, lequel se trouvait être Tomaso.

Celui-ci, à la simple idée de vendre quelque chose, eut une grimace de dégoût qui n'était guère charitable pour le fils de marchand qu'il était.

— C'est pas ma faute si j'ai pas pu débarrasser cette cave, on m'a *arrêté* ! Vous devez me croire !

— Je ne vois pas pourquoi on le devrait.

Sigismondo s'était redressé et avait décroisé les bras ; sa voix n'était en rien menaçante, mais le grincement et le cliquetis des poucettes incitèrent Iacomo à le convaincre au plus vite.

— Pourquoi aurais-je voulu brûler Son Éminence ? Pourquoi donc ?

— Parce qu'il avait fait brûler ta famille à San Sevino.

En voyant le visage terrifié de Iacomo, Benno comprit que c'était la vérité, même s'il se demandait comment son maître l'avait découverte. La voix grave poursuivit.

— Il y a un an, jour pour jour, Son Éminence a exterminé les rebelles de San Sevino en incendiant la tour où ils avaient trouvé refuge. Ton goût pour les anniversaires, Iacomo, t'a fait rater ta chance. Cette poix et ce bois devaient servir ce soir, pour le palais Corio. Tu avais l'intention de brûler tout l'édifice.

Le prévôt écoutait, bouche bée. Tomaso eut un mouvement de recul, comme si Iacomo avait la peste ; le tortionnaire, attendant son heure avec confiance, faisait rebondir la paire de poucettes sur sa cuisse ; quant à Iacomo, il éclata en sanglots et se cacha le visage dans les mains.

— Ma femme et mon bébé ! Il n'a eu aucune pitié !

— Scélérat ! s'exclama le prévôt en se balançant sur ses talons comme un homme qui assouplit ses muscles avant un combat. Ils méritaient de mourir ! Les rebelles méritent de périr dans les flammes ! Et toi aussi tu vas mourir, le duc te...

— Avec votre permission, prévôt.

Sigismondo, en s'approchant, avait attiré tous les regards : on le considérait comme le seul détenteur de l'autorité.

— Je suis responsable de cet homme devant le duc. Gardez-le au cachot jusqu'à son arrivée. Il ne doit pas être soumis à la question avant que le duc l'ait vu.

Le prévôt réfléchit. Le duc avait la réputation, amplement méritée, d'inventer ses propres tortures et il était possible qu'il soit contrarié de se voir privé de la possibilité d'exercer son ingéniosité. A contrecœur, le prévôt finit donc par faire signe aux gardes d'emmener Iacomo qui bredouillait d'un air affolé. Benno sentit ses propres yeux le picoter en le regardant partir. Impossible de ne pas admirer ce garçon; il avait tout préparé pour réussir son coup et brûler le palais jusqu'aux fondations. Benno venait de réaliser que son maître et lui auraient probablement péri carbonisés à cette occasion quand une agitation du côté de la porte les interrompit à nouveau.

Les gardes s'étaient empressés de décroiser leurs piques pour laisser entrer le nouveau venu. Le prévôt, qui, frustré de devoir remiser ses poucettes, tournicotait avec nervosité, changea brusquement d'expression en reconnaissant la livrée. De quelle protection le prévôt se prévalait pour oser insulter les fils de riches marchands devint parfaitement évident.

— La princesse Corio m'envoie mander messire Sigismondo. Elle désire le voir maintenant.

Le *maintenant* fut à peine souligné, mais Sigismondo inclina respectueusement la tête.

— Dites à la princesse que je suis en route. Prévôt, juste un mot.

Il se pencha à l'oreille de ce dernier.

— Quant à ces hommes, vous en apprendrez sans doute plus en leur faisant peur qu'en les tourmentant. Avec vous ils savent à qui ils ont affaire. Je ferai part à la princesse de l'habileté avec laquelle vous avez pris en main cette enquête, dit-il avant de conclure à voix haute : Vous avez raison. Que ces hommes aillent réfléchir à leur destin dans vos cellules.

Il laissa ensuite un prévôt gonflé d'importance distribuer ses ordres afin que Iacomo et Tomaso soient mis aux fers dans les plus profonds cachots, concession pour laquelle toutefois ils ne parurent pas suffisamment reconnaissants.

En sortant des quartiers du prévôt, Benno, l'air encore plus soucieux et plus idiot que d'habitude, avec Biondello sur les talons, dut se hâter pour rester à la hauteur de Sigismondo, qui posa une main sur son épaule tout en marchant.

— Hum... Quel est le problème ? s'enquit Sigismondo avant de pencher la tête vers lui.

Benno répondit d'un murmure à l'oreille de son maître. On avait, conformément aux ordres, amené le seigneur aveugle en ville ; la vieille femme n'allait pas tarder ; mais Gruchio était mort, tué par ceux qui étaient venus à la villa la veille au soir pour ouvrir la tombe ; enfin, dame Minerva était déjà partie pour Colleverde, seule, avant qu'Angelo et lui soient arrivés à Fontecasta.

— Quel chemin a-t-elle emprunté ?

— Le plus court, d'après le seigneur. Nous sommes revenus par là mais nous ne l'avons pas vue. Elle a dû aller bon train. Elle est venue vous chercher, Massimo ou vous. Je me disais que vous l'aviez peut-être retrouvée.

Sigismondo poursuivit son chemin parmi la cohue de la grand-place sans ajouter aucun commentaire à cette foi dans ses pouvoirs. La foule avait encore grossi car beaucoup étaient venus voir les restes du cardinal — mais s'étaient trouvés privés de ce spectacle car la princesse Corio, dégoûtée par la populace avide qui s'était rassemblée dès l'aube devant la cathédrale, avait changé d'avis et ordonné que le catafalque soit transporté dans la chapelle privée de l'évêque. Il y avait aussi ceux qui n'avaient pas encore vu les reliques ou qui souhaitaient les revoir, et ceux qui étaient venus assister à la représentation donnée par les nains de la tragédie survenue la veille.

Certains s'indignaient de ce que les reliques n'avaient point sauvé le cardinal, d'autres se réjouissaient secrètement de ce que le diable avait pris le défi assez au sérieux pour se transporter en personne à Colleverde. Tous attendaient avec impatience l'arrivée dans la journée du duc Grifone de Nemora. Sa venue suscitait des spéculations morbides, que l'on tentait de chasser par des prières, sur le fait de savoir si le duc ne serait pas la prochaine victime de Satan. Les grands hommes doivent mériter leurs privilèges.

Tandis que Sigismondo se dirigeait vers la rue qu'honorait le palais Corio, ils aperçurent au-dessus des têtes un arc de cercle de poignards scintillants. Lorsqu'ils s'en approchèrent, un groupe de badauds s'était rassemblé autour du jeune homme aux cheveux d'or.

Benno s'arrêta pour regarder. Angelo avait légèrement modifié son numéro : il invitait les spectateurs à s'en remettre à leur destinée et à laisser tirer les cartes par son assistant. Ledit assistant avait des cheveux poivre et sel couverts de poussière qui lui descendaient en boucles jusqu'aux épaules. Il portait un chapeau de paysan en paille et une tunique grossière tombant aux genoux. Des chiffons lui enveloppaient les jambes et les pieds. Lorsque, au lieu de ses yeux, il présenta des orbites vides à la foule, Benno émit le hoquet le plus sonore de l'assistance.

Coupant court à tout commentaire, Sigismondo chuchota :

— Angelo fait ce que je lui ai conseillé. Quand tu veux dissimuler quelque chose, place-le au grand jour, là où personne ne s'attend à le voir.

CHAPITRE XXVIII

La Fortune finit toujours par sourire

Le cortège nuptial qui progressait sur la route de Nemora à Colleverde présentait quelques points communs avec la procession de feu le cardinal rapportant les reliques de Rome. Le nuage de poussière soulevée était sensiblement le même, et beaucoup de gens étaient accourus des fermes et villages alentour pour regarder passer la cavalcade. Les gens se découvraient, certains s'agenouillaient, on hissait les enfants à bout de bras pour qu'ils puissent eux aussi profiter du spectacle. Mais, à vrai dire, l'enthousiasme était cette fois-ci nettement moins grand.

En premier lieu, et quoi que vous espériez de la part d'une sainte, les reliques étaient la preuve indiscutable que leur propriétaire était mort ; or le duc Grifone, lui, en dépit de certaines rumeurs trop optimistes, était bien vivant, et les ducs vivants recelaient toujours une part d'impondérable. Soit ils étaient satisfaits, et vous pouviez espérer qu'ils allègent vos impôts ou construisent une église à leurs frais ; ou alors ils étaient mécontents, et il en résultait des conséquences terribles, comme cela s'était passé à San Sevino.

Les dernières nouvelles concernant le prince de Montenero en étaient l'illustration éclatante : quand les seigneurs perdent leur sang-froid, il en est d'autres autour d'eux qui peuvent perdre leur tête. Les acclamations lancées sur le passage du duc et de son fils étaient d'autant plus chaleureuses que l'on savait qu'il ne faisait que passer. Les opinions divergeaient quant à savoir quelle était son humeur : était-il fou de rage à l'idée que son premier conseiller avait été brûlé vif, ou bien se réjouissait-il d'être en route pour célébrer un mariage qui scellerait l'alliance entre Nemora et Montenero ? Ce dernier point, depuis le malheureux événement survenu récemment à Montenero, était de bon augure, puisque l'on pouvait s'attendre que le seigneur Astorre finisse par hériter de la principauté de Montenero. Ne pouvait-on tabler sur la bonne humeur du prince ?

Même son fils n'en était pas sûr. S'étant vu enjoindre de chevaucher à côté de son père, le seigneur Astorre ressentait, comme toujours, une certaine nervosité en sa présence. Sous le chapeau de velours noir orné d'un rubis de la taille d'un œuf de mouette, le duc affichait un morne profil. Il tourna vers son fils un visage meurtri dont les traits réguliers — le court nez busqué, la bouche fine — semblaient avoir été martelés par un sculpteur cherchant à personnifier le signe du Bélier auquel appartenait Grifone, que celui-ci avait récemment fait peindre au plafond de sa salle d'audience du palais de Nemora. Même les boucles de cheveux s'échappant du chapeau présentaient l'aspect factice d'anneaux d'argent façonnés par un bijoutier, tandis que les yeux qui considéraient Astorre auraient pu être des billes de cristal tant ils étaient dépourvus d'expression. Ceux qui étudiaient le visage du duc dans l'espoir d'y lire les signes d'un mal mortel devaient reconnaître que même s'il avait les cheveux prématurément blanchis pour un homme n'ayant pas encore atteint la cinquantaine, et si ses traits paraissaient avoir été tracés au couteau, l'impression générale qu'il dégageait était celle d'une énergie contenue.

La forme sous laquelle cette énergie allait se manifester gardait en permanence son entourage sur le qui-vive, et, pour l'instant, inquiétait son fils.

— Père, qu'allez-vous faire au sujet du cardinal ?

Les sombres cristaux luisirent.

— L'enterrer. Mettre en terre ce qu'il en reste. Et faire rôtir les scélérats qui l'ont rôti.

— Sait-on de qui il s'agit ?

— Je ne tarderai pas à le savoir.

Les mains du duc étaient fermes sur les rênes, le soleil étincelait sur la frange de cannetille de ses gants.

— Personne ne peut me défier longtemps.

— Pensez-vous qu'il s'agisse d'une affaire personnelle, ou bien ce forfait participe-t-il d'un complot contre vous ?

— C'est moi que l'on a visé à travers mon conseiller. Les traîtres sont innombrables, comme tu t'en rendras compte un jour. Petrucci m'était utile, il n'avait pas son pareil pour détecter les traîtres et les éliminer.

Sur quoi il éclata d'un rire que, chez tout autre qu'un duc, l'on aurait pu qualifier de gloussement.

— Tu te souviens de San Sevino ? Cela fait un an tout juste aujourd'hui, pour la Sainte-Bernardina, que Petrucci avait enfermé cette bande de rebelles dans la tour de la ville et l'avait fait flamber.

Le souvenir le fit à nouveau rire, puis son visage changea brusquement pour devenir farouche.

— Il va me manquer. Il veillait sur mes intérêts comme personne d'autre ne l'a jamais fait. Sans lui, je serais encore la dupe de cet hypocrite de Mirandola.

Astorre énonça avec courage son opinion :

— C'était un homme aimable et un précepteur compétent, il m'a toujours témoigné de la bienveillance.

S'il n'avait pas été interdit de parler de Mirandola à la cour, Astorre n'aurait laissé passer aucune occasion de défendre l'homme dont il se souvenait toujours avec affection. Le duc eut un reniflement méprisant auquel son cheval fit écho en secouant la tête.

— Un homme aimable, dis-tu ? Bien sûr qu'il était aimable. Ne crois pas que les traîtres portent des placards proclamant leur duplicité, ni qu'ils se comportent de manière désagréable pour que tu puisses deviner qu'ils te haïssent. Mon père avait confiance en cet homme : il disait qu'il était ses yeux. Les yeux du duc ! Je les lui ai fermés !

Il plissa les siens de plaisir.

— C'était de la bonté d'âme, oui — ça lui a évité de voir les loups qui venaient dîner.

Il se pencha et donna une claque sur la cuisse d'Astorre, ce qui fit faire un écart à son cheval.

— N'hésite jamais à te débarrasser de tes ennemis, mon fils, parce qu'eux ne t'épargneront pas.

Une nouvelle fois, Astorre se demanda s'il acquerrait jamais le goût de son père pour les manœuvres politiques. Il voyait bien que cela rendait la vie d'un homme au pouvoir constamment intéressante, mais sa perpétuation dépendait malheureusement de la détection et de la destruction de ceux qui, bien souvent sous des allures innocentes et même enthousiastes, entendaient vous en chasser. Il ne pensait pas qu'il prendrait jamais plaisir à assister aux tortures et aux exécutions. Il ne ferait qu'endurer, comme il y était de temps à autre obligé, ce spectacle nécessaire. Il était toutefois aussi impossible d'admettre ce fait que de déclarer qu'il n'appréciait pas les plaisirs de la chasse, qu'il détestait profondément. Son père, en revanche, pouvait assister à l'éviscération d'un traître avec la même indifférence qu'à celle d'un cerf. Et il fallait bien reconnaître que les gens représentaient une menace nettement moins grande une fois privés de leurs entrailles.

L'enchaînement de ses pensées l'amena tout naturellement à songer à son futur beau-père.

— Père, sait-on si le prince Livio soupçonnait son fils de comploter contre lui ?

Une rébellion au sein de la famille ne constituait guère une surprise pour un dirigeant, mais tout en parlant, Astorre se félicita de ce que son propre père lui fît, à juste titre, confiance.

— Sa lettre ne parlait que de son chagrin, rétorqua le duc en reniflant une nouvelle fois. Ajouter le chagrin pour son fils au chagrin pour sa femme n'est qu'une ruse stupide. Or Livio n'est pas stupide ; il n'a pas tué son garçon à cause de son chagrin. Non, on dit qu'il est atteint du haut mal même si ses crises sont rares. Je me suis renseigné auprès de médecins. Ils sont d'avis que sa fille n'en héritera pas. Ni tes enfants.

Il grimaça à son fils un affectueux sourire de loup.

— N'aie aucune crainte : tu ne passeras pas ta nuit de noces par terre pendant que ton épouse mordra les traversins !

Astorre se souvenait de Minerva comme d'une fillette ravissante, avec un visage pointu qui disparaissait presque dans un nuage de cheveux argentés, et qui n'avait pour ainsi dire pas relevé la tête pendant toute la durée de la cérémonie au cours de laquelle, il y avait environ six ans, on l'avait fiancée à son frère. Quand la fièvre avait emporté Ercole, son père avait observé le deuil avec ferveur puis annoncé que l'alliance avec Montenero se ferait à tout prix ; raison pour laquelle ils se trouvaient ce jour-là sur cette route. Le prince Livio devait être dans les mêmes dispositions, car dans le cas contraire la mort de son fils, quelle qu'en fût la raison, aurait pu motiver le report des cérémonies.

— Regarde.

Le duc embrassa d'un geste le paysage qui s'ouvrit à eux lorsqu'ils atteignirent le sommet de la colline. Enserrée dans ses murailles, Colleverde étincelait sous le soleil printanier, assortiment de blanc, d'orange et de doré entouré du brun et vert de ses champs et de ses forêts.

— Nous y sommes presque. Je vois que nos gens ont hissé l'étendard.

Les voyageurs devaient faire une halte avant d'entrer dans la ville. Il leur fallait épousseter leurs vêtements, se soulager et, avant d'effectuer leur lente procession à travers la ville, changer leurs montures crottées par le voyage pour des chevaux de cérémonie. Il leur faudrait écouter discours et poèmes, endurer tout ce que Colleverde avait préparé pour souhaiter la bienvenue à son duc. Ce serait le mélange habituel de déclarations en latin, de vers plus ou moins bien tournés en langue vernaculaire, de chœurs costumés en anges et de jolies filles à peine vêtues personnifiant toutes les allégories qu'on avait pu solliciter pour l'occasion; et autant d'arches de verdure, de bouquets et de charrettes fleuries que la ville pouvait offrir. On aurait sans doute engagé un Florentin, lesquels étaient fort coûteux.

La dernière étape du voyage se déroula presque en silence. Grifone songeait avec satisfaction qu'avec la mort du fils de Livio sa fille devenait son héritière; si Livio ne se remariait pas et n'engendrait pas de fils avant qu'une de ses crises ou une rencontre malheureuse ne l'expédie dans l'autre monde, alors Astorre finirait par adjoindre Montenero à Nemora. Grifone avait l'habitude de tomber malade avec une rapidité et une gravité qui affolaient ses médecins et rendaient fébriles ses ennemis, et quoiqu'il se rétablît de ses maux avec une égale célérité, on ne pouvait escompter qu'il en serait éternellement ainsi. Et même sans parler d'acquérir Montenero, il espérait qu'après sa mort Astorre aurait la force de conserver Nemora. Son garçon avait besoin de bons conseillers, c'est pourquoi il ne pouvait se résoudre à la perte de Petrucci.

Une chose était sûre. Il ne partirait pas de Colleverde avant d'avoir retrouvé et très méthodiquement puni le responsable de cette perte. Inutile de confier cette tâche à l'évêque Taddeo. Celui-là serait incapable de traîner un œuf dur devant la justice.

Astorre gardait le silence parce qu'il songeait à Minerva. Il espérait qu'elle était restée aussi jolie en grandissant et qu'elle ne serait pas trop affectée de se marier si peu de temps après la mort de sa mère et l'assassinat de son frère. Comme il devait être étrange d'avoir un jumeau, un être si semblable à vous mais qui n'était pas vous, qui n'était même pas de votre sexe, et d'en être brutalement privé par la main de votre propre père ! Astorre se disait que Minerva était sans doute très heureuse de quitter le prince Livio, et bien que conscient de la crainte que son père inspirait autour de lui, il avait la certitude que le duc ne causerait jamais de tort à sa propre famille ; et dans quelques heures, Minerva ferait partie de la famille. Elle y trouverait réconfort et soutien ; il y était résolu.

Sans en avoir conscience, Astorre lança son cheval au trot et, pour ne pas se laisser distancer, l'étalon du duc accéléra l'allure sans que celui-ci s'y oppose, de sorte que les deux hommes filèrent à bonne allure vers Colleverde et tout ce qui les y attendait.

Si les voyageurs se préparaient à l'accueil qui leur était réservé, ceux qui étaient à l'intérieur des murs s'apprêtaient avec frénésie à les recevoir. L'arrivée du duc était prévue depuis longtemps pour ce samedi, mais la construction de l'arche triomphale érigée à la porte nord n'avait été achevée que la veille au soir, avec une semaine de retard sur le délai promis, ce qui n'avait laissé que très peu de temps pour répéter la descente de la Fortune qui, depuis son sommet, devait venir offrir une couronne de laurier au duc. La Fortune, une jeune fille de nobles proportions, élevait des objections ayant trait à son vertige et à la fragilité de l'arche, mais aussi à sa crainte de voir la machinerie qui devait la faire descendre se bloquer à mi-parcours comme cela s'était produit lors du premier essai. Elle n'avait aucune envie de devoir jeter la couronne sur la tête du duc comme un vulgaire palet. Ce serait certes symbolique de la nature hasardeuse du personnage qu'elle représentait, mais le duc risquait de ne pas saisir l'allusion.

De plus elle refusait de porter la perruque de la Fortune, qui comportait traditionnellement des cheveux sur le devant, mais qui était chauve à l'arrière. On lui fit remarquer d'une part qu'elle savait devoir la porter depuis le début, et que d'autre part personne n'allait regarder sa nuque quand il y aurait un duc en chair et en os à contempler. Que son comportement prouvât son aptitude à personnifier la volage Fortune n'apaisa en rien le metteur en scène des festivités — lequel était en effet florentin, et très cher. C'était la guilde des marchands qui réglerait ses émoluments, car les commerçants entendaient prouver leur loyauté au duc — une précaution qui leur paraissait loin d'être superflue. La fille qui jouait la Fortune se trouvait être la maîtresse de l'un des plus riches d'entre eux, de sorte qu'il serait passé pour inconvenant de lui substituer une remplaçante, dans le cas bien improbable où on en aurait trouvé une capable d'apprendre son texte par cœur en si peu de temps. Le Florentin était au désespoir.

Et son désespoir n'avait en rien été apaisé par la nouvelle, communiquée tard la veille, selon laquelle le prince Livio, dont la venue avait d'abord été prévue pour le lendemain, entrerait *aujourd'hui même* par la porte est, et ce en même temps ou juste après l'arrivée du duc Grifone. Le Florentin avait envoyé son assistant à la rencontre de la cavalcade afin de suggérer à l'officier commandant, avec tout le tact et l'humilité requis, que l'arrivée du prince produirait le meilleur effet si elle intervenait *après* celle du duc Grifone, au moment où l'attention de la foule serait disponible. Mais sa longue fréquentation des princes ne le portait guère à l'optimisme. Un prince doté d'un véritable sens théâtral était un spécimen rare. La plupart d'entre eux pensaient que leur seule apparition suffisait à susciter l'éblouissement général. Le Florentin, qui avait eu fort à faire pour avancer les préparatifs d'une journée, avait en outre dû, à la suite du décès du fils du prince Livio annoncé quelques jours auparavant, supprimer une très jolie saynète représentant la mort d'Absalon. Il l'avait remplacée par le combat entre l'archange saint Michel et le Démon, qui remportait à chaque fois les faveurs du public. La troupe de nains comédiens s'était avérée très précieuse. Non seulement ils se montraient de formidables acteurs, mais ils avaient en leur possession un grand nombre de cornes, de queues, de masques et de fourches. Pourtant, comme d'habitude, il y eut un problème. Bien qu'ils s'entendissent plutôt bien entre eux, l'homme qui jouait l'archange saint Michel s'était livré à quelques remarques acides sur leur aptitude à endosser le rôle de diablotins avant de critiquer leur maladresse dans le maniement des fourches.

Le metteur en scène avait bien conscience du fait que, sur le plan théologique, les anges rebelles devaient ressembler à des anges au moment où ils combattaient l'archange, et ne se transformer en démons que lorsqu'ils étaient bannis en enfer, mais il ne perdait pas de vue qu'il organisait le spectacle en partie au bénéfice de la foule, dont le niveau théologique était beaucoup moins élevé que son goût du grotesque, un goût accepté et exploité depuis belle lurette par la troupe de nains. Il était peu probable que le prince élevât la moindre objection — il jugerait certainement préférable que les rebelles n'apparaissent pas comme des anges. Un bon spectacle de combat faisait toujours son effet et, pour complaire à la mariée, le Florentin avait prévu un char avec Dionysos et Ariane tiré par des panthères. Les panthères en question étaient des guépards de chasse que le défunt cardinal avait emprunté à l'intention du Florentin juste avant son départ pour Rome, et il n'était naturellement pas question d'exiger le moindre effort de ces délicates et nerveuses créatures ; le char serait donc poussé par une bande de satyres, et les guirlandes qui reliaient les félins au char devraient être fermement tenues par leurs maîtres afin d'éviter toute tentative de fuite — même si à vrai dire, au cours des répétitions, les guépards avaient plutôt eu tendance à rester assis sur leur derrière avec un air dédaigneux. On avait assuré au metteur en scène qu'ils étaient capables de courir à la vitesse de l'éclair, et il espérait seulement que le prince Livio et la mariée les auraient depuis longtemps dépassés s'il leur venait à l'idée d'en offrir la démonstration.

Au bout du compte, la Fortune adressa un sourire radieux au Florentin avant de grimper en haut de l'arche avec sa couronne. Ce revirement était moins l'effet des flatteries qu'il lui avait prodiguées que de la sollicitude de la Renommée, de l'Espoir, de l'Audace et de la Pénitence, à qui on avait assigné des places inférieures sur les plates-formes ménagées dans la structure de l'arche, et qui s'étaient inquiétés du vertige de la Fortune au point de lui proposer d'apprendre son texte *prestissimo* et de prendre sa place. Le Florentin parcourut ensuite tout le trajet de la procession, dégagé par les gardes du prévôt et du cardinal afin de s'assurer de l'état de son Dionysos. Celui-ci s'était en effet retrouvé ivre mort la veille au soir, sans doute dans l'intention de se mettre dans la peau du personnage. C'était un jeune homme mince et de grande taille, affublé d'une lourde peau de léopard qui le faisait ressembler aux guépards tirant son char. Au moment où le Florentin le rejoignait, il entendit les acclamations accompagnant l'entrée du duc par la porte nord.

Le trajet de la procession avait également été emprunté par un homme de haute taille, vêtu de noir et connu des gardes, qui atteignit la porte nord au moment où le duc la franchissait. Lorsque les acclamations se furent quelque peu apaisées et que la Fortune eut entamé son chant monotone, Sigismondo se vit, comme il s'y attendait, barrer la route par les gardes personnels du duc, peu disposés à laisser un inconnu s'approcher de leur seigneur. Quelque chose les fit pourtant changer d'avis. Le duc, qui arborait une expression à peu près aussi dédaigneuse que les guépards, écoutant d'une oreille le discours de la Fortune tout en évaluant l'apparence générale de Colleverde afin de déterminer quelles nouvelles taxes il pourrait lui imposer, fut heureux de se voir solliciter, même s'il ne détourna pas un instant les yeux des formes généreuses de la Fortune.

— Qui est-ce ?

Il s'abstint d'ajouter : « Vous ne voyez donc pas que je suis occupé ? », car tout duc apparaissant devant ses sujets est naturellement très occupé par la lourde tâche d'être, aux yeux de tous, duc. Son maître écuyer, qui avait porté son cheval à sa hauteur, s'inclina avec respect.

— Votre Seigneurie, un messager du duc de Rocca. Il dit que c'est urgent.

Le duc jeta un bref coup d'œil au parchemin roulé que Sigismondo éleva devant lui, avec le lourd sceau de Rocca oscillant au bout de son ruban de soie rouge.

CHAPITRE XXIX

« De grands désordres s'annoncent »

Une demi-heure plus tôt, la grand-place de Colleverde n'était pas encore bondée au point d'empêcher tout déplacement à travers la foule. Les gens pouvaient aller et venir, bavarder, faire leurs achats aux étals proposant, outre de la nourriture, des statuettes en argile de sainte Bernardina, des sceaux représentant Colleverde destinés aux pèlerins venus de l'extérieur, ainsi que des portraits de la sainte. Un commerçant entreprenant faisait d'excellentes affaires en vendant des morceaux de cire dont il jurait qu'ils provenaient des cierges brûlant devant l'image de la sainte, celle-là même qui avait miraculeusement souri et hoché la tête en pardonnant au voleur. Un concurrent s'était mis à vendre des brins de soie, collés sur des carrés de tissu noir afin de les faire ressortir, en déclarant qu'il s'agissait de lambeaux de la bannière suspendue derrière la sainte. Les acheteurs restaient sourds aux chuchotis des cyniques qui affirmaient que le seul et unique miracle consistait à se procurer ces objets et à les vendre sous le nez des prêtres qui en connaissaient la valeur.

Les mêmes cyniques s'abstenaient naturellement de consulter le diseur de bonne aventure qui s'était installé sous les arcades entourant la place et qui attirait une foule encore plus dense que la veille depuis qu'un aveugle tirait les cartes des clients.

C'est là que Sigismondo les trouva, Angelo dans sa tunique bariolée bleu et jaune, ses cheveux dorés coiffés ce jour-là d'un chapeau de velours bleu à peine défraîchi dont la longue pointe lui entourait le cou comme le bras d'une amante, et Mirandola, le noble visage légèrement relevé à la manière des aveugles, toujours vêtu de sa tunique de grosse toile et de son chapeau de paysan en paille, et qui provoquait la curiosité lorsqu'il choisissait une carte dans le paquet. Les yeux d'Angelo se posèrent brièvement sur Sigismondo quand celui-ci vint se placer derrière une maigre femme portant un bâton de pèlerin.

— Juste à temps, noble sire ; vous arrivez juste à temps pour votre séance.

Angelo prit les pièces d'un vieil homme qui venait de se faire prédire son avenir, et les fit prestement disparaître tandis que son regard balayait la foule.

— Une consultation privée, mes maîtres, pour laquelle il me paiera en bon or.

Comprenant par là qu'Angelo possédait des informations à vendre, et que celles-ci seraient précieuses si elles étaient à la hauteur du prix annoncé, Sigismondo sortit une pièce d'or et, sur un signe d'Angelo, disparut derrière un rideau effiloché orné d'étoiles peintes, suspendu à un cordon tendu entre deux perches de bois et retenu par un crochet fixé au mur de la galerie à arcades.

Et c'est par hasard que Benno, sortant pour la troisième fois ce jour-là de la cathédrale dans sa quête de dame Minerva, émergeant de la vaste caverne avec ses chapelles obscures, ses alignements éblouissants de cierges et sa foule en mouvement incessant, vit le crâne lisse — celui de son maître qui ressortait de derrière le paravent d'Angelo, se redressant de toute sa hauteur en effleurant le rideau de l'épaule.

Trébuchant au milieu des mendiants et évitant les crocs d'un cabot enragé qui avait probablement reniflé

Biondello pelotonné sous sa chemise, Benno se faufila rapidement à travers les badauds rassemblés sur la place, lesquels entendaient à présent rejoindre le parcours de la procession mais entretenaient des opinions divergentes quant aux emplacements offrant le meilleur point de vue. Des groupes se mettaient résolument en route dans différentes directions, la plupart coupant le trajet emprunté par Benno. Un homme de haute taille portant un ample manteau s'arrêta brutalement devant lui et Benno se retrouva empêtré dans les plis du vêtement jusqu'à ce qu'il en soit extrait par le long bras de Sigismondo qui le fit pivoter face à lui.

— Tu reviens bredouille, à ce que je vois, mon pauvre Benno. Mais pas moi.

Sur quoi la main vigoureuse posée sur sa nuque le poussa à travers le groupe qui approchait et qui, à la vue de Sigismondo, s'ouvrit devant eux comme par magie pour les laisser passer.

— Entre ici.

Sigismondo désignait une embrasure de porte qu'un matou offensé déserta aussitôt, non sans laisser derrière lui une marque odorante indiquant qu'il considérait cet endroit comme son territoire. Mais Benno n'était pas connaisseur en matière d'odeurs. Il leva les yeux d'un air plein d'espoir.

— Alors, où vous l'avez laissée ?

— Aucune trace de notre jeune dame, Benno. Mais nous ne devrions pas tarder à la retrouver.

— Vous savez où elle est ?

— Le prince l'amène en ville pour la marier, ou du moins c'est ce qu'il dit.

La mâchoire de Benno s'affaissa.

— Vous voulez dire qu'elle est avec lui ? Quand ils disaient que la cérémonie du mariage était maintenue, je croyais que...

— Nous ne savons pas si elle est avec lui, l'interrompit Sigismondo sans cesser de balayer la foule du regard. Il la croit peut-être morte. S'il ignore que j'ai porté une lettre à la princesse, ou s'il ne fait pas le rapport entre moi et la disparition de sa fille, il s'est peut-être dit qu'une jeune dame sans protection fuyant au hasard dans des rues qu'elle ne connaît pas, ou même hors des murs de la ville...

Sigismondo ne prit pas la peine de poursuivre, mais Benno songea aussitôt aux loups affamés errant dans les collines environnant Nemora, et à qui le duc Grifone, dans sa grande bonté, avait offert Mirandola après lui avoir crevé les yeux.

— S'il la croit morte, qui amène-t-il avec lui pour le mariage ? Croit-il que les gens d'ici ne savent pas à quoi ressemble dame Minerva ? N'échange-t-on pas des portraits avant de consentir à un mariage ? On m'a dit que ça se faisait — tiens, regarde ce qu'on te propose, est-ce que t'es pas un petit veinard ? — enfin, ce genre de chose.

Sigismondo s'adossa à la porte de chêne et appuya sa nuque contre les ferrures comme s'il avait une épaisse chevelure pour en adoucir la dureté.

— Bien sûr qu'ils savent à quoi elle ressemble. Ce sera sa petite surprise personnelle, autant que la leur.

Benno ouvrit à nouveau la bouche d'un air ahuri.

— Mais... quelqu'un d'aussi important que le seigneur Astorre, il est comme un prince, il n'acceptera pas d'épouser n'importe qui. Si c'est pas elle, il lui dira jamais bon d'accord, vous ferez l'affaire. A mon avis, ça va causer des problèmes.

— Oui, de gros problèmes et de grands désordres s'annoncent, parce que certains y ont intérêt. Angelo m'a dit qu'aujourd'hui un médecin lui avait demandé de lui prédire son avenir.

Au ton de son maître, Benno comprit que la remarque n'avait rien d'anodin et se força à la patience.

— Ce médecin voyait des fantômes, poursuivit

Sigismondo. Et ce n'était pas ceux de ses patients, car hier encore cet homme n'était pas médecin.

— *Il n'était pas*... Mais... on ne devient pas docteur du jour au lendemain.

— Tout dépend, Benno, si tu arrives ou non à te procurer un chapeau et une robe de médecin. Angelo m'a donné la description de cet homme et de ses deux comparses — dont l'un avait le visage bleu de quelqu'un qui a eu un accident en manipulant de la poudre à canon. Et ces fantômes, à mon avis, c'est à Fontecasta qu'ils les ont vus.

Benno faillit s'asseoir sur un cochon qui avait pointé le groin entre ses chevilles pour rafler un demi-navet abandonné sur le seuil.

— A Fontecasta !

— Hier, avant de devenir docteur, il est venu voir Angelo pour qu'il soupèse les chances de succès d'une entreprise risquée. Il disait qu'il lui avait déjà été prédit que l'entreprise ne réussirait que s'il réglait toutes ses dettes auparavant ; c'est un astrologue qui le lui avait assuré. Aujourd'hui, il disait que les dettes avaient été apurées, mais qu'il y avait eu de mauvais présages. Il voulait savoir si l'entreprise réussirait quand même.

— S'il est allé à Fontecasta, pourquoi a-t-il rouvert la tombe ? Cherchait-il des morceaux de cadavre pour mettre dans ses potions, comme m'a expliqué Bianca ? s'interrogea Benno en levant un visage perplexe vers Sigismondo. Comme les docteurs y mettent des souris grillées ou des bouts de chauve-souris ? Tout ça c'est de la magie, non ? Il y a des sorts qui ne fonctionnent qu'avec des fragments de cadavres, n'est-ce pas ?

Benno se gratta furieusement la tête, ce qui fit tomber son chapeau.

— Vous croyez que quelqu'un cherche à savoir si le seigneur aveugle est vraiment mort ? fit-il en récupérant son couvre-chef.

A ce moment, trois gamins passèrent en courant

devant eux, chacun poursuivant celui qui était devant lui, suivis d'une femme qui les pourchassait en frappant le dernier. A cause des cris, Benno dut presque déchiffrer sur ses lèvres la question que lui posa Sigismondo.

— Mais qui donc veut savoir s'il est bien mort ?

Benno dut sortir de sa chemise Biondello, qui voulait ajouter son odeur à celles dont était déjà imprégné le seuil. Les deux hommes le regardèrent faire d'un air absent tandis que Benno réfléchissait. Les badauds qui se pressaient sur la place se dirigeaient à présent en masse vers le trajet de la procession dégagé par les gardes de l'évêque.

— Eh bien, peut-être le cardinal, pourtant il savait que le seigneur de la villa était mort puisque vous le lui aviez dit. Mais il ignorait qu'il s'agissait de l'homme qu'on avait jeté aux loups, pas vrai ?

— Tu oublies que le cardinal était déjà mort quand la tombe a été ouverte. A ce moment-là, le prince Livio avait eu tout le temps de mettre à la torture les serviteurs de sa femme. Il était à Colleverde hier. Je l'ai vu à la cathédrale.

Benno porta la main devant sa bouche en ouvrant de grands yeux.

— Le *prince*. Vous voulez dire que le prince est allé à Fontecasta voir si... ?

— Si l'amant de sa femme était bien mort. Il ne croyait certainement pas que l'on puisse envoyer plusieurs fois par an de l'argent et des messages à quelqu'un simplement pour ses beaux yeux. Et je doute que le prince ait su que cette personne en était privée.

— Il croyait qu'il s'agissait du seigneur Giraldi ?

Benno plongea en avant pour empêcher Biondello de suivre un gamin qui tenait une appétissante tranche de salami à la main, tout près du sol. Lorsqu'il se redressa, il sentit que l'attention de son maître s'était détournée de lui. Couvrant l'excitation grandissante de la foule, d'où fusait de temps à autre un cri ou une exclamation, une soudaine clameur s'éleva en provenance des marches de la cathédrale.

Deux jeunes garçons étaient en train de s'y battre, dont l'un était également attaqué par-derrière par une vieille femme qui lui martelait le dos de ses poings tout en lui expédiant des coups de pied dans les mollets avec toute l'énergie que lui permettaient ses longues robes. Un des gardes de l'évêque, qui était là pour dégager le centre des marches en prévision du passage de la procession du duc, voulut intervenir mais, violemment bousculé par la vieille, se retrouva le cul dans la soucoupe d'un mendiant. La vieille braillait dans un galimatias incompréhensible tout en rossant le garçon, et, avec un hoquet de surprise, Benno reconnut les trois protagonistes.

Sigismondo se frayait déjà un chemin à travers les badauds, à présent beaucoup plus nombreux, et qui faisaient mine de vouloir protester jusqu'à ce qu'ils le voient. Sur ses talons, Benno, qui espérait que Biondello aurait l'intelligence de les suivre, récolta quelques coups de coude en guise de représailles. Parvenu aux marches de la cathédrale, Sigismondo se dirigea vers le mendiant qui rassemblait ses pièces en chassant les bonnes âmes — tous mendiants comme lui — qui se proposaient de l'aider, et sépara les deux garçons en les saisissant par le collet. Sous les encouragements de la foule, la vieille femme administrait à présent une grêle de coups au garde, qui, ayant recouvré son équilibre mais non sa dignité, s'efforçait en vain de la maîtriser.

— Il porte mes vêtements. Ce sont mes vêtements qu'il a sur lui !

Retenu par Sigismondo, le garçon avait le visage écarlate de rage et saignait abondamment du nez. Benno, avec sa prudence coutumière, se glissa derrière un prêtre attiré par le raffut. Le garçon avait été frustré de ne pas voir Benno pendu au gibet et, saint pardon ou pas, ce dernier était conscient que les pendaisons publiques jouissaient d'une popularité au moins aussi grande que les miracles et survenaient beaucoup plus fréquemment. Il jugea préférable de ne pas trop faire savoir qu'il était encore en vie.

Il fut profondément soulagé de voir que dame Minerva, les cheveux habilement dissimulés, les broderies de laine de sa tunique éclaboussées du sang de son adversaire et le col de sa chemise à moitié arraché, sortait triomphante de la bagarre. Pour une jeune fille qui n'était pas habituée à se salir les mains avec des paysans, elle s'était débrouillée de façon magistrale.

— Hé, ce n'est pas une façon de se comporter ! fit Sigismondo à l'adresse du paysan en question. Je t'ai payé ces vêtements, tu ne te souviens pas ? ajouta-t-il en secouant le garçon, ce qui fit jaillir une pluie de gouttes de sang alentour. Et ce jeune homme a sans doute aussi payé ses affaires. Ne traite pas les gens de voleur avant de savoir. Jeune homme, poursuivit-il en se tournant vers Minerva, venez avec moi, je vous offre une coupe de vin. Nous avons le temps avant l'arrivée du duc ; il reste trois arches, un char et six discours entre lui et la cathédrale. Venez.

Le jeune pèlerin se retira, la mine renfrognée et, voulant tirer la langue à Minerva, sentit le goût de son propre sang et la rentra bien vite. Minerva passa devant lui avec le menton relevé et un dédain tout aristocratique pour l'état de sa tenue. Elle avait adressé à Sigismondo un sourire radieux dans lequel Benno avait lu du soulagement. Ce n'était pas drôle d'être seule dans une ville inconnue, même si elle paraissait avoir trouvé Sybilla, ou avoir été trouvée par elle. Renonçant à arrêter quiconque, le garde avait regagné son poste en faisant le signe contre le mauvais œil. Il espérait que la vieille sorcière était trop folle pour lui avoir jeté un sort, ou que, dans le cas contraire, la proximité des reliques suffirait à l'annuler.

La foule avait apprécié le spectacle, qui s'était déroulé à un endroit où tous avaient pu y assister. Les badauds furent déçus de voir les protagonistes se disperser, mais satisfaits de voir que l'homme au crâne rasé, une main posée sur l'épaule du garçon auquel il était venu porté secours, faisait signe de l'autre à une fille postée sur un balcon fleuri d'une maison voisine de la cathédrale. Quelques Colleverdois furent en mesure d'expliquer aux étrangers qui les entouraient que la maison, quoique privée, était ouverte à ceux qui avaient les poches bien pleines, et que la fille au balcon était la plus jolie de la ville. Elle agita le bras en réponse au salut. Il était clair que l'homme, qui paraissait à certains vêtu de l'habit des moines chartreux, la connaissait déjà ou n'allait pas tarder à faire sa connaissance. En tout cas, il semblait vouloir soumettre à la tentation le jeune homme qui l'accompagnait. Tous deux, suivis de près par la vieille et, un peu plus loin, par un idiot distrait et un petit chien à qui manquait une oreille, se dirigèrent vers la ruelle longeant la cathédrale et franchirent une arche qui les mena dans une cour intérieure. On cria des conseils obscènes au garçon, mais personne ne jugea nécessaire de faire de même à l'adresse de son aîné

Minerva avait en effet été soulagée de voir Sigismondo. C'était une tâche bien solitaire que de jouer les héroïnes quand il n'y avait personne pour en être témoin. Elle était arrivée en clopinant à Colleverde environ une heure auparavant, avec son cheval boiteux, et avait résolu la question de savoir que faire de l'animal en voyant, dans la cour d'une auberge, un homme donner des ordres afin que l'on s'occupe de sa monture. Ayant d'abord considéré avec dédain la tenue de paysan de Minerva, l'aubergiste lui avait témoigné du respect sitôt qu'elle avait ouvert la bouche. Elle parlait avec l'accent de la noblesse et son attitude était empreinte d'une supériorité naturelle. Enfin l'argent qu'elle avait sorti avait emporté ses dernières réticences.

L'esprit apaisé, elle s'était mise à marcher dans les rues et, consciente de l'attente fébrile dans laquelle se trouvait la ville, avait pour la première fois ressenti une excitation croissante à la place de son anxiété habituelle. Il y avait des gens partout mais personne ne faisait attention à elle. Habituée à être l'objet de l'attention générale, le centre d'un entourage de serviteurs dont la seule tâche consistait à satisfaire ses moindres désirs, elle trouva très rassurant ce désintérêt envers sa personne. Dans une foule pareille, son père — enfin, le prince Livio — ne la retrouverait jamais. Le cauchemar de la mort de son frère s'était fondu dans son esprit avec la confusion irréelle et l'avalanche de sensations qu'elle avait connues ces derniers jours. Elle s'était même souvenue que son frère l'avait souvent cruellement taquinée, avait torturé ses chiots, lui avait tiré les cheveux jusqu'à la faire hurler, lui avait répété mille et mille fois d'un air triomphal que lui, pourtant plus jeune qu'elle d'un quart d'heure, hériterait de Montenero par la seule vertu de son sexe. Il avait fait congédier un vieux chambellan qu'elle adorait, l'avait menacée de l'envoyer dans un couvent quand il succéderait à leur père...

Leur père ? Il aurait dû, le lendemain même, l'amener avec lui à Colleverde, avec son frère et l'immense convoi transportant sa dot et tout le nécessaire en vue des festivités. Qui désormais allait épouser le seigneur Astorre ? Qu'adviendrait-il d'elle à présent ?

En attendant, elle devait trouver la cathédrale. Le seigneur Mirandola avait insisté pour qu'elle se munisse d'argent — « Il vient de ta mère, ne l'oublie pas » — afin de faire dire des messes pour cette dernière et pour son malheureux frère. Elle prierait aussi pour la sécurité du seigneur Mirandola. Chaque instant du temps qu'elle avait passé auprès de lui l'avait convaincue que si elle voulait un père, elle n'aurait pas besoin d'aller chercher loin.

Les rues paraissaient converger vers la cathédrale. Elle aperçut ses tours brillant au soleil. La grande horloge fit entendre son timbre sonore. Elle crut saisir, parmi le brouhaha de la foule, des bribes de phrases de quelqu'un parlant du mariage. Tout le monde devait être déçu de savoir qu'il n'aurait pas lieu. Elle entra dans la pénombre de la cathédrale, constellée des lueurs des cierges, et fut aussitôt morigénée pour avoir omis d'ôter son chapeau. Elle espérait que personne ici ne la reconnaîtrait une fois tête nue, mais il apparaissait que chacun était très affairé et il lui fallut un moment pour trouver un prêtre disponible. La chapelle latérale était petite et poussiéreuse, mais la messe, pour laquelle on lui avait demandé une somme étonnamment élevée, lui avait mis du baume au cœur. Après cela, dans un coin sombre, elle avait prié sainte Bernardina. De vieilles femmes devant elle priaient pour qu'un nouveau miracle ait lieu — c'est ainsi qu'elle apprit qu'il y en avait eu un la veille. Minerva fixa son regard sur l'image de la sainte. Elle aurait aimé apercevoir un signe lui indiquant que les péchés de sa mère lui avaient été pardonnés, et qu'elle-même et son père — le seigneur Mirandola — connaîtraient la paix.

Lorsqu'elle avait vu apparaître Sigismondo, elle avait compris qu'il ne leur arriverait rien. Tandis qu'ils gravissaient l'escalier d'une maison inconnue et qu'elle lui racontait l'horrible vision qu'elle avait eue du prince Livio la veille au soir à la villa, elle fut surprise de constater combien il était agréable de se décharger de toute responsabilité, de se laisser à nouveau entraîner par des événements mystérieux, comme de gravir en boitillant plusieurs longues volées de marches escarpées et d'être présentée à une très jolie jeune femme en robe de velours orange largement décolletée.

— Voici Polissena, fit Sigismondo en la présentant à Minerva. Elle va s'occuper de vous.

Tandis que Minerva pénétrait plus avant dans l'étrange pièce au luxe voluptueux, elle entendit Sigismondo chuchoter et se retourna. Le crâne rasé était penché tout près de la cascade ondoyante des cheveux dorés de Polissena. Il parlait avec une hilarité contenue et les yeux de la courtisane s'agrandirent avant de se tourner avec curiosité vers Minerva tandis qu'elle lui répondait. Il lui donna de l'argent. Minerva saisit les mots : « Le plus beau que tu aies, n'oublie pas. » Puis il se tourna vers Minerva.

— Avec votre permission, je dois partir. Nous nous reverrons dans moins d'une heure.

Il disparut avant qu'elle ait pu protester ou demander la moindre explication, et elle se retrouva seule avec Polissena — et avec Sybilla, qui, debout au centre de la pièce, pivotait sur elle-même pour tout voir en marmonnant *poh-poh-poh* avec une expression indéchiffrable sur le visage. Polissena s'approcha de Minerva et, après lui avoir fait la révérence, lui ôta son chapeau dépenaillé. Un nuage de cheveux se répandit autour du crâne et du visage de Minerva. La servante noire qui, les mains sur les hanches, attendait ses instructions, laissa échapper une exclamation. Polissena souleva les frisettes et ne put dissimuler son admiration.

— Des perles ! Des perles, oui, c'est cela, et des fleurs en gaze d'argent. Bianca, mon brocart argenté !

Le duc Grifone devina, au grincement d'une poulie qui accompagna les dernières paroles de la Fortune, ainsi qu'au son typique d'une péroraison, qu'il allait maintenant recevoir la couronne de laurier dont le tremblement entre ses mains trahissait la nervosité de la Fortune. La couronne devrait venir se poser sur son chapeau et masquerait sans doute le splendide rubis qui lui avait coûté les impôts d'une ville entière. Mais il n'était pas question qu'il se découvrît. Le geste manquerait de dignité, et il avait justement acquis ce rubis pour faire impression. Il garda donc son sourire aux lèvres et se récita mentalement le bref discours de remerciement en latin qu'on lui avait préparé. Il était inquiet ; quelqu'un dans cette ville le haïssait au point de brûler son premier conseiller et représentant, et voilà que ce messager de Rocca au crâne rasé qui se tenait à hauteur de ses étriers lui apprenait pire encore. Jusqu'à quel point pouvait-il lui faire confiance ? Grifone n'avait conclu aucun traité avec Ludovico de Rocca, mais Astorre allait épouser sa nièce.

La machinerie fonctionna à la perfection. La Fortune descendit vers le duc sur son nuage enguirlandé et parvint à déposer la couronne sur sa tête sans lui écraser le chapeau sur les yeux, sans masquer le rubis, et sans tomber elle-même par-dessus bord en entraînant dans sa chute le duc au bas de son cheval. « Très au point », se dit-il. Une trompette résonna, mais trop tôt, et interrompit son discours de remerciement ; le cortège se remit lentement en marche pour aller à la rencontre de l'évêque (attendant avec nervosité de bénir son seigneur), du maire de Colleverde avec les clefs de la ville déposées sur un coussin de velours bleu, et enfin du cercle des notables. Le crâne rasé n'était plus au côté du duc ; l'homme avait disparu dans la foule avant que le duc ait eu le temps de lire la lettre, cette lettre qui avait su attirer son attention, avec le sceau de Rocca oscillant au bout de son ruban.

Tout en avançant, le duc l'éleva à hauteur de son visage et en vérifia le destinataire. Bien sûr, si Ludovico de Rocca confirmait l'avertissement de son messager...

A ma sœur bien-aimée Oralia, lut-il.

CHAPITRE XXX

« Père »

Le programme originel de la procession nuptiale avait été prévu le dimanche plutôt que le samedi pour que les deux souverains participants obtiennent toute l'attention qui convenait. Cependant, l'astrologue du prince Livio, afin, disait-on, de prendre en compte l'influence de l'étoile néfaste apparue lors de la mort de sa femme et de son fils, avait procédé en toute hâte à une relecture des augures concernant la cérémonie. Il avait en conséquence décrété que le meilleur moyen d'éviter tout nouveau malheur serait d'avancer le mariage d'une journée, ce qui permettrait de prendre de court l'astre malveillant.

C'est pourquoi il avait été convenu que l'entrée du prince Livio dans Colleverde par la porte est suivrait de peu celle du duc Grifone par la porte nord ; toutefois, avait-on décidé d'un commun accord, le prince échapperait à certaines cérémonies d'accueil prévues. Entre faire plaisir à un prince étranger et complaire au duc qui fixait le montant de vos impôts, les Colleverdois n'avaient guère hésité ; le Florentin qui organisait les cérémonies avait reçu des instructions précises à ce sujet. Comme l'avait dit Sigismondo, il y aurait trois arches, un char animé et six discours avant que le duc atteigne le palais de l'évêque, tandis que pour le prince Livio et la mariée il n'était prévu qu'une arche, le char de Dionysos, le combat de saint Michel contre les démons et un seul discours, qui, de surcroît, serait prononcé en langue vernaculaire. Si le prince avait dû suivre le programme prévu, il aurait eu droit à plus d'orateurs, à plusieurs Grâces, et même à la Fortune. Mais les Montenerains se rattraperaient le soir pendant le banquet du mariage, puisque, pour bénir le couple, les planètes feraient une apparition sur une machine qui, avec un peu de chance, devait tourner sur elle-même.

Même si, bien sûr, la foule n'assisterait pas à tout cela, elle ne s'en plaignait pas. Elle ne s'était pas encore remise de l'effervescence qui l'avait saisie quand on avait réalisé que le diable en personne était venu à Colleverde brûler le cardinal pour le punir d'y avoir apporté les reliques, sans parler du miracle de la veille. Cela donnerait déjà matière à des années de commérages et de discussions, mais les Colleverdois gardaient bon espoir que quelque événement encore plus exceptionnel surviendrait avant la fin de la journée. Ils ne devaient pas être déçus.

La seule déception, pour l'instant, concernait l'épaisseur des voiles qui enveloppaient la promise. Il se trouvait dans la foule des femmes pour l'excuser, disant qu'elle était en deuil et que de toute façon il était normal qu'elle restât voilée jusqu'à la cérémonie; d'autres en revanche soutenaient qu'il était rare qu'une future épouse fût voilée au point que l'on ne puisse même pas deviner ses traits.

On ne pouvait qu'espérer qu'elle ne ressemblait pas à son père.

Le visage du prince Livio, parfaitement visible sous un chapeau de velours noir ourlé d'or qui constituait un heureux compromis entre le deuil et la fête, était l'objet de toutes les attentions. La rumeur ayant abondamment brodé sur les faits, on racontait à présent qu'il avait assassiné son épouse sur son lit de mort alors qu'il était victime d'une crise et qu'ensuite, fou de culpabilité, il s'était mis à tuer tous ceux qu'il rencontrait sur son chemin. Il circulait déjà une ballade qui relatait de façon émouvante toute l'histoire, mais on considérait que ce serait manquer de tact, voire de prudence, que de la chanter dans les rues avant que le prince ait quitté la ville.

De l'opinion générale, le prince avait les traits d'un homme capable d'avoir fait ce que la rumeur lui imputait. Son regard tourmenté y était pour beaucoup. Certains professaient qu'il était fou et espérait avec componction qu'il n'avait pas transmis son mal à sa fille et que la lignée de leur duc n'en serait pas affectée. Les commentaires allaient bon train sur le fait que le prince était si peu sûr de son état de santé qu'il avait amené avec lui son médecin, lequel, vêtu d'une robe à fourrure et coiffé d'un chapeau, marchait lentement à côté du cheval du prince et levait de temps à autre la tête vers lui comme pour s'assurer de son état. Le bruit courait à travers la foule que le prince pouvait avoir une crise d'un instant à l'autre et, si la majorité des spectateurs l'espérait, ceux qui se trouvaient le plus près de lui étaient heureux de la présence des gardes de l'évêque jalonnant le trajet du cortège avec leurs piques.

En accord avec la bienséance, le duc devait arriver le premier au palais de l'évêque, escorté de ce dernier et accompagné de son fils, avant d'y accueillir le prince et la promise.

Trois arches, un char triomphal et six discours après son entrée dans Colleverde, le duc arriva donc, toujours coiffé de sa couronne de laurier et l'air plutôt en forme. Les observateurs en conclurent que, s'il avait été gravement malade, il était clair qu'il s'était remis. Il répondit aux acclamations d'un geste de la main puis gravit les marches du palais avec une agilité qui suscita bien des remarques; n'importe qui, persiflèrent certains plaisantins, pourrait penser que c'était lui le futur marié, et non son fils. On chuchotait que la couronne de laurier lui allait fort bien, tandis que le rubis grossissait à chaque commentaire. Les femmes trouvaient le prince Astorre follement séduisant. La princesse monteneraine avait une sacrée chance, se disaient-elles tout en attendant l'arrivée du prince Livio.

On trouva que ce dernier n'appréciait pas à sa juste valeur toute la peine qu'on avait prise pour lui. Alors que la foule applaudissait à tout rompre le jeune homme personnifiant Dionysos qui s'était penché par-dessus son char pour offrir des grappes de raisin enrubannées d'or à la future mariée, le prince les lui avait arrachées des mains et les avait balancées sur les genoux de sa fille avec une telle désinvolture qu'elle en eut presque le souffle coupé. Les grappes, vu la saison, étaient en verre de Venise et, comme tout ce qui provenait de Venise, fort coûteuses. Ce fut un miracle si elles ne se brisèrent pas ; le contraire eût été de fort mauvais augure. La jeune fille s'efforçait de maintenir ses voiles devant son visage dans la brise qui balayait la grand-place. Elle paraissait se désintéresser des réjouissances et gardait la tête obstinément baissée. Malgré les applaudissements, les cris et le geste brusque du prince, les guépards ignoraient tout le monde.

La foule fut encore plus dégoûtée par le comportement du prince Livio lorsque celui-ci arriva devant le char où devait être représenté le combat entre saint Michel et les démons : il n'y jeta qu'un bref regard avant d'éperonner son cheval, forçant sa suite et l'ensemble du cortège à se remettre en marche. Quelques badauds eurent l'audace d'attirer son attention sur les comédiens qui attendaient, mais il leur répondit en grommelant un juron accompagné d'un regard si furieux qu'ils se fondirent prestement dans la foule. Tout le monde remarqua l'allure patibulaire des Montenerains qui l'entouraient, et l'on murmura qu'il s'agissait en fait de sa garde personnelle.

Après cela, on ne trouva qu'une piètre consolation au spectacle des nombreux chariots de bagages et du train de mulets aux splendides caparaçons transportant la dot de la princesse. Après tout, on s'attendait à des centaines de chevaux chargés, à une parade, à des trompettes, à de riches étoffes et à des coffres enveloppés de brocart... On joua cependant la pièce prévue dès que la procession fut passée ; quoique déçus, ses organisateurs n'entendaient pas perdre la totalité de leur argent, et cela contribua quelque peu à remonter le moral de la foule.

Les préparatifs se déroulaient également dans le palais de l'évêque. Le duc distribuait ses ordres, brefs et péremptoires, et dont l'un consistait à trouver un homme de haute taille au crâne rasé et vêtu de noir. Personne ne le trouva car personne n'eut l'idée de le chercher dans la pièce où devait se préparer la princesse, juste à côté de la salle d'audience où serait ratifié le mariage. Des chaises sculptées destinées au duc, au prince, à l'évêque et au jeune couple étaient alignées sur une estrade à une extrémité de cette dernière salle, devant la plus belle tapisserie de l'évêque (de facture flamande, représentant Élie nourri par les corbeaux). Des gardes de l'évêque se tenaient le long des murs, tandis que dans l'escalier montant à la salle d'audience s'étaient placés des hommes du cardinal, lesquels avaient déclaré avec insistance au prévôt de l'évêque que leur défunt maître, qui aurait naturellement dû présider la cérémonie, leur avait ordonné d'être là, et que, quoique définitive, sa regrettable absence n'y changeait rien. Le prévôt avait d'abord renâclé mais il avait l'habitude de voir son autorité bafouée, et puis le capitaine des gardes du cardinal avait un visage qui conférait un poids particulier à cette exigence, puisqu'il était composé pour l'essentiel d'un réseau de cicatrices.

Un côté de la salle comportait trois grandes fenêtres donnant sur le balcon qui dominait la piazza. Les jeunes mariés devaient y faire une apparition devant la foule après la signature du contrat, avant d'emprunter la petite passerelle couverte reliant le palais à la cathédrale, où ils assisteraient à la messe en présence des reliques. Près des fenêtres était installée une table entourée d'avocats, l'air important avec leurs robes et chapeaux noirs, qui ne cessaient de changer les papiers de place en se querellant sur leur disposition, ainsi que sur celle des sceaux, de la bougie et du certificat de mariage — lequel était superbement enluminé, avec une représentation du couple se tenant la main devant un bâtiment de style classique et un paysage printanier de champs, d'arbres et d'animaux allégoriques. Au-dessous, on avait soigneusement peint les armoiries de Nemora et de Montenero dans deux blasons bordés d'or. Il ne manquait plus que les signatures et les sceaux.

Le duc Grifone avait pris place sur la chaise la plus joliment ornée, et rehaussée par rapport au reste de l'estrade. Il jetait des regards intenses autour de lui. Il constata que l'on avait prévu un siège pour la princesse Corio, à qui il avait envoyé une lettre lui exprimant ses condoléances au sujet de la mort de son frère et l'informant que, puisqu'elle n'assisterait pas au mariage en raison de son deuil, il se rendrait au palais Corio plus tard dans la journée. C'était à la fois un ordre et un honneur. Il commanda que l'on enlève la chaise, puis ôta sa couronne de laurier et la remit à un page, ainsi que son chapeau pour qu'il l'époussette, tout en se demandant où était passé le messager de Rocca.

S'il avait traversé la salle, ouvert une des fenêtres et regardé dehors, il l'aurait aperçu.

Après que le duc eut disparu à l'intérieur du palais et que le prince Livio fut passé sous son arche et devant le char de Dionysos, il y avait eu un mouvement de foule général. Les rues menant aux portes de la ville s'étaient vidées en direction de la grand-place tandis que les gardes se retiraient. Lorsque le prince était descendu de cheval devant le palais de l'évêque et eut aidé la jeune promise à s'extraire de sa litière, tout en veillant avec un soin paternel à ce que ses voiles, et donc sa pudeur, ne soient en rien dérangés, la majorité des badauds s'était déjà massée devant le palais. Tous virent d'abord le prince prendre avec impatience le bras de son médecin, comme s'il avait besoin de son aide pour gravir les marches du palais à la rencontre de l'évêque. Deux dames aidèrent sa fille ; une fois que le prince fut entré dans le palais sans succomber à la crise que tous espéraient, la foule put consacrer son attention à d'autres sujets.

Deux hommes se tenaient sur le balcon où le fils du duc et sa jeune épouse devaient se montrer, mais ni l'un ni l'autre n'avaient l'air d'un futur marié. Tous deux étaient en noir ; l'un avait le crâne rasé, l'autre portait un capuchon de cuir. Ce dernier se trouvait à une extrémité du balcon depuis un certain temps. Les gens se disaient qu'il s'agissait d'un trompette attendant de sonner une fanfare, et que son instrument devait être à ses pieds, masqué par la rambarde ornée de fanions. Son rôle supposé expliquait qu'il se tînt hors de vue des occupants du palais, tout en suivant ce qui s'y passait afin d'être prêt le moment venu. Il ne s'était pas rendu compte de l'arrivée de l'homme au crâne rasé, qui venait d'émerger d'une petite porte se trouvant juste derrière lui, car il fixait toute son attention sur la fenêtre par laquelle il épiait l'intérieur.

Ce qui se passa alors fut si soudain et si étrange que la foule se partagea en différentes opinions quant à sa signification. L'homme au capuchon de cuir tomba en avant comme si on l'avait fait trébucher, ou comme s'il se penchait pour prendre sa trompette. L'autre le rattrapa dans sa chute et le déposa par terre, où il parut demeurer, tandis que l'homme au crâne rasé se relevait tout en lui parlant amicalement, se coiffait du capuchon de cuir et se postait à son tour au coin de la fenêtre. On ne voyait toujours aucun signe de trompette, ce qui augmenta la perplexité de la populace. Tandis que chacun livrait ses commentaires, l'homme au capuchon se tourna vers la foule et lui adressa un salut rassurant avant de reprendre son poste près de la fenêtre. Cela dissipa dans une certaine mesure le malaise qui avait gagné les spectateurs.

Le prince Livio aurait bénéficié d'une réception appropriée de la part du duc aux portes de la ville s'il n'était arrivé que le lendemain, comme il était prévu à l'origine. Il dut donc se contenter du second personnage dans l'ordre protocolaire, à savoir l'évêque. Il n'était pas question que le duc Grifone fasse le pied de grue sur les marches du palais, de sorte qu'il revint à leur hôte d'accueillir le prince au bas du grand escalier menant à la salle d'audience où devait avoir lieu la signature du contrat. La jeune mariée fut conduite aussitôt dans la pièce attenante à la salle, où elle pourrait remettre de l'ordre dans sa coiffure et sa tenue, dérangées lors de la procession, et aussi se soulager au cas où, comme il arrive souvent, l'excitation aurait gagné non seulement sa tête, mais aussi d'autres parties de son anatomie.

Le prince Livio, qui trouva l'évêque encore plus rasoir qu'il trouvait en général les évêques, ne fit même pas mine de prêter attention aux compliments en latin si difficilement mis au point par Taddeo, et observa avec une certaine irritation les difficultés que rencontrait sa fille, empêtrée dans ses longs voiles et mal secondée par des suivantes nerveuses, pour gravir les marches de l'escalier. L'évêque, pris de court lorsque le prince tourna à nouveau brusquement son attention vers lui une fois que le groupe accompagnant sa fille eut disparu en haut de l'escalier, bredouilla sous le sombre regard de braise. Il ressentit la tension qui habitait le prince et réalisa d'un seul coup que cet homme, qui avait déjà tué son propre fils, était peut-être au service du Malin afin de commettre d'autres terribles forfaits. Lui-même était bien placé pour savoir que le diable rôdait dans les parages — il était revenu, juste à temps pour recevoir le duc, de Fontecasta où Satan avait œuvré, verrouillant les portes et rebouchant l'horrible tombe du mort-vivant. Il déglutit en croisant le regard du prince, perdit le fil et reprit un paragraphe qu'il venait de lire, dans lequel il comparait son noble hôte à Jules César tout en se demandant si la comparaison était bien heureuse vu la fin qu'avait connue le Romain.

Lorsque le prince eut entendu l'évêque et lui eut répondu, puis qu'on l'eut escorté entre les deux rangées de gardes du cardinal jusqu'à la pièce où se préparait sa fille, celle-ci avait terminé sa toilette. La foule l'ignorait, mais l'irruption de l'homme au crâne rasé sur le balcon en avait été un signe. Peu après l'effondrement du supposé trompettiste, son remplaçant ouvrit la fenêtre à travers laquelle il guettait et se glissa à l'intérieur. Un murmure de surprise et d'interrogation parcourut à nouveau les badauds.

Dans la vaste pièce, la jeune fille en longs voiles se plaça au côté de son père, qui l'emmena pour la présenter au duc Grifone, lequel descendit de l'estrade pour les accueillir. Le prince, toutefois, jugea nécessaire de s'appuyer au bras de son médecin, qui dut donc l'accompagner aussi devant le duc.

Mais, avant le moment prévu, la jeune fille releva son voile.

— Père.

Il n'était pas prévu non plus qu'elle ouvre la bouche. Il se tourna vers elle.

Les yeux du prince se posèrent sur le visage de Minerva.

CHAPITRE XXXI

Qui était l'ennemi ?

Benno avait été très étonné de l'aisance avec laquelle Bianca, après les avoir guidés à travers les petites ruelles à l'arrière de la cathédrale, les avait fait entrer dans le palais de l'évêque par une porte de service où les serviteurs paraissaient la connaître. Elle monta ensuite jusqu'à une pièce meublée de paravents, d'une commode et d'une table couverte d'un tissu de soie bleue sur laquelle étaient posés une pelote à épingles brodée, un peigne en argent et un miroir. Benno s'attendait à voir des soldats leur barrer la route, poser des questions embarrassantes. Il redoutait que Sigismondo, en le laissant en compagnie de dame Minerva, lui ait confié la responsabilité de sa sécurité et, quoique son maître ne lui eût rien révélé de son plan, il s'en faisait une idée assez précise pour s'en alarmer vivement. Il aurait souhaité qu'Angelo soit avec eux au lieu d'assurer la protection du seigneur aveugle — si l'on pouvait qualifier de protection le fait de l'exposer à la vue de tous. Benno soupira. Son maître n'était pas homme à attendre que les choses se produisent — il les provoquait.

Et la provocation portait ses fruits. Benno avait éprouvé un immense soulagement en voyant Sigismondo les rejoindre dans le salon d'apprêt et adresser un large sourire à dame Minerva, parée du brocart d'argent de Polissena, et à Sybilla qui marmonnait en rectifiant un pli de la jupe tout en enveloppant dame Minerva d'un air protecteur que sa bizarrerie ne rendait même pas étonnant. Sigismondo posa un doigt sur ses lèvres et s'effaça lorsque la porte se rouvrit pour laisser apparaître une jeune fille entièrement voilée qui s'efforçait de rassembler ses jupes et d'empêcher ceux qui la suivaient de marcher dessus. Sigismondo referma la porte sitôt que ses deux suivantes furent entrées et resta à l'écart pendant que les trois nouvelles venues contemplaient avec stupéfaction dame Minerva. La jeune fille voilée tenta de faire la révérence mais éclata en sanglots. Sigismondo la fit se redresser et lui intima le silence.

— Grâce à Dieu vous êtes de nouveau parmi nous, demoiselle ! parvint-elle à murmurer.

Sur un geste de Sigismondo, Polissena défit rapidement la couronne de fleurs et de pierres précieuses qui maintenait le voile autour du crâne de la jeune fille pendant que celle-ci, sanglotante et défaillant à moitié, restait pendue au bras de Sigismondo. Dame Minerva inclina la tête de façon qu'on puisse lui fixer la batiste et la couronne ; les doigts de Sybilla étaient aussi agiles que ceux de Polissena.

Après avoir fait asseoir sa remplaçante en larmes sur le banc d'une fenêtre aux volets clos, Sigismondo se pencha pour parler à voix basse à la véritable future mariée. Benno ne saisit que les mots « quand je me montrerai » avant que son maître disparaisse par une autre porte qui révéla un court instant le balcon sur laquelle elle ouvrait.

Suivie des deux suivantes hébétées et pleines de reconnaissance, dame Minerva entra d'un pas solennel, en fille de princesse qu'elle était, dans la salle d'audience contiguë. Sybilla se faufila à leur suite et Benno, collé contre le mur près de la porte, eut une vision générale de la vaste salle : le duc se levant de sa chaise devant la tapisserie, l'évêque se tournant vers la promise, les silhouettes des avocats derrière la table se découpant contre les fenêtres, tandis que par une autre fenêtre au-delà d'eux entraient le bruit de ressac de la foule, puis, telle une ombre, Sigismondo lui-même. Alors dame Minerva releva son voile d'un ample geste, la gaze légère s'interposa quelques instants devant le champ de vision de Benno, et c'est à travers elle qu'il distingua le visage blême et les yeux fixes du prince Livio qui se tournait vers la mariée.

A cet instant, Biondello, dont le talent à esquiver le danger lui avait évité de finir en pâté de chiot dans son village natal, bondit hors de la chemise de Benno et regagna en un clin d'œil la pièce qu'ils venaient de quitter. Benno fut plaqué contre le mur par la force du départ du petit chien.

On aurait pu croire qu'une main invisible manipulait le prince Livio, car il resta à demi tourné, comme si dame Minerva l'avait, à la façon de Gorgone, transformé en bloc de pierre, pendant que tout, autour de lui, entrait en éruption. Son médecin, jusqu'ici anonyme sous son chapeau et sa robe qui le marquaient professionnellement mais l'éliminaient socialement, parut se réveiller d'un seul coup. Abandonnant son patient à l'instant précis où il avait besoin de son attention, l'homme se précipita en direction du duc Grifone ; on aurait pu croire qu'il implorait son aide si sa main n'avait pas été armée d'un stylet.

Benno, le souffle coupé, vit que Sigismondo poussait Minerva dans ses bras, et son champ de vision fut provisoirement bouché.

— Fais-la passer à côté et garde la porte !

Les suivantes refluèrent en désordre tandis que dame Minerva se voyait projetée dans la pièce par la poussée de Sigismondo bien plus que par sa propre volonté. Benno se posta dans l'embrasure de la porte, le couteau à la main, et put constater qu'il n'avait pas raté grand-chose des événements. Ceux-ci se précipitaient et il comprit pourquoi Sigismondo avait préféré que la jeune dame ne soit pas présente.

Le médecin enragé rencontra l'épée du duc, et ce ne fut pas à son avantage : il s'effondra à terre où il rejoignit l'évêque, recroquevillé parmi l'amas de ses robes. Benno supposa que ce dernier s'était interposé avec courage en voyant le médecin attaquer le duc. A présent, la mitre renversée, il gisait à côté du docteur dont le sang avait maculé l'or et le blanc épiscopaux.

Au-dessus d'eux sifflait l'épée du duc affrontant celle du prince Livio, lequel, après être brutalement sorti de la transe dans laquelle l'avait plongé la surprise, s'était jeté sur Grifone avec une énergie sauvage à laquelle Benno s'était demandé si le duc résisterait. La salle parut soudain emplie d'hommes en train de se battre. La tapisserie d'Élie nourri par les corbeaux pendue derrière l'estrade avait été tranchée jusqu'à mi-hauteur et des hommes portant la livrée noir et blanc du duc brandissaient leurs piques contre les suivants du prince Livio, et même, dans la confusion, contre les gardes du cardinal qui étaient accourus de l'escalier.

Benno, qui tendait le cou pour voir où en était son maître, sentait à peine dame Minerva qui se démenait pour essayer de voir quelque chose par-dessus son épaule. Les sanglots et les lamentations des suivantes de la mariée se mêlaient aux commentaires excités de la jeune dame, qu'il ne pouvait toutefois pas comprendre en raison des cris, du cliquetis métallique et des piétinements qui résonnaient dans la grande salle. Il aperçut Sigismondo, une hache dans la main gauche, dans l'autre son épée qui s'élevait et s'abattait en éclairs terrifiants, le visage plus grave et concentré que jamais au milieu des grognements, des coups, des chocs et des hurlements des blessés. Un homme vêtu des couleurs du duc recula en trébuchant et vint s'abattre aux pieds de Benno, les mains serrées sur la blessure gargouillante causée par une pique reçue en pleine poitrine. Relevant les yeux, Benno vit Sybilla qui, le bonnet défait et les cheveux blancs dressés sur la tête, s'emparait de la hallebarde que l'homme avait lâchée et, la brandissant comme un fléau, abattait un homme dans la mêlée puis, entraînée par son élan, l'évêque qui venait juste de se relever.

Portant son regard au-delà de deux hommes vacillants qui paraissaient avoir perdu leurs armes et en étaient réduits à tenter de s'étrangler mutuellement, et dont l'un avait le visage grêlé de petite vérole de l'assistant du médecin, Benno observa ce qui se passait à l'autre extrémité de la salle. Le duc subissait toujours les assauts du prince et Benno s'étonnait que Sigismondo ne se soit pas porté à son secours lorsqu'il vit pourquoi : un groupe d'hommes de Livio, parmi lesquels un était armé d'une pique dont l'allonge dépassait largement celle d'une épée, assaillaient Sigismondo, qu'ils avaient acculé contre une fenêtre. A son côté se battait le seigneur Astorre — c'est en tout cas ce que Benno déduisit de la ressemblance du jeune homme avec le duc, ainsi que de la soie et du brocart indiquant le futur marié. Le jeune homme tentait désespérément de résister à une sorte de géant qui maniait son épée avec une dangereuse dextérité. Au moment même où Benno entrevoyait cette scène, il fut violemment projeté en avant par une poussée dans son dos. Il atterrit des deux mains sur le justaucorps gorgé de sang de l'homme qui s'était effondré à ses pieds et eut juste le temps de voir disparaître entre deux groupes de combattants le brocart argenté de dame Minerva. Il se releva et s'apprêtait à la suivre lorsque les deux hommes qui cherchaient à s'étrangler trébuchèrent et tombèrent en l'entraînant dans leur chute. Au-dessus de leurs corps emmêlés il vit dame Minerva atteindre la table des avocats, dont la nappe verte ondoyait sous les gestes frénétiques des hommes de loi qui s'étaient réfugiés dessous. Elle s'empara d'un encrier et le jeta au visage de l'homme qui attaquait son fiancé. Sans un instant d'hésitation, Astorre le transperça de son épée tandis qu'il crachait et cherchait à essuyer le liquide qui l'aveuglait, et l'encre qui s'écoulait sur son pourpoint vira au rouge.

Pendant ce temps, Sigismondo, qui venait de trancher d'un coup de hache la pique qui le menaçait et dont l'extrémité armée rebondit en cliquetant sur le sol de marbre, enfonçait son épée dans l'estomac de son adversaire tout surpris de se trouver désarmé et, s'écartant d'un pas, le laissait franchir, d'un pas vacillant et les mains serrées sur le ventre, la fenêtre ouverte, percuter la rambarde et basculer dans le vide pour aller s'écraser dans la foule.

Benno, qui avait réussi à se défaire des deux hommes qui tentaient toujours de s'étrangler l'un l'autre, récupéra son couteau et se releva. Son devoir, douloureusement clair, était de suivre dame Minerva et de la protéger contre les conséquences de son courage. Mais la rejoindre était une autre paire de manches. Il évita sur sa droite un garde armé de sa pique qui plongea pour embrocher un adversaire, lequel, tombant en arrière au milieu d'un groupe d'hommes qui ferraillaient, fut catapulté en avant avec une épée plantée dans le dos. A son tour il passa par la fenêtre et pardessus la rambarde du balcon. Un rugissement monta de la foule.

Un homme qui reculait en brandissant une dague obligea Benno à se plaquer contre le mur, le couteau pointé devant lui. L'homme vint s'empaler sur sa lame et fit un bond en se tenant la fesse gauche. Benno poursuivit sa progression en cherchant des yeux dame Minerva.

Ce qu'il vit fut le duc Grifone, dont le bras droit, désarmé, était cloué aux panneaux de bois du mur par l'épée du prince Livio. Il paraissait certain que dès que le prince aurait libéré sa lame, le duc allait la recevoir en plein cœur, car la sienne était tombée de sa main flasque. Benno aperçut le brocart d'argent qui s'éloignait. Le prince Livio, qui avait saisi l'encolure de la chemise du duc, la déchira d'un coup sec tout en libérant son épée. Alors que le seigneur Astorre assenait un coup à la tête du prince, dame Minerva agrippait l'arrière du manteau de ce dernier et, l'entraînant dans sa chute, se laissa tomber à terre. Le prince s'effondra en poussant un mugissement qui attira tous les regards.

Reprenant son épée de la main gauche, Grifone joignit ses coups à ceux d'Astorre pour achever le prince.

La lutte n'était pas terminée pour autant. Les hommes du prince Livio jugeaient sans doute préférable de mourir sur-le-champ plutôt que dans les cachots de sinistre réputation de Grifone. L'un d'eux, puis un autre, ôtèrent en toute hâte la livrée qui les trahissait, franchirent les portes comme des boulets et se jetèrent par-dessus le balcon. La foule les accueillit avec une clameur digne d'un spectacle de fauves.

Astorre aida dame Minerva à se relever. Il lui baisa rapidement la main, la fit passer derrière lui, près du mur ensanglanté, puis jeta un regard circulaire à la salle. Aucun des hommes du prince ne restait debout. Voulant se précipiter vers l'estrade, l'évêque glissa sur le sol rougi et tomba une nouvelle fois. La petite vieille en noir assena un coup à un Montenerain qui remuait encore. Dans le silence qui s'était peu à peu instauré, la porte de la salle des banquets s'ouvrit devant un groupe d'ecclésiastiques aux visages livides parmi lesquels se trouvait Torquato. Les seuls bruits audibles à présent étaient les gémissements des blessés.

Astorre escorta dame Minerva jusqu'à la porte de la pièce attenante puis revint dans la salle. Sigismondo enjamba les corps prostrés et rejoignit Grifone qui l'accueillit avec une question abrupte qu'il parut écarter avant de saisir le bras du duc. Il déchira la manche et se pencha pour renifler la blessure. Astorre, qui comprit aussitôt et dont le visage adopta une expression inquiète, ramassa l'épée de Livio et la présenta, appuyée sur son bras, à Sigismondo. Sigismondo la renifla elle aussi, l'examina et finit par hocher la tête. Il désigna la pièce où s'était préparée dame Minerva et l'on entendit la voix grave prononcer :

— ... de l'eau.

Le capitaine de Grifone se tenait devant lui dans sa livrée noir et blanc maculée de sang. Le duc désigna quelques corps ici et là.

— Pendez-les par les pieds au balcon, ordonna-t-il.

Ensuite intervint un interlude étonnamment démocratique dans le salon d'apprêt, où le duc se faisait nettoyer sa blessure par Sybilla tout en bavardant avec Polissena dont la présence, de toute évidence, le ragaillardissait. Pâle, l'air légèrement hébétée mais le dos droit, dame Minerva parlait à ses suivantes sur le banc de la fenêtre. Le bas de la nappe de soie bleue présentait une bosse qui se transforma bientôt en museau noir et fourrure blanche ébouriffée. Benno attrapa Biondello et l'embrassa en murmurant :

— Mon petit avocat.

— Les avocats ! s'exclama Grifone en faisant preuve d'une inquiétante finesse d'ouïe. Le contrat est-il intact ?

L'évêque, agenouillé dans la salle d'audience, administrait les ultimes sacrements aux blessés irrécupérables. L'un d'eux était un homme de la garde du cardinal et son capitaine était penché sur lui comme s'il l'aidait dans ses derniers instants. Après avoir annoncé que la cérémonie de mariage était simplement reportée à une date ultérieure, le duc fit signe à l'officier d'approcher.

Deux de ses hommes, enveloppés de pansements improvisés, portèrent le capitaine, blessé au point de ne pas pouvoir se tenir debout, jusque devant le duc. Il déclara regretter la confusion de tout à l'heure, quand ses hommes, ignorant ce qui se passait, avaient fait irruption dans la salle. Il ajouta que vers la fin de l'échauffourée, ils avaient dû affronter un groupe d'hommes du prince qui tentaient de gravir l'escalier.

— Si Son Éminence avait été à mes côtés aujourd'hui, les choses ne se seraient pas passées ainsi.

Le duc secoua la tête.

En bas, après la chute du premier homme par-dessus le balcon, la foule avait reculé en toute hâte aussi loin que possible afin de se soustraire à l'influence des terrifiants agissements du diable dans le palais de l'évêque. Lorsqu'elle vit que deux cadavres s'étaient déjà écrasés sur le pavé et que d'autres hommes tentaient de fuir par le balcon, la populace finit par comprendre ce qui se passait à l'intérieur, car de tous ces hommes, un seul ne portait pas les couleurs du prince. Et maintenant que les cadavres des autres étaient suspendus par un pied à la rambarde, il devint clair, vu la couleur de leur livrée, que le prince avait eu le dessous.

Son petit chien serré contre la poitrine, Benno suivit la macabre opération depuis la porte du salon d'apprêt. Il entendit la voix de Sigismondo en provenance de la salle de banquet située au-delà de la salle d'audience. Le duc, qui l'avait aussi entendue, se dirigea dans cette direction. Benno, chez qui la curiosité était un trait irrésistible, lui emboîta discrètement le pas.

Sigismondo, accroupi jusque-là auprès du médecin criminel, était en train de se relever. On avait ôté sa robe brune au médecin ; son visage tordu par la douleur se détendit peu à peu et les yeux s'ouvrirent et contemplèrent fixement le plafond. Puis la respiration cessa.

— Votre Seigneurie, dit Sigismondo, cet homme vient de m'apprendre que l'armée de mercenaires du prince Livio était massée à la frontière de Nemora. A l'heure qu'il est, elle doit l'avoir franchie.

CHAPITRE XXXII

On ne peut pas gagner à tous les coups

Le duc Grifone, comme s'en aperçut Benno, n'était pas plus enclin que Sigismondo à attendre que les choses se produisent. En apprenant ce que ce dernier avait recueilli des lèvres du pseudo-médecin agonisant, il appela le capitaine de sa garde, qui, agenouillé auprès de l'évêque, tenait la main d'un de ses hommes en lui promettant que l'on s'occuperait de sa veuve. Le duc lui ordonna d'attacher le corps du prince Livio en travers de la selle d'un cheval et, à la tête de ses hommes, d'accompagner le seigneur Astorre à la rencontre de la *condotta*. A ce moment-là, d'après ce que comprit Benno, on demanderait aux mercenaires qui s'étaient préparés à combattre pour le prince Livio s'ils étaient toujours décidés à servir un cadavre ou, argument encore plus convaincant, s'ils pensaient que les morts payaient bien.

— Dites-leur qu'ils seront payés de toute façon.

Le duc s'interrompit et étira un sourire qui aurait fait pâlir un loup de jalousie.

— Qu'ils se retirent au-delà de la frontière, et ensuite attendez mes ordres. Mais ne leur dites pas que c'est quand même le prince qui les paiera.

Puis il se tourna vers le prévôt de l'évêque, qui venait d'arriver mais tentait de se faire tout petit, partagé entre le désir de se montrer et la crainte de ce qui se passerait quand on le découvrirait.

— Où avez-vous emmené les mules du prince avec la dot de dame Minerva ?

Le prévôt parut renaître. Les détails, c'était son fort. Il déclara au duc que les bêtes avaient été logées dans les écuries de l'évêque, tandis que les coffres, ainsi qu'il l'avait arrangé au préalable, étaient enfermés sous bonne garde dans la chambre forte de l'évêque.

Le duc lui décocha à son tour un sourire qu'il trouva moins rassurant que la remarque qui l'accompagna :

— Bien ! Le prince Livio pensait sans doute que cet argent servirait à graisser quelques pattes. Que le seigneur Astorre en emporte une partie à la frontière.

Sur quoi il enfonça son index dans la poitrine frémissante de fierté du prévôt.

— Connaissez-vous un mercenaire qui n'aimerait pas être payé pour *ne pas* se battre ?

L'attention de Benno fut attirée par Sigismondo qui sortait furtivement sur le balcon. Les gardes du duc étaient occupés à évacuer les corps de quelques cadavres en livrée du prince qu'ils avaient trouvés dans l'escalier, mais ils passaient à présent par les autres portes, ouvertes au brouhaha de la foule qui hurlait et huait à chaque fois qu'on suspendait un nouveau corps au balcon. Benno suivit son maître à l'extérieur et le trouva accroupi à côté d'un homme adossé au mur à côté de la porte du salon d'apprêt.

La main de Sigismondo soutenait d'un geste presque amoureux la nuque du blessé. Il essuya le sang qui gouttait aux coins de sa bouche.

— Le cardinal, disait-il. Parle-moi du cardinal.

— Un prêtre...

Les mots lui sortaient plus difficilement de la bouche que les gouttes de sang.

— Confession...

— Mon fils, fit Sigismondo en relevant son capuchon

de cuir et en se penchant vers l'agonisant pour que ses yeux vacillants puissent le voir. Dis-moi : le cardinal ?

Un spasme, de douleur ou de haine, tordit le visage de l'homme.

— Il avait brûlé 'Tonello... nous le lui avons fait payer... bénissez-moi, mon père...

Mais il était trop tard pour le bénir. Benno, choqué, vit Sigismondo se lever et se signer, puis attirer l'attention des hommes du duc sur le cadavre. L'un d'eux s'approcha avec une corde terminée par un nœud coulant. Benno revint dans la salle d'audience à la suite de Sigismondo.

— Vous lui avez fait croire que vous étiez prêtre ! Vous l'avez empêché d'obtenir l'absolution !

Il stoppa net en voyant son maître se retourner et le fixer droit dans les yeux. Son visage était sombre et grave.

— Laisse ça aux bons soins de notre Juge à tous. Tu n'es pas là pour m'expliquer ce que je fais.

Le visage se détendit quelque peu.

— De toute façon, Benno, il n'aurait pas eu droit à l'absolution. Un homme qui assassine un prêtre ne peut être absous que par le Saint-Père lui-même. Hum-hum... A ton avis, qu'est-ce que peut espérer un homme qui a brûlé un *cardinal*, hein ?

— Il a tué le cardinal ?

La stupéfaction de Benno le fit parler d'une voix forte qui parvint jusqu'au duc. Celui-ci se retourna aussitôt vers les deux hommes et Benno se réfugia derrière les larges épaules de son maître. Le duc fit signe à Sigismondo d'approcher.

— Vous savez qui a tué le cardinal Petrucci ? s'enquit-il.

Sigismondo s'inclina, découvrant du même coup Benno, qui rentra la tête dans les épaules.

— Le prévôt ici présent nous a appris que vous l'aidiez à élucider le meurtre du cardinal, poursuivit le duc.

Sigismondo s'inclina une nouvelle fois devant cette version des événements, et le duc agrippa son bras avec une férocité qui fit reculer d'un pas le prévôt mais n'altéra en rien l'expression de Sigismondo.

— Si vous savez qui l'a tué, *dites-le-moi*. Cet homme connaîtra notre justice.

L'intensité avec laquelle la phrase fut prononcée laissa deviner que cette connaissance serait douloureusement acquise et qu'elle ne profiterait pas longtemps au condamné.

— Votre Seigneurie, rien n'est encore confirmé, mais je pense que l'un des assassins engagés par le prince Livio pour vous tuer a pu avoir toute latitude hier soir pour assouvir une vengeance personnelle.

Le duc écarta d'un geste impatient son médecin, qu'on avait fini par retrouver et qui semblait soudain pressé d'examiner la blessure du duc.

— Une vengeance personnelle ? Pour quel motif ?

— Votre Seigneurie a sans doute entendu parler d'un certain Antonello, un magicien que Son Éminence condamna au bûcher l'année dernière à Bibbiena.

— Je m'en souviens, en effet. Il avait annoncé à Son Éminence qu'elle mourrait avant l'été.

Un page avait apporté une chaise de l'estrade et le duc se tut quelques instants pendant que son médecin l'y installait. Peut-être l'incapacité du cardinal à échapper à la mort lui rappelait-elle sa nature mortelle. Il réfléchit en silence pendant que son médecin, entre deux regards nerveux vers son visage, défaisait, par à-coups en raison du sang qui collait déjà, le bandage qui lui enserrait le haut du bras. Le même page apporta une cuvette en argent pleine d'eau sur laquelle flottait un mélange d'herbes.

— Eh bien, il avait raison, cet Antonello, reprit le duc. Mais vous dites que Son Éminence a été brûlée pour venger sa mort sur le bûcher ? Œil pour œil, flamme pour flamme — pour que la prophétie se réalise ?

— C'est ce qu'il semble, seigneur. Ceux qui ont brûlé Son Éminence avaient une dette envers Antonello ; il avait sauvé la vie du fils de l'un d'eux.

— Ces hommes, qui sont-ils ?

La blessure du duc était à présent découverte, une affreuse plaie qui rendit Benno plus heureux que jamais de n'être pas né dans ce monde où l'on doit s'attendre à voir attenter à sa vie comme d'autres attrapent un rhume de cerveau. Le médecin parut toutefois soulagé de constater que la blessure n'était pas plus grave, même s'il ne dissimula pas son dégoût de professionnel devant la boule de laine rouge gonflée de sang qui avait servi de bandage. Benno se demanda s'il ne s'agissait pas d'un bout du jupon de Sybilla.

— Je connais le nom d'un seul d'entre eux, répondit Sigismondo. Achille Malvezzi.

— Un brigand ?

— Votre Seigneurie en a entendu parler.

— Il terrorise nos frontières, il dévalise et tue nos gens depuis des années. Petrucci a fait pendre un de ses hommes pas plus tard que l'année dernière.

— Il avait été pris alors qu'ils essayaient de délivrer Antonello, seigneur.

— Ce Malvezzi — il a été engagé par Livio ? Il se trouve donc encore ici ?

Le duc fixa son regard sur le sol de marbre. L'évêque, assisté par un prêtre muni des saintes huiles, venait d'oindre un agonisant, vêtu des couleurs du duc, qui n'aurait jamais cru devoir quitter ce monde parmi une si auguste assemblée. On avait fait sortir les blessés légers, plusieurs cadavres avaient été emportés sur le balcon, d'autres à la chapelle, et un serviteur lavait le marbre souillé. Sigismondo secoua la tête.

— Malvezzi a déjà montré à tous la justice de Votre Seigneurie. C'est lui qui était costumé en médecin et qui a tenté de vous assassiner.

— Ainsi je l'ai déjà tué...

Le ton et l'expression du duc traduisaient sans ambiguïté son regret devant la simplicité et la rapidité irrémédiables de la mort de Malvezzi. Toutefois, il releva vivement la tête en ajoutant :

— Mais vous avez dit qu'il avait un complice ? Qui est, lui, toujours en vie ?

Benno eut l'impression que le duc était prêt à interrompre les soins de sa propre blessure pour que son médecin aille prolonger une vie qui méritait d'être retirée petit à petit, sur une longue période, et sous la supervision personnelle du duc.

— Non, seigneur. Lui aussi a payé, il est suspendu là-dehors, répondit Sigismondo avec un hochement de tête en direction des cordes attachées à la rambarde. Il s'était posté sur le balcon dans l'intention de tuer le seigneur Astorre quand celui-ci viendrait à la table signer le contrat ; c'est ce qui devait donner le signal de l'attaque générale. C'est en tout cas ce que m'a dit Malvezzi.

Le duc grimaça, peut-être en raison de la scène qu'évoquait la remarque de Sigismondo, ou bien parce que son médecin nettoyait à présent dans son dos la blessure par où était ressortie l'épée.

— Mais si Malvezzi voulait m'assassiner, pourquoi me laisser le temps de dégainer ?

— Hum-hum-hum... les plans ne marchent jamais comme prévu, Votre Seigneurie. Il était habillé en docteur, et je pense que le prince Livio avait prévu de s'approcher de vous en s'appuyant sur son bras. Mais le prince a été surpris, conclut Sigismondo avec une pointe d'amusement dans la voix. Il ne s'attendait pas à voir sa fille.

Le duc le considéra d'un regard glacial.

— Vous moqueriez-vous de moi, coquin ?

Il était clair que les plaisantins qui se livraient à ce petit jeu avec le duc n'étaient pas sûrs de retrouver ensuite l'usage de tous leurs membres. En achevant son pansement, le médecin regarda avec appréhension Sigismondo, comme s'il craignait que celui-ci n'aggrave les choses en riant.

— Seigneur, je n'ai pas eu le temps de vous dire, quand je vous ai prévenu à la porte de la ville que le prince Livio avait l'intention de vous tuer, que la mariée n'était pas dame Minerva.

— N'était pas... répéta le duc en se penchant en avant.

— Après la perte de la princesse Oralia, le prince, fou de chagrin, tua, comme vous le savez, son fils. Je me trouvais à ce moment-là à sa cour, où je venais apporter une lettre du duc de Rocca à la princesse...

— Ah, je comprends. C'est la lettre que vous m'avez remise, fit le duc d'un air morne. Continuez.

— Il m'est alors apparu que dame Minerva était en grand danger, poursuivit Sigismondo avant de s'interrompre et de regarder tour à tour le page et le médecin. Votre Seigneurie me permettra-t-elle de lui parler en tête à tête ?

Le geste que fit le duc de sa main valide fit reculer tout le monde, sauf Sigismondo, hors d'ouïe. Depuis l'embrasure de la fenêtre, Benno regarda avec regret le crâne rasé se pencher vers le chapeau orné du gros rubis qui scintillait comme l'œil d'un animal furieux. Il se demanda comment son maître allait expliquer la disparition de dame Minerva, et comment il allait assurer le duc de la préservation de sa chasteté et de son honneur, essentiels aux yeux de son futur beau-père. L'idée traversa l'esprit de Benno que son maître avait peut-être parié trop vite sur la réputation de dame Minerva. Le visage du duc ne lui apprit rien, mais il était toujours possible qu'il décide d'annuler le mariage. Benno, pour sa part, avait bien vu dame Minerva sauver la vie du seigneur Astorre, mais le duc l'avait-il vue lui aussi ? En tout cas, il n'avait certainement pas manqué de remarquer l'initiative audacieuse de la jeune fille qui lui avait sauvé la vie en faisant tomber le prince Livio. Cela suffirait-il à réconcilier cet homme farouche avec l'idée de marier son fils à la fille de celui qui avait tenté de l'assassiner ?

Bien entendu, il ignorait que selon toutes probabilités elle n'était pas la fille du prince, mais *si* elle ne l'était pas, il risquait de ne plus voir d'intérêt à ce que le seigneur Astorre l'épousât. Benno se gratta furieusement la tête pour tenter de mettre au clair ses réflexions.

Minerva, elle, était assise dans le salon d'apprêt, hors de vue de Benno et des autres. Pour l'instant, être une héroïne lui convenait très bien, et elle réalisa qu'elle n'avait jamais vécu aussi intensément que dans cette vaste salle d'audience où la mort avait rôdé tout à l'heure. La vision d'Astorre — âgé aujourd'hui de six années de plus que la dernière fois où ils s'étaient vus et, aussi incroyable que cela paraisse, encore plus beau qu'alors — acculé contre un mur par un géant l'avait poussée à intervenir. Elle n'avait même pas pris le temps de réfléchir. C'est d'y repenser à présent, maintenant que tout était terminé, qui lui procurait ce sentiment si particulier. C'était l'image du prince Livio, étendu par terre, le visage sanguinolent entaillé par l'épée d'Astorre. Cette pensée occultait désormais la vision de cauchemar qu'elle avait fini par réussir à refouler : la tête de son frère, les yeux dans le vague, les yeux, lui avait-il semblé, levés vers elle. Elle se cacha le visage dans les mains, mais l'obscurité ne lui apporta aucun réconfort.

— Ma dame ? s'enquit Polissena penchée au-dessus d'elle au milieu d'une étrange odeur musquée. Êtes-vous blessée ?

Minerva secoua la tête. Où était Astorre ? Il lui avait baisé la main, l'avait accompagnée jusqu'au salon puis était reparti aussitôt auprès de son père. Son visage n'avait rien exprimé. Qu'allait-il se passer à présent ? Le prince Livio, qui, aux yeux de tous, était son père, avait tenté d'assassiner le duc. « Si je ne suis pas sa fille, se dit-elle vaillamment, je reste la fille de la princesse Oralia et le duc de Rocca est mon oncle. »

Elle prit conscience d'un bruit qui se faisait entendre depuis quelques instants : les acclamations et les huées de la foule massée dehors. Elle était venue assister à son mariage. Se pouvait-il qu'elle veuille maintenant la voir morte ?

— Ma dame, Sa Seigneurie arrive.

Elle parvint à se lever. Elle se sentit soudain terrifiée. Le duc présentait un visage terriblement pâle et sombre. Elle remarqua les boucles blanches dépassant du chapeau de velours, l'œil rouge du rubis, les yeux noirs de l'homme qui la regardait. Elle allait connaître sa sentence. Même Sigismondo, debout derrière le duc, ne pouvait plus la protéger.

— Dame Minerva.

Il allait l'envoyer dans un couvent. Elle ne connaîtrait jamais l'amour, ne sentirait jamais l'étreinte des bras d'Astorre.

— Nous avons considéré tout ce qui s'est passé aujourd'hui.

Il avait la voix si rude. Elle finirait en prison, elle ne chevaucherait plus jamais par les matins de printemps. Il lui prit la main, elle la lui abandonna en se demandant si elle n'était pas tout simplement promise à la mort. Elle ne comprenait pratiquement pas ce qu'il disait, elle distinguait seulement le son de sa voix.

— Vous aviez peut-être pensé devenir tôt ou tard la duchesse de Nemora, mais votre destin en a décidé autrement. Votre beauté n'a d'égal que votre courage. J'ai décidé de vous épouser.

Le duc Grifone porta la main de Minerva à ses lèvres et la baisa. Derrière lui, Sigismondo haussa les épaules. On ne peut pas gagner à tous les coups.

CHAPITRE XXXIII

A la recherche de la lettre

Le prévôt de l'évêque avait ressenti une cuisante déception en apprenant que les assassins du cardinal avaient déjà été punis, mais il était résolu à ce que l'on n'oublie pas le rôle qu'il avait joué jusqu'ici dans les investigations. Au moment où le duc et sa suite partaient pour le palais Corio, il parvint même à surmonter sa crainte du duc — qui, après tout, l'avait félicité — pour se précipiter à sa rencontre et poser genou à terre devant lui.

— Votre Seigneurie, dans l'affaire de la mort de Son Éminence, il y en a d'autres...

— *D'autres ?*

Il avait réussi à attirer l'attention du duc, et, sur un geste de ce dernier, se releva et parla d'un air important.

— Trois scélérats, Votre Seigneurie, que j'ai arrêtés. Ils sont enfermés dans la prison de l'évêque en attendant leur interrogatoire.

— Amenez-les-moi quand je reviendrai du palais Corio, ordonna le duc avec le sourire d'un loup contemplant un appétissant festin. La princesse Corio sera heureuse de les voir en souvenir de son frère. Faites aussi venir vos bourreaux. Nous en aurons besoin. Allons.

Le duc chercha Sigismondo des yeux mais ne le vit

nulle part. Le sourire s'effaça. Il n'avait pas l'habitude de fréquenter des hommes qui disparaissaient sans lui en demander la permission. Il lui restait quelques questions à poser au sujet des événements, mais il aurait tout le temps pour cela. Ignorant les protestations de son médecin, il enfourcha son cheval, caparaçonné d'or et d'écarlate, qui l'attendait au pied des marches du palais de l'évêque. Ses gardes lui ménagèrent un passage à travers la foule hurlante rassemblée sur la place, et il répondit par de petits gestes aux acclamations. Les badauds étaient satisfaits du spectacle auquel ils avaient assisté cet après-midi et appréciaient l'atmosphère générale d'excitation. L'attaque dont avait fait l'objet le duc et la menace d'invasion du pays avaient suscité une vague de solidarité à l'égard d'un homme dont les activités ne lui attiraient pas toujours la sympathie de ses sujets. Les épithètes le désignant changèrent de registre. Il y a un monde entre « cette canaille » et « cette vieille canaille ». On était presque prêt à louer son talent dans la levée des impôts.

Avant de se rendre à la prison, le prévôt observa le balcon avec une joie toute patriotique qui ne fut qu'à peine ternie par l'évidente nécessité qu'il y aurait de nettoyer la façade une fois que tout serait terminé. L'intendant du palais lui réclamerait à coup sûr quelques hommes. La foule utilisait les cadavres suspendus comme des cibles sur lesquelles on jetait des légumes et des fruits pourris, et même, si grand était l'enthousiasme, quelques-uns de frais. Un fabricant de pâtés ravi avait vendu un lot d'abats qui lui avait rapporté de l'argent sans qu'il ait eu besoin de les apprêter. De l'opinion générale, les reliques l'avaient emporté et le diable avait mordu la poussière.

Benno regarda dame Minerva qui, l'air égaré et escortée par ses suivantes respectueuses — avec Sybilla qui les suivait en grommelant —, gagnait une pièce que les serviteurs de l'évêque avait préparée en toute hâte à son intention. N'ayant pas réussi à suivre Sigismondo dans le salon d'apprêt, il fut décontenancé quand il entendit murmurer que dame Minerva allait devenir duchesse de Nemora. Il était bon que le duc ait décidé malgré tout de célébrer le mariage, mais pour devenir duchesse, il lui faudrait forcément attendre la mort du duc Grifone. Une grande activité régnait à présent dans la salle d'audience, où des serviteurs mettaient de l'ordre sur l'estrade et sur la table et raccrochaient les tapisseries aux murs pendant que d'autres dressaient des tables dans la grande salle de banquet contiguë. Ils venaient juste de finir de laver le sol et Biondello, levant la patte contre l'encadrement de la fenêtre, eut l'arrière-train inondé par un seau d'eau qui le fit pratiquement flotter jusque dans les bras secourables de Benno.

Les avocats avaient rassemblé leurs documents et on avait fermé les fenêtres — juste à temps, d'ailleurs : un navet lancé sur un des traîtres qui oscillaient au bout de leur corde vint s'écraser contre le carreau, suivi par quelque chose de mou et rouge qui retourna l'estomac de Benno jusqu'à ce qu'il se souvienne des abats que l'on faisait griller sur certains étals de la place.

— Hors d'ici, le gueux ! Dégagez, toi et ton clébard !

L'intendant suspendit son geste juste avant de poser les mains sur le pourpoint graisseux de Benno et ordonna à un serviteur de le jeter dehors. Après avoir jaugé Benno d'un regard, ledit serviteur, non moins délicat que l'intendant, préféra lui expédier un coup de botte dans le derrière. Serrant Biondello d'une main et se massant la fesse de l'autre, Benno dévala à toute vitesse l'escalier menant à la rue. Arrivé en bas, il s'étala sur les dalles de l'entrée, Biondello s'échappa en quête d'un refuge moins périlleux tandis qu'une main puissante saisissait Benno par le collet et, sans le moindre effort, l'aidait à se remettre sur pied.

— Viens. On va au palais Corio.

Se massant toujours, Benno suivit Biondello qui trottinait d'un air confiant sur les talons de Sigismondo et qui aspergea un chat en se secouant pour débarrasser sa fourrure de ses dernières gouttes d'eau.

La foule était d'humeur si festive que même Sigismondo eut du mal à se frayer un chemin à travers la place après le passage de la suite du duc. C'est alors que quelqu'un cria que c'était là l'homme du balcon, celui qui avait tué un traître sous les yeux des spectateurs alors que tout le monde ignorait sa présence sous les fenêtres de la salle d'audience, et la multitude se mit à l'acclamer avec enthousiasme, à lui taper sur l'épaule et à lui offrir de tout, depuis des pieds de mouton à peine rongés jusqu'à des baisers hystériques. Voyant cela, Benno se rapprocha pour tenter d'en profiter. Il avait mis Biondello en sécurité sous son bras et colla au train d'une femme qui se pressait à la suite de Sigismondo en encourageant l'enfant qu'elle portait sur l'épaule à toucher son crâne rasé en guise de porte-bonheur.

Quelques Montenerains qui, avant les événements survenus dans le palais de l'évêque, s'étaient candidement identifiés comme tels en annonçant être venus pour le mariage avaient été sévèrement rossés et l'un d'eux, un nain juché sur la tête, était en train de se noyer dans le bassin de la fontaine sous les applaudissements des spectateurs. Cela leur apprendrait à tenter d'assassiner le duc de Nemora.

La plus grande confusion régnait au palais Corio. L'étendard de Nemora, un griffon sable sur champ d'argent, claquait dans la brise printanière au sommet d'un des mâts surplombant la rue. Sur un autre mât flottait encore récemment la bannière jaune et écarlate de Montenero, mais lorsque Sigismondo et Benno arrivèrent, les derniers lambeaux d'étoffe écarlate étaient en train de disparaître par une haute fenêtre voisine.

Benno, dont l'imagination avait pris un tour morbide depuis qu'il avait assisté aux affrontements dont le palais de l'évêque avait été le théâtre, eut l'impression de voir des entrailles aspirées par une fente. Dans la cour, des groupes de gens — serviteurs, palefreniers, gardes du cardinal et de l'évêque — bavardaient comme si leur vie même dépendait de l'échange d'informations auquel ils se livraient. Un tel désordre étonna Benno qui se souvenait du silence affairé qui régnait lors de sa première visite au palais. A l'intérieur, son maître et lui tombèrent tout de suite sur Battista, qui était en train de chasser une servante aux bras malpropres qui protestait, son tablier sur la tête. Il tourna vers eux un visage amer encadré de cheveux gris.

— J'ai appris qu'on les avait attrapés. Dommage qu'ils soient morts !

Les nouvelles concernant les assassins de son maître bénéficiaient à ses yeux de la préséance sur les autres affaires mineures qu'étaient la mort d'un prince et la tentative d'assassinat d'un duc. La réponse de Sigismondo fut à la fois cordiale et réconfortante.

— Hum-hum. Ils ne sont peut-être pas *tous* morts. Il reste au duc à en interroger quelques-uns.

Benno, la gorge serrée, songea à Massimo.

— Sa Seigneurie pense que la princesse sera heureuse d'apporter son aide.

— Son aide ! s'exclama Battista avec un reniflement dédaigneux.

La servante, qui avait subrepticement écarté le tablier qui lui couvrait le visage pour jeter un coup d'œil à Sigismondo, poussa un nouveau beuglement et remit le tissu en place.

— La princesse est d'humeur à interroger n'importe qui. Depuis qu'elle est levée, toute la maisonnée a été questionnée. Le moindre recoin a été fouillé.

— Fouillé ? Pour trouver quoi ?

— Une lettre. Ma maîtresse refuse de dire de qui. Elle n'est plus scellée, mais de toute façon aucun des serviteurs ne serait capable de la lire s'il la trouvait. La princesse pense qu'elle a peut-être été jetée au feu et Maria ici présente a dû fouiller les cendres jusqu'à en être recouverte. Elle n'a rien trouvé et n'a reçu que des coups en récompense de ses efforts.

Maria, qui s'était presque étouffée à cause du tablier et de ses sanglots, écarta le tissu pour reprendre son souffle, et Benno put constater que son visage était en effet maculé de gris. Tandis qu'elle râlait entre deux toussotements, Battista, soucieux d'épargner sa main encore cloquée, la frappa de son avant-bras entre les omoplates.

— Ainsi, vous venez de chez l'évêque, reprit-il à l'adresse de Sigismondo. Y avez-vous vu le neveu de ma maîtresse, le père Torquato ? La princesse le cherche partout, elle voudrait qu'il soit là pour accueillir Sa Seigneurie.

Ayant recouvré son souffle, Maria se remit à sangloter de plus belle et Battista, claquant de la langue, s'apprêta à l'emmener.

— Je ne comprends pas pourquoi il n'est pas là. Je me suis dit qu'il avait dû se faire tuer pour rater une si belle occasion. Ce n'est pas tous les jours qu'on peut lécher les bottes d'un duc.

— Hum-hum. Il a peut-être mieux à faire. Qui sait ?

Quelque chose dans le ton de la voix de Sigismondo, même si rien ne l'indiquait sur son visage, convainquit Benno que son maître était parfaitement au courant des faits et gestes du prêtre. Sitôt que Battista et la fille se furent éloignés, Sigismondo se remit en action. Avec une étonnante agilité, il gravit deux par deux les marches d'un escalier dérobé, où Benno parvint à grand-peine à le suivre. Celui-ci s'étonna une nouvelle fois de la stupéfiante capacité de son maître à s'orienter dans des endroits qu'il ne connaissait pas. Il est vrai qu'ils avaient passé une partie de la soirée de la veille au palais, mais, autant que Benno pouvait s'en souvenir, ils n'avaient parcouru aucun couloir ressemblant à celui dans lequel ils venaient de s'engouffrer. Benno accéléra le pas — ce voyant, Biondello gigota pour qu'il le pose à terre — et ils rattrapèrent Sigismondo juste au moment où celui-ci franchissait une porte basse. La pièce sur laquelle elle ouvrait devait être celle qu'il cherchait, car lorsque Benno l'y rejoignit, son maître était déjà en train d'en faire le tour, soulevant les tapisseries et plaquant sa paume çà et là contre les murs.

— Vous aussi, vous cherchez la lettre ? s'enquit Benno sans espérer de réponse.

Sigismondo lui adressa un fredonnement préoccupé avant d'émettre un grognement en s'accroupissant devant le support d'un secrétaire dont la base était constituée de montants reliés par des panneaux de bois formant une sorte de boîte. Benno commença à se sentir nerveux. Et si quelqu'un entrait ? Oh, vraiment désolé, princesse, on est juste en train de vous cambrioler, enfin c'est pour votre bien, notez, on essaie juste de vous faire plaisir... Sigismondo avait ouvert la boîte et, avec l'aide de Biondello qui avait fourré son museau à l'intérieur, farfouillait dans les papiers qui s'y trouvaient. Quelqu'un passa en sifflotant sur le palier et Benno éprouva soudain une irrésistible envie de se soulager.

— On en a pour longtemps ? demanda-t-il en se trémoussant.

— Pisse dans la cheminée, rétorqua Sigismondo.

Après avoir transporté tous les papiers sur le lit, il entreprit de tapoter la base de la boîte. Benno, qui avait suivi son conseil, souleva un petit nuage de cendres et, du coin de l'œil, vit Sigismondo, les yeux mi-clos comme un homme prêtant l'oreille, qui tâtait méthodiquement les flancs de la boîte. Il y eut un cliquetis, et

Sigismondo émit un son entre le grognement et le rire. Tout en se rebraguettant, Benno s'approcha pour regarder par-dessus son épaule. La base de la boîte s'était ouverte, révélant une autre liasse de papiers.

— Comment saviez-vous qu'elle s'ouvrirait ? fit Benno d'un air admiratif.

— Les gens rusés ont des bureaux pleins de ruses.

Sigismondo examina rapidement les papiers tandis que Benno s'étonnait de l'extraordinaire chose qu'était l'écriture, ces signes sur une page symbolisant le son des mots. Sigismondo sélectionna deux documents qu'il glissa dans la poche intérieure de son pourpoint de cuir noir.

— C'est la lettre de la princesse ? Comment se l'est-il procurée ? Et pourquoi ?

— C'est ce que nous verrons. Que signifient toutes ces questions ?

Sigismondo remit les papiers en place et appuya sur la base de la boîte, qui se referma avec un claquement métallique.

— Donne-moi ceux-là.

Benno prit les papiers posés sur le lit et les fit passer à Sigismondo. Biondello, qui s'était éloigné dans le couloir de service, revint en hâte, la queue entre les jambes, et alla se cacher derrière le bureau. Les deux hommes réagirent instantanément : Benno laissa pendre sa mâchoire et adopta un regard vague, tandis que Sigismondo, les mains dans le dos, fit mine d'examiner la tapisserie.

— Que faites-vous ici ? Qui vous a laissé entrer ?

C'était Torquato, dans un état de détérioration qui rendait sa surprise indignée plus drôle qu'il n'aurait souhaité. Il avait un œil gonflé qui commençait déjà à virer à une couleur qui promettait de se rapprocher de la pourpre cardinalice. Son visage était maculé de sang et de terre, et sa robe souillée de boue et déchirée. Il jeta un regard au secrétaire qui, de l'avis de Benno, avait exactement le même aspect que lorsqu'ils étaient arrivés.

— Mon père, que vous est-il arrivé ? s'enquit Sigismondo en s'approchant, le visage tout empreint d'une sollicitude inquiète. Vous vous êtes battu ? Êtes-vous blessé ?

— J'ai été attaqué... commença Torquato avant de réaliser que l'on avait répondu à sa question par une autre question. *Que faites-vous ici ?*

Sigismondo inclina la tête.

— La princesse vous demande. Sa Seigneurie est ici.

Torquato s'approcha d'un pas boitillant du rideau masquant la porte du palier, le tira et appela d'une voix forte un certain Tonio. Quand il se retourna, il n'y avait personne dans la pièce. La seule chose qui était restée, il ne l'identifia pas tout de suite, car quelqu'un qui a été roulé dans un caniveau où les porcs ont l'habitude de se soulager éprouve toujours quelque difficulté à discerner d'autres odeurs.

Quand Benno rattrapa Sigismondo, celui-ci riait, mais Benno n'aurait su dire si c'était en raison de l'allure de Torquato ou de ce que Sigismondo lui avait subtilisé. Il se dit qu'il était fort possible que ce fût Sigismondo lui-même qui ait organisé l'agression de Torquato.

Sigismondo s'arrêta si brusquement devant une étroite fenêtre que Benno lui percuta le dos. Ils regardèrent tous deux dans la cour, où le duc donnait avec élégance la main à une princesse Corio voilée de noir pour l'aider à monter dans une litière elle aussi drapée de noir.

— Dépêchons-nous, Benno. Ils préparent les poucettes pour Massimo.

CHAPITRE XXXIV

Une mise en bouche pour le banquet

Le prévôt avait promis trois prisonniers à son duc. Or, lorsqu'il regagna son bureau de l'autre côté de la place pour les ramener aux fins d'interrogatoire — et, cette fois, assuré de n'être pas dérangé par l'homme de la princesse Corio —, il constata à sa plus grande irritation qu'il ne lui en restait plus que deux.

Si Stefano Delmonte avait amassé une telle fortune, c'est qu'il n'était pas stupide, et même si son fils n'avait pas hérité de son intelligence, il ne voyait pas pourquoi celui-ci croupirait dans les cachots du prévôt sous prétexte qu'on le soupçonnait d'avoir trempé dans le meurtre du cardinal Petrucci. Lorsque le bruit se répandit que les assassins avaient été arrêtés, et que certains se balançaient déjà au balcon du palais de l'évêque, Stefano Delmonte se précipita aussitôt chez le prévôt. Apprenant que ce dernier se trouvait au palais, il réussit à persuader le capitaine de sa garde que son chef lui-même applaudirait à la libération de Tomaso.

Si le prévôt était fier de sa réputation d'incorruptible, son capitaine, en revanche, trouvait parfaitement normal de recevoir un petit cadeau pour avoir accompli la noble tâche de réunir père et fils.

Tomaso, ramené du cachot où, même sur de la paille propre, il avait passé la plus mauvaise nuit de sa vie, était furieux contre le monde entier. Il lança un regard noir à son père, se libéra de son étreinte et, refusant toute idée de se voir raccompagner chez lui comme le fils prodigue, fila sans demander son reste et disparut parmi la foule de la place. Stefano Delmonte rentra seul chez lui, rassuré de savoir son fils libre, et sachant bien que s'il voulait le trouver il n'aurait qu'à le chercher du côté du domicile de cette maudite courtisane.

Lorsqu'il eut fini de réprimander son capitaine, il manquait toujours un prisonnier au prévôt. C'est alors qu'il se souvint du juif. Le prévôt avait certes entendu dire que le duc Grifone négligeait ses devoirs de chrétien en protégeant ses juifs, mais il estimait impossible que le duc hésitât à en brûler un après tout ce qui s'était passé — un peu comme lorsqu'on allume un cierge pour remercier Dieu de nous avoir délivré du mal. Il ordonna donc à son capitaine d'aller chercher ledit juif et de l'amener avec Massimo et Iacomo au palais pour interrogatoire, et à son bourreau d'apporter ses instruments les plus facilement transportables. S'ils ne s'avéraient pas suffisants, on improviserait. Le duc était, paraît-il, un homme plein d'imagination dans ce domaine.

Or il se trouve que ce n'était pas tant les idées qui manquaient au duc lorsqu'il revint au palais de l'évêque, mais l'énergie. Il commençait à comprendre pourquoi son médecin lui avait conseillé de ne pas monter en selle et l'avait supplié de laisser reposer sa blessure. Escorter la princesse Corio jusqu'au palais avait été une courtoisie qui se révélait plus éprouvante qu'il n'aurait cru. Grâce au prompt traitement de cette vieille bique — qu'il lui faudrait songer à récompenser —, il n'avait pas perdu trop de sang, mais l'excitation consécutive à sa victoire sur un ennemi imprévu et à sa sortie indemne d'un complot contre sa personne commençait à s'atténuer. Il se mit à méditer sur les ravages du temps ; jusqu'alors, aucune blessure ne l'avait affecté à ce point. Au plus profond de lui-même, l'idée commença à germer qu'il n'était plus tout à fait un jeune homme.

Il n'était donc pas d'humeur à se montrer patient avec les prisonniers que devait lui amener le prévôt.

L'évêque avait proposé au duc l'hospitalité de son palais en même temps qu'il lui avait fait parvenir la nouvelle de la mort du cardinal. A l'origine, c'était la princesse Corio qui aurait dû les recevoir, lui et sa suite, et offrir un banquet à tous une fois le mariage célébré. La catastrophe de la mort de son frère avait tout bouleversé. L'évêque, cependant, n'était guère satisfait d'avoir à accueillir en plus son prévôt avec ses prisonniers et ses bourreaux. Il avait déjà eu une journée épuisante, qui l'avait vu partir au petit matin exorciser une villa et une tombe, lesquelles, de toute évidence, en avaient bien besoin ; ensuite il était revenu en ville pour accueillir son duc, et avait alors assisté à une explosion de violence meurtrière dans son propre palais ; il n'avait pas encore eu le temps de réaliser que les saints du paradis, en provoquant à plusieurs reprises sa chute parmi le carnage, l'avaient en fait sauvé du pire. Après quoi, étant un homme plein de compassion, il avait été étreint par l'émotion lorsqu'il avait dû confesser et réconforter les blessés et les mourants. Et voilà qu'à présent, alors qu'il aurait eu besoin de reprendre des forces avec une petite sieste et quelques prières, l'infatigable duc lui avait demandé d'assister à l'interrogatoire des prisonniers. Il n'en avait pas la moindre envie. Il n'était pas animé de la même rigueur que le duc à l'égard des malfaisants. Et d'ailleurs le diable, dont les œuvres étaient apparues au grand jour, n'avait, en fin de compte, pas eu le dessus. L'évêque remercia Dieu, Sa mère et sainte Bernardina, dont les reliques — ainsi que les fragments hétéroclites rapportés par le cardinal — avaient sans aucun doute protégé le duc.

Pourtant, en prenant place dans le haut fauteuil sculpté à côté de celui-ci et en voyant entrer le prévôt, il ressentit un pincement au cœur en songeant au cardinal. Même si c'était un homme avec qui, parce qu'il possédait l'inflexible rigueur qui manquait à l'évêque, il avait été difficile de travailler, c'était justement là le genre de travail qui lui aurait plu. Il se serait chargé de tout, il se serait occupé du duc, de la princesse et des prisonniers avec le charme brutal qui le caractérisait ; et l'évêque n'aurait eu qu'à rester tranquillement assis, à se tourner les pouces et à acquiescer à tout.

Bien entendu, si le cardinal n'était pas mort, rien de tout cela ne se serait passé. Le duc n'était pas le seul à être convaincu que le cardinal aurait pu sauver la situation lors de la tentative d'assassinat, quoique l'évêque dût bien s'avouer qu'il ne voyait pas comment.

Benno et Sigismondo arrivèrent au moment où le prévôt, l'air important, présentait le juif au duc.

— Votre Seigneurie, cet individu était sans aucun doute en rapport avec Satan dans cette affaire, car celle-ci n'est-elle pas survenue la veille même de son maudit sabbat ?

Là, l'évêque se sentit contraint d'esquisser un geste. En homme cultivé, il savait — et il était probablement le seul — que le sabbat commençait au crépuscule. Cette information ne pouvait toutefois que porter tort au malheureux. Peut-être devrait-il alors faire remarquer que le juif n'aurait en aucun cas pu allumer un feu à ce moment-là, même sous un cardinal. Mais le duc mit un terme à son indécision.

— Est-ce là la seule preuve dont vous disposez, prévôt ? Votre conviction de sa culpabilité ? Cet homme se trouvait-il à proximité du palais lorsque le forfait a été commis ?

— On ne l'y a pas *vu*, seigneur.

Aux yeux du prévôt, cela constituait plus une preuve de ruse que d'innocence.

— Le cardinal lui avait dit qu'il lui remettrait une grosse somme d'argent. Il est sans doute venu la chercher.

— L'a-t-il fait ?

« Pas pendant le sabbat », songea l'évêque.

— Euh, non, Votre Seigneurie. D'après ce que je comprends, ce maudit scélérat l'a oubliée dans sa hâte de prendre la fuite.

Le duc posa la main sur sa blessure qui commençait à l'élancer.

— D'après ce que vous *comprenez*. Qui vous a poussé à le comprendre ?

— Moi, Votre Seigneurie. J'étais là.

Sigismondo avança d'un pas et s'inclina avec cette souplesse du dos qu'avait appréciée Petrucci.

— La princesse Corio m'a confié le soin d'enquêter.

Il s'inclina une nouvelle fois en direction de la silhouette voilée et drapée de noir assise au-dessous du fauteuil du duc.

La princesse inclina la tête en signe d'acquiescement.

— Je sais que cet homme a rendu service au duc de Rocca lors de la mort de la duchesse. Il est exact qu'on a retrouvé sur le bureau de mon frère un coffre plein d'or qui ne s'y trouvait pas auparavant. Mon frère ne m'en avait rien dit, alors qu'il n'avait jamais aucun secret pour moi, conclut-elle d'un ton que son deuil rendait péremptoire.

— Et toi, le juif, qu'as-tu à dire ?

Le juif haussa les épaules en écartant les bras. Il portait les chaînes qui lui enserraient les poignets avec la même dignité qu'il arborait l'épais collier d'or reposant sur le fin tissu cannelle de sa tunique.

— Que puis-je dire, Votre Seigneurie ? Je n'étais pas là. Pourquoi irais-je assassiner un homme qui daignait faire appel à mes services, au risque d'attirer de terribles représailles sur moi-même et sur mon peuple ?

Le duc l'examina en silence. Puis soudain il se décida.

— Libérez-le. Ce qu'il dit est logique, et...

Il ne formula pas ce que l'évêque pensa à ce moment : « Et ce que dit son accusateur ne l'est absolument pas. »

— ... et il n'existe aucune preuve contre lui. Je ne tolérerai pas que des innocents soient persécutés dans mon duché de Nemora.

Qu'un juif soit innocent, voilà qui était incompréhensible aux yeux du prévôt, mais il était contraint d'obéir au duc. On ouvrit les menottes, le juif fit une profonde révérence et disparut. Benno se demanda ce qui se serait passé si le duc n'avait pas été convaincu de son innocence : d'après tout ce qu'il avait entendu dire, c'était presque une routine, dès lors que quelque chose n'allait pas, de mettre le feu à tous vos juifs, comme une maîtresse de maison commence son nettoyage de printemps en brûlant un matelas infesté de puces.

— Les autres suspects, prévôt ? s'enquit le duc.

Il était clair, à son ton, qu'il espérait voir des accusés plus convaincants que celui-ci. Le prévôt, quoique froissé d'avoir à relâcher le juif et dérouté par le point de vue du duc concernant les preuves, était confiant dans le succès de sa proposition suivante. On amena sans ménagement Iacomo, qui trébucha dans ses entraves et avait l'allure de quelqu'un qui a passé la nuit à repousser les assauts des rats. Il avait également l'air égaré et paniqué, ce qui en faisait un candidat idéal pour le balcon. Le capitaine des gardes du prévôt donna un coup sec à la chaîne pour obliger l'accusé à s'agenouiller.

— Ce scélérat, Votre Seigneurie, stockait de la poix et du bois dans l'intention de brûler Son Éminence. C'est un des rebelles qui ont défié Votre Seigneurie l'an passé à San Sevino...

— Il n'était pas là.

La remarque que Sigismondo venait de formuler à voix basse parvint cependant aux oreilles du duc, qui se retourna brusquement vers lui.

— Il n'était pas là ? Cet homme n'était pas un de ces rebelles ?

Sigismondo secoua la tête et tandis que le prévôt essayait, du geste et de la voix, de l'interrompre, il poursuivit :

— C'est un tailleur de pierre, Votre Seigneurie, et il n'était pas chez lui quand sa famille a trouvé refuge dans la tour...

— ... où Son Éminence a mis un terme à leur traîtrise, Votre Seigneurie !

Le prévôt, à force de pousser sa voix, moucheron contre bourdon, était parvenu à se faire entendre.

— Il a réduit cette racaille en cendres !

Iacomo ajouta à tous ces sons différents en se cognant la tête contre le marbre avec force gémissements. Un seul regard au visage du duc avait privé son âme de tout espoir de clémence, mais il n'en continua pas moins à gémir.

— Votre Seigneurie, intervint Sigismondo.

Sa silhouette se découpait en sombre sur une des hautes fenêtres ouvrant sur le balcon et la largeur de ses épaules, ajoutée à son crâne lisse, dégageait une impression de puissance qui détourna du prévôt l'attention du duc.

— En vérité, cet homme n'a pas mis le feu à Son Éminence. Tout ce que l'on peut prouver, c'est qu'il avait amassé du bois et de la poix dans cette intention, mais il ne s'en est pas servi.

— Il était dans la rue ! Juste devant la porte privée de Son Éminence ! On l'y a *vu* ! s'écria le prévôt en haletant comme un chien qui attend la récompense pour avoir rapporté le gibier aux pieds de son maître. Nous avons un témoin...

Sa voix mourut lorsqu'il se souvint que si le duc demandait à voir ledit témoin, il serait contraint de reconnaître qu'il lui avait faussé compagnie.

— Qu'as-tu à dire pour ta défense, coquin ?

Jusqu'ici le duc avait gardé la maîtrise de ses nerfs ; mais il y avait le zèle exaspérant du prévôt, sans parler de sa voix chevrotante, il y avait la douleur de sa blessure, il y avait le bruit agaçant que produisait de façon intermittente le crâne du tailleur de pierre sur le sol, il y avait même l'attention silencieuse de l'homme de Rocca, qu'il interprétait comme critique à son égard. Tout faisait qu'il risquait d'un instant à l'autre d'être saisi par une de ses fameuses crises de fureur.

— Réponds quand Sa Seigneurie te parle ! fit le capitaine en donnant un nouveau coup sec sur la chaîne de Iacomo tandis que le prévôt soulignait l'importance de la courtoisie en lui expédiant un coup de botte dans les côtes.

Incapable d'articuler un mot, Iacomo fut saisi d'une quinte de toux qui s'acheva dans des geignements de bête accompagnés du martèlement redoublé de son crâne sur le sol de marbre. Silhouette sombre découpée contre la fenêtre, Sigismondo s'avança.

— Si Votre Seigneurie le permet, je vais montrer à cet homme le sort qui l'attend s'il ne parle pas, dit-il en désignant le balcon.

« Et même s'il parle », se dit Benno qui s'était placé à une position stratégique, derrière et entre deux gardes du duc qui, hormis qu'ils se demandaient depuis quand leur collègue ne s'était pas lavé (car Bianca n'avait pas lessivé les vêtements de Benno), ne s'aperçurent pas de sa présence.

Le capitaine fit lever Iacomo, et Sigismondo, une main tenant la chaîne et l'autre posée sur l'épaule de l'accusé, le conduisit vers la porte-fenêtre. Un page l'ouvrit et Iacomo, qui se débattait faiblement parce qu'il redoutait d'être balancé sur-le-champ dans le vide, fut poussé sur le balcon. La foule de la place s'était un peu clairsemée, mais apercevant du monde sur le balcon, quelques badauds poussèrent des cris de joie en espérant assister à une prolongation du spectacle de tout à l'heure.

La voix sonore de Sigismondo penché tout contre son oreille pénétra l'esprit embrumé de Iacomo.

— Regarde bien. Vois-tu parmi ces pendus des hommes que tu as déjà vus ?

Iacomo ne ressentit aucune hostilité de la part de l'homme qui le tenait, même quand sa main se posa sur sa nuque pour lui pencher la tête vers le bas, de sorte qu'il fit de son mieux pour obtempérer. Les visages qui tournoyaient lentement juste au-dessous de lui étaient enlaidis par tous les déchets que leur avait lancés la foule, et de toute façon, même en vie, leur expression n'avait pas été sereine ; de surcroît, son angle de vision était malaisé, il devait se pencher loin pour les détailler, et cela raviva sa terreur à l'idée qu'il allait bientôt les rejoindre. Avant de répondre, il faillit ajouter ses propres ingrédients à la macédoine qui les maculait. Toutefois, en les dévisageant un à un, son attention s'arrêta sur un pendu qu'il désigna du doigt, sa chaîne raclant sur la rambarde de pierre.

— Celui-là ! Il était là, je vous jure que c'était lui dans la rue hier soir. Quand il a tourné la tête et que la lune a éclairé son visage, je me suis dit que ce coquin était laid comme un pou.

Sigismondo se pencha à son tour. Ils contemplaient les traits tordus d'Achille Malvezzi, à présent coiffé d'œuf pourri à la place de son chapeau de docteur. Sigismondo se redressa et entraîna Iacomo.

— Où étais-tu placé pour qu'il ne te voie pas ?

Si Malvezzi avait vu Iacomo, il lui aurait épargné toute cette souffrance d'un seul geste. Des témoins au bas de l'escalier du cardinal était bien la dernière chose qu'il ait souhaitée.

— Quand j'ai entendu arriver du monde, je m' suis dépêché de grimper à un échafaudage et j'ai plus bougé. Quand les filles sont parties et que ce gredin de la haute dans son manteau de zibeline est allé se faire voir ailleurs, j'ai voulu redescendre, mais c'est à ce moment que les autres sont arrivés.

Il hocha la tête en direction des chevilles de Malvezzi.

— Ils m'ont pas vu. Les gens regardent jamais en l'air, ajouta Iacomo qui, de par son expérience de tailleur de pierre, avait dû en voir de drôles.

— Il n'était donc pas seul. Les autres sont-ils ici ?

Iacomo se pencha à nouveau par-dessus la rambarde, et l'effet de la pression sur son estomac se lut sur son visage.

— Je pourrais pas dire. Vraiment je peux pas. Celui-ci, la lune a éclairé son visage quand il a tourné la tête parce qu'on aurait dit qu'il voulait être sûr que l'autre avec son manteau était bien là, on aurait dit qu'il voulait pas qu'on le reconnaisse, avec son capuchon ramené bas.

Les chaînes tintèrent tandis que Iacomo mimait un homme se drapant dans un ample manteau à capuche.

— Comme s'il faisait tout pour dissimuler son visage. A un moment, j'ai cru qu'il m'avait entendu. Il s'est retourné d'un coup pour regarder dans ma direction et il est resté sans bouger — comme quand on prête l'oreille. J'ai pas osé faire un geste avant qu'il s'éloigne.

L'imitant, Iacomo pivota d'un quart de tour sur lui-même et s'immobilisa comme il avait vu l'homme le faire, mais soudain un frisson de peur le parcourut. En bas dans la foule, quelqu'un venait de le prendre pour cible et Sigismondo lui saisit le bras en fredonnant et le ramena dans la salle où le duc les attendait avec impatience. L'évêque avait discuté avec lui des arrangements en vue d'organiser dès le lendemain une messe de remerciement à Dieu pour la sauvegarde du duc et de son duché, mais les voiles de la princesse s'étaient agités avec vigueur comme si elle entendait leur rappeler qu'elle ne remercierait personne pour la perte qu'elle avait subie. Le duc était distrait, et il aurait de loin préféré que le cardinal soit là. Avec Petrucci, tout se passait sans anicroches, tout problème trouvait sa solution. Ah, voilà que l'on ramenait l'accusé, les tortures allaient peut-être commencer d'un moment à l'autre.

— Eh bien ? A-t-il quelque chose à dire ? s'enquit le duc d'un ton féroce.

Sa blessure l'empêchait de réfléchir clairement et il ne comprenait plus pourquoi il avait laissé l'homme de Rocca emmener ce maudit tailleur de pierre sur le balcon. Ce qui fut clair, en revanche, ce fut le résultat.

— Pitié, Votre Seigneurie ! Pitié ! fit Iacomo en se remettant à plat ventre. Je n'ai pas brûlé le cardinal, je le jure par Dieu et par tous ses anges, je le jure sur les reliques de sainte Bernardina ! Emmenez-moi auprès des reliques et vous...

— Assez ! trancha le duc d'une voix qui fit sursauter Benno et beaucoup d'autres. Ma sentence à ton égard est la mort. Tu n'as peut-être pas brûlé Son Éminence, mais tu en avais l'intention. Or c'est l'intention qui compte, n'est-ce pas, l'évêque ? Qu'il soit fouetté à mort et qu'on le pende avec les autres. Il nous fait perdre notre temps.

Le prévôt s'avança, enchanté de voir son arrestation justifiée, et qu'au moins on progressait. Il fallut deux de ses gardes pour relever Iacomo et le maîtriser tandis qu'il hurlait et se débattait. Lorsque le garde devant lui s'éloigna pour aider ses collègues, Benno se fit tout petit car il se retrouva exposé à la vue de tous. Mais à vrai dire, personne ne se préoccupait de lui, car tous les regards étaient tournés vers Sigismondo qui venait de poser son bras autour des épaules de Iacomo, l'empêchant de se débattre tout en le serrant contre lui d'un air jovial.

— Une suggestion, Votre Seigneurie ? Cette flagellation ne constituerait-elle pas une excellente mise en bouche lors du banquet prévu ce soir en l'honneur du mariage de dame Minerva ?

CHAPITRE XXXV

« Ici, c'est *moi* qui donne les ordres »

La princesse s'était levée, sifflant comme un cobra, ses voiles virevoltant.

— Qu'on le *brûle* ! Qu'on le brûle comme ils ont brûlé mon frère !

Peut-être que le duc considéra cela comme un cliché ; en tout cas, il resta sur sa réserve. Sigismondo, lui, tapotant gentiment la joue de Iacomo comme un ogre faisant des risettes à son dîner, insista :

— Princesse, la vengeance est un plat qui doit être dégusté avec la plus grande délectation. Brûlez un homme, il sera suffoqué par la fumée et *oupf*, terminé ! Fouettez-le à mort comme un cochon et cela attendrira aussi votre rôti.

Benno déglutit, la princesse se calma et le duc trancha.

— Ce soir, au banquet, il dînera, pour la première et la dernière fois de sa vie, à la table d'un duc.

Ses précepteurs déploraient déjà le sens de l'humour de Grifone, car ils sentaient que celui-ci tirait une joie malsaine des tragédies décrites par les classiques non pour divertir, mais, comme l'a souligné Aristote, pour purger l'esprit.

— Hé, l'évêque, c'est lui qui nous jouera de la musique, ce soir ?

L'humeur du duc se ragaillardissait en même temps

que celle de l'évêque sombrait. Ce dernier fut bien obligé d'émettre un son d'acquiescement, mais il songea au dîner pour lequel ses cuisiniers avaient travaillé sans relâche comme des esclaves et qui — au moins en ce qui le concernait — serait gâché par les cris de ce malheureux. Le seul accompagnement civilisé pour un dîner consistait en la musique d'un petit orchestre tel que celui qu'il avait formé au cours des années et qui comprenait d'excellents joueurs de cithare, de cromorne et de viole de gambe — mais tout cela serait gâché ce soir. Il avait espéré que la princesse n'assisterait pas au banquet en raison de son deuil, or à présent il apparaissait qu'elle serait là pour voir et entendre l'assassin de son frère — assassin tout putatif, d'ailleurs — y être torturé. Il se demanda s'il n'aurait pas dû implorer miséricorde pour le condamné, mais face aux volontés combinées du duc et de la princesse, cela se serait révélé encore plus vain que l'étaient en général ses suggestions. Il n'était pas sûr de ce que dictait la loi dans un cas comme celui-ci, où le crime, ou l'intention de crime, était perpétré contre un ecclésiastique, mais où les auteurs dépendaient de l'autorité séculière du duc. C'était là le genre de choses au sujet desquelles le cardinal Petrucci n'aurait pas eu la moindre hésitation. L'évêque récita une prière muette pour le départ rapide du duc, et enchaîna avec une autre prière pour l'éloignement de l'étranger au crâne rasé qui avait des idées aussi répugnantes.

— Est-ce tout, prévôt ? s'enquit le duc en se massant le bras d'un air renfrogné.

Le prévôt, imperméable à ces signes d'humeur, bomba la poitrine et fit un large sourire comme un homme fier d'avoir gardé le meilleur pour la fin. Sur un signe de sa part, son capitaine alla chercher le dernier prisonnier.

— Votre Seigneurie, monseigneur l'évêque vous a sûrement révélé d'où provenaient ces actes diaboliques

— depuis quelque temps, Satan s'était établi juste en dehors des murs de la ville afin de tenter de renverser Votre Seigneurie et de contrecarrer les desseins de notre sainte bénie !

Le prévôt, soucieux de ménager son effet, se tut un instant avant de tendre un bras triomphal tandis qu'on tirait le prisonnier jusque devant le duc et qu'on l'obligeait à s'agenouiller.

— L'homme de Fontecasta, Votre Seigneurie ! De mèche avec le Malin, il est venu hier soir à Colleverde afin de brûler Son Éminence de crainte qu'elle ne découvre le complot destiné à attenter à votre vie. Voyez !

Le prévôt se pencha et, dans un cliquetis de chaînes, éleva le bras du prisonnier.

— Des brûlures ! Il porte sur lui la marque de son maître maudit !

Benno regardait la scène avec horreur. Il devait bien reconnaître que, sali par sa nuit au cachot, avec ses petits yeux rougis et brûlants et son menton en avant, Massimo faisait un démon assez convaincant.

— Sainte Bernardina, protégez-nous ! s'écria l'évêque qui se pencha en avant pour examiner Massimo de plus près. C'est l'homme dont la tombe a été ouverte ce matin même à Fontecasta — mais il a horriblement rajeuni !

— Le mort-vivant ! s'exclama le prévôt qui en trépignait d'excitation. *Il s'est nourri de sang*. Le diable est ici à Colleverde.

Si Massimo était le diable, songea Benno, il exerçait bien pauvrement ses talents. C'était un sacré manque de chance que l'évêque ait vu le cadavre exhumé du pauvre Gruchio et que Massimo ressemblât tant à son père. L'évêque, qui avait toujours un air un peu inquiet, paraissait pour le coup affolé. Ses hommes avaient transpercé le cadavre de Fontecasta avec un pieu, il avait exorcisé son esprit. Il n'était pas possible que cette terrible apparition existât.

Le duc, lui, était seulement songeur. Un mois auparavant, et contre l'avis de son fils, il avait congédié son astrologue, coupable à ses yeux d'édicter trop de sinistres prédictions liées à certaines influences malignes, et en particulier une singulière et néfaste conjonction de planètes indiquant que le duc ne pourrait être sauvé que par un homme venu de l'est. Montenero se trouvait à l'est, et dans les moments où Grifone s'était demandé si l'astrologue n'avait pas raison, il s'était consolé à la pensée que le prince Livio pourrait bien être son sauveur.

Or ce dernier ayant visiblement tenté d'en être l'exact contraire, le duc commençait à s'interroger sur son destin. Quand il avait renvoyé l'astrologue, les gens de sa cour avaient aussitôt prétendu que les personnes éduquées n'avaient que faire de telles superstitions, mais le duc était loin d'en être aussi sûr. Ensuite, l'astrologue de Livio avait insisté pour que l'on avance le mariage au samedi si le prince voulait éviter les ennuis.

Le duc ricana. En dépit des projets de Livio, le mariage n'avait pas eu lieu aujourd'hui, et le prince lui-même était en ce moment même ballotté en travers d'une selle de cheval, et dans les pires ennuis possibles, bel et bien mort et privé d'absolution. Cependant, si l'astrologue avait eu raison de mettre en garde le duc contre ce danger-là, peut-être voyait-il juste dans d'autres domaines. Le duc fit signe à Sigismondo d'approcher.

— D'où venez-vous ?

— Votre Seigneurie ?

— Où êtes-vous né ?

Que la question n'ait pas le moindre rapport avec l'homme de Fontecasta ne parut pas émouvoir celui à qui elle était posée. Le duc jugea le fait apaisant. Sigismondo avait seulement l'air attentif.

— On m'a dit, seigneur, que j'étais né en Moscovie, mais, ajouta-t-il avec un brusque sourire, même si j'étais bien là quand cela s'est passé, je ne saurais le confirmer.

L'expression d'aimable idiotie de Benno était si habituelle chez lui qu'elle ne se modifia pas, bien que Sigismondo lui ait déclaré être né à Byzance, et qu'il l'ait entendu affirmer au duc de Rocca qu'il était originaire d'Espagne. Guère habitué à la frivolité dans les réponses qu'on lui faisait, le duc Grifone ne releva toutefois pas celle de Sigismondo, car la Moscovie se trouvait incontestablement à l'est. Selon la prédiction, cet homme saurait sans aucun doute ce qu'il convenait de faire. D'un geste, le duc désigna Massimo.

— Que va-t-on faire de lui ?

Sigismondo observa Massimo, accroupi et le regard flamboyant, puis laissa échapper un fredonnement méprisant.

— Avec tout le respect que je dois à monseigneur l'évêque et à son prévôt, ce coquin ne ressemble guère à un diable. Comme je l'ai dit au prévôt, j'ai eu l'occasion de travailler quelque temps à Fontecasta et je connais bien cet homme.

— Mais ce matin... dans la tombe ? intervint l'évêque dont la bague d'améthyste clignota sur son doigt tremblotant. C'était le même homme, avec des cheveux blancs et du sang sur les lèvres !

— C'était son père, Votre Seigneurie, tué tôt ce matin par Achille Malvezzi.

A ces mots, Massimo soupira et baissa la tête. Grifone se pencha en avant.

— Malvezzi ? Le scélérat qui a voulu m'assassiner ? Que cherchait-il donc à Fontecasta ?

Le fredonnement de Sigismondo se prolongea, vrombissement d'une abeille se gorgeant d'une fleur capiteuse.

— Votre Seigneurie se souvient-elle du magicien Antonello que Son Éminence avait condamné au bûcher ? Et que Malvezzi entendait venger ? Il est clair que Malvezzi avait entendu parler de la mort du seigneur Giraldi et qu'il voulait prélever quelques fragments de son cadavre...

A cette horrible suggestion, chacun se signa.

— ... pour jeter un sort, dont il tenait peut-être la recette d'Antonello, à Votre Seigneurie. J'ai appris que quand on l'a tué, le père de l'accusé essayait de protéger la tombe du seigneur Giraldi contre cette profanation.

Tout comme l'évêque, Benno s'était abîmé dans une dévote prière. Dans la sienne, toutefois, il implorait que le duc n'aille pas enquêter de trop près sur la mort, ni, à vrai dire, sur la vie du seigneur Giraldi, ni s'enquérir du lieu où il était enterré. A cet instant, songeant à Angelo, il ajouta un corollaire à sa supplique : qu'Angelo s'abstienne de faire tirer par le seigneur Mirandola les cartes d'un des hommes du duc présents en ville. Si quelqu'un reconnaissait le seigneur aveugle, Sigismondo lui-même risquait de se trouver à court d'explications, et le bel Angelo pourrait bien avoir achevé sa carrière de voyant.

— Giraldi ?

Le duc avait à nouveau froncé les sourcils. Près de lui la princesse trépigna d'impatience et explosa.

— Tout cela, Votre Seigneurie, est hors de propos. Cette créature porte la marque des flammes et le prévôt pense qu'il est venu en ville pour brûler mon frère. Qu'on le mette à la torture jusqu'à ce qu'il dise la vérité.

Avant que Sigismondo puisse intervenir, le duc se tourna brusquement vers la princesse. Retenant sa respiration, Benno se fit la réflexion que s'il y avait un diable dans la salle, le duc paraissait le meilleur candidat pour le rôle.

— Madame, ici, c'est *moi* qui donne les ordres, et c'est *ma* justice que l'on applique.

Sur quoi il se retourna vers Sigismondo et vers Massimo, accroupi sur ses talons avec le regard d'une gargouille espérant un déluge de miséricorde.

— Vous me dites que cet homme est innocent, qu'il s'est brûlé fortuitement ?

— Ces jours-ci, de nombreux sujets de Votre Seigneurie doivent s'être brûlés avec des cierges, des torches ou des braseros dans d'innombrables accidents domestiques, déclara Sigismondo sur un ton qui fit douter de la preuve présentée. Les scélérats qui ont osé assassiner Son Éminence, ajouta-t-il avec un hochement de tête en direction du balcon, sont déjà en route pour le tribunal suprême.

— Très bien, fit le duc.

Il se leva et porta à nouveau la main sur sa blessure.

— Libérez-le, ordonna-t-il à un prévôt déconfit avant d'appeler un page : Va chercher mon médecin... Noble dame, nous nous verrons au dîner. Monseigneur l'évêque, il serait convenable que la messe de requiem de Son Éminence ait lieu demain. Vous confierez le soin d'écrire et de prononcer son oraison au meilleur lettré dont vous disposez, quelqu'un qui sache parler avec style. J'entends rendre un hommage grandiose à mon plus fidèle conseiller.

Il se tut un instant avant de s'adresser à Sigismondo.

— Quant à vous, je désire également vous voir au banquet de ce soir. Vous y recevrez votre récompense.

Décidément, Benno n'aimait guère la façon de s'exprimer du duc : on était toujours à se demander quelle forme allait prendre cette récompense. Un joli tas d'or est utile, certes, mais avec le duc Grifone, on pouvait s'attendre à un nœud coulant au bout d'une corde.

Au moins son maître avait-il réussi à faire libérer Massimo. Mais qu'adviendrait-il de Iacomo ? L'horrible proposition de Sigismondo décontenançait Benno. Iacomo était-il, tout compte fait, un scélérat ?

Benno savait cependant qu'il ne fallait pas toujours prendre pour argent comptant ce que Sigismondo disait à tel ou tel. Mieux valait attendre de voir. Sigismondo était aussi habile avec les mots qu'Angelo avec ses poignards. Si son maître assistait au festin de ce soir, Benno serait présent pour le servir et il verrait bien ce qui arriverait à Iacomo. Il espérait en tout cas que cela ne lui couperait pas l'appétit.

L'évêque n'avait pas du tout été offensé par la proposition du duc lui demandant de faire prononcer l'éloge funèbre du défunt par un autre que lui. L'évêque était un bon lettré classique mais il n'aimait guère prononcer des discours. Il avait conscience du manque de style de ses propres sermons. Le neveu de Son Éminence, le père Torquato, serait l'homme de la situation. Ce choix constituerait un geste de générosité à l'égard d'un ecclésiastique mineur, et un compliment envers la princesse. Elle avait grand besoin de consolation, non seulement en raison de la perte terrible qu'elle avait subie, mais aussi au regard de la rebuffade publique dont elle venait de faire l'objet de la part du duc. « Ici, c'est *moi* qui donne les ordres », avait-il assené. Il y avait bien longtemps que l'évêque n'avait pas savouré un tel moment.

CHAPITRE XXXVI

« Le devin et l'aveugle »

Minerva était étendue sur un lit du palais de l'évêque, dans une chambre que lui avait préparée en toute hâte le majordome. A la différence de nombreux ecclésiastiques, l'évêque Taddeo n'entretenait, ni ouvertement ni secrètement, aucune maîtresse. Si Polissena connaissait aussi bien les portes de service du palais, ce n'était pas grâce à lui. Le majordome avait ordonné que l'on apporte pelotes d'aiguilles, miroirs à main ornés, huiles parfumées et autres objets qu'il jugeait appropriés pour une dame qui, semblait-il, était destinée à devenir la duchesse en titre.

C'était précisément ce que Minerva ne parvenait pas à croire. Avait-elle traversé tout cela — avoir été sauvée par Sigismondo de ce qui, comme elle le savait à présent après avoir assisté au combat d'aujourd'hui, n'aurait pu être qu'une mort certaine de la main de son ex-père le prince Livio ; avoir survécu au raid nocturne lancé contre Fontecasta ; avoir accompli des exploits héroïques ce même jour et sauvé Astorre — avait-elle traversé toutes ces épreuves pour se voir choisie comme épouse par le terrible père de ce dernier ?

Elle était encore étonnée de la fureur qu'elle avait ressentie à l'encontre du prince Livio quand elle l'avait vu menacer non seulement le duc, mais son propre avenir. Elle reposait sur son lit, regardant le plafond où une Danaé rondelette ouvrait les cuisses à une pluie d'or avec une expression d'extrême contentement. Minerva battit des jambes. Ses dames d'honneur, trois filles stupides qu'elle avait l'habitude de terroriser — était-ce possible que cela ne remontât qu'à une semaine ? —, étaient assises sur le banc de fenêtre, buvant du vin, regardant la piazza à leurs pieds et jetant des regards nerveux vers la silhouette allongée. A portée de main de Minerva, sur une table niellée, étaient posés un plat en argent doré plein d'abricots séchés et une coupe de vin. Elle n'avait touché ni à l'un ni à l'autre.

Qu'allait-elle faire ? Il ne lui avait fallu qu'une seconde pour décider qu'il lui était impossible d'annoncer au duc qu'elle ne désirait pas l'épouser parce qu'elle lui préférait son fils. Toutes les histoires effrayantes qu'elle avait entendu raconter au sujet du duc Grifone lui revinrent en mémoire à cet instant. Sa femme, affirmait la rumeur, avait été empoisonnée. La même rumeur ajoutait qu'il se plaisait à fouetter ses maîtresses, qu'il en avait même étranglé une avec ses propres tresses. Il avait le sourire d'un loup. Il était vieux — quarante ans au moins. Et Astorre, le bel Astorre dont elle avait sauvé la vie à l'aide d'un encrier providentiel, ne s'allongerait-elle donc jamais entre ses bras ? Allait-elle devenir sa *belle-mère* ?

Elle adressa une grimace hideuse à Danaé, qui continua imperturbablement à sourire à l'entreprenant flot d'or.

Bien sûr, certains n'allaient pas manquer de la considérer chanceuse. Devenir duchesse de Nemora impliquait sans nul doute des pluies d'or. Grifone, avait-elle entendu dire, pouvait mourir d'un jour à l'autre ; mais n'importe qui, même en bien meilleure santé que le duc, pouvait mourir n'importe quand, comme elle avait pu le constater aujourd'hui encore. Elle se tendit au souvenir récent du sang et des cris ;

mais même si Grifone mourait, elle ne pourrait jamais épouser Astorre après avoir été la femme de son père. Aucun pape n'accorderait de dérogation pour *cela*, quelle que soit la somme d'argent qu'elle pourrait proposer.

Avec les talons de ses pantoufles de satin, elle tambourina sur le brocart du couvre-lit. Les dames d'honneur le remarquèrent, mais jugèrent préférable de ne pas venir lui demander si elle désirait quelque chose.

En fait, elle voulait Sigismondo. Il l'avait déjà tirée d'un pétrin, il saurait bien la tirer de celui-ci. Elle commençait à avoir le même genre de confiance que Benno dans la capacité de Sigismondo à rétablir une situation. Refusant d'envisager à quel point il était hautement improbable que même Sigismondo puisse convaincre le duc Grifone de ne pas épouser une femme qu'il s'était mis en tête d'épouser, elle avait la conviction qu'il en trouverait le moyen.

Cette idée la rasséréna. Elle espérait qu'Astorre élèverait des objections devant le projet de son père. Elle ne croyait pas beaucoup au résultat de ses protestations, mais il serait par trop humiliant qu'il y consentît sans réaction... Minerva tourna la tête de côté et examina Danaé. Sa propre silhouette était bien plus séduisante. Tous ces bourrelets de chair — beurk ! Elle se redressa, vida presque toute la coupe de vin d'une seule lampée puis mangea un abricot séché. Ses femmes, qui parlaient du malheur d'être monteneraines dans une ville où les Montenerains n'étaient de toute évidence guère populaires, se levèrent d'un bond et se hâtèrent auprès de leur maîtresse pour voir ce qu'elles pouvaient faire afin de se gagner ses bonnes grâces. Au moins seraient-elles un peu mieux protégées si dame Minerva devenait duchesse de Nemora.

A quelques lieues de là, au bord de la rivière marquant la frontière entre les deux États, Astorre avait exhibé avec succès le cadavre du prince Livio à la bande de mercenaires qui attendait le signal de fondre sur Colleverde avec le fer et le feu, sans compter le pillage qui l'accompagnait. Leur chef, qui au début avait été tenté de défier l'autorité du jeune homme qui lui barrait la route, avait quelque peu rabaissé ses prétentions quand il aperçut l'homme qui aurait dû lui verser une somme rondelette pour l'incendie et le pillage de la ville le regarder de dessous une selle. Il avait d'abord eu du mal à le reconnaître sous la couche de sang séché et de poussière des chemins, mais un sergent du détachement de Nemora avait puisé de l'eau dans la rivière afin de procéder à une toilette sommaire du visage du prince.

Le marché fut conclu quand le jeune seigneur présenta une confortable avance sur honoraires sous la forme d'un tas de pièces d'or enfermées dans un coffre sanglé sur le dos d'une mule. Ils discutèrent du nouveau contrat qu'il convenait de rédiger, puisque celui aux termes duquel les mercenaires se trouvaient là se voyait automatiquement annulé par la mort du signataire d'une des deux parties, le prince Livio.

Le chef mercenaire salua Astorre et, avec seulement quelques regards de regret en direction des villages intacts et des tours encore plus prometteuses de Colleverde qui lui échappaient et qui brillaient avec un éclat doré dans le soleil de l'après-midi, il retraversa la frontière avec sa bande et établit son camp dans l'attente des directives du duc. Le chef (un homme instruit qui avait eu un précepteur humaniste avant de devenir *condottiere*) s'émerveilla de la puissance du possible.

Astorre fit faire demi-tour à son cheval et entraîna ses hommes vers Colleverde. Il se disait que son père serait content de lui et était impatient de revoir dame Minerva. Il chantonna tout en cheminant. Étant parti avant que le duc interroge Sigismondo, il était bien loin de réaliser qu'il avait perdu sa fiancée. Quant au prince Livio, Astorre décida qu'il serait préférable de lui cacher le visage sous une cape avant d'entrer dans Colleverde. Après tout, c'était un prince et il serait devenu, s'il n'avait pas tenté de manière si incompréhensible de supprimer Grifone, le propre beau-père d'Astorre. Toute cette opération au palais de l'évêque semblait marquée du sceau de la maladresse et avait été mal conduite de bout en bout ; le prince Livio n'ayant pas la réputation d'être un homme incompétent, on ne pouvait qu'être reconnaissant du fait que, d'une manière ou d'une autre, la tentative ait, du point de vue du prince, échoué.

Un brusque doute fit froncer les sourcils à Astorre, ce qui lui conféra, aux yeux du capitaine de la garde qui chevauchait à son côté, une troublante ressemblance avec son père. Il était venu à l'esprit d'Astorre que la situation politique n'était pas exactement limpide : son père montrerait-il autant d'empressement à lui faire épouser la fille d'un homme qui avait fait de son mieux pour les tuer tous les deux et s'emparer de leur duché ? Il ressentit une douleur presque physique à l'idée de ne pas épouser Minerva. Quelle beauté ! Il avait été fasciné par le souple geste avec lequel elle avait rejeté son voile. Et quel courage ! Tel son ange gardien en brillante armure d'argent, elle avait surgi dans le combat alors que cette horrible brute le serrait de près. Peut-être lui avait-elle sauvé la vie. Il éprouvait quelque réticence à avouer, même à lui-même, que son adversaire avait pris l'avantage, mais il n'en restait pas moins vrai qu'il avait ressenti avec une cuisante acuité qu'il n'avait que sa force de jeune homme à opposer à la vigueur d'un bras rompu à l'art de la guerre. Peu importe. Minerva lui avait paru merveilleuse ! Quelle force d'âme ! De quoi une telle jeune fille ne serait-elle pas capable dans les étreintes de l'amour !

Jetant un nouveau coup d'œil à Astorre, le capitaine se dit que, lorsqu'il souriait, il ne ressemblait pas du tout à son père.

Derrière ses murs, Colleverde se préparait à la nuit après cette journée riche en événements. Nemora avait gagné, Montenero était battue. Le dernier garnement avait été arraché à son concours de tir de tomates sur les traîtres pendus au balcon de la grand-place et ramené à la maison pour le dîner. Les pèlerins regagnaient leur logis, emportant avec eux les produits du marché pour leur souper.

Tout en avalant sa soupe où nageaient de petites boulettes de fromage frit, le prévôt narrait les événements du jour à son épouse pendant que celle-ci lui brossait son plus beau justaucorps, celui qu'il porterait pour paraître devant les invités de l'évêque et exécuter la sentence prononcée à l'encontre de Iacomo. Dans les cuisines de son palais, les cuisiniers de l'évêque mettaient la dernière touche aux préparatifs du banquet. On avait fait bouillir un sanglier, assaisonné de poivre, de noix de muscade, de clous de girofle et de gingembre, avant de le cuire au four dans une croûte de pâte. Il y avait du hachis de lièvre dans son bouillon au vin, ainsi que du lièvre rôti qu'un des cuisiniers était en train d'enduire de cannelle et de pain au froment réduit en poudre fine. Des rissoles de fruits secs et de noix avaient été tressées ensemble et enroulées sur des broches — cela, c'était un des mets préférés de l'évêque, qui aimait également beaucoup le potage, les fruits, le lait d'amande et, à présent que carême était passé, la viande.

Pour célébrer dignement ce double événement que constituaient la victoire du duc et l'arrivée des reliques dont la présence s'était révélée si efficace, un dessert spectaculaire — et dont on espérait que même les cuisiniers du duc ne l'auraient pas surpassé — devait être servi à la fin du repas. Il s'agissait d'un subtil mélange de massepain et de noix de pistache pilées avec une quantité de sucre certainement fort coûteuse, et qui avait été moulé en une reproduction de la cathédrale de

Colleverde, dont on avait reproduit avec soin chaque clocher, et qui comportait, agenouillés devant ses portes ouvertes, deux personnages. A l'origine, il s'agissait du duc et du cardinal, mais il n'avait fallu qu'une légère compression de la pâte pour transformer le chapeau du cardinal en mitre d'évêque. Il y avait eu débat, lequel dégénéra en violente querelle, avec échanges d'insultes et jaillissement de poignards, pour savoir s'il convenait d'y adjoindre le couple de mariés, mais le majordome, intervenant juste à temps, avait décrété que comme le cardinal était venu à Colleverde autant pour les reliques que pour le mariage, on pouvait fort bien s'abstenir de faire figurer le couple ; et comme le bruit courait à présent que le duc lui-même avait l'intention d'épouser la promise, le chef pâtissier se félicita de n'avoir pas intégré de personnages supplémentaires à sa composition, car leur suppression aurait pu endommager la structure et gâcher la symétrie de l'ensemble. Il se demanda brièvement s'il ne devait pas supprimer la mitre de l'évêque d'un pincement d'ongles et la remplacer par de la barbe à papa imitant le voile de la mariée, mais, prudent, décida que la cathédrale avait un rapport avec les reliques, donc avec l'évêque, et il laissa le personnage tel quel.

Le mitron qui aurait été chargé de confectionner la barbe à papa remercia silencieusement sainte Bernardina.

Au palais Corio, la recherche de la lettre disparue se poursuivait et la princesse avait évacué une partie de la colère rentrée après la rebuffade de Grifone en volant dans les plumes de son neveu pour n'avoir pas été présent à l'arrivée du duc. Torquato, déjà furieux pour plusieurs raisons compliquées, prit cette réprimande de très mauvaise grâce, énonça une citation latine que sa tante ne saisit pas, puis se retira dans sa chambre après avoir envoyé chercher un nouveau morceau de viande crue à la cuisine pour l'appliquer sur son œil qui enflait rapidement.

L'état de son visage et aussi, malheureusement, de ses vêtements, que la princesse avait aperçus alors qu'on les emportait à la lessive, lui valut une nouvelle visite de cette dernière, qui se livra à une série de commentaires déplaisants et ne mâcha pas ses mots pour lui exposer son opinion sur les ecclésiastiques qui se laissaient entraîner dans des bagarres de rues sans souci de leur tenue ni, dans ce cas précis, de la réputation d'une famille tout récemment affligée. Son incapacité à rester discret, ajouta-t-elle, était une des raisons pour lesquelles son oncle ne lui avait jamais accordé l'avancement qu'il réclamait avec une telle insistance. Enfin, en partant, elle fit remarquer qu'il régnait une odeur épouvantable dans sa chambre.

Sachant qu'elle allait passer la maison au peigne fin, faire à nouveau fouiller la cendre, vider les tiroirs des bureaux et distribuer les claques sur son chemin, Torquato en profita pour rédiger à l'intention du *maestro delle strade* une note sévère dans laquelle il se plaignait de la saleté de la rue où il était tombé. Craignant que sa tante ne rentre à l'improviste, il jugea plus prudent de ne pas vérifier si sa lettre était toujours à l'endroit où il l'avait cachée. Elle y était en parfaite sécurité.

Tandis que les sabots de la troupe d'Astorre résonnaient sur le pavé de Colleverde, on procédait déjà au démontage des arches de bienvenue, et la machinerie dont la Fortune s'était tant méfiée se retrouva en pièces détachées sous les yeux du Florentin qui en avait la responsabilité. Il n'était que passablement soulagé de savoir que le spectacle de ce soir avait été annulé ; il serait quand même rémunéré, mais sa conscience professionnelle était froissée. Il concentra toutefois son attention sur sa tâche. Comme le savait tout professionnel de sa partie, la moitié d'une bonne organisation réside dans la récupération du matériel après le spectacle, qu'il s'agisse de costumes, de machines ou d'animaux. Les guépards étaient repartis avec le dresseur du cardinal et, en toute franchise, le Florentin avait été fort satisfait de les voir disparaître. Leur expression indifférente lui rappelait par trop certains employeurs aristocrates à qui il avait eu affaire dans le passé. Avec les marchands de Colleverde, il savait exactement où il mettait les pieds : livrer la marchandise, impressionner le duc, et on empoche l'argent. Que le duc ait été ou non impressionné n'était plus désormais qu'un détail sans importance — on disait qu'il avait bavardé tout le temps qu'avait duré la performance de la Fortune — et d'ailleurs il avait subi trop de distractions depuis son entrée dans la ville pour ne pas avoir complètement oublié les saynètes qui avaient jalonné son chemin. Mieux valait également oublier l'impression produite par le char de Dionysos sur le prince Livio, à moins, naturellement, que la jeune fille, la future duchesse à présent, ne l'ait apprécié. En tout cas le Florentin ne doutait pas qu'il serait payé. Par bonheur, les marchands de Colleverde tenaient à s'impressionner les uns les autres, et plusieurs guildes avaient contribué au financement des divertissements.

Alors qu'il arrivait sur la place de la cathédrale et qu'il s'approchait du palais de l'évêque, l'attention d'Astorre fut attirée par un scintillement dans la lumière du couchant. Il envoya s'enquérir un palefrenier pendant qu'il attendait à la porte du palais, où les odeurs de cuisine provenant des échoppes et des étals lui rappelèrent qu'il avait faim. Il ne s'aperçut pas que certains, sur la place, l'avaient remarqué. Le palefrenier lui expliqua que les éclairs qu'il avait vus provenaient d'un devin qui jonglait avec des poignards, probablement pour appâter des clients parmi les derniers badauds qui traînaient sur la place avant l'arrivée de la foule du soir. Le palefrenier précisa que ce devin, qui se faisait assister par un aveugle pour tirer les cartes, avait prédit tous les événements survenus au cours de la journée. Astorre fut saisi d'un soudain espoir. Il se sentait mal à l'aise depuis que son père avait congédié l'astrologue de la cour qui avait annoncé des ennuis pour l'avenir — exactement le même genre d'ennuis, songea Astorre, que ceux qui les avaient frappés aujourd'hui. S'il devait épouser dame Minerva, quel plus beau cadeau pouvait-il lui offrir que des prophéties de bonheur pour leur vie commune ? Quel nuage pourrait obscurcir leur éternel soleil ? Son père serait également satisfait, car il devait bien avoir constaté la vérité des prédictions.

— Fais-les venir au palais. Le devin et l'aveugle.

Son père aimait les choses et les êtres étranges. Astorre était certain qu'il apprécierait le vieil aveugle.

CHAPITRE XXXVII

Une sorcière dans le palais ?

Lorsque le duc s'était retiré avec son médecin, on avait fait passer dans le palais la consigne d'observer le silence pour le laisser reposer. C'est pourquoi, entendant du bruit au rez-de-chaussée, le majordome de l'évêque se hâta d'aller voir ce qui se passait afin de le faire cesser.

Il ne pouvait pas savoir que la vieille pie qu'il trouva en train de harceler un serviteur avait rendu ce jour-là un immense service au duc. Le serviteur, qui avait reçu des coups de pied dans les tibias, qui s'était fait tirer les oreilles et déchirer sa livrée, paraissait aussi apeuré qu'indigné. Il avait surpris la vieille à tripoter les tentures de brocart et à poser ses sales pattes sur les décorations qui orneraient le dais du fauteuil du duc à la table du banquet. Il n'avait fait que son devoir en tentant de la chasser, mais il redoutait qu'elle soit une des manifestations du diable ici à Colleverde.

Comme toutes les vieilles femmes, elle était vêtue de noir, mais sous son bonnet de guingois ses cheveux blancs étaient bouclés comme ceux d'un farfadet et ses yeux farouches — et puis il n'y avait qu'à l'écouter ! Il ne pouvait s'agir que de formules de sorcière, on n'en comprenait pas un mot et cela devait bien signifier que c'était l'œuvre du Malin, n'est-ce pas ?

— D'où viens-tu, la vieille? Comment es-tu entrée?

Le majordome savait qu'il était essentiel de veiller à la tranquillité d'esprit du personnel. La salle de banquet n'était encore qu'à moitié prête, et tout travail y avait cessé. Les serviteurs observaient la scène avec des yeux ronds et chacun se signait, tout prêt, y compris le majordome, à abandonner les préparatifs et à s'égailler en hurlant qu'il y avait une sorcière dans le palais. La vieille le fixa en silence comme si elle était sourde. A voir ses joues tannées et rougeaudes, il s'agissait sans doute tout simplement d'une pauvre paysanne venue en ville assister à la procession et voir les reliques. Elle avait dû se faufiler dans le palais à la faveur de la confusion qui y avait régné au cours des dernières heures et, à présent, ne savait comment en ressortir. Et puis, certains de ces rustres avaient un accent parfaitement incompréhensible — il avait un jour entendu un serviteur originaire des Abruzzes dont l'accent était pire que de l'espagnol. Il haussa la voix pour que sa question pénètre ses oreilles et se fraye un chemin dans ce qui devait être un esprit simplet.

— D'où viens-tu, femme?

Elle se mit à glousser. Elle avait vraiment l'air de tenir un grain.

— *Fontecasta!* C'est de là que j' viens.

Aussitôt, on eût dit une bande de poules s'apercevant qu'un renard est parmi elles. Hurlant et couinant, tous se précipitèrent hors de la pièce et une servante resta coincée dans l'embrasure avec un seau d'eau, hurlant des *Ave Maria* jusqu'à ce que la voie se libère et qu'elle jaillisse d'un coup dans le couloir. Même le majordome, resté seul avec la créature, marmonna une rapide prière. Il essaya de se persuader qu'elle n'était qu'une pauvre paysanne un peu fêlée venue du hameau de Fontecasta, juste à côté de la villa maudite, mais il préféra quand même implorer la protection divine. La femme semblait ne pas se rendre compte de l'effet qu'elle produisait ; peut-être y était-elle habituée. Elle gagna soudain la fenêtre donnant sur la cour. Comme on était au rez-de-chaussée, celle-ci était dépourvue de carreaux mais munie d'une grille et de volets. La vieille regarda dehors comme si quelque chose avait attiré son attention. Le majordome la suivit en se demandant s'il n'était pas risqué de lui poser la main sur l'épaule. Il allait devoir la mettre lui-même dehors, une tâche dégradante mais indispensable s'il voulait que le personnel se calme et que les préparatifs du banquet soient achevés à temps. Les guirlandes étaient loin d'être finies et les tentures du dais même pas installées.

— Massimo ! Massimo ! Ici !

Le cri grinçant, rappelant celui d'une mouette, écorcha les tympans du majordome. Il ramena les mains qu'il avait tendues pour se saisir d'elle et se boucha les oreilles. Elle était folle. Pourquoi donc n'y avait-il jamais de garde quand on en avait besoin, alors qu'ils traînaient toujours dans les pièces où on aurait préféré travailler en paix ?

— MASSIMO ! Par ici !

Les mains sur les oreilles, le majordome ressentit un choc. Un horrible visage, encadré de cheveux hirsutes, un visage maculé de crasse, la mâchoire proéminente, se pressait contre les barres avec des petits yeux rougis qui semblaient chercher quelque chose à l'intérieur de la pièce.

Le majordome se lança à son tour dans une litanie d'*Ave Maria*. Puis le visage disparut et, comme émergeant d'un mauvais rêve, il cessa ses prières et se prépara à expulser la vieille, sorcière ou pas, dans la cour, où elle pourrait rejoindre ses semblables. Il était impératif de faire revenir les serviteurs pour qu'ils terminent les guirlandes et suspendent les tentures. Grinçant des dents, il tendit à nouveau la main pour saisir l'épaule de la vieille, mais elle n'était plus là. Elle avait rassemblé ses jupes et se dirigeait vers la porte, à l'infini soulagement du majordome. En l'absence de serviteurs susceptibles de le voir perdre sa dignité, il s'était résigné à recevoir des coups de pied dans les tibias. Il remarqua qu'elle était étonnamment leste. Si c'est le diable qui l'appelait, elle était prompte à lui obéir.

Il la suivit avec prudence en espérant la voir quitter les lieux, ce qui lui aurait permis de rassurer les serviteurs, lorsque soudain la porte s'ouvrit d'un coup, laissant apparaître l'horrible visage de la fenêtre. Il appartenait à un robuste gaillard en habits malpropres et déchirés qui courut en clopinant à la rencontre de la vieille.

— Sybilla ! Où est le maître ?

Le *maître* ! Celui-ci n'était donc pas le diable ; il y en avait un autre...

Tout à leurs retrouvailles, gesticulant et jacassant, les deux créatures ne prêtaient pas la moindre attention au majordome. Il se sentait en position d'infériorité physique par rapport à eux. Il avait constaté les effets de l'énergie de la vieille sur Mario, et son compagnon, quoique paraissant en mauvais état, impressionnait par son air de férocité latente.

— Massimo !

La porte céda le passage à un troisième personnage — l'idiot. Avec lui, le majordome était en terrain familier. L'allure générale de Benno faisait que chacun, en le voyant, avait envie de le chasser illico de l'endroit où il se trouvait, de préférence à coups de pied dans le derrière. Le majordome désigna la porte de son bâton, car la patine de graisse qui couvrait l'idiot le dissuada de poser la main sur lui.

— Dehors ! Sortez tous d'ici ! tenta-t-il.

A cet instant apparut, encore une fois au grand soulagement du majordome, le capitaine des gardes du duc. Le seigneur Astorre était sans doute revenu de la frontière et le capitaine allait le sauver de ce mauvais pas. Par bonheur ce dernier, peut-être stimulé, comme l'avait été le majordome lui-même, par la vue de Benno, saisit aussitôt l'urgence de la situation. D'un geste, il désigna la vieille, le gaillard et l'idiot, toujours plongés dans leurs conciliabules, aux gardes vêtus de la livrée du duc.

Les piques ont un incontestable pouvoir de persuasion. Le majordome regarda en souriant les hommes d'armes repousser le trio envahissant, mais ni lui ni les gardes ne s'attendaient à ce qui se produisit. La vieille parvint à passer sous l'une des piques et, comme un vrai professionnel, enfonça ses deux poings réunis dans l'estomac du soldat qui la tenait. Alors qu'il se pliait en deux, elle s'empara de l'arme et, pivotant sur elle-même, en frappa un autre garde qui alla valdinguer contre le capitaine, lequel se retrouva à quatre pattes comme s'il cherchait à repérer des fissures dans le marbre. Voyant cela, le démon nommé Massimo s'empressa de lui expédier son pied dans le derrière, envoyant le capitaine s'étaler aux pieds du majordome. L'idiot s'était adossé contre le mur et sa poitrine se soulevait de façon étrange.

— Hum-hum-hum. Puis-je être utile ?

C'était l'homme de Rocca, ou de Moscovie, ou du fin fond de nulle part, celui qui menait l'enquête sur la mort du cardinal et dont le duc lui-même avait sollicité les conseils. Il avait la carrure d'un soldat et le crâne rasé d'un prêtre, mais cette double allure était étrangement réconfortante. Les secours étaient là ! Le majordome commençait à lui expliquer la situation lorsqu'un petit mouvement brusque lui fit tourner la tête vers l'idiot. Horrifié, le majordome vit la poitrine de celui-ci s'ouvrir, et en surgir le museau d'un petit chien. Dieu tout-puissant, une autre de ces créatures ! Sainte mère de Dieu, c'étaient bien des démons.

Il se raccrocha au bras de l'homme de Rocca.

— Elle vient de *Fontecasta* !

— Moi aussi, et je me porte garant d'eux. L'évêque a exorcisé la villa. Cette femme s'est battue aux côtés du duc ce matin ; il a l'intention de la récompenser.

Le capitaine s'était relevé et, le regard furieux, cherchait qui lui avait balancé un coup de pied. Sybilla écarta Massimo et, les poings serrés, se prépara à asséner un nouveau coup, mais le capitaine, qui l'avait vue faire tout à l'heure, lui saisit les mains, la déséquilibra et l'envoya à terre. Pendant ce temps, un garde avait pointé sa pique sur la gorge de Massimo pour le tenir en respect. Le capitaine n'entendait pas se faire humilier devant ses hommes par une grand-mère vicieuse, et il la gifla à plusieurs reprises.

— Vieille sorcière !

— *Canalla ! Dologone ! Skatapedo !* répliqua-t-elle sans se laisser impressionner.

Mais l'homme de Rocca s'interposa entre eux et releva la vieille. La dernière gifle du capitaine s'abattit douloureusement sur du muscle durci, et il se souvint avoir vu cet homme se battre de façon magnifique contre les hommes du prince Livio. Sigismondo aida la vieille à épousseter ses jupes tout en lui parlant en un dialecte étranger, une langue précise et bien articulée. Elle le regarda, poussa un nouveau cri aigu — « *Orea !* » — puis lui enlaça le cou.

Le majordome tirait avec insistance sur la manche du capitaine.

— Elle a les faveurs du duc. Il sera furieux s'il apprend qu'on lui a fait du mal.

Le capitaine, entre ses dents, ordonna à ses hommes de baisser leurs armes. Le majordome et lui regardèrent la vieille femme qui, le tenant par les oreilles, embrassait l'homme de Rocca sur le nez, les joues et la bouche. Si cet étranger était investi de l'autorité du duc, que celui-ci l'écoutait et qu'il connaissait ces trois-là, il n'avait qu'à s'en occuper. Le capitaine, qui venait d'escorter le seigneur Astorre à la frontière, était fatigué, il avait soif et devait reprendre son service le soir même. Le majordome, quant à lui, avait été grandement rassuré de constater que tous ces gens n'étaient que des humains et de s'entendre rappeler que l'évêque lui-même avait exorcisé Fontecasta. A présent il lui fallait rassembler les serviteurs, leur rappeler ces quelques vérités et les remettre à tout prix au travail.

C'est ainsi que Sigismondo, Sybilla, Massimo et Benno se retrouvèrent seuls, tandis que Biondello, maintenant que tout danger était écarté, trottinait d'un air satisfait autour d'eux. Le bras passé sous celui de Sigismondo, la main serrée dans la sienne, Sybilla leva la tête vers lui et se remit à jacasser, non pas — en tout cas d'après ce qu'ils en perçurent — dans son habituel galimatias, mais dans la langue émaillée de sons étrangers dans laquelle il s'était adressé à elle. Les mots jaillissaient de ses lèvres comme s'ils étaient restés emprisonnés la moitié de sa vie, et tout au long de son interminable tirade, Sigismondo se contenta d'émettre de temps à autre une onomatopée interrogative, jusqu'à ce qu'une des réponses de la vieille lui fasse imperceptiblement hausser le sourcil. Il l'emmena près de la fenêtre et la fit asseoir à côté de lui sur le banc. Elle continua de parler, l'air radieux, faisant de grands gestes et lui pinçant les joues de sa main libre tandis que de l'autre elle caressait la main qui tenait la sienne. On aurait dit, songea Benno, qu'elle venait de retrouver un fils depuis longtemps perdu. Voilà qui aurait été un vrai conte de fées, sauf qu'il était impossible de croire que Sigismondo soit même venu au monde. Était-ce possible qu'un homme comme lui ait été un bébé sans défense? Quoique, tout bien considéré, il aurait eu à peu près le même crâne qu'aujourd'hui...

Un grognement rauque tout contre son oreille le tira de ses réflexions.

— J'ai faim. T'as rien à manger ?

Le visage de Massimo était du genre à paraître affamé même après un bon repas et Benno, devant cet appel pressant, farfouilla sous sa chemise. Il fut surpris d'y trouver si peu, ayant oublié qu'il avait pris un bain la veille au soir et que Bianca l'avait soulagé de ses provisions. On voyait bien que c'était une fille qui n'avait jamais manqué de rien ! Il finit par trouver un oignon, encore enveloppé de sa peau brune, qu'il avait dégoté au palais Corio, et un quignon de pain, seule chose qu'il avait eu le temps de récupérer à Fontecasta vu la hâte avec laquelle Angelo leur avait fait évacuer les lieux. Massimo s'empara du tout avec une telle avidité que Benno crut un instant qu'il allait dévorer l'oignon avec sa pelure, mais il la retira d'un coup de pouce et croqua dans le pain rassis avec la même violence qu'il semblait mettre dans tous ses actes, mais que le quignon, en l'occurrence, nécessitait.

Massimo s'arrêta soudain de mâcher et, le pain pointant entre ses dents, interrogea :

— Et le maître ?

Il se tourna vers Sigismondo, qui écoutait toujours Sybilla.

— Il n'est pas avec lui ?

Le fait paraissant soudain évident, il lâcha le pain, que Biondello rafla d'un coup de langue avant qu'il touche le sol, et se précipita vers Sigismondo.

— Où est le maître ? Est-il mort ?

Il s'empara de la main libre de Sigismondo, approcha son visage presque contre le sien et, d'un ton que l'on pouvait considérer soit comme implorant soit comme menaçant, demanda :

— *Où est-il ?* Est-il en danger ?

Sigismondo émit un long fredonnement.

— Il l'est sans aucun doute. Comme nous tous. Il est ici en ville, Massimo, et en très bonnes mains.

— Mais les hommes du duc sont partout ! fit Massimo en postillonnant des bouts d'oignon. Imaginez qu'ils le reconnaissent !

— Crois-tu qu'ils en croiraient leurs yeux s'ils le voyaient ? Un homme qu'on a jeté aux loups il y a huit ans de cela ! Voilà qui serait un miracle digne de sainte Bernardina. Il y a des tas d'aveugles dans cette ville, ce ne serait vraiment pas de chance qu'on s'intéresse à celui-ci en particulier.

Pas de chance en vérité, car à l'autre bout du palais, le devin et l'aveugle, interpellés sur ordre du seigneur Astorre, étaient conduits dans la salle des gardes, où ils furent accueillis avec enthousiasme : excellente occasion de passer le temps en attendant que le duc les envoie chercher.

CHAPITRE XXXVIII

« Le plus beau cadeau que puisse recevoir un homme »

Tout était prêt pour le festin. Le duc, qui avait refusé de se laisser saigner — pas même par une petite sangsue — comme le recommandait son médecin, se sentait mieux après sa sieste. Le capitaine lui avait rapporté le succès de sa mission en compagnie du seigneur Astorre, sa blessure le faisait à peine souffrir et il était revigoré en repensant aux dangers qu'il avait surmontés et aux plaisirs à venir. Il envoya deux de ses pages porter à dame Minerva un petit coffre d'ivoire orné de cupidons sculptés et garni de velours bleu. Elle y découvrit un collier de perles avec en pendentif un rubis en forme de cœur qu'elle aurait trouvé magnifique s'il lui avait été offert par le seigneur Astorre. Devinant que c'était le cadeau qu'il lui destinait en tant que beau-père, elle laissa ses dames d'atour le lui passer au cou. Le discours de remerciement qu'elle fit transmettre au duc était froid et formel, mais aussi joliment tourné que son éducation le lui permettait.

Dans ses bagages, le prince Livio n'avait pas sacrifié beaucoup de place aux parures de mariage, mais le brocart d'argent prêté par Polissena n'avait que quelques taches de sang à hauteur de l'ourlet, et Minerva envoya les servantes du palais le nettoyer. Elle espérait que ce n'était pas le sang du prince Livio, mais, si tel était le cas, le laver constituait à ses yeux un acte symbolique. Elle se demanda comment elle aurait réagi si elle avait été plus proche de lui, si elle lui avait parlé comme elle avait parlé avec le seigneur Mirandola, s'il n'avait pas été ce personnage distant, souvent absent et parfois furieusement affectueux. Ses trois femmes s'étaient remises à bavarder à voix basse. Ces sottes créatures n'avaient certainement jamais connu ce qu'elle avait vécu au cours de la semaine écoulée. Elle était sincèrement désolée pour l'une d'entre elles, Luisa Montalba, que le prince Livio avait obligée à tenir le rôle de la mariée, et qui, pendant quelque temps, serait sans doute terrifiée de dévoiler son visage en public.

Minerva, elle, était fort satisfaite de son propre visage. En se regardant dans le miroir à main en argent, elle vit des joues roses et des yeux brillants et se dit que le combat lui allait bien. Le collier de perles était splendide, mais le rubis lui rappela celui ornant le chapeau du duc Grifone et son visage sévère encadré de cheveux blancs. Qu'arriverait-il si Sigismondo ne trouvait aucun moyen d'empêcher le duc de l'épouser ? Elle fronça les sourcils, chassa cette pensée et ordonna à Luisa de dégager quelques mèches des tresses qu'elle était en train de lui confectionner et de les arranger en boucles devant ses oreilles. Astorre assisterait à coup sûr au banquet.

Dans sa chambre du palais, celui-ci n'eut pas beaucoup de temps pour se débarrasser de ses vêtements souillés de sang, de sueur et de poussière, qu'il avait portés durant le combat au palais et pendant son périple à la frontière. C'étaient de très beaux habits de velours argenté avec des manches de brocart doré doublées de soie. Il avait espéré qu'ils impressionneraient sa fiancée, mais elle avait à peine eu l'occasion de les voir. Bien entendu, il avait apporté beaucoup d'autres vêtements en vue des fêtes et des cérémonies prévues. Ses serviteurs avaient défait ses bagages et sorti quelques tenues pour lui laisser le choix.

Ils s'étaient également querellés pour savoir lequel d'entre eux allait lui annoncer que son père avait jeté son dévolu sur sa fiancée. Le secrétaire était déjà en train de rédiger le nouveau contrat de mariage. Ils espéraient que quelqu'un lui aurait appris la nouvelle à son retour de la frontière, mais il ne leur échappait pas qu'il eût été irréaliste de penser qu'un quidam ait abordé le seigneur Astorre pour lui annoncer que son mariage était annulé.

Pour les Colleverdois, en tout cas, le mariage aurait lieu. La seule modification concernait le nom des futurs mariés. Avec un peu de chance, la fontaine de la place de la cathédrale verrait couler du vin pendant la cérémonie — un miracle que, d'après l'expérience de la plupart des citoyens, les ducs réussissaient mieux que les saints. Quelques femmes exprimèrent leurs regrets de voir que la promise n'épouserait pas le beau seigneur Astorre, mais plusieurs leur firent remarquer que, d'un autre côté, elle deviendrait duchesse plus vite qu'elle n'aurait pu l'espérer.

Qui donc allait mettre le seigneur Astorre au courant ? Il choisit le velours écarlate aux broderies d'argent en spirales, qu'il compléta de manches en damas argenté, et tandis que ses serviteurs l'aidaient à s'habiller, chacun songea qu'il avait fait ce choix en fonction d'une certaine robe en brocart d'argent.

Qui se déciderait à lui parler ?

La seule personne dans le palais à ne pas être engagée dans les préparatifs de la fête pouvait être excusée pour raison de santé : c'était le cardinal Petrucci, et il reposait dans la chapelle privée de l'évêque. Le duc avait commandé pour le lendemain à la cathédrale une messe de requiem à laquelle lui-même et tous les notables de Colleverde assisteraient. Mais pour le moment, vêtu de velours noir strié de damas doré, le duc était agenouillé auprès du catafalque dans la pénombre glaciale de la chapelle. Sous l'odeur de la pierre humide, de l'encens résineux et de la cire des bougies flottait une autre odeur, propre à vous retourner l'estomac, que le romarin et les huiles parfumées semblaient plutôt faire ressortir que masquer. Le duc contempla le pâle visage parsemé de sombres brûlures, et les mains, qu'on avait eu la délicatesse de ganter, croisées sur l'habit de soie moirée écarlate.

Quels secrets Petrucci allait-il emporter dans la tombe ? On en connaissait au moins un : l'identité de ses assassins. Peut-être, de là-haut, les regardait-il se balancer, pendus par les chevilles. L'idée traversa l'esprit du duc que, si lui-même avait péri au cours du combat, il aurait pu mourir sans absolution, à moins que l'évêque ait été particulièrement rapide. Il ne doutait pas que les assassins de Petrucci avaient tenu compte de ce fait dans leurs plans, afin que leur vengeance poursuive le cardinal au-delà de ce monde.

— Père, quel est ce bruit qui court ?

La voix farouche était retenue en raison de l'endroit où ils se trouvaient. L'effet plut au duc. Il avait attendu ce moment. Il se signa et se releva. Magnifique dans la lueur des bougies avec sa tenue écarlate et argent, Astorre était furieux, et le duc se dit avec tendresse qu'il ressemblait à sa mère, avec laquelle il avait eu tant de belles querelles.

— Qu'as-tu entendu dire, mon fils ?

— Que *vous* aviez l'intention d'épouser dame Minerva.

Le duc l'entraîna au pied du catafalque et désigna le corps allongé.

— Petrucci, s'il était encore en vie, m'aurait conseillé. J'ai prié pour que Dieu me vienne en aide. Et je crois avoir la réponse.

Tendu comme un guépard guettant sa proie, Astorre eut de la peine à contenir sa voix.

— Père, vous ne me la prendrez pas ! Je l'aime !

Le duc arrondit les yeux devant l'incongruité d'une telle raison, mais il sourit, tapota la manche de brocart et dit :

— Tu as été séduit, comme je le fus quand j'en ai pris la mesure, par son courage. Elle te donnera de bons fils capables de protéger Nemora contre nos ennemis.

Le visage d'Astorre prit une expression amusante.

— Mais alors, vous...

— Je suggère que, ce soir, tu épouses cette dame et couches avec elle.

Sur quoi il se détourna du catafalque et s'éloigna. Astorre le suivit.

— Mon médecin me dit que je ne puis espérer vivre éternellement, et mon confesseur que je dois me préparer à affronter la mort à tout moment. L'homme de Rocca, ou de Moscovie, me dit qu'à ses yeux les présages concernant Montenero, qui pleure un jeune prince plein d'avenir, sont plutôt du côté de la jeunesse.

Le sourire prédateur de Grifone réapparut. Il s'arrêta et baissa les yeux vers Astorre qui lui avait pris la main et s'était agenouillé pour la baiser.

— Montenero, mon fils, t'acceptera plus volontiers comme prince que moi. Une fois que tu auras épousé dame Minerva, poursuivit-il d'un ton enjoué, il faudra d'une manière ou d'une autre que tu te battes pour ton héritage. Tu te rendras dès demain à Montenero avec ta femme, à la tête de la *condotta* que le prince Livio avait l'intention de lancer contre nous. J'ai rédigé un contrat et l'enverrai ce soir pour approbation à leur chef. Il convient d'agir avant que les notables de cet État décapité aient le temps de se demander ce qu'ils doivent faire. Mes espions m'ont appris depuis longtemps que le prince Livio n'avait jamais su s'attirer l'allégeance de toutes les grandes familles de sa ville. Celle du seigneur Eugenio, entre autres, doit avoir pris des distances après son exécution impromptue, et je paie les Vanozzi depuis des années. En invoquant le droit de dame Minerva, tu ne devrais pas avoir trop de mal à assurer ta position.

Il fit relever son fils et lui donna une vigoureuse accolade de son bras valide.

— Viens. Nous devons faire honneur au banquet de l'évêque Taddeo. Ce qu'il te faut pour t'aider à gouverner Montenero, ajouta-t-il comme pour lui-même alors qu'ils quittaient l'air glacial de la chapelle, c'est un bon conseiller, un homme d'expérience, un autre Petrucci.

Le groupe de courtisans qui s'approchèrent en faisant la courbette parurent fascinés de voir le père et le fils en si bons termes. Qu'était-ce donc qui avait pu consoler le seigneur Astorre de la perte humiliante de sa fiancée ? L'un des plus frivoles du groupe spécula sur une possible cause de consolation — la fortune considérable de la princesse Corio. Mais il est vrai que l'ajout inévitable de sa personne à cette dot avait de quoi décourager même le fils de leur duc.

— Félicitations, Votre Seigneurie, osa quelqu'un.

La remarque fut suivie d'un murmure d'approbation général. Les courtisans jouèrent habilement de l'ambiguïté de la formule : elle pouvait aussi bien concerner le fait que le duc ait échappé à la mort que son mariage imminent.

Ils n'avaient pas été en mesure de venir en aide à leur duc dans son combat, car l'insistance du prince Livio à réclamer une cérémonie privée en raison de son deuil les avait fait reléguer dans les jardins de l'évêque. Ils avaient entendu le vacarme du combat mais s'aperçurent qu'ils étaient enfermés et dans l'impossibilité de rentrer dans le palais avant qu'un des gardes du cardinal ne vienne ôter la barre de la porte une fois que tout avait été fini.

Leurs vœux, toutefois, rappelèrent à Astorre la surprise qu'il avait réservée à son père. A présent, ses hommes devaient avoir ramené le devin, et savoir ce que réservait le proche avenir était de la première importance.

Son bâton à l'extrémité argentée en main, le majordome leur fit une profonde révérence. Ce n'était pas tous les jours qu'il avait l'honneur de pouvoir annoncer à un duc que son dîner était prêt ; sa satisfaction à le faire dut toutefois attendre quelques instants. Le seigneur Astorre venait de donner un ordre à un page qui s'éloigna en toute hâte, et il s'adressait à présent à son père, de sorte que le majordome dut se résigner à la patience. Il espérait avec inquiétude que le dîner se montrerait aussi accommodant. Les grands personnages ne manquaient jamais de se montrer contrariés quand leur retard gâtait un mets parfaitement à point.

— Excellent ! Où sont ces deux hommes ?

Le duc en était arrivé depuis peu à la conclusion qu'il avait commis une erreur en traitant si durement son astrologue, aussi lugubre fut-il, et il n'avait jamais éprouvé un aussi vif désir de savoir ce que lui réservaient les étoiles. Il avait saisi l'occasion d'ajouter Montenero à son duché et voulait savoir si le mariage de son fils, cette alliance avec un sang hostile, se déroulerait sous de bons auspices.

— Amenez-les. Il nous lira les cartes tout de suite.

— Il a un assistant aveugle, seigneur, qui tire les cartes pour lui. On dit qu'ils avaient prédit tout ce qui est arrivé aujourd'hui.

— Dommage que le prince ne les ait pas écoutés.

Tout le monde se sentit obligé de rire, puis on s'écarta pour laisser passer le page qui revenait en compagnie d'un jeune homme en habit jaune et bleu décoloré, dont les cheveux dorés encadraient un visage aussi prudent qu'astucieux, et qui conduisait par la main un homme de haute taille vêtu d'une vieille casaque dépenaillée et d'un chapeau de paille. Ce chapeau lui fut arraché par un courtisan outré [illegible] l'homme fut mis en présence du duc. Dans le si[illegible] qui suivit, le jeune homme s'inclina et tira sur la mai[illegible] qu'il tenait pour enjoindre à son compagnon d'en faire autant. Lorsqu'ils se relevèrent, le regard du duc se figea, puis il s'avança, saisit l'aveugle par les épaules et le fit pivoter vers la lumière.

— Par les ossements des saints ! Je n'arrive pas à y croire !

Le beau visage aveugle soutint son regard. Un sourire triste lui étira même imperceptiblement les lèvres.

— *Mirandola!* fit le duc en le secouant presque avec affection. Ainsi tu n'as pas pris part au festin des loups ! Eh bien, je t'invite au mien. Tu vas me dévoiler mon avenir, mais je vais te prédire d'abord le tien : il te reste des tas de choses à perdre en plus de tes yeux. Oui, tu dîneras avec moi ce soir pour la dernière fois, Mirandola, et tu verras... ou plutôt tu *entendras* le châtiment d'un homme qui a voulu attenter à la vie de Petrucci comme tu as voulu le faire avec la mienne.

Le duc, ravi, se tourna vers son fils et l'étreignit une nouvelle fois.

— Tous mes remerciements, Astorre mon fils, pour m'avoir offert le plus beau cadeau que puisse recevoir un homme — *son ennemi* !

charbons ardents quant à l'identité du futur mari. De l'autre côté du duc, on installa un homme qui, de toute évidence, au vu de ses orbites couturées de cicatrices, était aveugle, mais qui, encore plus incroyable, était vêtu de hardes de paysan. Le plus étrange était que le duc paraissait ravi de la présence de ce rustre invalide, à qui il donna la place initialement prévue pour l'évêque Taddeo, dont le visage, d'ailleurs, n'exprima rien qui puisse laisser penser qu'il éprouvât le moindre regret à perdre cet honneur. Quelques-uns des personnages les plus âgés composant la suite du duc se mirent à chuchoter entre eux au sujet de la singulière ressemblance du paysan aveugle avec un homme mort dans des circonstances peu ragoûtantes il y avait bien des années, et dont les ossements devaient depuis longtemps être dispersés aux quatre vents.

La chose la plus terrible pour Benno, qui, debout sur une marche de l'escalier à l'extérieur de la salle, regardait entrer les convives, fut de réaliser que son maître avait commis une erreur. Le pire était advenu. L'idée audacieuse consistant à laisser le vieil homme à découvert s'était révélée un mauvais calcul. Benno ne put voir, et c'est tant mieux, le duc Grifone assis à sa place, en train de cajoler le seigneur aveugle tel un loup à qui cette fois sa proie n'échappera pas. De temps à autre, il le détaillait d'un regard presque amoureux, comme s'il se demandait ce qu'il pourrait lui enlever en plus de ses yeux.

Une brève agitation du côté d'une porte latérale attira l'attention. Le prévôt, qui venait de faire son entrée, accompagné de quelques assistants et d'un prisonnier au regard affolé, exigeait d'une voix forte que l'on débarrasse un des piliers de la salle de ses guirlandes de laurier afin de pouvoir y attacher une chaîne pour le condamné. Les invités commencèrent à comprendre que les divertissements habituels dans ces occasions, d'abord écartés en raison de la mort du cardinal et du deuil de la mariée, auraient bien lieu — mais sous une forme spéciale. Les allégories qui ponctuaient généralement ce genre de festivités seraient bel et bien présentées, mais de manière différente. Le prisonnier devait être un des comploteurs — quelques instants plus tard en effet, la proclamation expliquant qu'il avait eu l'intention de tuer le cardinal et qu'en conséquence il allait mourir sous les yeux des convives coupa l'appétit à certains, tandis que d'autres furent d'avis que le spectacle ajouterait au contraire du piment à la soirée.

En tout cas, ce serait un événement que personne n'oublierait.

Lorsque les serviteurs qui se pressaient sur l'escalier avec Benno pour voir arriver tous ces hauts personnages commencèrent à se disperser à contrecœur pour vaquer à leurs diverses obligations, Benno se retrouva seul avec son terrible problème. Il devait prévenir au plus vite Sigismondo que le seigneur aveugle était retombé entre les griffes du duc. L'ennui, c'est qu'il n'avait aucune idée précise de l'endroit où se trouvait Sigismondo. « Je dois aller au palais Corio mais je serai de retour bientôt », s'était-il contenté de confier à Benno avant de disparaître avec sa déconcertante rapidité. « Bientôt, c'est bien beau, se dit Benno, mais entre-temps, qu'adviendra-t-il du seigneur aveugle ? Les hommes du duc ont emmené Angelo Dieu sait où, et on m'a chargé de veiller sur Massimo et Sybilla. » Au moins le majordome, sentant l'autorité dont jouissait Sigismondo et présumant que ces deux-là devaient lui appartenir, avait-il ordonné qu'on leur donne à manger. En conséquence, il les avait fait sortir dans la cour après avoir mesuré le désordre qu'aurait sûrement causé Sybilla dans les cuisines occupées à préparer le festin. Benno les avait donc laissés assis sur un banc de pierre, en train de déchiqueter un chapon rôti avec la dévote assistance de Biondello. Benno devait chercher

Sigismondo, mais sans laisser ces deux-là seuls de crainte qu'ils ne lui faussent compagnie — Massimo, en particulier, tenait absolument à retrouver Mirandola, car quoique Massimo fît confiance à Sigismondo, les seules « bonnes mains » entre lesquelles il désirait voir son maître étaient les siennes propres. Peu auparavant, Massimo avait failli étrangler Benno avant qu'il ne jure sur l'âme de ses parents qu'il ignorait où était Mirandola. Ce qui était la stricte vérité, s'était convaincu Benno : Angelo pouvait se trouver n'importe où sur la place de la cathédrale. Heureusement que Massimo lui avait posé sa question à ce moment-là et non maintenant, car à présent il aurait dû lui cacher que les mains entre lesquelles se trouvait désormais Mirandola n'étaient pas bonnes du tout.

Après être allé en toute hâte vérifier que Massimo et Sybilla étaient toujours dans la cour, Benno récita à l'adresse de la douce sainte qui lui avait épargné le gibet une prière de remerciement pour leur absence au moment où on avait amené le seigneur Mirandola, puis enchaîna avec une seconde prière demandant à la sainte de réfléchir sérieusement à ceux dont le sort risquait d'être pire encore que celui auquel il avait lui-même échappé. A quoi il ajouta en manière d'annexe qu'elle lui envoie Sigismondo — et vite.

Sigismondo était arrivé au palais Corio peu après que la princesse, pour la seconde fois de la journée, l'eut quitté dans sa litière, vêtue de noir et dégoulinant d'or, afin de se rendre au banquet pour lequel le duc lui avait promis, en guise d'assaisonnement pour sa viande, les hurlements du scélérat qui avait voulu tuer son frère. Le portier reconnut aussitôt Sigismondo et, s'inclinant, le laissa entrer. Il savait que depuis quelques jours celui-ci était au service de la princesse, ce qui expliquait ses allées et venues au palais, et même s'il se présentait juste après le départ de celle-ci, ce n'était pas le genre d'homme qu'on allait embêter avec des questions qui risquaient d'être saugrenues. La princesse l'avait probablement chargé de quelque service.

La cour était déserte, striées des longues ombres de la fin d'après-midi qui pointaient comme des doigts vers la pierre dorée du palais lui-même. L'écu de pierre avec les armoiries des Corio et l'hermine qu'une dague mettait en mauvaise posture baissèrent les yeux vers Sigismondo lorsqu'il franchit le seuil. Le grand hall était désert lui aussi, mais un bruit de voix étouffé et un lointain cliquetis de couverts lui indiquèrent que la maisonnée était attablée pour le dîner, occupée à se nourrir le corps avec de la nourriture, et l'esprit avec la discussion des événements. La vie était devenue excitante, ces derniers temps. Le cardinal avait été carbonisé sous ce toit pas plus tard que la veille, et maintenant que l'on savait que ce forfait ne constituait que le hors-d'œuvre d'un menu comprenant le projet d'assassinat du duc lui-même, l'événement conférait un certain prestige à la maison. Personne ne vit Sigismondo gravir l'escalier.

L'oreille aux aguets, il jeta un coup d'œil dans plusieurs pièces jusqu'à ce qu'il trouve, au dernier étage, un dortoir encore chaud des rayons du soleil, avec un homme de la garde du cardinal qui, appuyé sur sa pique, semblait être de faction près d'une petite porte latérale. Un bol vide posé sur une commode voisine lui apprit qu'il avait soupé — pas très bien, d'après son expression. En voyant Sigismondo, il se redressa et lui adressa un rapide salut. C'était l'homme dont il avait entendu parler — plusieurs gardes de retour du palais de l'évêque avaient évoqué avec une crainte respectueuse l'homme au crâne rasé qui, à l'aide de sa hache, abattait ses adversaires comme des troncs d'arbres.

— Le capitaine est là ? Il est toujours en vie ?

— Messire, la princesse l'a fait transporter ici et saigner par son médecin. Le docteur est parti il n'y a pas un quart d'heure. On ne doit pas le déranger, messire. C'est un ordre strict.

Comme en s'excusant, le garde mit sa pique en travers de la porte lorsque Sigismondo fit mine de l'ouvrir.

— On ne doit pas le déranger, messire. Personne ne doit entrer. Ordre de la princesse. Quoi qu'il arrive.

La princesse n'avait peut-être pas songé à tout ce qui pouvait arriver, car le garde s'effondra au sol en un tas inerte. Sigismondo rattrapa la pique au vol et la posa hors de sa portée. Puis il enjamba le garde et poussa la porte. Aussitôt il perçut l'écœurant mélange d'odeurs d'une chambre de malade : sueur, urine, herbes et, par-dessus tout, une forte odeur de sang frais.

Le capitaine de la garde du cardinal était allongé sur le dos sur la paillasse de la petite chambre, le blanc des yeux seul visible entre ses paupières mi-closes, la peau du visage jaunâtre sous les plaques violacées de ses multiples cicatrices. Il était dénudé au moins jusqu'à la taille, une courtepointe avait été jetée négligemment sur le reste. Son bras gauche, dont le médecin avait entaillé une veine, pendait au bord du lit. Le pansement avait été noué si lâchement qu'il avait glissé et pendouillait jusqu'à la bassine posée sur les planches nues du sol. Un mince filet de sang s'écoulait le long du bras et gouttait dans la cuvette, déjà pleine à ras bord, tandis qu'une flaque de sang s'agrandissait lentement autour d'elle. On était en train de saigner à mort le capitaine.

CHAPITRE XL

« Le duc ne sait pas encore qu'il le veut »

Benno n'aimait pas prendre de décisions. D'ailleurs, le principal avantage d'être un quidam de basse extraction résidait justement dans le fait de n'avoir pas à prendre de décisions. On se contente d'obéir aux ordres. Depuis qu'il s'était attaché à Sigismondo, il recevait des ordres et y obéissait — non sans poser de questions, car il était curieux, mais en tout cas sans hésitation. Pourtant, ce jour-là, il fut amené à désobéir. « Si tu te trouves en présence de deux dangers, avait dit Sigismondo, jongle avec eux et vois lequel est le plus léger. »

L'allié de Benno dans cette effrayante transgression des règles était Biondello, que Benno, pour le soustraire à l'attention qu'il manifestait pour Sybilla et Massimo, dut soulever par les pattes arrière et fourrer, un morceau de poulet serré entre les crocs, dans sa chemise. Sybilla était inquiète de l'état des brûlures sur le bras de Massimo. Avec un peu de chance, se dit Benno en s'éloignant d'un pas vif, cela l'occuperait pendant un moment, et Massimo oublierait Mirandola ; et au cas où Sybilla se mettrait en tête d'escalader un mur pour décrocher quelques sangsues domestiques de sous le toit afin de les appliquer sur les blessures, il ne restait qu'à espérer qu'elle ne se rompe pas le cou. « Il faut que je trouve mon maître », résolut-il.

Sigismondo avait parlé du palais Corio. Peut-être y avait-il plus que quelques lettres volées. Benno avait commis l'erreur de demander de quoi parlait celle trouvée dans le bureau de Torquato, et Sigismondo n'avait pas manqué de lui rappeler qu'il n'aimait pas les questions. Tandis que Benno se faufilait entre les badauds de la grand-place, la chemise agitée par les soubresauts de Biondello avalant son poulet, il se demanda s'il trouverait son maître d'humeur détendue et prêt à répondre à quelques questions, ou si ce serait une nouvelle partie de tiens-ta-langue-et-devine. Mais il savait bien que la nouvelle qu'il lui apportait n'était guère susceptible de le détendre.

Le portier du palais Corio, reconnaissant sans hésitation dans l'idiot le serviteur de l'homme au crâne rasé, condescendit à lui apprendre que son maître était bien au palais, puis lui tourna le dos comme s'il estimait avoir suffisamment mortifié ses yeux pour la journée.

Une fois à l'intérieur, et satisfait de constater que l'endroit paraissait désert, Benno n'accorda qu'une pensée nostalgique aux bruits en provenance des cuisines et, se penchant en avant, posa Biondello à terre.

— Allons, cherche. *Cherche*.

Biondello leva vers lui un regard dont Benno espéra qu'il était intelligent et se mit à fureter à droite et à gauche, le nez collé au sol. Soudain il dressa son unique oreille, s'engagea d'un air décidé dans le couloir, franchit une porte voûtée et se mit à gravir un tortueux escalier de service. Enchanté que Biondello ne se soit pas précipité, comme il l'avait craint un instant, droit vers les cuisines, Benno l'y suivit.

Lorsqu'il parvint dans le long dortoir et vit Biondello renifler avec intérêt un grand gaillard vêtu de la livrée des gardes du cardinal apparemment en train de s'offrir un petit somme avec sa pique soigneusement appuyée contre le mur, Benno comprit que son maître n'était pas loin. Sigismondo avait un don magique avec les insomniaques ; cela avait rapport, croyait Benno, avec un certain point situé juste sous l'oreille.

— Hum-hum-hum. Benno. Ne t'avais-je pas chargé de veiller sur Massimo ?

La mâchoire de Benno eut quelque mal à se remettre suffisamment d'aplomb pour lui permettre de parler. Voyant Sigismondo penché au-dessus d'un homme dans la petite pièce où flottait une puissante odeur de sang, il crut qu'il l'avait assassiné. Puis, juste au moment où il remarquait que son maître était en train de nouer un bandage autour du bras de l'homme allongé, il dut plonger pour empêcher Biondello de laper le sang dans la cuvette posée à terre.

— Il fallait que je vous annonce une nouvelle.

— Trouve du vin. Ou du cognac.

Benno plongea la main dans les replis de ses vêtements et en sortit une fiole à laquelle personne n'avait semblé prêter beaucoup d'attention dans le palais de l'évêque. Après tout, sainte Bernardina ne lui avait-elle pas pardonné dans son rôle de voleur pénitent ? Ce serait une erreur de ne pas lui donner raison.

Sigismondo prit la petite bouteille et la porta aux lèvres du malade, qu'il avait redressé et appuyé contre son épaule. Tandis que l'homme haletait et remuait la tête en sentant le goût du cognac, Sigismondo coula un regard sombre à l'adresse de Benno.

— Une nouvelle ? Que se passe-t-il ?

— Le seigneur aveugle. Il a été pris. J'ai vu le duc le faire asseoir à côté de lui à la table et le cajoler comme s'il cherchait quel mal il pourrait lui faire.

— Et Angelo ?

— J'ai entendu dire qu'on allait lire les cartes après dîner. Ce sera peut-être lui qui le fera. En tout cas, on l'a emmené je ne sais où... J'aurais cru qu'il aurait joué du poignard plutôt que de laisser prendre l'aveugle.

— Tu as déjà essayé de prendre la fuite en tirant un aveugle par la main ?

Le ton de Sigismondo ne souffrait pas de réplique. Soutenant le malade d'un bras, il lui faisait avaler de petites gorgées d'alcool.

— Angelo est vivant, c'est déjà ça. Nous devons faire vite, sinon Iacomo n'aura peut-être pas cette chance. J'ai retardé son châtiment aussi longtemps que j'ai pu.

— Oh, pour ça, on a décidé d'attendre la fin du repas. Par respect envers l'estomac de ces dames, à ce qu'il paraît. Les serviteurs ont apprécié. On l'avait enchaîné à un pilier au beau milieu du chemin... Le duc se montre des plus aimables, on dit qu'il est d'excellente humeur, vu qu'il a échappé à la mort alors que beaucoup vont mourir.

Benno se tut car le capitaine venait de tousser et un filet de cognac avait coulé sur la main qui tenait la fiole. Il articula quelques paroles incompréhensibles.

— Vous voilà docteur, à présent ? Il m'a pourtant semblé que vous vous battiez avec ce soudard tout à l'heure.

— Exact. C'est le capitaine des gardes du cardinal.

A ces mots, l'homme parut reprendre quelque vigueur. Il ouvrit un peu plus les yeux, au point que l'on commença à apercevoir ses pupilles, qui rappelèrent à Benno deux olives noires sur une assiette marbrée de rose, et il bascula la tête pour regarder Sigismondo. Capitaine de la garde du *cardinal*... Benno se dit qu'il avait dû se tromper en croyant voir Sigismondo lui enfoncer son épée dans le flanc, mais avec tout ce qui se passait à ce moment-là, il était difficile de savoir qui faisait quoi. L'idée lui vint que son maître avait peut-être commis une nouvelle bévue et qu'il n'apprécierait pas que Benno lui posât la question. Peut-être Sigismondo était-il revenu pour voir si son erreur avait été fatale.

— Vous !

Le capitaine n'en crut pas ses yeux en découvrant

qui lui prodiguait ses soins, mais cela le revigora. Sigismondo l'aida à poser le pied par terre. Ses chausses étaient déchirées et maculées de sang. Benno secoua la tête : personne ne s'était préoccupé du capitaine après le combat, est-ce qu'on n'aurait pas attendu de ses hommes qu'ils veillent sur lui ? Certes, un docteur était venu, la présence de la cuvette en témoignait, mais la quantité de sang qu'on lui avait soutirée était impressionnante, on n'y avait pas été de main morte avec la lancette.

L'homme avait la tête sur la poitrine et Sigismondo le soutenait d'un fredonnement encourageant.

— Benno, il nous faut des bras et une litière. Les gens de la princesse feront l'affaire.

Benno, obéissant d'instinct, s'immobilisa toutefois sur le pas de la porte et, soulevant le loquet, demanda :

— Qu'est-ce que je leur dis ? Où allons-nous ?

— Dis-leur que le duc désire voir le capitaine. De toute urgence.

Fouetté par le ton de la voix grave, Benno traversa en toute hâte le dortoir et, Biondello sur les talons, franchit d'un bond le corps du garde toujours allongé. Pour quelle raison le duc voudrait interrompre son banquet en y faisant paraître un homme blessé, à demi nu, couturé de cicatrices, couvert de bandages et laid comme le péché, ça, Benno ne le voyait vraiment pas, mais il était vrai que le duc se faisait une conception curieuse du divertissement. Le blessé n'était pas en bon état, il était secoué de quintes de toux, une toux qui faisait penser à un râle d'agonisant. Qu'avait donc l'intention de faire Sigismondo au sujet du seigneur aveugle ? Peut-être Benno n'avait-il pas suffisamment souligné l'horrible sort qui l'attendait à la fin du repas.

Ils suivaient la litière à travers la grand-place, les gens s'écartant devant elle en reconnaissant la livrée de la princesse, quand Benno se décida enfin à demander :

— Qu'est-ce que le duc lui veut, à ce capitaine, hein ?

— Hum-hum-hum. Le duc ne sait pas encore qu'il le veut.

CHAPITRE XLI

L'impératrice

Si l'esprit de Benno était perplexe, celui de dame Minerva était plongé dans le plus grand tumulte. Il n'avait pas fallu longtemps à Astorre pour lui annoncer qu'au bout du compte c'était bien lui qu'elle allait épouser, et non son père. Il lui avait appris la nouvelle avec toute la courtoisie requise, suggérant à demi-mot que son père avait été tout naturellement séduit par sa beauté et son courage, mais que, comme n'importe quel homme, il n'en avait pas mesuré les conséquences ; que pour des raisons de lignée — et par cela, Minerva avait compris que l'on avait jugé plus raisonnable qu'elle portât l'enfant d'un jeune homme vigoureux plutôt que celui d'un homme qui avait pour habitude de vaciller au bord de la tombe — le duc avait finalement décidé que l'on s'en tiendrait au projet original.

Si les paroles d'Astorre avaient été discrètes, il n'en était pas allé de même de son regard. Ses yeux ne l'avaient pas détaillée de manière offensante, mais leur éclat brûlant avait proclamé qu'il ne ressentait le besoin de regarder rien d'autre au monde que son visage. Lui seul, disaient ses yeux, le comblerait pour la vie. Afin de camoufler la rougeur qui lui était montée aux joues, Minerva avait baissé la tête pour boire une gorgée dans la coupe dorée que le serviteur venait d'emplir à ras bord d'un vin aux senteurs fleuries, or pâle et transparent dans l'or mat du récipient. Pour empêcher la coupe de trembler, elle serra les doigts sur les chérubins qui en ornaient le pied. Astorre poursuivit et, tout en buvant, dame Minerva se dit qu'elle devait avoir mal entendu. Astorre ne venait tout de même pas de lui annoncer que le mariage aurait lieu dès ce soir, n'est-ce pas ?

— Sa Seigneurie estime préférable que je me rende à Montenero avant que quiconque puisse contester votre prétention à l'héritage.

Astorre se tut, évitant d'ajouter ce qu'ils avaient tous deux à l'esprit : puisque votre père a tué son fils, son héritier, votre frère, et que mon père a tué le vôtre... « Que doit-il penser de moi, qui ne cherche pas à venger la mort du prince Livio, qui ne refuse pas d'épouser le fils de son meurtrier ? Je serai sûrement condamnée pour cela. Je devrais m'emparer de ce poignard, avec sa poignée d'or incrusté de perles, et l'enfoncer dans sa poitrine de velours... et c'est d'ailleurs, je crois, ce que je ferais si je croyais que le prince Livio était mon père. »

C'était *lui*, l'homme qu'elle croyait être son père, lui, assis de l'autre côté du duc Grifone, qui le régalait des meilleurs morceaux de sa propre assiette avec l'attention d'un éleveur engraissant un animal avant de l'égorger. Sa faculté de penser semblait paralysée par la violence contradictoire de ses sentiments. Lorsqu'elle avait découvert le seigneur Mirandola debout derrière le duc Grifone au moment où celui-ci l'avait accueillie au début du banquet — comme invitée d'honneur et, du moins l'avait-elle cru alors, sa future épouse —, elle avait senti ses mains se hérisser de chair de poule et son cœur s'arrêter avant de repartir sur un rythme emballé. Depuis le début, elle avait su quel danger aurait couru le seigneur Mirandola si son ennemi mortel Petrucci l'avait retrouvé. Les hommes de Grifone avaient donc dû, après son départ, effectuer une nouvelle descente sur Fontecasta au cours de laquelle ils avaient arrêté Mirandola. Mais comment le duc avait-il appris qu'il s'y cachait ? Et puis, comme il était peu probable que le duc l'ait invité au banquet dans l'intention de lui exprimer ses regrets pour le passé, quelle était la raison de sa présence ?

L'arrivée du prévôt avec son prisonnier et le brouhaha de commentaires qui s'étaient déclenchés pendant qu'on attachait Iacomo au pilier à seulement quelques pas d'elle lui permirent d'entrevoir le sort qu'on réservait à Mirandola. Soudain glacée, elle frissonna. Après lui en avoir demandé la permission, Astorre se pencha devant Minerva pour s'adresser à son père, offrant à cette dernière une étourdissante vision en gros plan d'une joue hâlée et de longs cils. Il dégageait une odeur de linge propre parfumé de la lavande et du bois de santal avec lesquels ses habits avaient été rangés, et ses cheveux sentaient le grand air frais. Ses sens la troublèrent.

— Seigneur, puis-je suggérer que nous prenions en compte le fait que des cris inhumains pourraient perturber l'appétit de ces dames ?

Le duc tourna vers lui un visage qui, avec ses traits profondément marqués et ses yeux sombres, parut soudain une version menaçante de celui de son fils. Minerva se sentit prise au piège entre les deux hommes. Le duc, la main posée sur celle de Mirandola, était toutefois d'humeur aimable.

— C'est juste ! Laissons donc ce scélérat patienter un peu. Pourquoi lui donnerions-nous la satisfaction d'une mort rapide ? Son sang accompagnera notre dessert. Faveur accordée, mon fils.

Sur quoi il se retourna vers Mirandola et, prenant l'aiguière dorée des mains du page, emplit lui-même la coupe de l'aveugle et lui referma les doigts autour tandis que Mirandola, depuis son monde de ténèbres, souriait de ce même sourire ironique et secret. Minerva sentit son cœur déborder d'amour pour lui, pour sa bravoure, son calme. Le duc lui accorderait-il à elle aussi une faveur, si elle se jetait à ses pieds ? Mais que lui demanderait-elle ? *Je vous en supplie, épargnez mon père...* Si elle prononçait ces mots, Astorre n'aurait plus aucune raison de l'épouser ; elle accuserait publiquement sa mère ; elle rejoindrait Mirandola dans la mort.

Devait-elle le faire ?

Ils lui pardonneraient un père tel que le prince Livio, un homme violent et cruel qui avait traîtreusement manigancé leur mort à tous deux, parce qu'il faisait d'elle l'héritière d'un royaume. Ils ne lui pardonneraient jamais un traître qui n'avait pas de Montenero à céder comme cadeau d'adieu.

Elle eut à peine conscience du déroulement du banquet. On déposait des plats devant elle, qu'elle s'efforçait au moins de goûter comme on le lui avait enseigné. Elle but plus de vin que ne lui aurait permis sa mère, parce que, sans la faire disparaître, il éloignait un peu son anxiété. Mais où était donc Sigismondo ?

Elle écouta la conversation d'Astorre sans parvenir à rassembler suffisamment ses esprits pour la suivre. Il ne parut d'ailleurs pas attendre plus d'elle qu'un semblant d'intérêt. Peut-être était-il aussi conscient qu'elle des événements extraordinaires qu'ils avaient vécus ce jour-là. Pouvait-il toutefois deviner qu'elle avait entraîné le prince Livio à terre parce qu'il était devenu pour elle un homme terrifiant, et qu'elle ne le considérait plus comme son père ? Astorre la couvrait de compliments, que ses yeux exprimaient avec plus de force encore que ses paroles. Son regard, lorsqu'elle le croisait, était si intense qu'à chaque fois, malgré la confusion de son esprit, elle prenait conscience du mariage qui s'approchait, qui serait consommé ce soir même. Elle apercevait le malheureux à demi nu qui tentait, le front appuyé contre le marbre, de soulager ses bras étreignant le pilier. De temps à autre, le duc tournait vers elle son attention, mais il était surtout préoccupé par Mirandola, dont il s'était aperçu avec ravissement qu'il ne pouvait réprimer un léger sursaut lorsqu'on lui caressait la joue.

Astorre lui avait assuré qu'il plaiderait pour la vie de Mirandola, que son affection pour lui était encore vivace, mais que son père lui avait déjà expliqué que les princes ne pouvaient se permettre de pardonner, que la justice devait non seulement être prononcée, mais exécutée de manière exemplaire. Minerva songea — mais plus tard ne se souvint pas lui avoir dit — que se faire arracher les yeux (et à cette pensée son cœur défaillit) était suffisant ; et que Dieu lui-même savait faire preuve de miséricorde... Elle laissa emplir une nouvelle fois sa coupe. *Où donc était Sigismondo ?*

Le festin touchait à sa fin. Il n'était toujours pas là. On débarrassa les couverts, on retira les nappes. D'un geste, Grifone empêcha les serviteurs de démonter les tables à tréteaux et s'écria :

— Où est le devin ?

Le brouhaha des conversations s'apaisa quelque peu tandis que chacun le cherchait des yeux, puis une rumeur amusée s'amplifia lorsqu'on l'amena, mince jeune homme en habit bariolé bleu et jaune, les cheveux blonds dissimulant presque son visage tandis qu'un des hommes d'Astorre le poussait en avant. Quand il rejeta ses cheveux en arrière, les voix des femmes, au moins, changèrent de tonalité, car il était doté de cette allure, de l'exacte proportion du front et des yeux, de cette courbure de la bouche qui font la beauté. Apercevant le duc, il s'avança dans la salle comme s'il était là de son plein gré. Au moment où il atteignit la grande table, toute l'assistance se tut pour écouter ce qui allait se passer.

— Tu vas lire l'avenir de ton compagnon ici

présent, déclara Grifone. Je le connais déjà, mais écoutons un peu ce que tu en feras.

— Je ne fais rien, Votre Seigneurie, rétorqua le jeune homme. Tout se passe comme le veut la Fortune.

Minerva regarda le jeune homme produire un petit paquet et défaire la soie qui l'enveloppait. Comment cet étrange personnage pouvait-il être le compagnon du seigneur Mirandola ? Il avait un accent étranger, des vêtements dépenaillés, un visage exquis ; on aurait dit un ange gardien costumé. Il mélangea les cartes et les étala devant Mirandola.

— Les cartes sont devant vous, dit-il. Choisissez-en une.

Mirandola tendit la main et, à tâtons, trouva la rangée de cartes. Sa main resta quelques instants en suspens, puis parut être attirée vers le bas. Il prit une carte et la retourna. Minerva remarqua que même la princesse Corio tendait le cou pour voir. La carte représentait une femme assise sur un trône, entourée de symboles que Minerva ne put distinguer.

Angelo leva ses yeux gris vers le duc et, d'une voix dépourvue d'émotion, annonça :

— C'est l'impératrice. Elle signifie une excellente fortune.

Le duc se renversa contre son dossier.

— Excellente fortune ! s'exclama-t-il. Essaie à nouveau, devin, et montre-toi plus avisé.

Angelo haussa les épaules.

— Je ne peux dire que ce que les cartes révèlent. Voulez-vous que je les batte et qu'il en choisisse une autre ?

Son ton signifiait que c'était inutile, que « l'excellente fortune » sortirait une nouvelle fois. Le duc le considéra un moment en se grattant le menton du pouce ; puis il se pencha brusquement en avant et dit :

— Il régnera sans aucun doute en enfer. Satan ne peut qu'honorer un tel traître.

Le devin ramassa ses cartes en toute hâte et les enveloppa du tissu de soie. Il leva à nouveau les yeux.

— Le tarot, quand il est consulté, doit être honoré d'or ou d'argent, Votre Seigneurie.

— Tu en as vu beaucoup, de l'or et de l'argent ! dit le duc. Tu en recevras un peu. On te le versera fondu dans la bouche ! Attachez-le là-bas — respectons la symétrie. Tu as protégé mon ennemi, et tu n'auras pas à chercher loin pour deviner *ton* avenir.

Ravi, le prévôt se précipita vers le pilier de droite, ordonna qu'on le dépouille de ses guirlandes et veilla à ce que ses hommes y attachent soigneusement Angelo. On emporta les tables et le petit orchestre de l'évêque, composé d'une cithare, d'un luth, d'un rebec et d'un cromorne, se remit à jouer tandis que le prévôt, que son rôle gonflait visiblement d'importance, se hâtait de préparer la musique spéciale que le duc avait demandée. A côté d'Astorre, la princesse Corio, qui avait à peine mangé et à peine répondu aux politesses qu'il lui avait prodiguées tout au long du repas, se pencha en avant, la gaze noire de sa coiffure faisant comme un sombre nuage d'orage au-dessus de son visage livide. Voilà enfin ce qu'elle attendait. Elle n'avait pas assisté à la mort des véritables assassins, mais cet homme avait préparé un plan pour brûler son frère. En voulant ménager la sensibilité des dames, le duc n'avait fait que l'offenser en retardant la flagellation.

Le bourreau du prévôt s'avança, défit les boucles de son fouet comme un grand serpent sifflant sur le sol et le brandit dans un claquement préliminaire qui fit sursauter Minerva et plusieurs autres spectateurs. Une femme ne put réprimer un petit cri, aussi spontané que le bref applaudissement auquel se livra la princesse. D'autres personnes présentes — des ecclésiastiques de la maisonnée de l'évêque, des notables de Colleverde et leurs femmes, les courtisans du duc et d'Astorre — assistaient sans enthousiasme à la scène mais se préparaient à faire mine de l'apprécier pour complaire au duc.

Le troisième coup venait à peine d'éclabousser de sang les guirlandes de laurier que le rideau tendu à l'extrémité de la salle s'écarta pour laisser le passage à une étrange procession, précédée par le majordome qui protestait en reculant. Après lui apparurent les serviteurs en livrée gris clair et gris foncé de la princesse, portant une litière sur laquelle gisait un homme vêtu des couleurs du cardinal, les yeux clos dans un visage pâle comme la cire et tout couturé de cicatrices. A côté de lui, marchant au rythme de la litière, grand et grave, vêtu de noir comme à son habitude, apparut Sigismondo.

CHAPITRE XLII

« Une proposition de mariage »

Le duc Grifone était resté duc grâce à la rapidité de ses réactions. Il leva la main pour faire cesser la flagellation afin de mieux entendre, ce qui donna un bref répit à Iacomo, effondré contre le pilier.

— Qu'il s'avance ! cria le duc, ce qui interrompit les protestations du majordome et empêcha le prévôt de se précipiter à sa rescousse.

Sigismondo escorta la litière jusqu'à l'estrade. Curieusement, Minerva et la princesse avaient eu le même geste en apercevant la procession : elles avaient joint les mains et les avaient portées à la bouche. On peut donc supposer qu'elles éprouvaient le même sentiment ; mais chez Minerva, la joie se mêlait à la surprise.

Sigismondo dirigea les porteurs afin qu'ils posent la litière parallèlement à l'estrade pour permettre à Grifone de bien voir l'homme qui y était allongé. Lui-même, debout à hauteur de la tête du capitaine, fit une profonde révérence. Le duc se pencha en avant et la vision inexplicable de ce moribond qu'on lui présentait en guise de dessert lui fit même oublier Mirandola.

— Qui ? Et pourquoi ?

Le duc commençait à croire que l'homme de Rocca, à qui il devait déjà beaucoup, avait autant de surprises dans son sac qu'un magicien. Avait-il découvert un nouvel assassin du fidèle Petrucci ? En tout cas, vu son état, le temps qu'il lui restait à vivre suffirait à peine pour le châtier.

— Votre Seigneurie, voici le capitaine des gardes de feu Son Éminence. Il a un aveu à vous faire.

A côté d'Astorre, un bruissement de soie accompagna la brusque intervention de la princesse :

— Cet homme a la fièvre. On n'aurait jamais dû l'amener jusqu'ici. Il n'est pas en état de...

— *Silence !*

Le duc infligeait ainsi un second camouflet à une femme qu'il prenait décidément plaisir à contrarier.

— Qu'il parle s'il est en mesure de le faire. Nous l'entendrons.

Le silence s'instaura dans la grande salle, troublé seulement par le chuintement des torches. L'homme essaya de parler. Sigismondo s'agenouilla et, d'un bras robuste, le redressa. Les paroles sortirent de sa bouche comme s'il rassemblait ses ultimes forces pour les prononcer.

— Son Éminence... m'a donné des ordres... pour aider le prince Livio.

— *Le prince Livio !*

Le duc s'était levé d'un bond. Il descendit de l'estrade et se pencha au-dessus du capitaine.

— *Petrucci* t'a dit de combattre à ses côtés *contre* moi ?

Derrière lui la princesse se leva à son tour, les yeux démesurément agrandis dans son visage livide, indignation et fureur personnifiées. Benno, qui s'était débrouillé pour s'intégrer à la procession en portant le manteau de Sigismondo et en suivant de près la litière, se demanda si elle n'allait pas se jeter sur le moribond et l'étrangler de ses propres mains. Dans l'état où il se trouvait, et vu la grosseur de la bague avec laquelle elle lui compresserait la carotide, elle allait lui faire passer le goût de calomnier son cher frère. Mais le duc avait saisi le capitaine par les épaules et tentait de lui soutirer des précisions.

— Petrucci ? Il complotait avec Livio *contre* moi ? Est-ce que tu pourrais le jurer sur ton propre salut ?

Le duc jeta un regard circulaire, aperçut l'évêque, traversa l'estrade à grandes enjambées, saisit la croix d'or et d'améthyste que l'ecclésiastique portait au cou et la tira jusqu'à la litière, entraînant à sa suite l'évêque courbé en deux. Celui-ci trébucha et, sans le secours de Sigismondo qui le retint, se serait étalé au bas des marches.

— Jure-le.

L'évêque fut contraint de se pencher sur le capitaine tandis que le duc apposait la croix sur les lèvres du moribond. La vue en gros plan de la mine de l'ecclésiastique et de sa robe en soie pourpre damassée parut insuffler une étincelle de vie chez le capitaine, qui prononça d'une voix claire :

— Sur l'espoir que j'ai de monter au paradis, je jure que c'est la vérité.

Un cri suraigu couvrit ses dernières syllabes. La princesse abandonna sa place, traversa précipitamment l'estrade et pointa un index accusateur sur le capitaine :

— Menteur ! Parjure ! Mon frère n'a jamais été un traître ! Jamais ! Tuez-le pour ces mensonges !

Pour toute réponse, le duc, sans même la regarder, donna un violent coup de coude en arrière qui atteignit la princesse à l'estomac et la fit chanceler, le souffle coupé. Benno crut qu'elle allait tomber, mais Astorre la rattrapa d'un bond au moment où son pied vacillait au bord de l'estrade, puis la raccompagna jusqu'à sa chaise. Elle s'assit et garda les yeux rivés sur le capitaine, comme si elle espérait, même à cette distance, le carboniser sur place.

Le duc ayant lâché sa croix, l'évêque se redressa et, se ressaisissant, prit le blessé sous sa coupe. Après avoir adressé quelques mots à voix basse au duc, il appela son chapelain d'un signe du doigt puis, tandis que l'assistance retenait son souffle, indiqua aux serviteurs d'emporter la litière dans la salle d'audience voisine. Et pendant que le chapelain allait chercher l'étole et l'huile bénite, l'évêque suivit la litière d'un air compassé, et Benno se demanda pourquoi le duc lui permettait de donner l'absolution à ce traître.

Le duc regagna à pas lents son grand fauteuil, sous le dais de brocart noir brodé de griffons. Une fois assis, il observa Sigismondo d'un regard presque accusateur. La salle s'emplit peu à peu d'un irrépressible murmure d'étonnement. Le grand cardinal, le fidèle conseiller, l'ami assassiné du duc, celui dont on avait commencé à venger si méthodiquement la mort, avait donc trahi ? De mèche avec le prince Livio, qui avait ce jour même tenté d'assassiner le duc et d'en confisquer l'autorité ? C'était difficile à avaler, cela changeait tout et jetait une lumière nouvelle et révélatrice sur les événements de la journée. Pas étonnant que la princesse restât assise, l'air abattu dans ses habits noirs, incapable de croire à la trahison de son frère.

— Comment avez-vous découvert cela ?

La voix de Grifone était froide et posée, c'était la voix d'un prince qui a le droit de savoir. Sigismondo, pour sa part, était plein de déférence mais aussi d'assurance, en homme qui connaît les faits mais n'en revendique aucune gloire.

— Avant que je m'en prenne à lui, je l'avais vu attaquer délibérément un des hommes de Votre Seigneurie.

— J'ai pourtant vu de mes propres yeux ses hommes affronter ceux de Livio.

— Après que vous avez tué le prince, seigneur. Seul un imbécile pourrait combattre pour un mort.

Le fredonnement désapprobateur de Sigismondo suscita un imperceptible gloussement de détente parmi l'assistance, mais comme le visage du duc demeurait sombre, le calme revint aussitôt.

— Et seul un imbécile obéit à un mort. Pourquoi le capitaine a-t-il persisté à suivre ses ordres ? Petrucci est décédé hier.

L'exclamation étouffée de la princesse sembla appuyer cette logique. A la droite du duc, l'aveugle en haillons suivait la conversation avec une paisible attention. Sigismondo inclina la tête pour acquiescer à l'objection du duc.

— Son Éminence est morte, seigneur. Mais ses ordres ont été confirmés.

Sigismondo se tut un instant, et le duc se tourna pour suivre la direction du regard de ses yeux sombres.

— Le capitaine m'a dit que la princesse Corio lui avait annoncé ce matin que tout devait se dérouler selon le plan prévu par son frère. Et qu'elle-même et le prince Livio le récompenseraient largement pour ses services.

La princesse se leva à nouveau, les mains serrées sur ses jupes, crachant presque en parlant.

— Mensonges ! Mensonges ! Mon seigneur, cet homme est un étranger, un agent de Rocca. C'est lui qui complote contre vous. Votre Seigneurie sait de quelle façon mon frère vous servait. Ce scélérat tente de vous monter contre ceux qui vous sont fidèles. Pourquoi devrait-on le croire ?

— Pourquoi devrions-nous vous croire ? répéta froidement le duc à l'adresse de Sigismondo.

— Voici la preuve, annonça Sigismondo en tirant de son pourpoint en cuir noir un rouleau de parchemin aplati que Benno reconnut aussitôt. Votre Seigneurie veut-elle en prendre connaissance ?

Sigismondo s'avança et, écartant la lettre dont la princesse tenta de s'emparer d'un bond désespéré, la déposa dans la main tendue du duc.

— Vous constaterez qu'il s'agit d'une proposition de mariage adressée à la princesse.

Le duc déplia le document et le fixa du regard.

— C'est signé du prince Livio !

— Votre Seigneurie comprendra...

Sigismondo s'empara des poignets de la princesse qui tentait d'arracher la lettre des mains de Grifone.

— Votre Seigneurie comprendra que cette dame avait d'excellentes raisons pour confirmer les ordres de son frère. La réussite du complot aurait fait d'elle la duchesse de Nemora en plus d'être princesse de Montenero.

Le brouhaha des commentaires s'amplifia dans la salle. La princesse n'avait jamais été un personnage populaire à Colleverde et l'on assistait avec un plaisir non dissimulé à la chute de ses ambitions au moment même où se trouvait dévoilée leur incroyable audace. Elle se débattait comme un serpent sous la poigne de Sigismondo, et lorsqu'elle jeta la tête en avant pour lui mordre la main, il la lâcha brusquement et recula d'un pas. Benno devait plus tard se demander si Sigismondo, ayant deviné son intention, l'avait libérée exprès.

Le duc avait fait signe aux gardes d'approcher, mais avant qu'ils puissent s'emparer d'elle, la princesse tenta sa chance. Benno eut l'impression qu'elle répétait le geste qu'elle venait de faire, mais cette fois elle pencha le visage sur sa propre main. Et ce n'est que lorsqu'elle rejeta sa tête en arrière qu'il remarqua que c'était sa bague et non sa main qu'elle venait de mordre. Il savait que l'on dissimulait parfois du poison dans des bagues, et, observant la princesse, il n'eut plus aucun doute. Elle porta la main à sa gorge, puis à son cœur, comme si elle suivait la progression du poison ; ses yeux ne voyaient déjà plus l'endroit où elle se trouvait, ils étaient tournés vers quelque terrible secret intérieur. Benno eut le temps de se dire que c'était affreux de mourir ainsi sans avoir reçu l'absolution, exactement comme son frère, et qu'elle allait le rejoindre en enfer — cela plairait au duc. Enfin elle chancela et, telle une marionnette dont on vient de couper les fils, sombra, plutôt qu'elle ne tomba, dans un tourbillon de soie noire, aux pieds du duc.

CHAPITRE XLIII

« Que les réjouissances commencent ! »

En voyant la princesse s'effondrer, l'assistance réagit comme un seul homme. Tout le monde n'avait peut-être pas bien saisi ce qui venait de se passer, mais aucun de ceux qui la virent tomber ne douta qu'elle fût morte. Alors un vacarme de cris et de hurlements s'éleva, que seule la main levée du duc parvint — et encore, avec difficulté — à calmer. Benno, qui serrait le manteau de Sigismondo devant sa bouche comme pour se protéger de tout ce qu'il voyait, le serra encore plus fort lorsqu'il remarqua avec inquiétude que le duc souriait.

— Piquée par sa propre langue, déclara le duc, ravi de ce jeu de mots. Qui pourrait désormais douter de sa culpabilité ? Qu'elle aille rejoindre le prince Livio en enfer, et que le diable y célèbre leur mariage. Dire que je considérais son frère Petrucci comme ma main droite !

Soudain il pivota et, se penchant sur Mirandola toujours silencieux, le saisit par le haut des bras et le fit lever.

— Et toi. Tu m'avais prévenu. Quand je t'ai condamné, tu m'as averti. *Ne lui faites pas confiance*, m'as-tu dit. *C'est un ambitieux qui n'attend que votre mort.*

Mirandola, qui avait grimacé sous la puissante étreinte, se tenait immobile, impassible et ironique.

— Par Dieu, les Yeux du duc avaient tout vu !

Sur quoi Grifone, le relâchant, se tourna, pointa le doigt sur Angelo, et dit :

— Libérez-le. Vous... et vous, poursuivit-il en désignant deux de ses courtisans, occupez-vous du seigneur Mirandola. Trouvez-lui des vêtements.

— Père...

— Ah oui ! Tu préfères t'en occuper, bien sûr. Ce garçon plaidait votre cause il n'y a pas une heure, Mirandola. Vous devez être convenablement vêtu pour son mariage. Hâtez-vous. Après, nous aurons beaucoup de choses à nous raconter, mais il nous reste toute la nuit pour cela.

— Votre Seigneurie, fit la voix grinçante et rauque.

Le mince sourire exprimait peut-être une pointe de résignation.

— Par les ossements des saints ! J'avais oublié cette voix.

Il embrassa Mirandola et le poussa en direction des deux courtisans et d'Astorre qui l'attendaient.

— Votre Seigneurie, répéta Mirandola.

Le duc s'immobilisa.

— Qu'y a-t-il ?

— Honorez le tarot, fit Mirandola en tendant une main pour qu'on le guide.

Le duc éclata de rire. Il ôta une bague de son petit doigt, un lourd anneau d'or serti d'une agate gravée, et la lança. Angelo, qui frottait ses poignets libérés comme si leur mobilité était son premier souci, l'attrapa au vol. Benno se demanda si les gardes lui avaient pris tous ses poignards ou s'ils en avaient oublié quelques-uns.

— Et à présent, annonça le duc en balayant la foule de son regard sombre et intimidant, que les réjouissances commencent ! Où est le seigneur évêque ?

On découvrit ce dernier en train de prier auprès du corps sans vie du capitaine, qui avait à peine survécu à ses aveux. Occupé dans la salle d'audience à prodiguer les derniers soins spirituels au mourant, l'évêque n'avait rien su des événements qui se déroulaient dans la salle de banquet et, appelé auprès du duc, il s'immobilisa, le regard fixé sur la femme qu'il avait tant redoutée et qui gisait morte aux pieds du duc. Sur ordre de Grifone, ses serviteurs s'avançaient craintivement pour emporter le corps.

— Elle a mis fin à sa vie, seigneur évêque. Vous déciderez plus tard d'un endroit où l'enterrer.

Implorant muettement pardon pour l'immense soulagement qu'il ressentait, l'évêque réfléchissait à cette nouvelle tâche lorsque le duc, avec son inquiétant sourire, le prit par la manche et le tira de ses réflexions.

— Un mariage, l'évêque, un mariage. Oublions la mort de ces traîtres et consacrons-nous plutôt aux héritiers de Nemora. Faites apporter le nécessaire. Nous tous ici présents serons témoins des fiançailles de mon fils Astorre et de la princesse de Montenero. Nous célébrerons leur mariage plus tard, à Nemora, avec toute la splendeur qui convient, mais en attendant, ne perdons pas de temps.

Tout étourdi, l'évêque fit venir son chapelain. L'œil infatigable de Grifone repéra un petit groupe resté figé à la suite des récents rebondissements.

— Prévôt, à quoi pensez-vous ? Libérez cet homme !

Benno dut mordre le manteau de Sigismondo pour réprimer le gloussement qui le secoua à la vue de l'expression qui se peignit sur le visage du prévôt juste avant qu'il s'incline et transmette l'ordre : c'était une véritable allégorie de la déception. On enleva ses chaînes à Iacomo, qui se tint tête baissée, comme un taureau qu'on tourmente, le dos seulement strié de trois lignes rouges.

Pendant ce temps-là, Sigismondo était resté debout, tout le corps immobile à l'exception de ses yeux scrutateurs ; autour de lui, on ne cessait de l'observer. Ce n'était pas le genre d'homme dont la présence passe inaperçue.

— Quant à vous, lui dit le duc, vous m'exposerez après la cérémonie la part que vous avez prise dans tout cela ; car vous en savez beaucoup plus que ce que vous avez dit.

Sigismondo s'inclina et se retira.

Les serviteurs s'occupaient du cadavre de la princesse avec gaucherie, comme si elle leur faisait encore peur, et il est vrai que ce visage aux lèvres retroussées aurait effrayé des âmes plus vaillantes. Ils finirent par la soulever mais soudain, avec un cliquetis, une lourde chaîne d'or qu'elle portait autour du cou se prit dans le voile de gaze noir avec lequel ils avaient tenté de lui couvrir le visage et, se détachant, tomba en tas sur le bois de l'estrade. Les serviteurs faillirent lâcher leur fardeau puis, se ressaisissant, hésitèrent. L'un d'eux tendit le bras vers le collier mais le duc, plus rapide, se pencha, ramassa la chaîne et, du même mouvement, la lança à Iacomo.

— Prends-la, scélérat. Prends-la pour avoir voulu faire ce que j'aurais dû faire moi-même depuis longtemps. Tu es tailleur de pierre. Je fais construire une cathédrale à Nemora. Va voir mon chambellan, il te trouvera du travail. Tout compte fait, si Petrucci n'avait pas été là pour me conseiller, je n'aurais pas eu à mater de révolte l'année dernière, et les tiens n'auraient pas péri dans les flammes.

Il considéra Iacomo qui s'était jeté à genoux et bredouillait des remerciements incrédules.

— Rassure-toi, mon brave. Petrucci se consume en enfer. Que valent leurs quelques minutes de souffrance au regard de l'éternité qui l'attend ?

Sur ces paroles réconfortantes, le duc quitta la salle.

Minerva, abasourdie de réaliser que son mariage avec Astorre et sa consommation auraient lieu dans les quelques heures qui venaient, sortit elle aussi, les joues en feu. Ses dames d'atour se hâtèrent à sa suite. Parmi la foule des serviteurs rassemblés contre les tapisseries tendues sur les murs et qui suivaient avec avidité le déroulement des événements, une vieille femme en noir, avec des cheveux blancs et des joues rougeaudes, posa le bol d'eau qu'elle s'était approprié pour justifier sa présence en ces lieux, se fit un fichu avec la serviette pliée sur son bras qu'elle avait également dérobée et se joignit à la petite procession. Sigismondo, qui l'avait observée, lui adressa quelques mots qui parurent incompréhensibles à Benno. Continuant d'avancer de sa démarche de crabe, elle lui débita un rapide galimatias et disparut.

— Où est Massimo ? fit soudain Benno d'un air inquiet en retirant un pilon de poulet de sa bouche. J'ai oublié d'aller le chercher. C'est Sybilla qui vient de passer et il n'était pas avec elle !

— Hum-hum. Elle m'a dit qu'il avait tenté de forcer l'entrée de la salle du banquet quand il a su que le seigneur Mirandola était dans les griffes du duc.

Sigismondo mangea avec les doigts une tranche de gibier, puis s'essuya les mains sur une serviette damassée obligeamment tendue par le majordome à présent plein de sollicitude.

— Il est de nouveau en prison.

— Le prévôt n'appréciera pas de devoir le libérer, hein ?

Au calme de son maître, Benno comprit que le sort de Massimo n'était que provisoire. Et puis, après tout, il avait été jeté au cachot l'estomac garni d'un demi-chapon. Benno livra un nouvel assaut sur un plat de sanglier rôti au vin, un mets auquel il n'aurait probablement pas eu droit s'il avait passé le repas debout derrière Sigismondo comme il avait été prévu à l'origine. Deux pattes martelèrent sa cuisse, et il en lâcha un morceau à l'intention du museau luisant de jus de Biondello.

Sigismondo, Benno et Angelo étaient installés à une petite table dressée dans un oriel dominant la piazza. Un serviteur se tenait non loin, prêt à remplir leur coupe et à leur apporter les plats. Le majordome avait pu constater à quel point ils avaient la faveur du duc, preuve supplémentaire de son indulgence coupable envers les amuseurs de tout poil, comme ce devin miteux qu'on n'aurait jamais dû laisser entrer.

— Le prévôt aurait bien voulu me mettre la main dessus. Je suis son genre de vagabond, dit Angelo qui, occupé à grignoter une aile de poulet, découvrit ses dents tordues qui transformaient son visage d'ange en gueule de démon. Il a dû me rendre poliment tous mes couteaux, en les tenant par la lame, s'il vous plaît.

— Il les avait tous trouvés ?

— A part un ou deux.

Angelo examinait d'un œil professionnel la bague que lui avait donnée le duc. Il fit surgir de nulle part un mince cordon dont Benno se dit qu'il le gardait au cas où il serait amené à procéder à un garrottage, et y enfila la bague. Puis Benno eut l'impression que celle-ci se volatilisait sous ses yeux. Il se dit que les hommes du prévôt avaient fait du bon travail en trouvant autant de couteaux sur Angelo.

Benno choisit un petit roulé de viande aux épices et le croqua avec délice, renversant la tête pour en récupérer les miettes dans sa barbe. Angelo, avec le naturel de quelqu'un qui s'est fait servir toute sa vie, fit signe au serviteur de venir lui verser du vin. Lorsque ce dernier se fut retiré, Angelo s'adressa d'un ton détaché à Sigismondo :

— Comment avez-vous récupéré cette lettre ?

— Je l'ai volée, répondit Sigismondo avec un fredonnement désinvolte. A quelqu'un qui l'avait lui-même volée.

— Le neveu de la princesse. Le père Torquato.

Comme il était rare que Benno ait des informations à fournir, il le fit avec fierté. Les yeux de verre gris d'Angelo se tournèrent vers lui.

— Son neveu ? Pourquoi ? Il était de la famille.

Les informations de Benno n'allaient pas jusque-là. Après avoir à son tour pris un roulé, Sigismondo répondit donc à sa place.

— C'est justement la raison. Il était de la famille, et son oncle le cardinal ainsi que sa tante la princesse n'en faisaient pas assez pour lui. C'est du moins ce qu'il trouvait. Il pensait qu'ils sous-estimaient ses talents. Grâce à cette lettre, il s'est dit qu'il serait en mesure d'exercer une certaine pression sur sa tante.

Sigismondo but une gorgée de ce même vin blanc au bouquet fleuri qu'on avait servi à la table d'honneur du banquet.

— Il n'avait qu'à suggérer à demi-mot qu'il pourrait fort bien la montrer au duc pour que la princesse accepte de se séparer d'une jolie quantité d'or.

— Si elle ne l'empoisonnait pas avant.

Angelo mangeait avec l'application d'un prédateur qui doit parfois endurer la famine entre deux repas.

— Comment s'est-il procuré cette lettre ? Ce n'est pas le genre de chose qu'on laisse traîner.

— Ça, je l'ignore, répondit Sigismondo en mordant dans une prune confite, et dans sa lettre Livio disait à la princesse de la brûler sitôt lue, ce qu'elle a négligé de faire. J'imagine que seul un cardinal en flammes a pu la distraire au point d'en oublier la lettre. Bien que je ne l'aie pas réalisé sur le moment, elle avait la main posée dessus au moment où j'ai senti l'odeur de roussi en provenance de la chambre du cardinal. Peut-être l'a-t-elle fait tomber, et Torquato a saisi l'occasion de s'en emparer. Dans la confusion générale, personne ne s'en sera rendu compte. Et une fois le cardinal mort, Torquato a pu se dire que la conspiration n'avait plus guère de chance de réussir et qu'il serait précieux d'être en possession de ce document.

— Vous avez vu la lettre ce jour-là. Avez-vous deviné de qui elle était ?

— Hum... Tu ferais un bon avocat, Angelo. J'avais ma petite idée, en effet. La princesse en a dit plus qu'elle n'aurait voulu. Elle a essayé de me sonder pour savoir comment le duc Ludovico allait réagir à l'assassinat de son neveu par le prince Livio. Elle m'a paru plus intéressée par le prince que j'aurais cru. Elle a évoqué la nécessité pour un prince de se marier, et elle a parlé de sa future épouse comme de la *princesse de Nemora* tout en caressant le papier qu'elle avait sous la main. Je ne pense pas qu'elle ait eu conscience de son geste.

Il porta la coupe à ses lèvres sous le regard admiratif de Benno tandis qu'Angelo découpait à l'aide d'un de ses poignards un morceau de paon, un mets négligé par les convives du banquet, soit parce que la perspective d'une mort par flagellation leur avait coupé l'appétit, soit qu'ils n'aient aucun goût pour le paon. Angelo, lui, avait mangé des mets bien plus coriaces. Tout en mâchant, il continua à poser les questions que Benno n'osait pas formuler.

— Et où est ce Torquato à présent ? Le duc ne risque pas de l'étouffer de baisers maintenant que sa tante et son éminent tonton sont partis dîner avec le diable. Sa famille ne lui est plus d'aucun secours, désormais.

Benno se demanda distraitement si le duc s'était jamais intéressé à la possibilité d'étouffer quelqu'un de cette façon, mais, pour sa part, il se dit qu'il n'opterait pour cette solution qu'avec la plus fraîche des demoiselles. D'un signe de l'index, Sigismondo appela le serviteur qui avait assisté à leurs déprédations culinaires avec une craintive nervosité et lui demanda de leur apporter une nouvelle carafe de vin. Sigismondo emplit la coupe d'Angelo, puis celle de Benno, et secoua tristement la tête.

— Envolé. Je l'ai vu filer discrètement quand on a accusé son oncle. A mon avis, à cette heure, il est en route pour Rome afin d'y tenter sa chance.

— Sans l'or de sa chère tante.

— Exact, Angelo. Mais sans non plus la corde du duc autour du cou, ou des chevilles.

Benno se souvint de la dernière fois où il avait vu Torquato.

— En tout cas, quelqu'un lui est tombé dessus aujourd'hui. Je me demande qui a pu corriger un prêtre en pleine rue, et pour quelle raison. Tout le monde était un peu excité aujourd'hui, mais d'ici à rosser un prêtre...

Sigismondo offrit un morceau de paon à Biondello, qui l'engloutit avec une rapidité indiquant qu'il ne réalisait pas l'honneur qu'on lui faisait.

— Hum-hum-hum. J'avais demandé à Polissena d'occuper Torquato pendant que nous fouillions sa chambre. Elle m'a dit qu'il enviait son oncle depuis des années et qu'il a sauté sur l'occasion.

— C'est quand même pas elle qui l'a corrigé ? fit Benno en se représentant Bianca lui donnant un vigoureux coup de main.

— Non. Non. Même si je l'ai largement payée et qu'elle l'aurait sans aucun doute fait s'il en avait exprimé le désir. Non, c'est Tomaso Delmonte, son admirateur. Quand le capitaine du prévôt l'a libéré, il est allé directement à la porte de Polissena, où il a vu Bianca faire entrer Torquato. Il y a des limites à ce qu'un homme peut supporter.

CHAPITRE XLIV

« Ils ont agi sur ordre »

Si, ce samedi soir, seuls les notables de Colleverde et leurs femmes savaient que le fils de leur duc était à présent fiancé et déjà au lit avec sa promise, la nouvelle ne s'en répandit en ville que le lendemain matin, lorsque la population se rendit à la messe dominicale. Bien entendu, la célébration officielle du mariage devrait attendre, puisque la rumeur disait à présent que si le seigneur Astorre s'était fiancé aussi rapidement, c'était afin d'affermir sa prétention à l'héritage de sa future femme, et qu'il allait — qu'il était déjà allé — qu'il partirait dans moins d'une heure — à la rencontre des *condottieri* qui, hier encore, étaient postés à la frontière en attendant que le maudit prince Livio leur donnât le signal de l'invasion. Ils allaient à présent aider Astorre à prendre Montenero.

Cette initiative était largement approuvée. On estimait que les Montenerains méritaient de goûter ce qu'ils avaient voulu imposer à autrui. C'était là toutefois l'opinion de la seule populace, car les plus avisés des citoyens savaient que ceux qui ont l'intention de régner ne doivent pas s'aliéner sans motif les sujets qu'ils souhaitent s'annexer, et qu'autoriser le pillage de ce qui sera bientôt à vous procède d'une bien médiocre politique.

Une autre information se répandit comme une traînée de poudre à travers la ville : même si le duc avait l'intention d'assister ce jour-là à une messe d'action de grâces et de présenter ses hommages aux reliques, il n'y aurait pas de messe de requiem pour le cardinal. Il était incroyable de penser que Petrucci était un ennemi du duc et qu'il avait conspiré contre lui avec le prince Livio, mais comme sa hautaine sœur la princesse Corio s'était empoisonnée, cela ne pouvait qu'être vrai. On ne manifesta aucun regret pour la princesse, mais les fréquentes visites du cardinal à Colleverde, ses séjours au palais Corio avaient conféré une certaine notoriété à la ville, et il était désagréable de réaliser qu'il avait eu l'intention de contribuer à en faire la propriété du prince Livio. Chacun avait bien des raisons d'adresser des remerciements à sainte Bernardina, et si le diable était en effet venu de Fontecasta pour brûler le cardinal, il ne l'avait fait que pour récupérer l'un des siens.

Tôt le matin, Sigismondo avait été convoqué auprès du duc, où il retrouva Minerva et Astorre agenouillés pour recevoir la bénédiction de l'évêque. Minerva était vêtue d'une robe qu'elle avait récupérée il ne savait où, en velours prune orné de broderies d'or, et portait au cou le collier de perles avec son cœur de rubis que lui avait offert le duc. Au moment où l'évêque posait tour à tour sa paume sur leurs deux têtes, Astorre tendit la main et prit celle de Minerva. Cela fit sourire le duc. Benno, que le majordome avait autorisé à se tenir derrière le groupe de courtisans venus assister à la cérémonie, renifla et s'essuya le nez sur sa manche. Le seigneur aveugle était également présent, debout à côté du duc, et lorsque le prince et la princesse de Montenero eurent baisé l'anneau de l'évêque et se furent levés après la bénédiction, le duc se tourna vers Mirandola et le fit avancer de quelques pas.

— Voici mon cadeau à tous les deux. Je te donne, mon fils, un conseiller qui te sera aussi fidèle qu'il me l'a été. Il t'aidera à gouverner Montenero et à te protéger de la trahison.

Sur quoi il étreignit Astorre et embrassa la joue de Minerva en lui chuchotant à l'oreille quelques mots qui la firent rougir. Benno se demanda si on avait demandé au seigneur aveugle s'il désirait s'installer à Montenero, ou bien si le duc en avait fait cadeau d'autorité, comme il l'aurait fait avec un objet de prix. Le seigneur aveugle avait une allure majestueuse ce jour-là, avec sa tenue de velours olive au col de laquelle scintillait le magnifique rubis arboré la veille par le duc. Le duc était d'humeur à faire des largesses ; Benno espérait que son maître en profiterait aussi.

La princesse de Montenero donna deux choses à Sigismondo : une bourse en mailles d'or qui avait l'air de peser un bon poids, et sa main à baiser. Benno ne put s'empêcher de repenser au moment où Sigismondo avait confié d'un geste péremptoire les rênes de son cheval à la jeune fille juste avant de pénétrer dans la villa hantée. Peut-être ne l'avait-elle pas oublié, même s'il s'était passé bien des choses au cours de la semaine écoulée dont elle préférait peut-être ne pas se souvenir.

Lors des adieux sur les marches du palais, en présence de la foule qui acclamait et lançait chapeaux et coiffes en l'air, et que les gardes de l'évêque avaient du mal à contenir, Benno parvint à se faufiler à la suite des courtisans qui se pressaient pour regarder partir le couple. Le seigneur Astorre montait un grand étalon noir que le vacarme fit renâcler, hennir et taper du sabot sur les pavés. Dame Minerva chevauchait pour sa part un cheval blanc à la bride ornée de glands d'or et, à l'exception des larmes qui lui embuaient les yeux, avait l'allure d'une princesse. Montenero, songea Benno avec dévotion, avait bien de la chance de l'avoir à sa tête. Lorsque la cavalcade se mit en marche, il poussa un croassement sonore en guise d'adieu. Deux femmes debout devant lui se retournèrent d'un air dégoûté et, remontant leurs jupes, s'éloignèrent en hâte comme si un tanneur avait essayé de les embrasser.

Ce fut avec un agréable sentiment d'apaisement que Benno suivit Sigismondo dans le jardin de l'évêque. En cette chaude journée de printemps, il délaça son pourpoint jusqu'à la taille et Biondello, privé de son douillet refuge, sauta à terre et se mit à renifler avec enthousiasme les mille odeurs que l'air lui apportait.

L'évêque Taddeo était un homme civilisé et, à côté des plaisirs de la table, il aimait se consacrer à ceux du jardinage. Comme il suivait de près les dernières tendances du jour, il avait fait installer des statues antiques, acquises à grands frais, sous d'élégantes tonnelles ou dans des niches classiques, dont la lumineuse pierre grise contrastait avec les sombres haies de houx. Sigismondo s'arrêta devant une Diane à la tunique malicieusement relevée, l'arc à la main, un croissant de lune posé sur sa chevelure bouclée, guettant, au-delà des allées de gravier et des haies de buis, une statue de cerf. Il caressa d'une main respectueuse le pied de pierre fraîche, un pied étroit dont la cambrure suggérait un vol éternel.

— L'évêque sait dépenser son argent.

Il jeta un regard circulaire, renifla l'air et ébouriffa le sommet d'un petit buis taillé en boule qui poussait dans une poterie de terre cuite. Une forte odeur poivrée s'en échappa.

— Il pourra venir se promener ici et, je l'espère, oublier les événements d'hier.

— Je parie qu'il est satisfait que le cardinal soit non seulement mort, mais dénoncé comme traître. Et j' parie aussi qu'il est heureux que la princesse soit plus là pour le houspiller.

Benno regarda avec tendresse Biondello arroser le pied de la poterie.

— Elle n'aurait pas survécu longtemps comme femme du prince Livio, n'est-ce pas ? Il n'aurait pas supporté de se faire commander. M'est avis qu'il aurait fini par avoir une crise et hop ! elle se serait retrouvée séparée de sa tête. S'il a jamais eu vraiment l'intention de l'épouser. Il m'a semblé qu'il avait failli avoir une crise quand il a vu dame Minerva hier.

— C'est ce que j'escomptais, fit Sigismondo avec un sourire.

Il arracha un rameau de buis et le porta à ses narines pour en humer l'odeur.

— La jeune fille qui remplaçait Minerva m'a dit qu'elle avait ordre de ne pas relever son voile. Il avait prévu de s'approcher du duc Grifone, appuyé sur son prétendu médecin et sur son assistant, et de lui donner une chaleureuse accolade.

Mimant le geste, il serra les bras de Benno sur son buste.

— Tu vois ? Il donnait ainsi à Achille Malvezzi la possibilité d'enfoncer son stylet quelque part entre la quatrième et la cinquième vertèbre, expliqua Sigismondo en tapotant la base de la nuque de Benno. Juste ici, au-dessus de la cotte de mailles que le duc aurait pu, par prudence, porter sous sa chemise, ce qui était en effet le cas ; après quoi le complice de Malvezzi, posté sur le balcon, n'aurait eu qu'à entrer et à régler son compte à Astorre, et Nemora se retrouvait avec un nouveau chef.

Tout en rassemblant le gravier en petits tas du bout de sa chaussure, Benno, tête baissée, réfléchit à ce que son maître venait de dire. Il remarqua sur sa chemise une miette de sucre provenant d'une prune confite. Il la gratta du pouce et en mangea les fragments.

— Si le prince Livio pensait que l'amant de sa femme était enterré à Fontecasta, qu'avait-il l'intention d'en faire ?

Sigismondo fredonna et haussa les épaules tout en suivant des yeux un papillon jaune citron qui tournoyait au-dessus du buis.

— Un homme jaloux trouvera sans difficulté des choses à faire au corps de l'amant de sa femme, même s'il est trop tard pour que son propriétaire puisse apprécier pleinement le traitement.

— Bienvenue dans la collection des têtes coupées, vous voulez dire ? Oui, d'accord, je vois. En tout cas, il n'a pas renoncé facilement à sa vengeance, pas vrai ?

Il tira un peu plus sa chemise hors de ses chausses en quête d'autres fragments comestibles, ce qui les fit momentanément paraître presque élégantes lorsque les lacets tendus les resserrèrent.

— C'est comme cette bande, Malvezzi et ses complices, ceux qui ont fait flamber le cardinal pour avoir brûlé leur ami magicien. J' parie qu'ils auraient pas vécu longtemps si le prince Livio avait appris qu'ils avaient carbonisé la personne sur qui il comptait pour mener à bien le complot. Lequel aurait d'ailleurs pu réussir si le cardinal n'était pas mort. Et si vous n'aviez pas été là.

Apercevant une tache prometteuse, il dégagea complètement sa chemise mais, constatant que ce n'était qu'une éclaboussure de vin, la refourra dans ses chausses.

— Et en plus, ils devaient devenir beaux-frères. Sûrs que les gaillards auraient passé un mauvais quart d'heure. On leur aurait arraché les machins, l'un après l'autre.

Sigismondo émit un long fredonnement à cette image évocatrice. Debout, les pouces passés dans la ceinture, il contemplait le dessin des haies de buis, hautes d'une trentaine de centimètres, qui formaient dans une partie du jardin un sentier sinueux paraissant ne mener nulle part mais comportant un centre où une fontaine murmurait. Benno se dit que cela ressemblait beaucoup aux lignes que l'on pouvait suivre du doigt sur l'un des murs de l'église de Rocca. On appelait ce dessin le Chemin de Jérusalem, et il était censé vous aider à vous prendre pour un pèlerin si vous n'aviez aucun espoir de vous rendre en Terre sainte. Levant les yeux vers son maître, il remarqua :

— C'est bien, non ? Que tout se termine ainsi. Je suis heureux que le seigneur aveugle soit reparti avec dame Minerva. Elle devrait être contente. Je veux dire, c'est son vrai père, n'est-ce pas ? Même si elle ne pourra jamais l'admettre.

— Ce serait de la plus extrême imprudence, fit Sigismondo en secouant la tête.

— Que vont devenir Massimo et Sybilla ?

— Massimo a été libéré de prison. J'ai l'impression qu'il est satisfait de rentrer à Fontecasta maintenant que son maître est en sécurité. Le duc a l'intention de faire cadeau de la villa au seigneur Mirandola — il va la racheter à la famille du seigneur Giraldi et la lui offrir. Il y recevra le seigneur Astorre quand l'envie lui prendra d'aller chasser. Sybilla aussi est repartie à la villa. Elle s'inquiétait pour ses chèvres.

Benno coula un regard de côté à son maître tout en rassemblant son courage pour lui poser une question qui frisait l'indiscrétion.

— Cette langue que vous utilisiez, vous et Sybilla. C'était pas du moscovite, si ?

Benno était animé d'une curiosité illimitée à l'égard de Sigismondo, mais cette curiosité n'était que rarement satisfaite. C'est pourquoi il eut la surprise d'obtenir une réponse, formulée d'une voix teintée d'amusement.

— C'était du grec, Benno, du grec. Sybilla m'a raconté qu'elle avait été enlevée et vendue comme esclave par les Turcs il y a de cela bien longtemps, à l'époque où ses cheveux étaient encore noirs et qu'elle était plus vigoureuse qu'à présent.

L'idée d'une Sybilla plus forte encore qu'elle n'était fit hoqueter Benno. Au bout d'un moment, il reprit :

— Mais alors, comment est-elle arrivée à Fontecasta et comment en est-elle venue à s'occuper du seigneur aveugle ? Est-ce lui qui l'a achetée ?

— Non, ce n'est pas lui. Le vieux duc de Rocca

l'avait devancé de trente ans. On a fait venir Sybilla de Calabre où elle avait appris l'italien... Il l'a alors achetée pour la princesse Oralia.

— La princesse Oralia ? répéta Benno avec des yeux écarquillés par la surprise.

— Sybilla a été sa nounou ; et celle de dame Minerva, pendant les premières années de sa vie. Hum-hum. Ils ne l'ont pas emmenée avec eux à la cour de Montenero.

Benno faillit dire : « Pas étonnant », mais s'abstint. Il songea qu'une nounou qui baragouinait et donnait des coups de pied à ceux qui n'étaient pas d'accord avec elle se serait vite fait de nombreux ennemis à la cour. Avec un sourire, Sigismondo s'engagea dans une allée.

— C'est pourquoi la princesse a jugé préférable de la laisser se retirer, ou plus exactement de l'envoyer se retirer à Rocca, où elle lui donna une maison et un lopin de terre.

— Avec des chèvres.

Benno se dit que les chèvres avaient sans doute joué un rôle déterminant dans la décision de Sybilla de retourner à Fontecasta plutôt que d'aller à Montenero avec la fillette dont elle en avait la charge.

Sigismondo parcourait les allées du labyrinthe, suivi par Biondello qui ne comprenait visiblement pas ce qu'il cherchait, mais qui lui collait aux talons avec une confiance aveugle.

Benno fermait la marche, avide de profiter de la rare disponibilité de son maître pour obtenir de nouvelles réponses, et suffisamment malin pour noyer ses questions dans un flot de commentaires.

— Le duc a aimé les prédictions qu'Angelo a faites ce matin au sujet de dame Minerva et de son mari, pas vrai ? A nouveau l'impératrice, ensuite les amants et l'autre je-sais-pas-quoi : bel avenir, bonheur et tout ce qu'ils pourraient souhaiter, sauf qu'il a pas parlé de fils.

— C'était sûrement compris dans le bel avenir.

— Et j'ai trouvé drôlement effronté de la part d'Angelo de demander au seigneur aveugle de tirer les cartes, maintenant qu'il a retrouvé son rang. Mais ça a fait rire le duc.

Sigismondo parvint à un cul-de-sac et s'immobilisa. Benno faillit buter du nez contre son large dos. Intrigué, Biondello bondit par-dessus la petite haie et, la queue battante, les regarda d'un œil interrogateur. Sigismondo gloussa et franchit la haie à sa suite.

— Tu vois, Benno ? Il nous montre la façon de faire. Tu te trouves dans une impasse ? N'y fais pas attention. Le bon chemin n'est jamais loin.

Benno se gratta la barbe, puis la tête.

— Vous croyez ? Vous dites peut-être ça parce que *vous* ne vous êtes pas trouvé dans une impasse. La princesse vous avait demandé de retrouver les assassins du cardinal, et vous les avez trouvés : c'était Malvezzi et sa bande.

— Hum-hum. Ils étaient tout contents de le faire parce qu'ils avaient des raisons personnelles pour cela. Mais ils ont agi sur ordre.

— *Sur ordre ?*

Benno passa en revue les possibilités, puis hésita.

— Ils travaillaient pour le prince Livio, n'est-ce pas ? Et il fallait bien que le cardinal soit en vie si le prince voulait qu'il l'aide à mener à bien sa conspiration. On ne va pas comme ça mettre le feu à ses propres plans. Et puis pourquoi aurait-il fait ça ?

— Pour la même raison qu'il est allé le même soir ouvrir une certaine tombe.

CHAPITRE XLV

Pourquoi pas la Moscovie ?

— Ouvrir une... *Par jalousie ?* Envers le *cardinal* ? Vous n'allez pas me dire que *Petrucci* a été l'amant de la princesse Oralia ?

— Pourquoi ? Parce qu'il était dans les ordres ? Ce n'est pas forcément être cynique que de constater que les gens ne se comportent pas toujours comme ils le devraient.

Sigismondo appuya son index sur la poitrine de Benno, là où sa chemise malpropre s'était chiffonnée sous le pourpoint délacé.

— Les occasions ? Ma foi, il se rendait aussi fréquemment à Montenero qu'à Rocca — un cardinal n'est pas consigné dans un seul État.

— Mais... la princesse ?

— Polissena m'a confié que Son Éminence était un homme très séduisant.

— Vous voulez dire que l'homme qui était avec Malvezzi dans la rue, le gaillard que Iacomo a vu, c'était le prince Livio en personne venu brûler le cardinal ? Sainte Mère de Dieu ! Vous aviez dit que Iacomo avait remarqué que l'un d'eux s'était emmitouflé dans son manteau pour dissimuler son visage ; moi, j'ai pensé qu'il s'agissait de l'homme bleu plein de cicatrices. Et puis il s'est retourné, Iacomo a cru qu'il l'avait repéré et il n'a plus fait un geste... et c'était le

comparse anonyme de Malvezzi sur le balcon du palais. Mais qui pouvait dire qui avait tué l'homme au visage sillonné de cicatrices ?

Sigismondo mit sa main en visière au-dessus de ses yeux. Sur un de ses doigts scintillait le cadeau du duc, une énorme bague sertie d'un saphir plus sombre que le ciel. Elle paraissait grosse même sur la main de Sigismondo. Renonçant à ruminer sur des questions qui ne faisaient que l'attrister à l'égard de toutes les personnes concernées, Benno changea de sujet de conversation.

— Vous devriez suspendre cette bague autour de votre cou comme Angelo, ou alors, un de ces jours, on vous dira mille excuses messire, mais j'aime beaucoup votre bague et désolé de vous avoir abîmé la gorge.

— J'ai mieux que ça. Je vais la confier à maître Ispano le juif. Il me donnera une reconnaissance que je pourrai changer contre de l'argent quand j'en aurai besoin.

Cela ressemblait à de la magie et Benno préféra ne pas en savoir plus. Il fut détourné de cette pensée par Biondello qui sauta sur ses genoux.

— Pourquoi le prince Livio voulait prendre la princesse Corio pour femme ? C'était pas le genre qu'on épouse.

— A mon avis, il ne voulait rien laisser au hasard après avoir brûlé le cardinal. Et comme il devait absolument affermir son autorité après la mort de Petrucci, il a fourni à la princesse une raison, un mobile, un intérêt irrésistible dans le succès de la conspiration. Il ne fait aucun doute que son frère l'avait mise dans la confidence à ce sujet. La seule chose dont devait s'assurer Livio, c'était que Petrucci ne dise pas à sa sœur que le prince devait être présent ce soir-là.

Benno se redressa en serrant Biondello contre lui.

— Oui, bon, évidemment, cela aurait ruiné tout espoir de mariage. Quel gredin ! Il avait tout prévu. Il assassine le frère et met la sœur dans son lit pour ne pas faire de vagues ! Il aurait pu faire ça sous le coup d'une de ses crises, se ruer chez le cardinal avec une torche sitôt après avoir extorqué le nom des amants de sa femme à ses pauvres serviteurs... mais non, en fait, il avait tout froidement calculé.

Sigismondo étendit ses longues jambes et exposa son visage au soleil dont la chaleur écrasait le jardin à présent plongé dans un silence que troublait seulement le bruissement affairé des insectes, qui ignoraient le sabbat.

— Tu connais le proverbe qui dit que la vengeance est un plat qui se mange froid. Livio avait tout prévu.

— Heureusement qu'il est mort. Vous pensez qu'on va l'enterrer ou bien qu'il finira pendu à un gibet ?

Les conspirateurs étaient encore suspendus au balcon du palais. Il était fort possible que le duc leur refuse les derniers sacrements.

Sigismondo se retourna et Benno aperçut, la tête baissée, longeant à pas lents le labyrinthe de verdure en leur tournant le dos, la silhouette de l'évêque Taddeo. Impossible de savoir s'il égrenait son chapelet, s'il lisait ou s'il était simplement perdu dans ses pensées.

— Laissons le saint homme en paix, fit Sigismondo en se levant. Il a vécu des moments pénibles. Le duc a annoncé que l'évêque devra être présent lors du procès qui sera intenté tout à l'heure au cardinal Petrucci.

— Le procès ? Mais... il est mort, il repose dans la chapelle de l'évêque.

— Plus maintenant. Il sera ligoté sur une chaise et jugé pour trahison devant les nobles familles de Colleverde. Ensuite, le duc a prévu de le faire jeter dans la rivière.

Le silence retomba tandis qu'ils s'éloignaient du paisible ecclésiastique qui ne parut pas les avoir remarqués. Benno se mit à glousser.

— C'est vendredi soir que Son Éminence aurait aimé sauter dans une rivière. Le duc ne renonce jamais, hein ? Exactement comme aurait fait le prince Livio.

— Où que ce soit, il faut une détermination énorme pour rester au pouvoir. Et sans doute doit-elle être plus grande encore dans la partie du monde où nous vivons.

Benno s'efforça en vain d'imaginer une autre partie du monde. Après tout, même la Moscovie ne pouvait être très différente de l'Italie, à part qu'il avait entendu dire qu'il y tombait plus de neige. Ils étaient à présent passés de l'autre côté de la haie de charme, où Benno fut heureux de découvrir un autre balcon, plus plaisant à la vue que celui qui dominait la place avec sa guirlande de traîtres. Celui-ci s'étendait sur toute la longueur de la haie, et il était suffisamment large pour que deux personnes puissent s'y promener côté à côte et admirer la disposition du jardin. A son pied poussait un vieux pin dont le tronc noueux venait s'appuyer contre le marbre tandis que sa couronne d'épines projetait des ombres mouchetées sur leurs visages. Les deux hommes s'accoudèrent sur la pierre inégale de la balustrade et contemplèrent les lointaines collines dont le bleu était à peine plus sombre que le ciel. Benno tendit le bras.

— C'est Montenero qu'on voit là-bas, n'est-ce pas ? J'espère qu'elle est heureuse avec le seigneur Astorre. Et avec son père.

Un fredonnement négatif le détrompa.

— Ce n'est pas son père.

— Le seigneur aveugle est bien son père, non ?

— Sybilla dit qu'il n'a même pas été l'amant de la princesse. Comme nous le savons, cette dernière l'a recueilli alors qu'on l'avait abandonné à la mort. Elle a sans doute deviné qui il était. Elle a envoyé chercher Sybilla et installé Mirandola à Fontecasta, qui appartenait alors au vieux seigneur Giraldi qu'elle avait connu à Rocca. Mais c'est tout.

— C'était donc le seigneur Eugenio ?

Sigismondo se tourna vers Benno.

— N'ai-je pas évoqué d'autres amants ?

Une alouette invisible chantait haut au-dessus du pin, comme en extase. Mais Benno ne l'entendait pas plus qu'il ne percevait la rumeur étouffée montant de la ville en contrebas. Il fixait Sigismondo du regard.

— Vous voulez dire...

— Oui, le cardinal Petrucci était le père de Minerva et de son jumeau Marco. C'est Sybilla qui me l'a confié. C'était l'une des deux seules personnes qui le savaient. L'autre a dû être torturée par le prince Livio après la mort de sa femme.

— Il connaissait donc la vérité. Pas étonnant que le cardinal soit parti en fumée.

Benno tourna à nouveau son regard vers le paysage, mais il ne voyait rien.

— Vous parlez d'un scandale si cela se savait ! Penser que le fils du duc a épousé la fille du diabolique Petrucci...

Il contempla au loin, avec un respect craintif, l'ombre bleue des collines sur laquelle miroitait la tache blanche de la ville de Montenero. La voix grave poursuivit :

— Si le duc croit que le seigneur Mirandola est le père de Minerva, je pense qu'il s'est résigné à accepter le fait. Tant qu'on ne remet pas en cause les droits de Minerva sur Montenero.

L'alouette continuait son gazouillis insistant. Les ombres descendaient sur leurs épaules, la brise venait caresser leurs visages. Au bout de quelques instants, Benno reprit d'une voix plaintive :

— J'aurais aimé qu'Angelo nous lise notre avenir avant de partir. N'auriez-vous pas été heureux de le connaître ?

— Jamais. Ne rien savoir de l'avenir, c'est ça qui est drôle, Benno. Après le procès du cardinal, nous irons à Rocca, et après ça, qui sait ? Je commence à être un peu trop connu par ici. Pourquoi pas la Moscovie ?

Benno s'efforça de se représenter un horizon de collines couvertes de neige. Son esprit s'envola vers d'étranges contrées inconnues. Une chose en tout cas était sûre. Où qu'ils aillent, leur vie ne serait jamais monotone.

Une trompette sonna au loin, et Sigismondo s'écarta du parapet.

— Viens. Nous ne devons pas faire attendre le cardinal.

IMPRIMÉ EN FRANCE PAR BRODARD ET TAUPIN
1777 - La Flèche (Sarthe)
N° d'édition : 3131
Dépôt légal : avril 2000